大鱼

有爱的青春陪伴者

栖云地

陈溪午
著

江苏凤凰文艺出版社
JIANGSU PHOENIX LITERATURE AND
ART PUBLISHING

图书在版编目（CIP）数据

梦云边 / 陈溪午著. -- 南京：江苏凤凰文艺出版社，2024.3
ISBN 978-7-5594-8115-3

Ⅰ. ①梦… Ⅱ. ①陈… Ⅲ. ①言情小说－中国－当代
Ⅳ. ①I247.5

中国国家版本馆CIP数据核字(2023)第230194号

梦云边

陈溪午 著

责任编辑	王昕宁
特约编辑	年　年
出版发行	江苏凤凰文艺出版社
	南京市中央路165号，邮编：210009
网　　址	http://www.jswenyi.com
印　　刷	天津睿和印艺科技有限公司
开　　本	880mm × 1230mm 1/32
印　　张	11
字　　数	395千字
版　　次	2024年3月第1版
印　　次	2024年3月第1次印刷
书　　号	ISBN 978-7-5594-8115-3
定　　价	45.80元

江苏凤凰文艺版图书凡印刷、装订错误，可向出版社调换，联系电话025-83280257

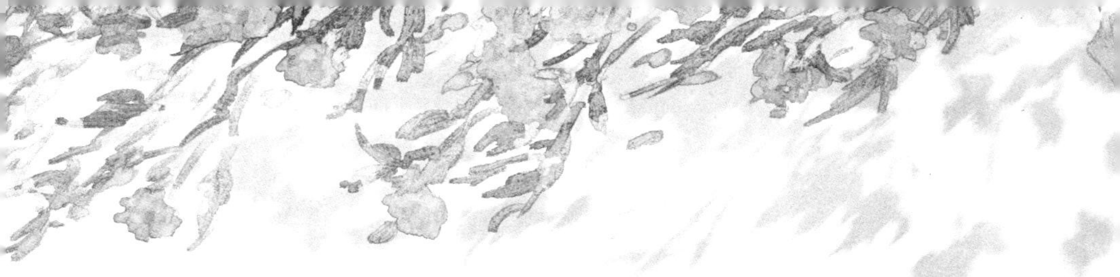

Contents

目录

MENGYUNBIAN

Contents

目录

MENGYUNBIAN

第一章
许愿时见你 …

空气变得稀薄，黑暗浓稠得像墨一般压在陈漫云眼上，她猛地从床上坐起，大口呼吸，头痛胸闷得像濒临死亡。

陈漫云喝了口水才缓过神来，双眼有些空洞地看着前方。早上的阳光洒进来，室内一片明亮，原来浓稠的黑暗来自心灵深处。

她觉得自己也许该去看看医生。

洗漱的时候，陈漫云看着镜子里的自己。她的眉眼更像云珊，所以她连幻想妈妈不关心她或许是因为自己不是妈妈亲生女儿的机会都没有。

陈漫云对着镜子扯出了一个笑。

很难看。

陈漫云顺着楼梯下楼，家里的阿姨在打扫客厅，穿着千鸟格西服套装打电话的人是陈漫云的母亲云珊。

云珊的语气不容置喙："对，方案一会儿你发我邮箱，招标的文件也一起。"

那边不知道说了什么，云珊的眉头皱起来，伸手揉了揉眉心，接着问："你不知道？你竟然不知道？你是在告诉我我每个月开工资养的是闲人吗？招标文件怎么写都要我告诉你？要不要我教你怎么打开 word 啊？"

这是云珊惯用的一种口吻，陈漫云从小听她用这种口吻质问自己为什么考不到第一名，质问陈京为什么连一些微不足道的小事都做不好，质问家里的阿姨为什么准备不合她心意的晚餐。

很显然，电话那边的人不是云女士的对手，彻底安静下来，片刻后又唯唯诺诺地答应。

干练的女人挂断电话。

今天的冰美式还不错，这让云珊暂时原谅了愚蠢的下属，慢条斯理地坐在餐桌前喝咖啡。

几秒后，云珊的眼神从餐桌移到慢吞吞从楼梯上下来的陈漫云身上。

哦，几乎算得上她“人生败笔”的女儿：陈漫云。

云珊出身好，能力强，在家族里比自己的同辈都做得更好，和陈京的联姻是强强联合，更上一层楼。所以，云珊有时候搞不懂，她怎么会生出陈漫云这种女儿——

懦弱，敏感，被议论几句就要死要活地转学。

云珊把手边的牛皮袋递给陈漫云，接着就边喝咖啡边翻看文件。

陈漫云没说话，轻轻拆开崭新的牛皮袋，油墨也是崭新的，白纸黑字，是她的转学资料，从盛华私立转到淮大附中。

云珊恰巧看完策划案的最后一页，将文件合起来，身体前倾。纸的边缘有些锋利，她没在意，指甲压着 A4 纸的边缘，继续和陈漫云说话：“陈漫云，我最后警告你一次，别在学校给我发疯。”

她亲妈警告她，别在学校发疯。

陈漫云嘲讽地想着，如果明天她在学校“发疯”的事情影响了公司的股票价格，云珊是不是马上就要和她断绝关系了？

说不定可以上社会新闻，标题就是“企业家母亲因丑闻拒绝与女儿相认”。

大概率会爆，到时候还可以免费看一场公关大戏。

“听到了吗？陈漫云，你的教养都到狗肚子里去了？”云珊没得到回答，不满地加重语气，手握成拳在桌子上叩着发出声音。

家里的阿姨察觉气氛不对，放轻了打扫的声音。

陈漫云低着头，手握紧又放开，最后轻轻点头，小声回答：“知道了。”

不欢而散似乎是这对母女相处的常态，陈漫云参加物理竞赛后两人发生了争吵，她想转校是这次“战争”的导火索。

傍晚，陈漫云一个人出门，漫无目的地走在街上，八月份的淮市依旧燥热，让人心烦意乱。

临近黄昏，可以看到上班族稀稀落落的身影，中环广场渐渐热闹起来，商铺的大门敞开，空调的凉气争先恐后地从里面涌出。

云朵形状的喷泉启动，水雾在夕阳的照射下呈现出如梦如幻的颜色，陈漫云仰着头认真看。

长椅上有窃窃私语的情侣，偶尔会聊起中环广场的来历。

陈家的公子哥爱上门当户对的云家的千金，次年陈家将投资的中环广场前的喷泉池做成云朵的形状，两人很快举行婚礼仪式，淮市的前市长是婚礼的见证人，淮市权贵云集，媒体蜂拥而至，一时传为美谈。

可惜陈京性格比较温和，云珊却是激进派，两个人性格不合早有征兆。

年轻的时候他们相爱，所以可以忍受对方。当爱情如潮水一般退去，彼此歇斯底里到更像一对仇人。

他们摔碎了家里一切能摔的瓷器，然后两个人轮流不回家。陈漫云也成为他们撕扯的对象，她的爱好，她的未来，一一被撕裂。

陈漫云有时候觉得自己也是一件瓷器，被他们摔碎了。

陈漫云无所谓地笑了一下，继续顺着台阶往前走，宽阔的平台上有喷泉，外围放置着长椅。

云朵形状的喷泉池周围会有水雾，弄湿衣服总归是不太痛快的事，行人们往往会远离，现在这里只有陈漫云和坐在旁边长椅上塞着耳机打游戏的少年。

少年黑衣黑裤，低着头一脸烦躁地打游戏，如果忽略他偶尔声音不高的脏话，确实赏心悦目。

看起来酷酷的。

陈漫云在心里迅速给他下了个定义。她没在意，轻手轻脚越过他，从口袋里掏出硬币。

陈京和云珊也是恩爱过的，陈漫云刚刚记事的时候，云珊还不那么忙，会经常带她来逛中环，站在这个喷泉池前哄陈漫云，然后掏出硬币让陈漫云许完愿扔进去。

小时候，陈漫云许的愿望都是爸爸今天回家吃饭、生日去游乐园之类的，不过一般都会实现。

再长大一些，陈漫云开始对航空感兴趣，于是那一年的生日她收到一架小型直升机。

回过神，陈漫云眼神很淡地看着地面。

世界在她面前呼啸而过，变化万千，云朵随风改变形状，而她执拗地保留着扔硬币的习惯。

硬币一直被陈漫云握在掌心，染上温度。陈漫云抿着嘴，过两天是她去新学校淮大附中上学的日子，她将会在那里念完高中。

陈漫云想到崭新的牛皮袋、崭新的油墨印出的铅字，握着硬币慢慢许愿。

她希望以后也是崭新的。

而不是谩骂和质疑，贬低与恶意揣测。

愿望还没许完，喷泉突然开启，陈漫云意外地后退一步，硬币从她手中滑落，掉在地上发出清脆的声音。

陈漫云眼睁睁地看着硬币在地面上滚了一圈又一圈，最后在少年坐着的长椅下停住。

陈漫云看了看，发现硬币落在长椅后面快要接近边缘的位置，似乎不太好捡起来。

她在心里安慰自己，没关系。她记得还有一枚来着，接着不在意地摸了摸口袋，里面空无一物。

硬币呢？

当代女高中生为何如此凄惨？

当代社恐人陈漫云同学沉默了几秒，想要许愿的心情压过了和陌生人说话的尴尬。她缓慢移动到这位酷哥面前，沉思了几秒，礼貌地开口："你好，请问可以……"

少年还在玩游戏，听到陈漫云的话头都没抬，手指灵活地操作按键，回答："不加好友，没微信。"

言简意赅，沈放舟拒绝得十分熟练。

陈漫云一愣，沈放舟说这话时，熟练程度就像是每天要拒绝一百个要求加微信的女同学一样。

她惊住了，缓慢地眨了眨眼，看着面前的少年，一时间不知道该说什么好。

陈漫云觉得这位酷哥的脸上写满了"好烦啊，我真的没有微信，别来搭讪我"和"该死的，为什么那么多小姑娘对我的这张帅脸动心"。

以至于很多年后，沈放舟再三追问陈漫云对他的第一印象时，陈漫云十分难为情地回答："我当时以为我遇到'普信男'了。"

此刻，空气里弥漫着沉默。

沈放舟说完话心思就继续回到手机屏幕上，直到察觉到对面的人半天没动，因陈漫云遮挡而投下的阴影落在他的身上，他才终于抬头，声音里含着无奈：“我说我没……”

话还没说完，他顺着陈漫云手指的方向看见了躺在地上反光的硬币，不由得顿住。

那是什么？硬币？

所以刚才她是想让他捡硬币？

会错意了。

沈放舟俯身，长臂一伸，把硬币捡起来还给对面的人，附带一声“抱歉”。

陈漫云笑了笑，趁着接硬币的工夫打量他，发觉这位酷哥确实有自恋的资本。

短碎发，挺拔的眉骨，薄而白的眼皮下是淡漠的眼，眼睛其实是狭长的，却在眼尾处微微下垂，减弱了张扬的锋利感，显得更为内敛。

不过分的白和恰到好处的少年感，足以让他无往不利。

“谢谢啊！”

陈漫云有些嘲讽意味地笑了笑，真心实意地对这位自恋的酷哥表示感谢。

毕竟人家忙着拒绝一百个要联系方式的人，抽空给她捡硬币真是辛苦了。

沈放舟听出她话里的别有深意，挑眉看她，勾了勾唇，慢条斯理地回答：“不用谢。”

接下来，沈放舟背靠在长椅上，亲眼看见陈漫云把硬币放在手心，对着喷泉庄重许愿，然后把硬币扔进去的流畅操作。

他内心感慨着现在的孩子营养就是好，六七岁就能长这么高了。

幼稚鬼。

王川打游戏是真的坑，沈放舟都怀疑他是对方的间谍，开局就疯狂送人头。

更气人的是，这家伙前几天把沈放舟的微信号给了学校的几个女生。

想到这里沈放舟就头疼，他最近真的有点背，微信号被乱传，而那些女生似乎很明白他的文学水平，开门见山地问“沈放舟同学，你好，我是 × 班的 × × ×，能认识一下吗”。

一开始沈放舟还能心平气和地拒绝，但每天都收到好多条类似“能做朋友吗”的信息，他确实烦了。

现在还搞得他神经兮兮地对人家说“不加好友，没微信”这种自恋话。

手机响起消息提示音，是麻烦的始作俑者，王川。

王川：沈哥，作业写完了吗？

还有几天就开学了，最近大家都在手忙脚乱地补作业。

沈放舟很懂行情，直接打字。

FZ：哪科？

王川：全要。

FZ：回去发给你。

王川：别，明天我带上作业去找你。多谢救命之恩。

沈放舟的叔叔开了间酒吧，在二楼给沈放舟留了个房间，寒暑假的时候沈放舟都住在这儿，等开学时才会搬回淮大附中附近的房子。

他不喜见阳光，房间里时常拉着窗帘。

凌晨五点，沈放舟醒来后就没睡了，身子陷在沙发里，整个人被倦意包围着，闭着眼没说话。

王川就是在这样的情况下闯进来的。他天生缺心眼，没察觉到房间里弥漫的低气压，进房间后径直把窗帘拉开，让大片大片的金色阳光洒进来。

王川转过身笑嘻嘻地说："沈哥，您这每天拉着窗帘躲阳光干吗？怎么着，您是吸血鬼啊？"

他看了一眼沈放舟的肤色，觉得自己这推断竟然还有些道理，悄悄摸上自己的脖子后侧："沈哥，你不会真吸人血吧？"

也不排除这个可能。

沈放舟被他一闹也清醒了不少，皱着眉，嘲讽技能马力开足："王川，我有时候真怀疑你脑子里面装的是水，你每天都在想什么？"

王川确实是带着对沈放舟的愧疚来的，自己竟然为了一点微不足道的好处就把好哥们儿出卖了，更重要的是，他是来抄大佬作业的。

一看沈放舟不高兴了，他立马消声，手在嘴周围做了个拉拉链的动作，示意这个话题的结束，紧接着就换了个话题："沈哥，我不说了，江湖救急，快把你的作业拿出来，不然等去了学校，老徐肯定饶不了我，你忍心看你后桌我惨死吗？"

过两天就开学了，老徐是他们的班主任，教英语的，放假前三令五申说要好好完成作业。

沈放舟都懒得看他，随意抬手，指着书桌上一摞书回答："自己拿，别烦我。"

王川得了话，欢天喜地地过去找卷子，嘴里不着调地感谢沈放舟。

"从今以后您就是我的再生父母，我亲爹来了都得绕道，您简直就是神仙下凡普度众生，救小的于危难水火之中啊。"

沈放舟懒得理他，静静地靠在沙发上等。

下午，王川差不多快写完时，终于想起要给这位救命恩人一些“报酬”。

“哎，沈哥，小道消息，咱们班要来一个转学生。”王川说完坏笑着补充，“你猜，转学生会是谁同桌？”

说是小道消息，其实四舍五入也算真的了，毕竟王川学习的天赋没有，但在这些事上面总不能再比别人差。

转学生会是谁的同桌?

这可真是太有悬念了。

沈放舟原来的同桌高一下半学期就因为身体原因休学了，所以现在班里唯一没有同桌的人就是他。

王川看热闹不嫌事大，说完就认真观察沈放舟的反应。

没想到沈放舟听了以后冷冷淡淡的，连眼神都没变半分，王川等了半天就等到一句——

“哦。”

算是回答。

是那种没觉得这件事和他有关的不在意，就像对他来说和谁同桌都一样。

王川觉得没意思，伸了个懒腰，撑着胳膊问沈放舟：“有吃的没？”

沈放舟挑眉，轻笑了一下，给他指了指楼下的方向，声音懒洋洋的，不过总算没了倦意：“下面有白酒、洋酒、啤酒，还有黑桃A，你告诉我你想靠什么填饱肚子。”

王川愣了愣，对哦，这儿怎么会有吃的。

于是半个小时后，隔着便利店的透明玻璃，沈放舟看见了昨天的那个……硬币少女?

他不知道怎么称呼她合适。

只知道她面露难色，手偶尔比画着，似乎在和售货员周旋。

今天早上，陈漫云本来一个人在家里看电视，是一档近年很有名的综艺，节目的主持人在台上做着滑稽的动作，语调奇怪又夸张，观众们被逗得捧腹大笑。

陈漫云也被这种快乐的氛围感染，她盘着腿坐在地上，背靠沙发，脸上也是有笑意的。

手机铃声响起，陈漫云以为是盛华私立的同学打来的，反手在沙发上摸索到手机，翻过来看到来电人的名字时静默了片刻。

是陈京。

陈京不了解陈漫云转学的原因，更不想了解。他每天要忙太多事，无暇顾及这个女儿。他随意地问了几句，话题一转：“转学就转学吧，开学是不是就要升高三了？要多用心知道吗？自己多努力，不要让你妈妈看不起。”

陈漫云沉默了，然后很讽刺地笑了一声：“我开学上高二，爸爸。”

连自己女儿念几年级都分不清的好父亲。

尴尬持续了几秒，陈京主动缓和气氛：“云云，你中午来公司楼底下等爸爸好吗？爸爸叫秘书订个餐厅，我们再好好聊一聊。”

沉默片刻后，陈漫云答应了，说到底她还是渴望父母的爱。因为她是有记忆的人，还记得小时候陈京和云珊如何疼爱她。

然后，她就被放鸽子了。

陈京打电话过来的时候，陈漫云心情还不错，她以为陈京忙完了。

“我在楼底下……”

话还没说完，陈京就打断她：“公司突然有点事情，你自己在外面吃点吧，爸爸一会儿给你卡上打点钱。”

陈漫云没回答。

“就这样，下次再说吧。”陈京三言两语挂掉了电话。

陈漫云把手机放到口袋里，闭上眼。

下次，又是下次。

她最讨厌从来没有兑现过的下次。

云珊打电话问陈漫云在哪里，陈漫云说她在家。

云珊顿了一下就告诉她要用心学习，做好规划，不要做那些毫无意义的蠢事。

陈漫云随口答应后就挂断了电话。幸好云珊不在身边，不然她一定会把电话砸掉，用尖锐的声音控诉——“陈漫云，你的教养都去哪儿了？”

要做好规划，不要做毫无意义的蠢事。

整个下午，陈漫云就无所事事地坐在长椅上，出门前手机忘记充电了，“嘀嘀”警告几声以后就宣告罢工。

有在这附近商业楼里上班的人们陆陆续续进出，有三三两两结伴出来吃饭的，说笑着往外走，也有急匆匆买了便当回去的。

陈漫云眼神有些空洞地观察着他们，感觉众生百态。

有个中年男人神情颓废地走出来，他并不算年老，陈漫云却能感受到他身上被生活压迫到喘不过气的压抑感。

陈漫云的眼神追着他。男人走到无人的角落，从口袋里拿出烟盒，抽出一根烟点燃。烟草燃烧带来的烟雾里，陈漫云看到他神情舒展开来，眉宇间的压抑散开。

陈漫云疑惑地想：烟有那么好吗？

男人似乎是察觉到她的注视，抬头看过来。

陈漫云慌忙低下头，若有所思。

几分钟后，陈漫云走进便利店，只拿了一瓶青柠汁饮料，看着很清新的青绿色，小小一瓶。

“你好，微信还是支付宝？”收银员问道。

收银员是个今年刚高中毕业的男生，趁着假期做做兼职赚点外快，开学买个游戏机。

收银员很热情，顺口和陈漫云推销：“妹妹吃晚饭了没有？可以看看饭团，还有热的关东煮。”

陈漫云抿了抿嘴，再抬起头时对着收银员腼腆地笑：“手机没电了，可以用现金吗？”

“当然。”收银员好脾气地点点头，把扫码枪放到一边，看了眼电子屏上的数字，“八元。”

不算贵，陈漫云点点头，下一秒摸到口袋里空空荡荡的，弯着的嘴角瞬间变平。

钱呢？

陈漫云没时间纠结钱是丢在长椅附近还是哪里，她现在唯一的想法就是怎么做才能体面地离开超市。

“叮咚，欢迎光临——”

两个人还在僵持，便利店门口的电动玩偶发出声音，两个人都被进门的人吸引过去注意力。陈漫云抬眸，隐约看得清少年的轮廓，逆着光，身形高瘦，是昨天在广场捡硬币遇到的……很自恋的酷哥。

沈放舟神情有些倦懒地打了个哈欠，然后自顾自地去后面货架拿了个三明治和一罐可乐，还有两瓶矿泉水，走到收银台前利落地扫码，付钱。

余光瞥见陈漫云，发觉她没有结账离开的意思，沈放舟挑眉，准备离开的脚步慢下来，轻笑了一声，问她：“你硬币又掉这儿了？”

不然怎么赖在收银台？

沈放舟的语气微微带了点嘲弄，收银员没听出来，善解人意地开口。

“你是她哥哥吗？她手机没电了，你能……”

收银员说话间又把扫码枪举在手里晃了晃，暗示沈放舟。

沈放舟点点头，大概搞懂了目前的状况，准备掏手机的时候看了眼陈漫云选的饮料，劲一松，手机又掉回口袋里。

沈放舟漫不经心地看了眼陈漫云的发顶，把自己那罐可乐塞到陈漫云手里，依旧是那副“我很酷你别爱”的样子，劝她：“妹妹，家里不富裕，喝点可乐就得了。”

啊？

独生子女陈漫云暂时还没接受凭空多出的哥哥，握着可乐，有点蒙地转头看向沈放舟。

杏眼很圆，有点可爱。

沈放舟嘴角勾了勾，朝陈漫云扬了扬下巴，问得大大方方：“妹妹，走不走？”

陈漫云在原地怔了几秒，很快反应过来，紧跟着沈放舟的脚步走出了便利店。

王川走到便利店门口时突然变卦，说他饿过劲儿了，让沈放舟一个人进去买东西。他在外面百无聊赖地等着，一抬头就看见沈放舟出来了，后面还跟着个女孩。

有一瞬间，王川甚至以为自己失忆了，抬起手看表，等等，沈放舟刚进去不到五分钟吧？他到底错过什么重要剧情了？

王川睁大眼睛仔细看，啊——

漂亮妹妹。

陈漫云仰着脸，跟在沈放舟后面，长着水润的杏眼和漂亮的“厌世脸”，穿着带花边的白衬衫和到膝盖的黑裙子，白衬衫的下摆被塞进裙子里，掐出最细的一截腰身，小腿露在外面，白皙纤细。

王川因为陈漫云的美貌而晃神，一时间说不出话来，王川都想骂自己没出息。

等他们走近，王川就发现——

他们淮大附中的顶级酷哥沈放舟手里拿着个连包装纸都小巧可爱的三明治。旁边穿着斯斯文文的白衬衫黑裙子仙女手里拿着……一罐他沈哥常喝的可乐？

王川心里的好奇快涌到嗓子眼了，他看着沈放舟，试探地问：“沈哥，这位是？”

沈放舟看了一眼陈漫云，这个角度只能看清她的侧脸，隐约看到少女还是不太高兴的样子。他开口，语气意味不明地解释：“这是我妹妹。”

陈漫云心想：您是当别人哥哥当上瘾了吗？

“妹妹好哇。”王川还是没想明白，但他是什么人，立刻自来熟地和陈漫云打招呼。

又给人当了一次便宜妹妹的陈漫云尴尬应答：“你好。”

她打完招呼就沉默了，没话可说。

沈放舟觉得自己实在没什么和人相处的天赋，于是用眼神示意王川。

社交天才王川成功接收到了信息，于是他准备从自己和陈漫云身上共同的地方找话题点——也就是陈漫云手上那罐可乐。

王川笑呵呵地问：“妹妹，你也喜欢喝可乐啊？”

云珊其实不怎么允许陈漫云喝碳酸饮料，陈漫云举起可乐罐，指了指沈放舟，回答王川：“不是，这是……他给我的。”

王川点点头，没话找话，硬聊：“行吧，妹妹，那你爱喝什么？”

陈漫云想了会儿，不太确定地开口：“青柠汁？”

站在一旁沉默了许久的沈放舟突然开口，问陈漫云：“喜欢那瓶？”

陈漫云没听清，转头：“什么？”

“刚刚那瓶青柠饮料。”

陈漫云不太明白酷哥执着于饮料种类的原因，但还是认真回答：“不知道，我没喝过。”

随便拿的而已。

沈放舟点点头，很执着地继续发言：“别喝。”

陈漫云疑惑地转头看他。

沈放舟挑眉，神情不太好：“不好喝。”

他喝过一次，像煮沸的刷锅水，以至于刚刚在收银台看见那饮料瓶子就反胃。

沈放舟说完后低头看自己的手机，倒是王川硬拉着陈漫云东拉西扯了半天。

陈漫云表示要离开的时候，话痨王川还觉得恋恋不舍：“等等，妹妹，我还没问你叫什么呢？”

王川有点羞涩地发现，妹妹真的好好看。

陈漫云被王川那一声声“妹妹”叫得脑袋疼，在她看来，萍水相逢而已，没必要什么都说，又回忆了下刚才王川和少年的对话，知道了酷哥姓沈。

这样想着，陈漫云转身回答王川：“我叫沈花花。对，就是那个，花朵的花。”

陈漫云说话时笑得很真挚，甚至还附带了一个 wink（眨眼），漂亮又随意。

沈什么？花花？

王川不疑有他，随后就再次陷入了沉默。

行吧，这么好看的妹子，叫沈花花。

真挺意外的。

在陈漫云用她那一听就很假的名字糊弄王川的时候，沈放舟漫不经心地在旁边站着，一言不发，听到“沈花花”那句话时才抬头看了陈漫云一眼，随即轻笑出声。

在广场上溜达了一会儿，沈放舟和王川就又回了酒吧。

房间里，王川在心里盘算着，觉得以他现在赶作业的速度，赶在开学前应该可以写完了，心里悬着的石头放下去一半。

赶作业对于现在的王川来说简直就是体力劳动，他趁着手累的机会休息会儿，无聊地玩了会儿自己的手，趴在桌子上转头问沈放舟：“沈哥，你妹妹她真叫沈花花啊？”

他是真好奇。

三明治已经冷了，沈放舟没在意，面无表情地拿出来，包装纸是一种特殊的纸，上面画着可爱的图案。

“怎么可能。”

连姓估计都不是真的，随口说出来糊弄王川的而已。

沈放舟嗤笑了一声，继续拆三明治的包装纸，空气里只有“沙沙”的声音。

“说真的，你不觉得你妹妹……”王川说着还“啧”了一声，他找不出来合适的形容词，“漂亮得惨绝人寰了吗？”

惨绝人寰：世界上再没有比这更惨痛的事，形容惨痛到了极点。

沈放舟拆包装纸的动作硬生生顿住了，挑眉看向王川，告诉他：“王川，有空多读书。”

成语都用得乱七八糟的。

“我经常看书的啊沈哥，喏，和你说，我昨天才刚看了。”王川没听出沈放舟话里的深意，兴奋地拿出手机给他看界面。

小小一块屏幕上花花绿绿的，书名也是艺术字，弯弯绕绕的笔画晃得沈放舟眼睛疼，他看了几秒钟才看清。

《霸总追妻：总裁的邪魅娇妻》。

一个看起来就十分“不一般”的书名。

沈放舟：“这就是你看的书？”语气里满是不可置信。

王川点了点头：“对啊，沈哥，你别看书名土，但是很上头的，真的，现在女主已经开始找她亲生父母了，我觉得还有两百章就能找到了。

“女二和男二就没什么意思，每天情情爱爱的，没有格局。”

沈放舟听了，也只是掀了掀眼皮看了王川一眼，半晌没说话，半边身子陷在沙发里喝水。他有些口渴，瓶子里的水很快就被喝完。他半阖着眼瞄准对面的垃圾桶，随手拿着喝完的水瓶在空中虚掷了几下。

“哐当”一声，塑料瓶在空中划过漂亮的弧线，落进垃圾桶里。

王川喝完自己的水，也有样学样的，想把瓶子扔进去，没成功，笑着骂了一句：“得，沈哥，你家这垃圾桶还认人。”

他走过去把瓶子捡起来扔掉，扔完以后没回书桌，顺势在沈放舟的旁边坐下。

王川假装严肃地和沈放舟说：“沈哥，我觉得我们的友情可以变质一下了。”

沈放舟没在意，随口问道：“怎么变？”

王川摇摇头，没憋住笑，嬉皮笑脸地说：“我想当你妹夫。”

说完后，他身体放松地靠在沙发上，回忆起今天下午的陈漫云，裙摆被风吹起微小的弧度，站在淮市的黄昏景色里，漂亮得不像话。

他似感慨地又补充一句：“妹妹是真漂亮啊，‘只要妹妹长得好，一声在吗我就倒’的那种漂亮。”

漂亮吗？

沈放舟挑眉，抬头看见天边的霞光透过玻璃洒进房间，是如同金粉一样的色彩，脑海里浮现被频繁提及的少女的模样。

陈漫云的长相绝不幼态，相反是颓废的漂亮，杏仁眼含情又有着水雾的清透，却长着一张厌世脸。沈放舟总觉得她脸上写满了“我不想活了，但你也别想给我找不痛快”。

又甜又冷。

沈放舟不自觉地笑了一下。

确实漂亮，但也确实幼稚。

王川还没放弃，他觉得既然是沈放舟的妹妹，沈放舟多少应该知道些什么，于是继续喋喋不休：“沈哥，我说真的，我在大润发杀了十年的鱼，我的心早已经跟我的刀一样冷了。但是，我万万没想到我动心了。对，没错，就在刚才，妹妹是第 10086 个令我心动的女孩。你觉得我有机会没？妹妹会喜欢我这款的吗？”

随后，他又接着自言自语：“我觉得我还是挺有希望的。”

这都哪儿跟哪儿啊？

沈放舟觉得陈漫云应该不喜欢王川这样的，她看起来像喜欢兜里都是硬币的男生，这样许完愿还可以顺便去超市门口坐个摇摇车。

他收回思绪，王川还在询问。

沈放舟没回答，下颌紧绷着，只是“嗯”了一声。他明显情绪不高，连带着声音也是冷淡的。

王川腹诽：嗯是什么回答？要不要这么敷衍？

沈放舟却不想再继续这个话题，问王川："你作业赶完了？"

"没补英语，开学那么多事儿，还有转学生，我看老徐肯定忙不过来，说不定不查了。"

王川利索地操作手机，决定放弃挣扎。

沈放舟点了点头，垂下眼没再搭话了。

回家的路上，雨淅淅沥沥地落下来，陈漫云匆匆忙忙跑回家。淮市的天时常这样，下雨是常事，艳阳天也不稀奇，不过总是潮湿着，水汽仿佛浮在空气里。

房子里是亮着灯的，温馨明亮得就像寻常人间烟火中的一分子。陈漫云以为是陈京和云珊回家了，几乎是跨过台阶去推门。

"云云回来了。"秦姨听见声音从厨房里走出来。

家里用人不多，司机一般是陈京和云珊在用，秦姨是住家阿姨，算是看着陈漫云长大的。

"吃饭了吗？"秦姨在围裙上擦干净手，关切地问。

陈漫云勉强笑着，在门口边换拖鞋边回答："吃了，秦姨不用给我准备晚饭了。"

秦姨点了点头，又问道："过几天是不是就要开学了啊？你东西都准备好了吗？"

陈漫云没回答，秦姨也没有在意，继续说："需要什么就和秦姨说。明天想吃什么？清蒸虾和排骨汤可以吗？"

陈漫云叹了口气，不想多谈地转移话题："好，秦姨，那我先上楼去了。"

秦姨看着陈漫云上楼的背影，也跟着叹了口气。

刚刚陈漫云脸上的失望是显而易见的，她以为爸爸妈妈回来了。

可怜见的，还是这么小的孩子，父母也忍心成天不回家。

陈漫云有些落寞地上楼，在房间收拾开学要带的书。

资料里旧书居多，好几本物理竞赛资料很厚，已经被翻得旧了，里面大部分是她写的计算和方法的总结。

陈漫云眼神复杂地看着这几本书，然后轻轻把它们拿出来锁在房间的柜子里。柜子的角落还放着几枚奖牌，她没在意，用钥匙把柜子锁住。

衣服被雨水打湿，穿在身上也不舒服，陈漫云换了睡衣，躺在床上看着夜色里的天花板时，突然低低地"啊"了一声。

在便利店的时候是沈放舟一起付的钱，出来后王川又一直拉着她说话，以至于她完全忘记了这回事。

她好像忘记给酷哥饮料钱了。

9月1日，天气难得的风和日丽，日历上写着宜开学和婚丧嫁娶。

秦姨起来以后打了个哈欠，到厨房给陈漫云准备早餐。

陈漫云家离盛华私立有一段距离，离淮大附中倒是很近，穿过几条巷子就是学校正门，所以上学的时间稍微宽松一些。

陈漫云把盛着牛奶的玻璃杯放下，又慢吞吞地把日历撕掉才走出家门。

淮大附中校门口的门卫室里，保安大爷靠在椅子上跷着腿听广播。

陈漫云呼了口气，用指节敲了敲有些模糊的门卫室玻璃，说道："叔，能麻烦……"

她声音太小，保安大爷没听见，闭着眼在椅子上听得如痴如醉。

陈漫云用了点力气，又敲了一遍玻璃："叔叔，我……"

这次总算吸引到大爷的注意了。

大爷把门卫室的窗户打开，陈漫云闻到扑面而来的枸杞泡茶的味道，还听见声音浑厚的"上回书我们说到林冲携刀误入白虎堂，被高太尉陷害……"。

陈漫云微微沉默了几秒。

大爷探出头，上下打量了一眼陈漫云，惊奇地问："闺女，你咋不穿校服？不穿校服可不能进校门啊。"

陈漫云眨眨眼，手指着教学楼的方向解释："我得先进去才能领校服。"

大爷愣住了，反驳道："不行啊，你得先穿校服才能进去。"

和门卫大爷简单说明情况又做了登记后，陈漫云才顺利进去，进校门后先看见的是喷泉和笔直的平坦大路，两边是操场和篮球场，运动场后面才是教学楼建筑群。

陈漫云回头看了一眼淮大附中的大门——略显浮夸的北欧建筑风格，白色石膏上有精致的花纹，"淮大附属中学"这几个字是鎏金色的。

她紧接着抬头看了眼正前方朴实的橙红色教学楼。

这是什么奇怪的混搭风格？

陈漫云用一种没见过世面的眼神仔细观察了半天淮大附中的校门，又看了眼腕上的表，发现离和新班主任约定的时间还没到，便悄悄掏出手机来拍了张照片，发到小群里。

群名是赵雾灵刚改的，名字有点长，叫"陈漫云、赵雾灵和她们的小狗朋友"。

陈漫云在群里发了一张图片。

wuling亮晶晶：这是哪儿？

wuling亮晶晶：夜总会？

陈漫云刚刚也是这么想的，看到赵雾灵这句话没忍住，笑了出来。

群里的另一个人也被消息炸出来。

杨程宇好为人爹：？

杨程宇好为人爹：赵雾灵你有病？把群名改回来。

wuling亮晶晶：不改。

wuling亮晶晶：不想当小狗朋友？

下一秒，群聊的界面显示——

△杨程宇已被wuling亮晶晶移出群聊。

不想当小狗朋友那就滚吧。

陈漫云笑着把手机收进口袋。

徐平峰在办公室里整理资料，这一届学生赶上教育局的政策，高一时不设重点班，高二刚刚分了文理班，徐平峰带的班就有几个学生因为学文科分出去了，还有一个新来的转学生。

其他的还是高一时候那群捣蛋鬼，徐平峰对治住他们还是很有把握的。

“徐老师，你们班是不是要来个转学生啊？”

旁边的女老师随意地和徐平峰聊天。

“是有一个，盛华私立转过来的，等会儿就来了。”徐平峰往上推了推眼镜，一边回答，一边收拾一会儿要用的教案。

“高二转学的能是什么善茬？老徐，仔细着点。”旁边的女老师站起来拿教学参考资料，提醒徐平峰。

不怪她多想，盛华私立也是顶好的学校，突然转学过来的多半是在原学校犯了什么事。

徐平峰假装没听懂，打马虎地笑了几声。

旁边的女老师自讨没趣，去班里上课了，办公室就剩下徐平峰一个人。

徐平峰没把她的话放在心上，他一直觉得世上没有坏孩子，只有不够努力的班主任。不管在以前的学校是什么样的学生，来了高二（7）班，就都是他的学生，一视同仁。

有人很轻但有节奏地敲门时，徐平峰眼睛还盯着电脑屏幕，应声：“请进。”

“老师好，我是高二（7）班新来的转学生，请问徐平峰老师在吗？”

少女清清脆脆的声音传来。

“我就是，进来吧。”

徐平峰抬头看了一眼，伸手热情地招呼陈漫云。

他笑起来很和蔼，有着不大不小的啤酒肚，看起来就让人觉得他的生活过得非常幸福。

他从手边的资料里找出了陈漫云的那一份：“你是，陈漫云同学是吧？”

陈漫云点点头，九月的阳光和少女规矩的马尾映衬着。

徐平峰还以为新来的转学生会是一个刺头，今天一看，这不是蛮斯文恬静的一个小姑娘嘛，哪有那么可怕?

之前准备的什么“改邪归正，重新做人”“来了就是崭新的开始”之类的话术也用不上了。

徐平峰疯狂拿手往上推眼镜，安慰陈漫云：“刚来肯定有点不适应，慢慢来，慢慢来。”

徐平峰想了半天，又补充道：“班里同学都很友善的，有什么问题就来找我。走吧，我带你去班里。”说着，他站起来，领着陈漫云往楼上走。

徐平峰说话的时候陈漫云一直在旁边安静地笑着，偶尔点头。

“不是我吹牛，咱们七班的同学可是很爱学习的。”总算说到他擅长的话题了，徐平峰自豪地摸摸下巴。

班主任办公室在二楼，七班在三楼的楼梯旁边，一上楼就是。

陈漫云安静地跟着徐平峰往上走，教室里动静不小，陈漫云悄悄竖起耳朵听。

刚开学，班里同学忙着热闹地交流暑假的快乐生活，陈漫云从那些嘈杂中辨别出好几对影视情侣和大热综艺名。

徐平峰也听见了这些乱七八糟的，着急地对陈漫云强调：“误会误会，我们班平常还是很热爱学习的。”

陈漫云非常懂地点头，又听见教室的热火朝天里夹杂着一丝关于物理和化学的内容。

徐平峰骄傲地看着陈漫云，脸上仿佛写着“看吧看吧，我就说”。

徐平峰心花怒放，准备认真听是谁这么爱学习，好奖励他一朵小红花。

“物理化学借我抄抄，我专门空着选择填空。”慌乱中有人问。

“你倒是够机灵，错了别怨我啊。”有人伸手把练习册扔过去。

“我抄作业，你放心咯。”

徐平峰沉默了，陈漫云尴尬了。

徐平峰进了教室，三步并作两步走上讲台：“吵什么？啊，你们吵什么?

高二的学生了，还是这么懒散，还敢抄作业，那抄下来别人的你能会？”他在讲台上撑着手巡视班里，又像想起来什么似的，“李冉，下了这节课给我把练习册都收起来。我倒要看看是谁没写完。”

班里一下子安静了，同学们大气都不敢出，有人在听到收作业那句话后“啊”了几声，又赶紧收住。

徐平峰神情满意地看着班里，指着身旁的陈漫云，清了清嗓子：“这是转来咱们班的新同学，以后就是高二（7）班的一分子了。”说完，他又转头看了一眼陈漫云，“来，介绍一下你自己。”

有那么一瞬间，陈漫云觉得自己回到了小时候被推到饭桌前表演才艺的场景。她想拒绝，转头就撞上徐平峰饱含鼓励的眼神，怪难开口的。

“大家好，我叫陈漫云。”陈漫云的台词就这一句。

徐平峰不住地点头，等了几秒，转头不可思议地问陈漫云：“没了？”

陈漫云点点头：“没了。”

底下沉默着的同学：就这，没了？

一脸蒙的王川：等等，原来她不叫沈花花啊。

最先反应过来的是沈放舟，他抬眼轻笑了一声，然后从校服口袋里抽出手给陈漫云鼓掌。

班里人这才反应过来，稀稀拉拉的掌声响起。

陈漫云看到沈放舟的时候先是惊讶，然后就见他勾起嘴角似笑非笑的样子。

刚开学，班里热闹得像过年，沈放舟原本趴在桌子上闭目养神。

徐平峰进来时终结了吵闹，沈放舟一抬头，几乎以为自己眼花了。

光影投射下一张漂亮白皙的脸，杏仁眼是仿佛藏着水雾的润泽，昨天的衬衫和裙子被换成了最简单的白 T 恤和牛仔裤。

女孩子自我介绍时手规规矩矩地放在身侧，乖巧地笑着，一看就像那种很乖的好学生。

徐平峰又唠叨了几句，指着空座位对陈漫云说：“那个，陈漫云，你先去沈放舟旁边的那个空位置坐着，完了不合适我再给你换。”

沈放舟坐在靠窗的第五排，他旁边是教室里唯一的空位置，空位置后面就是王川。

陈漫云一副见了鬼的样子，不是，这世界这么小吗？她转个学都能碰到自恋酷哥？

她硬着头皮，顶着王川惊讶的眼神，在沈放舟旁边的位置坐下。

“大家都是高二的学生了，这个觉悟啊，学习一定要跟上，下面我简单说一下关于这个学期……”

徐平峰的思想教育开始了，按照过往的经验，没有四十分钟是绝对停不了的。

沈放舟翻着数学书，偶尔下笔算一下。

陈漫云从书包里拿出新书，认认真真掀开书皮，在书的第一页写上名字，只是她在写班级时明显顿了一下。

旁边的沈放舟察觉到她的动静，眼珠一转，认真地盯着陈漫云书的扉页。

陈漫云发现了，疑惑地转头，用眼神询问。

沈放舟招招手示意陈漫云靠近一点。陈漫云好奇地往左边移了几寸，竖起耳朵认真听。

沈放舟很轻地笑了一下，然后凑在陈漫云耳边语气揶揄地开口：“花花妹妹，你改名了啊？”

你能想象在九月阳光明媚的教室里，貌美社会哥凑在你耳边亲切地叫了你一声“花花妹妹”的场景吗？

昨天随口胡诌了一个名字导致现在深陷尴尬的无知少女陈漫云深深忏悔了。

早知道世界这么小，她昨天应该说自己叫龙傲天的，起码听起来霸气点，或者叫“陈·安娜莉丝·冰晶琉璃·珍珠眼泪·七彩头发·殇·漫云”。

这听起来不比花花妹妹厉害？

下课铃声响起，徐平峰惊讶地看了看表，嘴上还是没停：“你看看，随便说说又是一节课，下课吧。对了，李冉，赶紧把暑假作业都收起来，我倒要看看是谁没写完作业。”

李冉是坐在第二排的那个短头发姑娘，是老徐的英语课代表，她听见徐平峰的话乖乖点头。

徐平峰在班里一片高低起伏的号叫声中离开。

王川已经忍了整整四十分钟了，在这四十分钟里，他赶完了两张英语试卷，接受沈花花其实是叫陈漫云，而且是他们班新来的转学生的事实，还看到了沈哥和她窃窃私语。

他已经忍不了了，用笔戳了戳陈漫云的背，得到了陈漫云的回头。

王川搓搓手，和陈漫云打招呼：“花花妹妹，好巧啊。”

花花妹妹本人无比后悔地点头，附和他：“好巧哦。”

“花花妹妹，你以前是哪个学校的啊？”王川好奇地问。

陈漫云静默了几秒，接着就很平淡地回答：“盛华私立。”

盛华私立和淮大附中是淮市的两所顶尖学校。盛华私立竞赛常年蝉联第一，打得淮大附中脸都快肿了，但淮大附中也不遑多让，一本升学率年年不求再创新高，只求完胜盛华。

除此之外，两所学校最显著的区别就是盛华是一所私立高中，淮市高中圈子里流传一句话——盛华私立门口停着的车，十辆里面有八辆路虎。

王川特别好奇地向陈漫云求证。

陈漫云自己都不知道盛华门口原来这么藏龙卧虎，卧的还是路虎。

她眼皮跳了一下，没准备澄清谣言，合上书，用手指把书的折角抚平，望着王川，气定神闲地回答："不是哦，我们一般自己开飞机去。"

第一节课下课，王川和陈漫云未就盛华门口私家车问题达成共识。陈漫云答应下次给王川问问她在盛华的同学，一定搞清楚，王川这才放过陈漫云。

王川就是每个人身边都会有的那种男同学，是个对什么都充满了好奇的话痨。

英语课代表李冉是个友善的短头发姑娘，刚刚走过来收暑假作业时还和陈漫云打了招呼。

至于陈漫云的同桌，平平无奇的貌美寡言高中生罢了。

不过她的同桌很会统筹兼顾，例如，他能准确识别下节课是语文还是英语，并且能在上课不到十分钟内睡着。

又例如，现在，徐平峰在讲暑假布置的一张英语卷子。

"那么同学们，一定要注意这个同位语从句啊，它的先行词和关系代词和副词都给我分清，还有虚拟空间地点也要用 where 而不是 which，这个就要看它句子里缺的成分来判断……"

徐平峰在讲台上卖力地讲着同位语从句，情绪饱满，语气昂扬到坐在倒数几排的陈漫云都有点怕他的唾沫飞过来。

同桌沈放舟则趴在她旁边的桌子上，只露着一个白净的额头，睡得特别沉。

陈漫云有些怀疑地看了眼自己的表，确定现在是上午十一点。

她真想知道大佬是如何在这个时间点顶着徐平峰激情洋溢的演讲睡着的，并且睡得如此香甜。

"这个 that 一定要注意什么时候可以省略，什么时候不可以啊。"徐平峰手指关节敲着黑板，巡视四周，发现陈漫云坐得端端正正的，满意地点点头。

接着，他又看到陈漫云旁边睡得正香的沈放舟，脸上晴转多云，并且开始下暴雨。

“沈放舟，你这个年纪怎么睡得着的？你给我站起来。”徐平峰越看他越来气，“我还没和你算账呢，沈放舟，你看看你那英语卷子上写的什么？”

沈放舟总算惊醒，晃晃悠悠地站起来，伸手揉了揉眼，然后一脸无辜地看着陈漫云，脸上写着“他在说什么”。

还没等陈漫云有所表示，沈放舟好像捕捉到了关键词，决定自己回答，声音带着些刚睡醒的沙哑，语气倒是认真：“我选 C。”

毕竟这年头选 C 是再保险不过了。

沈放舟回答这句话的语气认真到陈漫云觉得他是故意的。

徐平峰在讲台上怒吼道：“C 什么 C？沈放舟，你还嫌不够丢人吗？”

卷子是学校自己出的，最后一道主观题是考察素质教育的，问“你觉得自己身上有什么受欢迎的品质，并详细阐述理由”。

陈漫云看徐平峰气得不轻的样子，还以为她同桌没写，于是用眼睛偷瞄，虽然那字体龙飞凤舞，也没把格子占满，但好歹是写了一句话。

还好，也不是很过分啊。

陈漫云再一看，答案那块被沈放舟潦草地写着一句——

Because I am handsome.

你觉得你为什么受欢迎？

因为我帅。

很好。

陈漫云尽力使自己的眼神毫无波动，让自己像一个见过世面的高中生。她早该想到的，一个把“不加好友，没微信”当成口头禅的自恋鬼，怎么可能帅而不自知？陈漫云见怪不怪地收回眼神。

“沈放舟，来，你把你写的答案念出来给全班听听。”徐平峰已经快被气死了，沈放舟算是班里的好学生，但英语一直是他的弱项。徐平峰一开始看见卷子上那一行字时还有几分感动，再认真一看，好嘛，因为我长得帅。

徐平峰本意是让沈放舟明白他到底有多丢人，没想到这位哥根本不在意，他把卷子举起来，唇齿清晰地读道：“Because I am handsome.”

陈漫云仔细听，竟然觉得沈放舟的口语挺标准的。

班上的同学看着题目反应了几秒后立马哄笑起来。

人类的悲喜并不相通，一片欢笑中，只有徐平峰真心实意伤心了，接着控诉：“你那写的是什么鬼东西，还你很帅？你这叫普信男知不知道？”

“普！信！男！”徐平峰又悲愤地强调了一遍。

事情的最后以沈放舟打扫一星期卫生结束，中午的放学铃声响起，徐平峰走了之后大家陆陆续续收拾东西。

陈漫云没报名住校，也不想大中午的跑回家，去校务处领了饭卡和校服后就决定吃完饭回教室趴在课桌上睡一会儿。

她没刻意去找食堂，接近中午十二点，大家成群结队地往一个方向走，并且脸上写满了即将干饭的喜悦，除了食堂，陈漫云实在想不到第二个地方了。

食堂门口有个小型报刊亭改的超市，说不上具体卖什么，铅笔橡皮当然是卖的，书刊杂志也偶尔能买到，陈漫云进去以后拿了一罐旺仔牛奶准备结账。

排队的时候，陈漫云用鞋子随意地磕着地面，这是她打发时间的小习惯，学生们的喧闹在耳边是模糊的。

正好轮到陈漫云结账，她把饭卡放在刷卡机上，听见“嘀”的一声，同时也听到了一个尖锐的声音。

“哟，李冉，你向老徐告状的时候不是挺厉害的吗？现在怎么这么㞞？”人高马大的男生带着几个兄弟，双手交叉抱在胸前，语气嚣张。

说话的是九班的唐敬盛，徐平峰也带他们班的英语，上个学期末唐敬盛带着几个兄弟去徐平峰办公室改了自己的英语成绩，还偷走了几份卷子的答案，李冉帮徐平峰整理的时候发现了就告诉了徐平峰。

唐敬盛他们被好一顿批评，心里都憋着火，这不，刚开学就来找李冉的麻烦了。

李冉有些胆怯地站在那里，低着头没说话。

李冉平常中午是回家的，只是今天家里有事。她吃不惯食堂的饭菜，便在超市买了个面包，没想到这么巧，刚买完就碰到唐敬盛。李冉吸了吸鼻子，她想不明白为什么做好分内的事也要被骂。

唐敬盛觉得自己被忽视了，脸色不太好。他的其中一个兄弟察言观色，走上前恶劣地把李冉的面包抢过来扔在地上，用力踩了几脚。面包在塑料袋子里面被挤压得不成样子，“砰”的一声爆出来，李冉被这动静吓了一跳。

那人要的就是这种效果，得意地笑起来，流里流气地冲着李冉吹口哨：“课代表，聋了吗？盛哥问你话呢。”

“我们的课代表听不见话，告状倒是很熟练。”唐敬盛扭头对着周围的兄弟说，一群人哄笑起来。

这么大动静，来来往往的学生都注意到了，但没人去阻止。

九班的唐敬盛家里有钱又不学好，天天混日子，在学校受的处分一大堆。

用云珊的话来说，陈漫云没想着来的第一天就在新学校“发疯”的，但耐不住有人撞上来挑衅啊。

她鞋子还是磕着地面，观察了好一会儿，然后走到李冉旁边。李冉紧张地抓着陈漫云的衣摆，虽然陈漫云是今天才转过来的新同学，但总归比唐敬盛亲近。

陈漫云没穿校服，让人看不出年级。唐敬盛眯着眼看了好一会儿，踢了李冉一脚，问：“怎么着，你找的救兵啊？”

李冉吓得一哆嗦，往陈漫云身后躲着。

等陈漫云抬头，唐敬盛终于看清了她的脸，嗤笑了一声：“倒是挺漂亮，课代表是要给我使美人计吗？倒也不是不行。”

周围的人立马哄笑起来，眼神也跟着落在陈漫云身上。

李冉脸皮薄，已经着急得快要哭出来，扯着陈漫云的衣角，带着哭腔说：“陈同学，你先回去吧，不用管我了。”

碰上唐敬盛只能算她倒霉，李冉不想连累新同学。

陈漫云给了李冉一个安抚的眼神，没搭理唐敬盛，只冷淡地看向他：“找个地方聊聊？”

唐敬盛来了兴趣，双手交叉抱在胸前，隐隐兴奋的眼神看着陈漫云：“怎么聊？”

“就我俩和你吧，”陈漫云看了一眼唐敬盛后面的几个男生，轻笑，“当然，你要是担心我们两个对你做什么的话，也可以带着你兄弟。”

唐敬盛听出来陈漫云的话外音——你要是担心应付不来我们两个女生的话，就带着你的“保镖”吧。

唐敬盛皱了下眉，伸出舌头来舔了舔嘴唇，觉得有意思。他转过头对着后面的男生说了几句话就走了。

食堂旁边寂静的小道上，陈漫云看着手里的旺仔牛奶若有所思。

唐敬盛本来是想好好教训一下李冉的，但现在突然改变了主意，他笑了一下，指了指自己的脸，对着陈漫云说：“小姐姐，我看你挺合我眼缘的，要不这样，咱俩加个微信，有时间一起学习呗。你答应我就放你俩走。”

李冉惊呆了，喃喃地说：“你这人怎么这样？”

唐劲盛看着可一点儿都不像会学习的人。

陈漫云心里这样想：给过你机会了。

接着，她歪头，很乖巧地笑了一下，语气娇俏地回答唐敬盛：“行啊，那你扫我二维码呗。”

李冉有点吃惊，在旁边轻轻地扯陈漫云的衣角。陈漫云用眼神示意她放心。

唐敬盛也没想到陈漫云这么爽快，脸上还挂着笑。

唐敬盛没说话，静静等着陈漫云的动作，以他的视角来看也确实是这样的，陈漫云在不断靠近他。

少女却在离他十几厘米处突然抬脚，用力踢在唐敬盛的膝盖处，角度很刁钻，唐敬盛甚至都没来得及反应就发出一声惨叫。

髌骨，俗称膝盖骨，有一处地方非常脆弱，被踢到以后能立刻让人软了腿，痛不欲生。

杨程宇在军区大院里长大，经常接触格斗武术之类的，正经本事没学到多少，歪门花招倒是让他知道不少，后来他又教给了赵雾灵和陈漫云，美其名曰是防狼术。

一招快准狠。

陈漫云以前还不信，现在却觉得确实有点作用。

“敢偷袭我。”唐敬盛用手捂着膝盖，痛苦地嘶吼，嘴里还骂骂咧咧。

他不骂还好，陈漫云听见之后扬手，把那罐旺仔牛奶砸向他，又让他“哎哟”了一声，然后牛奶罐落在地上发出沉闷的声响。

“愣着干什么？”陈漫云推了一把旁边被惊住的李冉，“跑啊。”

随即，她就拉着李冉的手往教学楼的方向跑。

李冉还缓不过神来，单凭本能地跟着陈漫云跑。

唐敬盛的兄弟们本来在超市门口蹲着看手机，其中一个被唐敬盛的哀号吓得一哆嗦，手机差点没拿住，皱着眉问旁边的人：“哎，老王，刚刚是不是盛哥在叫？”

“啊？那过去看看。”

他们过去一看，才发现真的是唐敬盛。他在原地捂着膝盖怒吼：“废物，追她们去啊。”

疼死了。

几个人又着急忙慌地跑到小道岔口处，只瞧见陈漫云和李冉翻飞的衣角。

“啧，跑得真快。”其中一个人感慨了一句。

其实他们和唐敬盛也就是表面兄弟，唐敬盛给他们好处，他们给唐敬盛撑场面而已，倒也不用这么费劲。

大家交换了一下迟疑的眼神，其中有一个开口问：“咱们还追吗？”

这句话翻译一下就是：我不想追了，你还想追吗？

“要不？算了？”

“到时候就说跑太快了没追到。”

“我看行。”

陈漫云和李冉一直跑到教学楼附近才发现后面根本没人追。

陈漫云有些累了，随意拿手背擦额头的汗。李冉看见了后立马从口袋里拿出纸巾递给陈漫云。

“谢谢啊。”陈漫云转头，笑着和李冉道谢。

李冉很不好意思：“该说谢谢的是我才对，陈同学，谢谢你，你好勇敢。”

勇敢？

陈漫云听见这个词以后看向李冉。

李冉用手比画着描述：“我刚才都快吓傻了，你刚刚教训他的样子真的好飒好勇敢，要是我肯定就不行，我性子慢，还……”

见陈漫云眉眼低敛着，李冉小心翼翼地看了她一眼，着急地问：“对不起，我是不是说错什么了……你别生气。”

陈漫云伸手摸摸李冉的脑袋，笑着安慰道：“没有生气，刚刚在想事情而已。”

她吸了吸鼻子，她只是在想——

其实她一点都不勇敢。

陈漫云和李冉说笑着往教室走，路上李冉和她说了好多淮大附中的小道消息，例如唐敬盛为什么还能安然无恙地待在学校里，还说起了老徐。

李冉笑着说：“老徐不凶的，只是一牵扯到学习就较真。”

教学楼的南门口放着铁架子做的竞赛版面，上面是大家被照得灰头土脸的寸照。陈漫云兴致缺缺地扫了一眼，突然在上面发现了她的同桌沈放舟。

不是陈漫云眼尖，而是酷哥的美貌在这块版面上确实是有些过了。

沈放舟那会儿头发比现在短，白衬衫加红底的证件照，学校那高清原图的摄像也没损耗社会哥的美貌。

照片下面写着一行小字：

沈放舟：数学竞赛省二等奖，化学竞赛省一等奖。

陈漫云挑眉，心里多少有点惊讶，看不出来，他居然还是个学习不错的普信哥。

不怪陈漫云有刻板印象，沈放舟固然长得好，可绝不会让人想到温顺之类的词，他应该由懒散和桀骜不驯构成。

她点了点头，指着版面，好奇地向李冉打听她的貌美同桌：“沈放舟……是个什么样的人啊？”

李冉睁大眼睛警惕地看了看四周，把脖子缩起来，确认周边没什么人才小声说：“我也不太清楚，总之别惹他就是了。”

敢情还是个说不得的社会哥，陈漫云也学着李冉的样子，像个鹌鹑一样缩起来，接着用气声回复她：“好哦。”

沈放舟整个下午都在好奇花花妹妹给课代表下了什么迷魂药。

李冉每节下课都要状似无意地凑过来，一开始王川还以为自己抄英语作业的事情被发现了，胆战心惊的，结果李冉是来找陈漫云的。

“陈漫云，要不要喝热水？”

“陈漫云，刚才化学老师讲的那个分子结构你听懂了吗？”

“陈漫云，要不要去上厕所？”

趁着两人手挽手去厕所的工夫，沈放舟转头看王川，疑惑地问：“什么情况？”

才过了一个中午，两人已经好成这样了？

小灵通王川已经了解了事情的来龙去脉，得意地和沈放舟解释：“沈哥，咱们中午没去食堂吃饭不知道。唐敬盛他们找李冉麻烦，是花花妹妹把李冉带出来的。”

“哦。”

好久没听说“唐敬盛”这个名字了，沈放舟怔了几秒，从脑海里检索了一下这号人物——标准的二世祖，仗着家里有钱肆意挥霍青春的傻瓜。

等等，要是他没记错的话，唐敬盛长得人高马大，身边还总是跟着一群小兄弟，花花妹妹那小身板扛得住？

“王川，你是说，陈漫云一个人把李冉带出来的？”沈放舟再次确认。

王川无比肯定地点头，接着说：“听说花花妹妹拿旺仔牛奶砸唐敬盛，把他砸蒙了。”

沈放舟皱眉，反问：“旺仔牛奶也能把人砸蒙？”

唐敬盛是纸糊的不成？

王川想到刚才听到的消息，还有些没忍住，边笑边用手比画：“不，不是纸盒子，是那种五块的，铁罐子的那种。”

沈放舟沉默了下。

他是不是该庆幸当时在广场遇上陈漫云的时候手里没旺仔牛奶？

下午的最后一节课是物理课，物理老师郑萍是个看起来很严厉的中年女人。

陈漫云快速翻看了一下物理书，觉得上面的内容她已经很熟悉了，便合上书，随手抽出一张白纸，在上面写框架和推导公式。

不同于沈放舟逢语文、英语必补觉的毛病，陈漫云今天一整天都在认真听课，沈放舟觉得能把徐平峰的演讲听下去的陈漫云是个狠人，没道理不听物理课。

沈放舟翻开笔记本，随手撕了一张，拿笔唰唰写了几个字，随便揉成团扔过去。

陈漫云皱眉，打开揉皱的字条。沈放舟字写得不算规整，陈漫云乍一看还以为上面写的是沈放舟的名言，也就是那句“Because I am handsome”，仔细辨认才发现是一句中文。

你们盛华私立的都不听物理课是吗？

陈漫云扭头，阳光里，一切都看得不真切，只看得到沈放舟侧脸的轮廓流畅自然。

陈漫云不太想说真正的原因，歪头咬着笔想了半天，突然灵机一动，回了句：

我妈不让我和普信男说话。

沈放舟打开字条的时候被陈漫云的回答震惊了，他真觉得陈漫云是机灵但又有些记仇的小兔子，口袋里揣着一把98K，随时有可能掏出来给你来一下。

放学铃声响起，是一首很耳熟的钢琴曲，陈漫云坐在座位上收拾了几本书放在书包里，正准备走的时候被王川叫住。

王川掏出手机，拍了拍陈漫云的肩：“花花妹妹，加个微信呗。”

王川觉得陈漫云长得好看性格又乖，人还有趣，简直不要太好。

陈漫云看了看周围，淮大附中课余时间对于手机管得并不是很严，放学时间，大家都拿出手机来。

陈漫云一边掏出手机，一边回答王川：“好啊。”

接着，她就调到自己的微信二维码，把手机屏幕朝向王川的方向。

“来来来，我扫你。”王川利索地操作。

微信的页面会显示新加好友的名字，沈放舟看见王川的脸以肉眼可见的速度变得奇怪起来。

“花花妹妹，你这网名……”

“嗯？”陈漫云歪着头微笑地看着王川，意思是“想好说什么了没”。

“好别致，不赖不赖。”

王川的话硬生生拐了个弯，求生欲很强地回答。

沈放舟也有点好奇，掏出手机凑过去准备扫陈漫云的二维码。

陈漫云“啪”的一声暗灭屏幕。

沈放舟腹诽：我扫了个寂寞?

陈漫云笑吟吟地看着沈放舟，嘴下没留情：“哥哥，你不是没微信吗？”

她指的是沈放舟在中环广场说自己不加好友没微信的事。

沈放舟沉默片刻，决定忍辱负重：“我刚刚下载了一个。”

“还是算了吧，我怕我加上您的微信忍不住给您发消息的。”陈漫云阴阳怪气地回答。

瞧吧，小兔子把她的 98K 掏出来了。

陈漫云利索地把手机塞进裤子口袋里，从桌子上拽起书包就走，留下沈放舟和王川在教室里凌乱。

沈放舟无话可说，把椅子搬起来扣在桌子上，桌椅碰撞发出沉闷的声音。

王川认识沈放舟这么久，还是第一次见到沈放舟被人阴阳怪气撑到说不出话来，看着陈漫云离去的背影，他掩盖不住自己内心的崇拜之情，情不自禁地小声说道：“她好酷哦。”

余光看到沈放舟冰得掉碴的脸以后，王川果断住嘴。

“嗨，各位，想我没有？”赵毅杰还没进七班，咋呼的声音就传了过来。

赵毅杰班里拖堂，傍晚下了课立马来找沈放舟他们。本来沈放舟、王川、赵毅杰是一起玩的，王川以前还给他们三个起了个“七班三剑客”的组合名，因为沈放舟嫌太傻，最终没用。

高二分班，赵毅杰就被分出去学文了。从七班走的时候，赵毅杰眼泪汪汪的，老徐看不下去了，跟他说：“你再不走就留下来学理吧。”

据目击群众反应，听到这句话以后，赵毅杰飞快地逃离了七班，没有一丝丝留恋。

沈放舟的值日还有一点收尾工作，赵毅杰随意坐在沈放舟座位上，看到旁边的座位上有东西，随口问王川：“沈哥他同桌回来了？”

“哪儿能，是新来的转学生。”王川低头，边打游戏边回答，又抽空补充，“长得贼漂亮。”

赵毅杰还想多问几句，沈放舟突然在角落里把清扫工具放下，声音倍儿响。赵毅杰被这声音吓了一跳，忘记了自己要说的话。

沈放舟走过来，拿起书包，眉眼低敛着，冷冷淡淡地开口：“走吧。”

赵毅杰摸不着头脑，跟在后面小声问王川：“沈哥这是怎么了？我怎么瞧着有点不太高兴啊？”

王川知道，但王川不能说，王川不由得感叹他真的为他和沈放舟的友情付出太多了，他自己都要感动了。

他现在真想感慨一句，什么叫为兄弟两肋插刀啊？

开学第一天，赵毅杰说要好好庆祝一下，有点仪式感，三个人便在学校附近的一家烧烤店吃饭。这么说吧，学校附近的店但凡能开得时间久点的，几乎没有不好吃的。

东西好吃，价格实惠，在王川心里，这家烧烤店已经可以载入淮大附中美食图鉴了。

赵毅杰点了餐坐下后嘴巴就没停过，像个机关枪一样吐槽他新分到的那个班。他在文科班，大神多，文章写得那叫一个行云流水，妙笔生花。奇葩更多，有人直接带了个修理箱来学校，箱子里钳子、锤子、斧子一应俱全，就差直接在班里做手工了。

他们点的烧烤刚从烈火里烹烤出来，油温还在，偶尔滋滋作响。

“不是我说，我真服我们那个班主任，开口闭口都是‘你们高一学过吧’，我高一要是好好听课我至于学文吗？”

沈放舟没搭赵毅杰的话茬，看了一会儿王川，突然把手里的烧烤签放下。

“推给我。”沈放舟说的是陈漫云的微信号。

“不给。”王川笑嘻嘻地拒绝，他难得见沈放舟吃瘪。

赵毅杰兀自吐槽了好一会儿，发现另外两个人都没搭理他，郁闷地咬了一口烤面筋，而且还悲哀地发现他听不懂王川和沈放舟两个人之间的加密通话了。

这个快乐的小团体再没有他的位置了吗？情感大师说得对，三个人的友情果然是最艰难的。

“王川，把陈漫云的微信推给我。”沈放舟把可乐罐放下，直接向王川索要。

王川表情浮夸地反问：“花花妹妹没有给你微信呀？

“同桌一场，小伙子竟然没有新同学的微信，这究竟是怎么一回事呢？是人性的扭曲还是道德的沦丧？亲爱的观众朋友们，让我们一起来看今天的走近科学节目特辑之《无法拥有的微信》。”

王川嘴上皮了好一会儿，觉得闹够了，才把陈漫云的名片推给沈放舟。

沈放舟很放松地靠在椅子靠背上，垂眼借着昏黄的灯光看手机屏幕。

陈漫云的微信头像是一片湛蓝的天空，画面里有几片白色云朵，沈放舟放大图片才发现云的边缘有个飞机，小小的，扎进一片白里，几乎看不见。

沈放舟手指又轻点了一下屏幕，就看到陈漫云的微信名。

她的微信名叫“AAA 专业修飞机陈小姐”。

沈放舟看着就笑了，舔了舔嘴唇，觉得这名字像陈漫云的风格。

奇奇怪怪里还有点可爱，像狐狸的幼崽。

王川：“沈哥，你笑得有点……”

沈放舟抬头，问：“嗯？”

王川大胆开麦：“你笑得好像觊觎小姑娘的变态啊。”

得到沈放舟的死亡凝视后，他立刻闭麦。

一直在旁边竖着耳朵听的赵毅杰这下彻底没听懂了，什么小姑娘？什么花花妹妹？沈哥什么时候成了变态？

那他和王川岂不是很危险？

赵毅杰强行加入群聊，准备挽救这段残破不堪的友谊。他像个憨憨一样转头准备问沈放舟。沈放舟很懒散地靠着椅子坐着，脸上寒意挺明显的。

赵毅杰的嘴张了又张，㞞了，没发出任何声音。

赵毅杰没胆子问沈放舟，把手绕到后面，圈着王川的头，挠他脖子痒痒。

王川猝不及防被偷袭，气愤地骂道：“你有没有出息，干吗偷袭我？”

没过几秒钟，他就硬气不下去了，忍不住求饶：“哈哈哈，别挠了，好痒啊。我说，我说，你先放开我。”

赵毅杰这才放开他，两个人在旁边说悄悄话。

王川讲得极其激动，赵毅杰就在旁边配合地做出夸张的表情。

王川：“那是前几天，我和沈哥在中环广场便利店那块儿……”

赵毅杰：“哇——”

沈放舟懒得理幼稚的两个人，正好东西喝完了，他起身又去拿了一罐可乐。

刚从冷柜里拿出来的可乐还冒着凉气，铝制的易拉罐表面有水雾，烟火热闹里仿佛可以听见里面的液体涌动。沈放舟随意地透过烧烤店不算干净的玻璃看外面，视野里很快捕捉到陈漫云。

很久以后，沈放舟都说不清，他为什么总是能在一片混乱里第一时间找到陈漫云。

周围陆续亮起灯光，陈漫云的身形掩在夜色里，纤细匀称，天鹅颈白皙。

沈放舟隔着玻璃看了她好一会儿，又耷拉着眼看了一眼手边的可乐，随即很轻地笑了一下。

赵毅杰顺利从王川那儿补完全部剧情，心满意足地凑到沈放舟旁边，又顺着沈放舟的目光发现了马路边的陈漫云。

很久以后，赵毅杰都觉得淮大附中没有比陈漫云更特别的了，有她漂亮的没她性子傲，比她傲的又没她物理好，比她物理好的……不好意思，赵毅杰没见过比她物理好的。

这些都是后话，此刻的赵毅杰只觉得这姑娘可真好看。

赵毅杰突然福至心灵，回头问王川："川儿，这是不是就是沈哥的漂亮同桌？"

王川反应慢了好几拍，眯着眼仔细辨认了一会儿才接话："对啊。"

他吃了一口羊肉串，听出赵毅杰语气里的怀疑，撑回去："这难道还不算漂亮？"接着，他又指了指沈放舟，"不信你问沈哥，花花妹妹难道不漂亮？"

沈放舟没说话，握着那罐可乐，半阖着眼看赵毅杰。

在王川和沈放舟的注视下，赵毅杰咽了口口水，骄傲地和王川争论："要不怎么说你没文化，就会用个'漂亮'，没学过'仙女'这个词吗？"

王川愣了愣。

难道"仙女"就比"漂亮"更有文化吗？

依他看是半斤八两。

赵毅杰则骄傲地想自己果然有学文科的天赋，并且无师自通学会了"花花妹妹"这个称呼，继续和三川打听。

"花花妹妹几岁了？之前是哪个学校的？"赵毅杰喝了一口汽水，急不可耐地问王川，"川儿，能不能介绍我和花花妹妹认识一下？"

见王川还在迟疑，赵毅杰想了想就抛出诱惑："这样吧，你把她微信给我，我给你点一个月的那个什么砍一刀。"

反正赵毅杰是不能理解王川，照理说王川家境富裕，买几千块钱一双的篮球鞋眼都不眨，但是偏偏每天沉迷于那个砍一刀，砍到一件九块九的短袖比买到限量版球鞋还高兴。

尤其是自从王川发现给好友发链接可以让好友帮忙砍一刀以后，越发不可收拾，沈放舟和赵毅杰几乎每天都要收到十几条"在吗？帮我砍一刀"的链接。

王川动心了，正准备开口答应。

沈放舟却突然挺直脊背坐起来，随手拿了根干净的铁签子，上半身向前倾，用签子尖部去敲赵毅杰装着汽水的玻璃瓶。

两者相碰发出清脆的声音。

这是干吗?

赵毅杰和王川同时看向沈放舟，眼神疑惑。

沈放舟还在没规律地敲着玻璃杯，敲够了才抬头看了一眼赵毅杰，似笑非笑地叫他名字。

赵毅杰突然觉得气氛诡异了起来，问沈放舟："怎么了，沈哥?"

沈放舟在昏暗的光影里挑眉，咬字清晰地开口，语气像在警告赵毅杰："那是我花花妹妹，不是你妹妹，懂吗?"

沈放舟想着：我都还没加上她微信，你着什么急?

赵毅杰愣了几秒，没反应过来沈放舟是什么意思，接着神经大条地说："我知道啊。沈哥，放心吧，你和我啥关系，你妹妹就是我妹妹，我肯定照顾好咱妹妹。"

沈放舟真怀疑赵毅杰这理解水平是怎么通过的义务教育考试，怎么就能让他上了高中?

两个人还在这里僵持不下，稍不注意，王川已经跑到马路牙子旁边和陈漫云聊上天了。

淮大附中的高一高二没安排晚自习，陈漫云之前在盛华上了一年的晚自习，此时还有些不习惯。她晕晕乎乎走出淮大附中，看着淮大附中夜总会风的校门才总算有点真实感。

她不太想回家，便随意在周围闲逛，没承想在这里还能碰到熟人。

"好巧啊，妹妹。"王川手里举着一串羊肉串，口齿不太清晰地打招呼。

陈漫云随意地点了点头，看到了王川嘴边的酱汁，惊讶于王川真是不把她当外人。

她还朝王川笑了笑。

很干净的笑，在烟火热闹中也让人印象深刻。

王川问陈漫云："那个，花花妹妹，你有没有下载拼多多啊?"

"没有。"

陈漫云没什么要网购的，还以为和王川没有共同语言，蛮不好意思地回答王川。

"真的吗?"王川听完以后，喜悦之情快写在脸上了。

新用户好啊，新用户砍得多。

天真的陈漫云此时还不知道她以后要经历什么。

沈放舟和赵毅杰也从店里走出来，陈漫云看到沈放舟手里拿着一听可乐。当视线转到赵毅杰的杀马特发型后，陈漫云的嘴角狠狠抽搐了。

就还……挺潮的。

近距离看陈漫云时，赵毅杰甚至有一丝丝想留在七班学理，想了想物理和化学又觉得算了算了，保命要紧。

赵毅杰准备和漂亮妹妹搭讪："妹妹好哇……"

他话没说完，因为沈放舟先一步插在他和陈漫云中间。

沈放舟站着的位置直接隔断了赵毅杰的目光，沉默着把可乐塞进陈漫云手里。陈漫云看不懂这波操作，一脸蒙地接过可乐捧在手里，冰冰凉凉的触感，抬头用疑惑的眼神看着沈放舟。

沈放舟垂眸，看到陈漫云蒙蒙的表情，觉得她更像一只兔子了。他笑了一下，随口说道："妹妹，喝这个，解解腻。"

陈漫云还没搞清楚状况，不过沈放舟看着挺认真，她手心蹭着有点冷的易拉罐，不明所以地说了声"谢谢"。

陈漫云回到家发现家里没人，随手把那罐可乐放在房间书桌上。

写化学作业的时候，她无意间想到这罐可乐，随手拿起来摇了摇。

碳酸汽水在罐子里摇晃，她仿佛听见摇出来的声音都像"花花妹妹"。

要命。

如果非要说沈放舟和陈漫云这对半路同桌有什么相似的地方，那就是他们的家里同样没人，如果这也勉强能算相似之处的话。

开学以后，沈放舟就搬到了沈南城买在淮大附中附近的房子里，房间是冷淡的黑白灰配色，谈不上什么装修风格，更像是便捷酒店。

沈放舟身上沾了烧烤味，他觉得味道有些难闻，洗了澡以后才坐在书桌前开始写作业。

沈放舟写作业的顺序一直是先写数学，再写物理、化学、生物。

至于语文和英语，他向来不喜欢写，有时间了偶尔会写，没时间甚至都可以在语文和英语课上补觉。

不过今天特殊，他早上刚惹恼了老徐，为了老徐的身体健康着想，还是把英语阅读摊开。

沈放舟心不在焉，单词“dear”愣是被他看成了“bear”，搞得他反应了半天也没看懂。

在写英语作业的这一个小时里，沈放舟看了十二次手机，陈漫云的微信名片被他打开了快三十次。她的微信名太独特，AAA 专业修飞机陈小姐，亏她想得出来。

沈放舟手指随意地在手机屏幕上敲打等待，结果还没显示好友通过验证。

难道是网络坏了？

沈放舟下滑了操作界面，在自己 5G 全覆盖的家里连上了流量。

还是没消息。

也可能是他微信坏了，他就知道姓马的不好好做软件。

怎么检测一下手机呢？

沈放舟瘫在椅子上吐了一口气，站起来推开书桌前的窗户，抬头看暗色的天，月亮悬在天空皎洁明亮，夏末的晚风凉爽又温柔。

沈放舟感受完晚风，接着坐下来以迅雷不及掩耳之势的速度删掉了王川的微信并且重新申请好友。

“你已添加对方为好友”的字样出现在对话框上方，沈放舟遭遇了人生大滑坡。

王川：嗯？

王川：你号被盗了？

FZ：手滑。

沈放舟打完字就随手把手机扔到一边。

直到写完英语作业，沈放舟都没搞明白为什么陈漫云不加他微信，想来想去觉得还是因为那句“不加好友，没微信”。

沈放舟闭眼回想了一下，人家小姑娘礼貌地问一句“能麻烦帮忙捡一下硬币吗”，他来一句自恋的“不加好友，没微信”。

沈放舟的指节在桌面上敲着，沉默了几秒钟就笑出来。

好像确实挺普信的。

第二天起来穿衣服的时候，陈漫云狠狠夸赞了一下淮大附中的校服，盛华的校服是白衬衫加校服裙，容易脏不说，上体育课还要先换一身运动服。

淮大附中的则是经典蓝白配色，偏运动的款式，堪称全地图校服。

陈漫云觉得只要自己不怕脏，这身校服甚至可以穿到她当打工人的那一天。

“云云，学校的饭菜吃得惯吗？要不要我给你做个便当带过去？”秦姨在厨房里问道。

“不用，秦姨，我吃得惯。”陈漫云坐在餐桌上吃三明治，抬头看了一眼时钟，着急地从椅子上跳起来，扭过头朝厨房那边说，“秦姨，我先走了，时间来不及了。”

说完，她就把三明治叼在嘴里往门外走。

陈漫云离开有一会儿了，秦姨扫完地以后又从厨房里走出来，边哼小曲儿边收拾餐桌。

她几乎算是看着陈漫云长大的，她就是个普通的打扫阿姨，搞不懂云珊说的什么在盛华认识的人对陈漫云未来有好处，只是明显感觉到陈漫云到了新学校积极一些了，没以前在盛华那么情绪低落，她就觉得这个学转得对。

陈漫云去了学校还不算迟，同学们正陆陆续续地往教室走，教室里和昨天一样热闹。陈漫云随便观察了几眼，前几排的有人在背单词，李冉在默写古文，还有一个长得贼壮实的大哥低着头不知道在认真捣鼓什么。

陈漫云看到这一幕才觉得昨天徐平峰说的“我们班可是很爱学习的”这句话还有几分可信度。

她走到自己的座位附近，看到王川在拼命赶作业，王川的同桌还没来，她自己的同桌沈放舟在座位上趴着酣睡。

她现在心里就一个疑问，就是沈放舟的睡眠质量怎么能这么好，好到她怀疑他晚上通宵打了两份工，几乎没合过眼的程度。

陈漫云的座位在里面靠窗的位置，这意味着如果她要进去，就必须得叫醒“通宵打工”的沈放舟同学。陈漫云身子前倾，先把书包放到自己桌子上，下一秒就决定叫醒沈放舟。

王川手里还在忙活物理作业，无意间抬头，看到陈漫云后眼睛一亮，嘴里嚷着：“花花妹妹，救命，我抄不完了。”他边说着边把两张物理卷子塞到陈漫云手里，一张是别人已经写好了的，一张是他自己的。

“花花妹妹，能帮我抄一张吗？”王川卑微地哀求陈漫云。

郑萍是他们的物理老师，布置物理卷子以张为计数单位，时不时还能让他们喜提力学大礼包，做摩擦力做到爽。

以至于王川到现在还在补暑假的物理卷子。

陈漫云站着，没接卷子，笑吟吟地看着王川：“可以啊，不过你以后只能叫我的名字，不许叫我花花妹妹。”

王川心里想着自己不是那种为了一点利益就出卖灵魂的人，下一秒嘴上就殷勤地回答："好的，没问题，陈漫云同学。"

丝滑得不得了。

陈漫云这才接过来，把卷子略微折了两下，依旧拿在手里。

王川也看到沈放舟睡得正香，仿佛意识到什么一样，指着旁边蒋大南的座位："哎，要不你先坐这儿吧，大南估计还得一会儿才来。"

沈放舟的起床气可不小，王川怕沈放舟误伤陈漫云。

陈漫云和王川的同桌还没说过几句话，觉得不经过人家允许坐人家座位挺没礼貌的，再者，她明明自己有座位。

陈漫云抬眼，观察了半天沈放舟，少年趴着，白净的额头露在外面，睫毛投下一小片阴翳，看着挺乖，让人不忍心吵醒他。

不好意思，她忍心。

陈漫云冷笑了一声，伸出手，食指的指节在桌子上有节奏地敲击着。

这么早就起床不是沈放舟暑假的作息习惯，沈放舟被敲醒的时候，暴躁阴郁都写在脸上，不满地睁开眼睛。

他抬头却看见穿着蓝白校服的陈漫云，校服短袖的纽扣扣到最上面，还有她在清晨阳光里被照到朦胧的脸。

他怔了几秒，沉默着没说话。

倒是陈漫云把人叫醒以后自己先怂了，声音轻到像气音，她用手指着自己的座位，跟坐在座位上勉强睁开眼的沈放舟申请："同桌，我想进去。"

沈放舟看样子是还没睡醒，沉默地阴着脸，晃晃悠悠地站起来。

电光石火间，陈漫云觉得这架势有点不妙，酷哥这是要动手吗？

王川也是这么想的，沈放舟平常不惹事，但绝不意味着他是什么温良好学生。有那么一瞬间，王川很担心新同学陈漫云来的第二天就被打。

王川屏息凝神在心里做了半天思想斗争，却发现沈放舟迷迷糊糊站起来，只是为了走到过道里，还顺手把椅子推进去方便陈漫云往里走。

动作甚至可以算得上乖巧。

陈漫云本能地感觉到气氛的奇怪，但又说不出来哪里奇怪。

她笑了一下，说道："谢谢。"

沈放舟眉眼低敛着，"嗯"了一声。

目睹全程的王川内心在咆哮：等等，大佬，你现在为什么变得这么和善这么好说话了？

王川突然回想起高一时他碰巧吵醒沈放舟，这位哥当时脸色黑得像能直接蘸着写毛笔字。

他愣了半天，心想：这是区别对待吧？绝对是。

折腾了半天，陈漫云终于顺利地坐在了自己的座位上，随手抄起一支圆珠笔。说实话，她一开始确实是准备帮王川抄完的，但是……

不知道王川借的是谁的卷子，字体难以辨认到可以去研究甲骨文的程度，陈漫云实在看不懂，然后拿着卷子转头问王川：“王……”

王川还在埋头抄作业，但显然也知道那张卷子的书法水平，头都没抬地回道：“没事，看不清的随便帮我写一个就算了。”

估计郑萍都没时间检查。

陈漫云点点头，若有所思地转回去，把那张写满的试卷垫在底下，自己拿着笔演算。

淮大附中和盛华的卷子都是独自命题，盛华的命题很巧妙，但陈漫云觉得其实淮大附中的力学题逻辑思维更好一些。

思路通了题就好做，陈漫云对卷子上的内容并不生疏，很快就演算完了，写完以后把卷子交给王川，看了一眼表，大概用了三十分钟。

王川满脸感激地接过，随手塞进自己乱糟糟的卷子里，然后叹了口气。

“花……陈漫云同学，你一看就是不经常抄作业吧，这抄的速度还有待提高啊。”

五分钟就能抄完一张卷子的王川以过来人的口气对陈漫云说。

陈漫云笑了笑，没接话，接着提醒王川：“马上就早读了，你还是赶快交给课代表去吧。”

早读是英语，大家以各种奇怪的腔调念英语，还有人艺高人胆大地在里面摸鱼。

沈放舟被陈漫云敲醒以后就一直没睡了，随便翻着看英语单词，他真不懂为什么这本厚厚的单词书的第一个词就是 abandon（放弃）。

陈漫云在旁边认认真真背单词，声音清甜，发音也没有奇怪的腔调。

沈放舟看了一眼陈漫云就收回视线，他刚刚看到陈漫云写物理卷子了。

如果能保证正确率的话，那她的速度太快了。

沈放舟勾唇，是真觉得他这个新同桌身上都是谜团，长得好看，但是有一股清冷的气质，写物理还贼快。

不过当务之急不是这个……

沈放舟拿手敲了敲桌子，得到陈漫云的注视后准备和她解释那句“不加好友，没微信”。

还没等沈放舟开口，陈漫云就先很懂地点头，对沈放舟说：“我懂的。”

沈放舟可太欣慰了，问：“你真的懂？”

那他是不是可以加上她微信了？

陈漫云稍微用力地点了点头。

她昨天收到来自“FZ”的好几条好友申请，一开始还以为自己手机坏了，后来发现很明显是沈放舟的微信，但她没通过。

陈漫云没懂沈放舟这一波操作的用意，想了半天觉得这是普信哥对她的试探吧？

一定是。

陈漫云笑了声，持续输出：“您每天要拒绝一百个女同学的微信吧？真辛苦。”

堪称阴阳怪气大师。

沈放舟语塞。

王川听见以后笑得直捶桌子。

“哈哈哈，我觉得好好笑啊，哈哈哈……”王川看到沈放舟阴沉的脸色才顿住，又问了句，“哈哈……你觉得呢，沈哥？”

沈放舟冷笑一声，回道：“我觉得你是蠢货。”

一整天都算风平浪静，校门外巷子里的破旧杂货铺还保持着上个世纪的装修风格，狭窄昏暗的柜台那边，老板半躺在竹编的摇椅里吸烟，椅子受力不均，发出吱吱的响声。

陈漫云捏出一张百元大钞放在柜台上，问能不能换零钱。

老板应了声以后从摇椅上起身，从柜台里翻找出一把零钱，大小面额的都有。他不在意，眯着眼随便数了下就递给陈漫云，又把陈漫云那张红色钞票随便扔在玻璃柜上。

“谢谢，麻烦您了。”

陈漫云抬眸，很认真地道谢。

老板没搭话，烟夹在手指间，往柜台的玻璃上弹了弹烟灰，摆摆手示意陈漫云快走。

出了杂货店，陈漫云从零钱里数出来欠沈放舟的数目。微信可以不加，但可乐钱还是要还的。零钱太杂，她把手腕上随意套着的皮圈扯下来，把钱绑好，塞进右边的口袋。

忽然听到什么声响，陈漫云本能地抬头。

是唐敬盛，但他身旁的人却不一样了，之前在食堂，唐敬盛身边虽然人多，再怎么样也还是学生，稚气写在脸上。

现在跟着的这几个长得很壮实，站在唐敬盛后面抖着腿，表情流里流气，头发或多或少都烫过，染的颜色更是乱七八糟。

陈漫云觉得有意思，仔细观察了下，从左到右有一个黄毛，两个奶奶灰，最右边一个壮汉染着蓝色头发，颜色热闹到陈漫云觉着他们吵到她的眼睛了。

过年都不用放烟花了吧，这群人的头发就够丰富多彩了。

陈漫云漫不经心地想着，勾了勾唇，是真的没想到来淮大附中的第二天就被附赠了“看彩虹”服务。

陈漫云没说话，唐敬盛以为她害怕了，扬扬自得，昨天被陈漫云偷袭膝盖的事情他一直怀恨在心，更别提被一个弱女子砸了脑袋。

这几个人是他从隔壁职校找的，不怕惹事。

总之，现在的局面就是唐敬盛领着一群彩毛壮汉围着陈漫云，陈漫云本人内心毫无波澜，甚至有点想笑。

这群人确实给了唐敬盛一些底气，他表情狂妄了许多，接着就威胁陈漫云：“怎么，怕了吗？怕了就赶紧给我跪下，给小爷我磕个头，这事就算完了。”

语气听起来还挺像那么回事。

这是什么上世纪的老土台词，陈漫云听到这儿都觉得自己在非主流片场。

她看了一眼唐敬盛旁边的同伴，觉得有些刺眼睛，收回目光，表情很疑惑地试探着问唐敬盛：“所以，我今天不道歉的话你是要打我吗？”

唐敬盛得意地笑了声，和旁边的蓝毛谈笑：“也不一定啊，虽然你脾气差，但小姑娘这么漂亮，陪哥几个玩一会儿也行，这叫什么来着？”

他还没说完就自顾自地笑了起来。

旁边的蓝毛会意，然后用黏糊糊的眼神打量着陈漫云。

陈漫云面无表情地听完，低头看了看自己今天新穿的校服，觉得真晦气。她不想自己动手，会把新校服弄脏的。

行，谁不认识几个社会哥啊？

陈漫云深吸一口气，从校服口袋里掏出手机，点开和杨程宇的对话框。

AAA专业修飞机陈小姐：SOS！请求支援。

盛华还在上晚自习，杨大少爷照例是不学习，漫不经心地看了一眼手机游戏界面上方闪烁的聊天框，发现是难得的稀客。

陈漫云接着给杨程宇打字发消息。

AAA 专业修飞机陈小姐：被人堵了，来一下……

陈漫云还不知道这条巷子叫什么，抬头问在边上沉默的黄毛："同学你好，能麻烦问一下这条巷子叫什么吗？"

黄毛反应了好一会儿才意识到陈漫云是在和他说话，回答道："许东巷。"

陈漫云点点头，边打字边回答："谢谢。"

黄毛很羞涩地回道："不用谢。"

两个人有来有往，气氛可以说是非常和谐了。

唐敬盛"呸"了一声，一巴掌打在黄毛的后脑勺上："聊什么聊，你在这儿交朋友呢？"

唐敬盛说完踹了黄毛一脚，黄毛"哎哟"了一声就捂着小腿龇牙咧嘴。他是最近刚加入的这个小团体，人微言轻，是以唐敬盛才拿他出气。

手机有"叮咚"的声音，是杨程宇的消息。

杨程宇好为人爹：几个人？

AAA 专业修飞机陈小姐：五六个。

AAA 专业修飞机陈小姐：你一个人能解决吗？

杨程宇好为人爹：没问题。

陈漫云还没来得及打字，那边又发过来一句。

杨程宇好为人爹：绰绰有余。

陈漫云眨了眨眼，下一秒打断了唐敬盛打黄毛的动作，清了清嗓子，一本正经地提议："我们商量一个解决方式吧。"

唐敬盛暂停了手上的动作，彩毛大哥们也都看着陈漫云。

陈漫云还是提出了自己的解决方式，对着唐敬盛说道："要不你和我道个歉吧，这事儿还能快点解决。"

唐敬盛和彩毛大哥们迟疑了：拜托，现在是你被我们一群人堵在巷子里。

他们都要怀疑陈漫云是不是被吓傻了。

黄毛甚至悲哀地想着这姑娘这么漂亮，脑子却有点问题，然后看陈漫云的眼神都带着惋惜。

陈漫云没瞧见黄毛的神情，依旧一脸真诚，语气认真地问唐敬盛他们要不要再考虑一下。

放学后，同学们陆陆续续离开了，王川自称最近学了《周易》，一放学就追着要给别人看手相，没人理他。沈放舟被迫成为他的第一位客户。

王川是这么忽悠沈放舟的："沈哥，我说认真的，我已经学有所成了，说不定哥们我一看手相，直接给你把你亲生爹妈找着了。”

王川嘴上没个把门的，话刚出口就后悔了，因为沈放舟的亲生父母一直是他心里的伤疤。

王川张了张嘴，还没发声，沈放舟却先把手伸过来了，示意让王川看。

王川就拉着沈放舟的手足足看了有八九分钟，左手拿着沈放舟的手，右手翻着《周易》，很认真的样子。

又过了好一会儿，沈放舟忍不住了，问王川：“你看出什么来了？”

王川非常严谨：“从这个手相来看，沈哥你应该是个男的。”

沈放舟深吸一口气，忍住了，接着问王川：“还有呢？”

王川又想了想自己刚才夸下的海口，小心翼翼地补充：“你爸爸是男的，你妈妈是女的。”

可以说是十分严谨了。

沈放舟嗤笑了一声，终于明白他对王川的期望还是太高了，他认真地叫了一声王川的名字：“王川。”

“咋了沈哥？”

“找个厂上班吧，真的，千万别去大街上给人算命。”

王川摆摆手，继续低头研究他的著作。

“沈哥——”

赵毅杰慌慌张张地闯进来，走近后就发现沈放舟一脸痛苦的表情和王川手上的《周易》，一脸疑惑。

见沈放舟看着自己，赵毅杰这才想起正事，一拍脑袋，对沈放舟说：“沈哥，你花花妹妹被唐敬盛带人堵在许东巷子里了。”

赵毅杰今天放学走得快，正巧在小巷子里瞥见了那一幕。

虽然赵毅杰不知道花花妹妹为什么能刚开学就和唐敬盛有矛盾，但看那阵势也不是小事儿。

他思前想后还是觉得敌我力量悬殊，回来给沈放舟报信。

“唐敬盛”这个名字这两天频繁地出现在沈放舟耳边，还有他的新同桌怎么老被人找麻烦？

沈放舟挑眉，随即撑着手站起来，边收拾书包边和赵毅杰、王川说：“你俩先回，我去许东巷子里看看。”

王川自告奋勇地疯狂举手：“沈哥，我也想去。”

沈放舟回头看王川，特别轻蔑地笑了一声：“教训唐敬盛还用得着两个人？”

王川和赵毅杰想了想，觉得确实没错，于是目送沈放舟离去。

沈放舟的身手他们是不担心的，两个人决定在教室待一会儿再回家。

王川右手还提着那本《周易》，咧开嘴憨憨地对赵毅杰说：“好兄弟，要不要支持一下我的爱好？”

赵毅杰一脸惊悚地看着王川，表示尊重他的爱好并在下一秒果断拒绝了。

沈放舟到许东巷子的时候，陈漫云还在苦口婆心地劝说唐敬盛和彩毛大哥们。

小姑娘穿着干干净净的校服，语气真诚得不得了，说的话却是要多气人有多气人：“真的，两位还是赶紧给我道个歉吧，一会儿我同学来了，可能就不止道歉这么简单了。”

杨程宇从盛华到这个巷子也就一会儿的事。

“你同学？”唐敬盛觉得陈漫云说话真是搞笑，恶狠狠地盯着陈漫云，粗声粗气地说，“我不管你同学是谁，在淮大附中，我唐敬盛就是老大，懂吗？”

他话音还没落，沈放舟就提着书包走到了巷子里。

沈放舟的第一反应和陈漫云一样，觉得这色彩也太鲜艳了吧，随即他站在陈漫云旁边，眯着眼看唐敬盛和彩毛大哥们。

沈放舟很放松地站着，彩毛大哥们却不淡定了。

打死他们也想不到陈漫云刚才叫的同学是沈放舟，现在给陈漫云道歉还来得及吗？

唐敬盛的笑容也僵在脸上。

陈漫云察觉到对面的表情变化，疑惑地扭头，又掏出手机看了一眼屏幕，确定刚才的消息是发给了叛逆少年杨程宇而不是她的好同桌。

沈放舟在淮大附中的名声很独特，尤其是像唐敬盛这种人，对沈放舟保持着微妙的关系。

沈放舟正儿八经靠成绩考上的淮大附中，不混社会，不喜欢打架和拉帮结伙，平常也就是和王川、赵毅杰玩玩，抛开上课睡觉这点，他几乎可以算是模范优等生了。

唐敬盛一伙人一开始也这样以为，觉得沈放舟就只是个不敢惹事的尿货。

唐敬盛自诩淮大附中一哥，身边的人也都附和着，久而久之，唐敬盛还真觉得自己是个人物了。

直到上学期期末，职中一拨人故意找淮大附中学生的麻烦，频繁地在门口堵刚放学的学生。

淮大附中的学生大部分不想惹事，当时淮大附中高三的扛把子和唐敬盛都假装自己是瞎子，依旧每天在学校里耀武扬威。

最后出来解决这事的是沈放舟。

沈放舟那时候上高一，蓝毛那时候也还是个小喽啰。

蓝毛至今还对当时的沈放舟印象深刻——他规矩地穿着淮大附中的校服，但就是有一种独特的气质，甚至都不像一个学生，浑身上下有一种不怕死的劲儿，还有一种野蛮生长又不服输的执拗。

当时的沈放舟下巴扬起，看他们的眼神满是不屑。

“不是爱收保护费吗？今天我就在这儿。”说完，沈放舟一摊手，很嘲讽地笑了一下，“收吧，收到算你们本事。”

后来怎么样了？

职中的人不少，却没人是沈放舟的对手。

沈放舟算得上是一战成名。

这件事之后，职中那边的学生们基本明白了两件事，一是淮大附中的学生欺负不得，二是淮大附中归沈放舟管，轮不上别人。

后来，沈放舟和唐敬盛两个人在楼道里狭路相逢，气氛微妙。

就在周围的同学们以为沈放舟要趁这个机会在淮大附中扬名的时候，沈放舟手插在校服口袋里，朝唐敬盛点了点头，然后欠身让唐敬盛先过去了。

淮大附中的同学们摩拳擦掌等候了好几天的好戏就这样没了下文。

沈放舟一战成名之后，他又迅速沉寂在众人的目光里，规规矩矩穿着校服上学，一如平常。

彩毛大哥们至今还记得被沈放舟支配的恐惧，紧张地看着沈放舟。陈漫云也扭头，睁大眼睛认真看着他。

然后，这位哥优哉游哉地打了个哈欠，径直走到蓝毛大哥面前，把蓝毛从头发丝打量到脚，语气迟疑着像在回想什么，不确定地问：“你就是……小唐？”

原谅他，他是真想不起来小唐全名叫什么了。

蓝毛准备有尊严地回答这个问题，哪怕一会儿要被沈放舟打，但他嘴比脑子快：“沈哥，你不记得我了？我是小张啊。”他又飞快地补充道，“几个月前你还教训过我。”

还是把我教训得直不起腰来的那种。

沈放舟点点头，脑子里完全没蓝毛小张的印象，很抱歉地看了他一眼，转过头问旁边的唐敬盛：“你好，麻烦请问一下小唐是谁？”

别说，还挺有礼貌。

陈漫云眼睁睁看着唐敬盛的脸由青转紫又转绿，简直可以说五彩缤纷。

唐敬盛咬牙切齿地回答：“你故意的吧？沈放舟。”

这下沈放舟知道小唐是谁了，他退开半步，仔细看了看唐敬盛的相貌，像是才想起这号人一样，慢条斯理地说：“哦，就是你欺负我同桌啊？”

陈漫云刚才一直在默默观察社会哥会面，已经快被沈放舟杰出的气人天赋折服了，另外她在思考有没有可能沈放舟一直叫她“花花妹妹”的原因是大佬根本记不住闲杂人等的名字。

沈放舟转过头，朝着陈漫云招手，示意她过来。

还没等沈放舟说话，陈漫云从旁边凑上去，很上道地自我介绍：“沈哥，我是小陈。”

话里话外充满了对连手下败将的名字都记不清的大佬的体贴。

沈放舟听到陈漫云的话后一愣，然后笑了，随手把书包塞进她怀里，边活动手腕边对她说：“行，小陈，麻烦你帮我拿着书包，谢了。”

陈漫云接过书包，有一点重量，摸着又不太像书。她乖巧地拎着书包，用眼睛估算了一下距离，找了个地方安安分分蹲下了，以防等一会儿大佬误伤她。

她随即分析了一下现在的战况——唐敬盛是带了一堆人撑场子不假，但这堆人里面有一半的人都挨过沈放舟的打，气氛就有些奇怪了。

蓝毛见识过沈放舟的身手，一点义气都不讲地退开几步，躲到黄毛后面。

黄毛也蒙了，说好的带他一起闯荡天涯，躲在他背后干什么？

唐敬盛心里对沈放舟还是有些忌惮的，但到底没和沈放舟正面交过手，加上之前在楼道里沈放舟也没和他计较，他不清楚沈放舟的具体情况。想到还有职中的人在这儿看着，他今天要是认㞞了，明天所有人就会说他输给沈放舟了。

他可咽不下这口气。

“沈放舟算什么东西，咱们这么多人还怕他？”说完，他自己先把袖子撸起来，啐了一口唾沫，接着就和另一个卷毛一起冲上去。

沈放舟比他反应快，侧身躲过去，抬脚把那个卷毛踢到一边。

这一脚够狠，卷毛捂着肚子在地上呻吟。

沈放舟追上去，两只手按上唐敬盛的肩膀，又用劲束缚住唐敬盛的手，空出的一只手拽着他的衣领，随即用膝盖顶到他的要害。

唐敬盛吃痛，狼狈地蹭着墙壁倒在地上。

沈放舟也跟着蹲下来，直视唐敬盛，似笑非笑地挑眉，附和着他刚才的话：“我沈放舟是不算什么东西。”

陈漫云在旁边看着都吸了一口凉气。

沈放舟拽着唐敬盛的衣领，到离墙壁几厘米处突然停住，似笑非笑，好似真的想知道答案一样地问唐敬盛："那你说，你又算什么东西，嗯？"

唐敬盛被吓得瘫软在地。

沈放舟不想和唐敬盛多谈，揪着他的衣领站起来。

唐敬盛踉踉跄跄地站起身。

沈放舟最看不上他这副㞞样，面无表情地警告他："听着，唐敬盛，我现在很困，我就说一句，你骚扰我同桌一次我就打你一次，我说到做到。"

沈放舟放狠话的时候甚至是眯着眼的，刚开学他作息还没怎么调过来，要不是过来找陈漫云，他本来是计划回去补个觉的。

但这一点也不妨碍沈放舟说这话时全身低气压，把一句简简单单的话说出"再有下一次我就弄死你"的气势。

唐敬盛的领子还被沈放舟拽着，听到这话他匆匆忙忙地点头，生怕沈放舟反悔一样："知……知道了。"

沈放舟点点头，身上还被倦意包围着，松开唐敬盛的衣领，朝他扬下巴："滚吧。"

唐敬盛狼狈地爬起来，蓝毛和黄毛一起搀扶着他，跌跌撞撞跑走。

十分钟后，沈放舟和陈漫云这对新鲜得冒热气的同桌坐在了街旁的台阶上。

沈放舟双手随意地搭在膝盖上，下巴处的划伤有些微红肿。

他没在意，转头看见陈漫云垂着眼想事情，问道："渴吗？"

没等到陈漫云的回答，沈放舟先自顾自地拉开了书包拉链。

陈漫云终于看清里面是什么了——数学和理科卷子，一支中性笔可怜兮兮地挂在单薄的卷子上。

哦，对了，这位哥的书包里没有语文和英语作业。

陈漫云看到这一幕深表怀疑，就这点东西会有那么重?

下一秒，她就眼睁睁看着沈放舟从书包的最底部掏出了两罐可乐。

他把其中一罐塞到陈漫云手里，铝制的易拉罐外壁还是微凉的。

陈漫云垂眸看着手里的可乐。

她惊讶于沈放舟似乎总能在混乱的环境中变出来一罐可乐，然后把一切糟糕的事都消磨在气泡里。

沈放舟原意是担心陈漫云刚来就遇到这样的事被吓到，结果组织了半天语言也没想出一句安慰人的话，索性不说了，只是静静坐在陈漫云旁边。

他单手拉开易拉罐的拉环，仰着头喝。

陈漫云一边听着碳酸饮料气泡破裂的声音，一边感受着夏末夜晚的凉意和令人舒畅的晚风。

“谢谢。”陈漫云垂眼看着手里的易拉罐，扭头看着沈放舟，语气郑重又真诚。

谢谢你的饮料。

也谢谢你……刚才帮我。

沈放舟随手把易拉罐放在旁边的台阶上，很肆意地挑眉，低头看着陈漫云，说的话却不见得多正经：“光说谢谢有什么用啊？”

陈漫云怔住，屏住呼吸看向他。

沈放舟凑到陈漫云耳边，却又保持着距离，温热的呼吸混着碳酸饮料的气泡味一起喷洒在陈漫云耳侧：“妹妹，加我啊。”

似乎想起来好友申请被陈漫云拒绝了好多次这件事，他又补充道：“我也会修飞机。”

陈漫云反应过来他说的是微信名的事情。赵雾灵天真，以为她总挂在嘴边的航院主要课程是修飞机，陈漫云觉着有趣，就一直用着。

主要是沈放舟语气太认真，有种一本正经的感觉。

陈漫云是真不知道酷哥沈放舟还有这业务，惊讶地看过去，却发现沈放舟自己先双手捂着脸，笑得不可开交。

沈放舟笑够了，手稍稍用力提着书包，夜色朦胧下困倦地站起来，朝着陈漫云回头笑了一下，语气熟悉得像相识许久的老朋友。

“同桌，明天见。”

陈漫云仰着头看着他，转学后第一次觉得生活也没那么糟糕。

“明天见。”

第二章
明天也碰面…

陈漫云目送沈放舟迈着下一秒就仿佛要睡着的步伐离开，回过神来突然想到被她一条短信叫过来的杨大少爷，连忙给杨程宇打电话。

电话打通后能听到凌乱的风声和一些琐碎的声音，杨程宇的声音传过来：“快到了。”

“别，已经解决了。”陈漫云看着脚尖跟电话那头的杨程宇说话。

杨程宇放松下来，“哦”了一声，然后叫她的名字：“陈漫云。”

杨程宇其实已经快到了，听到事情解决以后整个人舒了一口气，靠在巷子里的墙壁上喘息。他静默片刻，好多话没说出口，到最后只一句：“出息点。”

陈漫云先点点头，随后就意识到电话那头的人看不到，又“嗯”了一声。

陈漫云竞赛出事的时候杨程宇不在学校，等他回来的时候，尘埃落定，陈漫云的转学手续也都办好了。

杨程宇一句话都没问，倒不是他不想知道，是他深知流言蜚语的力量可以把一切变成所谓的“真相”。

他相信陈漫云，所以只字不提。

到家以后，陈漫云把手里的那罐可乐放在书桌格子上，过了一会儿又叠放在昨天沈放舟给的那罐可乐上面。

大佬连老徐布置的作业都能忘，唯独还记着这罐可乐。

秦阿姨敲门进来收拾，看到了两罐可乐，转过头和陈漫云说："云云，碳酸饮料要少喝，喝多了骨头要脆掉的。"

在秦姨传统的观念里，固执地认为陈漫云今天喝下去一罐可乐，明天就要骨质疏松，骨头都脆掉，想想就可怕。

"知道了，秦姨。"陈漫云一边收拾床边散落的东西，一边乖巧地回答。

秦姨满意地点点头，又问道："要不要给你把这饮料搁冰箱里？"

"别，秦姨，"陈漫云阻止，"就放在那儿吧。"

"晚上不许偷喝，听见没有？"秦姨拿着东西又唠叨了两句就出去了。

陈漫云躺在床上看手机，微信联系人右上方的小红点终于被点开，沈放舟的验证消息也十分简略。

消息还停留在昨天。

FZ：花花妹妹，是我。

陈漫云当时没同意，于是毫无耐心的酷哥又接着发了好几条。

FZ：我是沈放舟。

FZ：我是沈放舟。

FZ：我是沈放舟。

陈漫云撇嘴，又点进了本来已经退出去的界面，认认真真把沈放舟的备注改成"沈小船"。

陈漫云看了看，满意地点点头，伸手把手机反扣在床上。

放舟，可不就是小船嘛。

一晚上发生太多事情了，关了灯以后，陈漫云的脑子里突然浮现出在台阶上坐着的时候沈放舟仰头喝汽水的样子，他喉结很明显，是随着吞咽而起伏的流畅线条。

哦，陈漫云突然醒悟，酷哥还是有几分姿色的。

晚上睡得不太安稳，第二天，陈漫云起床照镜子的时候发现眼底下有淡淡的青色印记。

去了学校，她才发现同桌沈放舟也有同款黑眼圈，不过沈放舟看起来精神还不错，起码还醒着。

陈漫云第一次细致地观察他。

沈放舟虽然战斗力不低，却并不显壮实，反而是瘦瘦高高的，蓝白校服还算合身，他嫌热，挽起一截袖子，露出一截手腕和骨节分明的手。

沈放舟低着头，手指随意地在手机屏幕上划动。手机消息提示音响起，他先把手机静音才打开赵毅杰的消息。

赵毅杰：沈哥，够狠啊。

沈放舟没懂赵毅杰说的是什么，随手回了一个问号。

赵毅杰便发了三张图片。

赵毅杰：看不出来啊沈哥，下手这么狠。

沈放舟疑惑地挑眉，点开图片，是赵毅杰偷拍的唐敬盛——他和昨天的样子判若两人，鼻青脸肿的，用手捂着眼，但还是能从指缝中看出他的窘迫。

沈放舟疑惑地皱起眉，自己昨天下手没这么狠啊。他想了想，然后转头看陈漫云：“花花妹妹。”

陈漫云没理他。

沈放舟挑眉，凑过去，加大音量：“花花妹妹。”

这个音量再说自己没听到确实不合适了，陈漫云的耳朵接收到了，但转念一想，沈放舟叫的是花花妹妹，关她陈漫云什么事。

陈漫云毫无心理负担地继续安静看书，当没听见。

沈放舟吸了口气持续输出。

“花花妹妹。

“花花妹妹。”

大有陈漫云不理，他就不停的征兆。

陈漫云听得脑壳痛，终于破功，把书合起来，扭头看沈放舟：“停——”

沈放舟点头，接着把手机递过去，给陈漫云放大照片。

陈漫云沉默地看了半天，然后以一种不可置信的眼神看着沈放舟。唐敬盛现在脸肿得像个猪头，陈漫云实在想不到别的可能性，难道大佬昨天晚上给她塞完那罐可乐以后又回去把唐敬盛打了一顿?

真正的悄悄努力，然后惊艳所有人?

沈放舟看陈漫云的表情，像是猜到她心中所想一样，双手摊开做无辜状：“我没追回去打他。”

这话倒是真的，沈放舟还不至于做出这种背后阴人的事情。

陈漫云脸色变了变，忍不住小心翼翼地问沈放舟：“你觉得你有内功的可能性大吗？”

大佬天纵奇才，会一些奇怪的法术也不奇怪，保不准是什么高级内功，唐敬盛回去发作了也不一定。

沈放舟没想到是这么离谱的理由，随即冷笑了一声，认真回答陈漫云：“应该不大。”

下一秒，陈漫云竖着食指在嘴边，做了一个“嘘”的动作，扭过头收拾自己的课本。

王川踩着上课铃闯进来，朝沈放舟挤眉弄眼。

沈放舟抢在他前面开口：“不是我打的。”

陈漫云眼睁睁看着王川脸上的表情从佩服到惊讶再到疑惑，她还从来没有见过有人能把这三种表情如此精准地表现出来，并且在一分钟内切换成功。

于是，王川到嘴边的“沈哥你厉害”硬生生变成了：“不是吧，那是谁干的？”

第二节是郑萍的物理课，祖国的花朵们都提前在座位上坐好了。

郑萍的严厉在淮大附中是出了名的，在物理课上开小差的人被她抓到就是死亡三连问——“刚刚讲的学会了？”“你觉得你在这儿走神有意义吗？”“你对得起祖国和人民吗？”

但郑萍的物理课讲得确实好，深入浅出，巩固基础的同时也扩展了思路，听说她带出过好几个淮市的物理单科状元。

不过这对王川来说是白搭，他对物理一直是爱不起来的态度，就是不感兴趣，用赵毅杰的话来说，王川和物理八字不合，早该和他一起学文去。

郑萍对王川也向来是睁一只眼闭一只眼的态度。

唯独今天不一样，郑萍抱着一沓卷子走进教室，扫视了一眼班里。

祖国的花朵们连忙低下头，陈漫云也把杯子拧紧放起来。

“喏，把这卷子分开发了。”郑萍把卷子递给前排的同学，又用黑板擦敲了敲桌子，“把睡觉的同学都给我叫起来，大上午的睡什么睡。”

陈漫云纠结地想：要不要叫一下王川？

陈漫云回头看了看熟睡的王川，将希望寄托于王川的同桌身上。

王川的同桌蒋大南此刻睡得比王川还香。听到均匀而又此起彼伏的呼噜声，陈漫云沉默了，装作什么都没发生的样子转了回去。

万万没想到，淮大附中作为一所省重点高中，特产竟然是“瞌睡”。

沈放舟撑着手翻看物理书，顺便目睹陈漫云一脸纠结地转回来，便大发慈悲地告诉陈漫云：“别叫了，老师不管。”

郑萍上课通常致力于讲难题，讲特别难的题和讲更难的题。

陈漫云点了点头，没管了。

“这节课我们讲一下之前那张物理卷子。”郑萍右手拿着用红笔写得密密麻麻的卷子抖了抖，接着说，“你们的这个力学题，做得真是……唉，算了。”

接着，她走下讲台，径直来到了王川旁边。

班里同学的目光也跟着郑萍走。

“王川。”郑萍俯下身子叫他。

王川睡得不省人事，以为是班里同学，随意嘟囔了几句：“别叫我，瞌睡……死了。”

郑萍深吸一口气，直接伸出手拧上王川的耳朵，就是一个快准狠。王川被她提溜着耳朵站起来。

郑萍严肃地训斥道：“王川，你看看你写的那卷子，好的不学学坏的，把你和沈放舟安排到一起就是让你干这个的，啊？”

“啊，疼疼疼——”王川发出惨痛的叫声。

王川没搞清楚什么状况，但求生欲很强地先认错。郑萍这才放开他，皱着眉毛：“下了课来我办公室。”

路过沈放舟的时候，她也没忘了这位哥，生气地补充道：“还有你，沈放舟。”

沈放舟“嗯”了一声。

他也被勒令课后去办公室，这位酷哥表情甚至都没变一下，依旧转动着手里的笔。

沈放舟算是听明白了，郑萍说的是之前那张物理卷子的事。

也就是陈漫云帮王川写的那张。

王川左顾右盼问了半天才搞清楚什么状况，他之前还以为郑萍不批改那张卷子，谁承想那张卷子特别重要，郑萍收上去以后加急批改出来要讲解。

他隐约记得当时是陈漫云帮他随便写的，于是戳了戳陈漫云，悄悄地问：“花花妹妹，你是不是随便发挥……了啊？”

王川觉得自己问得已经够委婉了，他其实想问陈漫云是不是写得错太多了，不然也不能把郑萍气成这个样子。

陈漫云先沉默了几秒，随后才小心翼翼地和王川道歉：“不好意思啊，当时你说老师不批改，所以我就……”

“没事没事，本来也就是我让你写的，错了也没事。”原来只是错太多了，这都好说。

陈漫云点点头，对王川深表歉意，就心虚地不敢说话了。

王川则焦急地在座位上等自己的物理卷子，他倒要看看错得有多离谱。

他现在的心情和坐过山车也没什么两样，只期盼最少也对上几道选择题吧，不然郑萍饶不了他。

高原是班里的体育委员，他虽然名字叫高原，真人却长得很壮实，走的是“高山”一派路线，此刻他正像只信鸽一样灵活地穿梭在教室里，派发卷子。

班里同学的表情也很精彩，有长舒一口气的，有面带痛苦的，还有看起来已经经历过了力学的毒打，表情不悲不喜，明显看开了的。

“川儿，你胆子挺大啊。”高原和王川也算比较熟，随意调侃了几句就把卷子递给他。

王川迷迷糊糊接过来，随便看了一下，觉得对的题还不少，吊着的心放下了一半。还好，还好，问题不大。

接着，他翻到背面，看清以后差点没跳起来。

这哪里是对了几道？这是完全没错啊！

实验题和计算题都被写得满满的，王川还看见一堆他好像在课本上见过，貌似挺眼熟的公式，还有卷子的最后干净利落的一行字——

所以，木块M与水平滑杆之间的动摩擦因数μ为0.85。

王川自上高中以来都没见过这么多红钩了，如果这是他自己做出来的话，他估计郑萍得感动到流泪。

问题就在于他没这本事啊！

王川心里慌得很，这感觉就像一个学渣大型考试突然考了第一，情场浪子突然变成绝世大情种，总之就是转型转得太快了。

陈漫云不敢面对王川纯真的眼神和伤心欲绝的表情，乖乖趴在自己书桌上，那张卷子是上学期临放假时发的，她还没有。

“新来的同学叫陈漫云是吧？”郑萍清了清嗓子问，她也想到了这个问题。

“嗯。”陈漫云直起腰来回答。

郑萍点了点头，用笔在纸上勾画：“行，我完了把数字报上去，以后卷子的份数就对了。”她又补充道，“沈放舟，你先把卷子放中间，和陈漫云一起看。

“来，我们讲这张卷子，前两题简单不讲，同学们直接看第三题啊。”

郑萍说话时还别有深意地看了一眼王川和沈放舟，眼神里写满了“下课再收拾你们”。

沈放舟接收到了郑萍的眼神，不过他没在意，把卷子放在他和陈漫云两个人的桌子中间。

陈漫云随手抽出一张白纸在上面演算。

陈漫云的字是行楷，延续这种字体的飘逸，但她似乎有改进，在写好些字的时候会带进去自己的笔触，让那些锋利的笔锋变得圆润。

沈放舟的卷面不算整洁，空隙处被他当作草稿纸，填满了演算。

沈放舟没学过什么字体，名字写得龙飞凤舞，可写出来竟然也不丑。

他的字和人一样，都酷得二五八万的。

陈漫云这样想着，收回了视线。

沈放舟没听课，他的注意力一直算不上很好，如果讲的是他会的东西的话就更听不进去。

他没事做，就侧头观察陈漫云。她睫毛很翘，侧脸的弧度在阳光里被模糊，沈放舟的角度可以借着阳光看到她脸上极细小轻柔的绒毛，给人暖洋洋的感觉。

钢铁直男沈放舟似乎察觉到陈漫云并不喜欢“花花妹妹”这个称呼，他非常不解，明明是那天在中环广场陈漫云自己说她叫花花的。

沈放舟不纠结这个，压低声音改了个称呼：“小括号。”

陈漫云哽住了，她现在严重怀疑沈放舟是不是不认识“陈漫云”这三个中国字，不然为什么每次都要叫这些奇奇怪怪的称呼。

她随手撕下一张便利贴，写了“陈漫云”三个字上去，还不忘在上面加上拼音，以照顾到可能把小学拼音课也一起睡过去的偏科社会哥，然后用右手按着便利贴，移到沈放舟面前。

沈放舟的视野里先出现陈漫云白皙的手，下一秒，这只看似柔弱无力的手恶狠狠地把便利贴按在他的桌子上。

于是文盲本人沈放舟收到了一份来自同桌的注音版姓名贴。

很体贴，体贴到沈放舟除了夸奖什么都说不出来了。

沈放舟侧头看向为自己考虑仔细的小同桌。

发现沈放舟看向她的时候，陈漫云不慌不忙朝他 wink 了一下，附带一个要多虚情假意就有多虚情假意的灿烂笑容。

还没等沈放舟说什么，陈漫云自己先笑了，挑衅地朝着他做了一个“Chen”的拼音口型，大有教沈放舟的意思。

花花妹妹，挺有趣啊。

沈放舟嘴角勾起来，舌头抵着牙齿，手腕转了一圈，最终还是没说什么。

下课铃刚响，一脸视死如归的王川和满脸不在乎的沈放舟就出现在了物理组的办公室。

郑萍把教案放到一边，坐在座位上先拿杯子喝了口茶，然后冷笑地看着王川和沈放舟：“说吧，还要我问你们？”

“王川，你皮又痒了是吧？抄作业给我抄个全对，你是看不起我的智商还是怎么样？啊？”郑萍皱起眉，不太不小的声音在办公室里回荡。

王川可太委屈了，他就让新同学随便发挥一下，谁能想到花花妹妹物理好得爆炸，直接给他把卷面分顶满了，这和他平常的表现严重不符，郑萍不怀疑才怪。

王川小心翼翼挑着好话回答：“老师，我下次不敢了，以后一定洗心革面，重新做人。”

郑萍听到这话又嫌弃地皱眉，说：“王川啊，物理学不好老师不怪你，你抽空把语文学好，好歹说话说对，听到没有？”

还重新做人，这都是些什么玩意儿？

王川最会察言观色，当即看出来郑萍决定放他一马，于是马上插科打诨地回答道：“好的老师，您放心，我以后一定好好学语文。”

“哦，对，还有物理。”王川又憨憨地笑了。

郑萍摆了摆手，又接着问王川：“说吧，抄的谁的？”

坦白从宽，抗拒从严。

其实她心里也有答案。

王川愣住了，挠了挠头，一时不知道怎么解释才好。卷子确实是陈漫云给他写的，可人家刚转学过来，再说本来也是他求陈漫云写的。

旁边的沈放舟之前一直沉默着，听到这儿才开口：“郑老师，我给王川抄的。”

他这话一出，算是把这事认了。

郑萍坐在办公椅上，听到这话点了点头。她约莫猜到了这样的结果，这套力学卷子有些难度，七班的同学都做得一塌糊涂，也就沈放舟和王川的这两份全对，让她想不怀疑沈放舟都难。

训也训了，郑萍懒得再说什么，拿起茶杯喝了一口水，对着面前这俩不成器的东西说：“那就你俩吧，打扫教室一个星期，听到没有？”

这才把两人放回班里。

沈放舟上一周被罚的值日还没做完，郑萍就又给他续上了。

陈漫云放学以后才知道这件事，同情地看着王川和沈放舟。

“这有什么！”王川一看见陈漫云就老是犯小学二年级那种时时刻刻都想在女同学面前逞能的臭毛病，总之就是管不住自己。

陈漫云好奇地看向王川和沈放舟。沈放舟敛着眼，静静地站在一旁的阴影处，偏偏陈漫云看出了他身上那种也许他自己都没有意识到的矜贵感。

相比之下，王川就非常接地气了，他伸出三个手指头，非常自豪骄傲地和陈漫云介绍他和沈放舟的“光辉历史”：“三个月，我和沈哥最长一次连续被罚了三个月。”

那大概是高一刚开学的时候，沈放舟和王川都爱玩，收不住性子，连续被罚了三个月，导致后来王川看到放扫帚的杂物间比看到自己家还有归属感。

陈漫云随便一观察，就发现旁边的沈放舟正用一种看傻子的眼神看着王川，就像含辛茹苦的老父亲哀怨地看他那不成器的儿子。

原谅她，这是陈漫云能想出来最恰当的比喻了。

“那你们……还挺厉害的。”陈漫云不知道该说什么，尴尬地附和王川几句就收拾东西离开了。

陈漫云都走出去好多步了，王川还扒着门框看她的背影，叹了口气，语气感慨地和沈放舟说：“沈哥，你说花……哦，不对，陈漫云怎么学习那么好啊？”

长那么漂亮，学习还好，学渣王川质疑这世界上还有没有天理。

沈放舟看着王川那痴汉样，嗤笑了一声，上前踢了他一脚，语气不善地提醒道：“擦擦你那哈喇子吧，都要流出来了。”

随即，他就往放清扫工具的杂物间走去。

王川一愣，下意识摸了摸自己的嘴边，没摸到口水，才猛然醒悟过来沈放舟是在逗他，连忙追出去，嘴里还喊着：“沈哥，等等我呀，我和你一起去拿。”

王川和沈放舟打扫完教室后随便在校门口吃了晚饭，就和校门口的热闹一样，散了。

沈放舟进小区时就觉得周围比平常昏暗一些，没在意，等进门开灯时才发现其实是停电了。

沈放舟一个人住，也就是说以他的性格是绝对不会在家里准备蜡烛这种东西的。他勉强用手机的手电筒照着收拾了半天，随后就把书包放在一边。难得没电，他傻了才会写作业，索性在黑暗中放松地躺下，闭着眼睛。看不见东西反而让沈放舟听觉更敏锐些，他隐约听到小区里热闹地讨论着停电的原因，听到隔壁的小孩子被父母逼着在蜡烛前写作业的不满哭泣声。

人间烟火在沈放舟身畔肆意流转，却又都绕过他。

他没拉窗帘，清冷的月光透过玻璃洒在沈放舟的身上，他缓缓把手覆到脸上，深呼了一口气。

黑暗里，书桌上的手机“叮”地响了一声，沈放舟烦躁地睁开眼，从床上坐起来，接着走到书桌前。

他想，如果又是王川的那个什么“砍一刀”链接，他明天就把王川教训一顿。

他点亮屏幕，发现是陈漫云。

AAA专业修飞机陈小姐：为什么要叫我小括号？

她似乎在一天快结束时才想起这茬事，发过来消息。

沈放舟卸了力气，松了松肩膀，眉目间的阴郁散开了些。他看了一眼时间，似乎都能想到陈漫云坐在书桌前心里已经骂开了，但脸上还挂着假笑的样子。

为什么叫她小括号?

沈放舟想起今天上午，陈漫云的侧脸在阳光里朦胧又有诗意，她不笑的时候其实是有些拘谨的，又有着身上带着故事的那种颓废感，只有笑起来的时候很鲜活，嘴角勾起来的弧度就像个小括号。

沈放舟的指节无节奏地随意敲击桌面，自己都没有察觉到地笑了一下，最后敲字回她。

沈小船：明天告诉你。

陈漫云等了半天就看见一句这个，轻轻地“嘁”了一声。

就这啊?

她把手机放在一边，抽出化学书来看，神情没那么轻松了，淮大附中教学进度很快，现在已经学到有机化学的部分了。

陈漫云自从上了高中就在不分时间地学习和物理竞赛有关的知识，导致她几乎没怎么学过化学和生物。她确实聪明，可毫无基础地学习高中的化学还是感觉到吃力。

这么说吧，如果老师上课讲的东西只是难，那么陈漫云只要好好听讲和动脑子理解就行，可现在陈漫云面对的是她完全不太懂的化学专业术语，她还得思考这术语的定义和批注，所以时常听得云里雾里的。

唉，陈漫云下巴垫在化学书上，眼巴巴地看着上面的化学符号和共价电子对，感叹生活不易。

唐敬盛自从那天在班主任办公室露了一面以后就再没出现过，听王川他们说是请了三四天的假。

陈漫云后来也没弄清楚是谁打的唐敬盛，不过唐敬盛平常在学校里横行霸道，树敌不少，兴许是哪个仇家看唐敬盛不顺眼，勇敢地替天行道制裁了他也说得过去。

恶人自有恶人磨，陈漫云这样想着。

王川和蒋大南对沈放舟的新同桌有着百分之二百的兴趣，沈放舟没来的时候，三个人就凑在一块儿聊天。

陈漫云刚转来，还有些事情搞不太懂，显然，王川和蒋大南十分乐意为陈漫云解答。

陈漫云先是问了些有的没的，最后突然想起来那天李冉没有回答的问题，于是扭过去，警惕地看了看四周。见大家都在忙自己的事情，没人注意这边，她接着超级小声地问："沈放舟是个什么样的人啊？"

王川和蒋大南同时僵住，同时转头看了她一眼。

陈漫云看出来他们的不自在，打圆场地笑了笑："没事，我就随便问问，不方便就算了。"

"不不不，"王川抢在蒋大南前面说话，"方便，可太方便了。"

王川觉得他要是再不还沈放舟一个"清白"，以后都甭想抄到沈放舟的作业了。他正发愁没理由和陈漫云解释沈放舟那句"不加好友，没微信"的事，没想到花花妹妹竟然主动提起，太感动了，人美心善陈漫云，绝世好人陈漫云。

王川感动得快要热泪盈眶了，看着陈漫云的眼神包含着感恩："妹妹你想知道什么？我一定知无不言言无不尽，鞠躬尽瘁死而后已。"他接着拍了拍自己的胸脯，大有壮士断腕的豪情，"问吧。"

一直在旁边沉默的蒋大南没忍住，提醒王川："川儿，鞠躬尽瘁好像不是这么用的吧？"

"别在意那些细节嘛，"王川接着问，"陈漫云同学，快，你想知道什么？"

陈漫云一时间还真想不出来，她觉着沈放舟挺神奇的，规矩地穿着干干净净的校服，除了不好好听语文和英语课，几乎算个模范生。

偏偏陈漫云从他威胁唐敬盛那天的样子里读出了离经叛道的意思，那种不要命的狠劲和彩毛大哥们对他的顾忌不会有假。

"那就，随便讲讲吧。"陈漫云干脆让王川自由发挥。

王川对沈放舟的事迹可是如数家珍，反正陈漫云听着感觉比看课外书精彩多了。

王川："那个时候我和沈哥……"

陈漫云："哇——"

王川："沈哥和唐敬盛的过节那得从高一时说起……"

陈漫云："哇——"

陈漫云听得津津有味，甚至想开始嗑瓜子。

铺垫了足足一千二百字以后，王川才迂回地、用尽他所有力气不留痕迹地和陈漫云解释清沈放舟那句"不加好友，没微信"，最后才苦口婆心地告诉陈漫云：

“沈哥人很好的，那次真的是个误会。”

陈漫云附和地点点头，想着反正点头也不要钱，随便吧。

解释清这件事情的王川如释重负，表情像极了一个被老板压榨着完成KPI的社畜，搞得陈漫云觉着王川解释这件事也是被沈放舟逼迫的。

“那个，”王川咽了口口水，接着问，“陈漫云同学，你能不能帮我点一下那个砍一刀啊？”

王川满含期待。

陈漫云作为一个乐于助人的好少女，还是挺乐意帮王川这个忙的，马上回答：“可以啊，就是我不太会弄那个，可能要研究一下。”

王川连忙说他可以帮陈漫云弄，陈漫云掏出手机，解锁以后递给王川，三个人围在一起研究。

“王川，你弄这个有什么用啊？”陈漫云把胳膊架在王川的桌子边沿，下巴轻轻枕在胳膊上，有点好奇地问。

王川没回答，换了个话题：“陈漫云，我这件短袖好不好看？”他边说边拎起自己衣服领口的一角。

陈漫云不明觉厉地点点头：“还可以哎。”

“猜猜多少钱？”王川得意扬扬地问。

陈漫云还是不明白王川提起这件衣服的目的，看了看他得意的神情，又转头看了看欲言又止的蒋大南，觉得这件短袖肯定没有那么简单。

于是资深英语听力家陈漫云又仔细研究了一下王川身上那件短袖，试探地猜测：“九磅十五便士？”

毕竟这年头不涨价的衣服不多了。

王川摇了摇头：“不不不，不是九磅十五便士。”

接着，他自豪地伸出右手比了一个“九”，又在空中晃荡了两下，开心地公布答案：“九块九，你没听错，就是九块九！”

“这，就是那个砍一刀的奖品。”王川开心地和陈漫云科普。

陈漫云认真地听着，因为她之前不太网购，所以不太了解这些，今天一听觉得还挺有意思的。

下一秒，她像是突然想起什么一样，问王川：“你刚刚说你把沈放舟的微信给出去是因为她们给了你好处。”陈漫云咽了咽口水，接着问，“是什么好处啊？”

说完，她突然有种不祥的预感。

王川听到这话就害羞起来，不好意思地说：“她们说帮我点三个月的砍一刀链接。”

当时温佳怡领着一群女生在放学路上拦住了王川，一开始对他威逼利诱，王川都用自己坚强的意志抵抗住了，后来温佳怡不知道从哪儿打听来的，用点链接诱惑王川。

王川想到这儿就气愤，痛心疾首地和陈漫云说：“她们竟然拿这个诱惑我，我真的抵抗不住啊。”说着，他还虚假地抹了抹脸上并不存在的眼泪。

没有一个拼多多用户可以拒绝这样的诱惑！

王川想着，真的不能怪他。

陈漫云和蒋大南止不住地笑，淮大附中扛把子的微信标价是三个月的“砍一刀”链接，这也太好笑了。

沈放舟踏进教室时，看到王川、蒋大南和陈漫云三个人凑在一起，围着手机屏幕不知道在研究什么。

三个人其乐融融，偶尔还说两句话，而在他面前张牙舞爪随时像个要爆炸的原子弹一样的陈漫云则乖巧地低着头，笑得眉眼弯弯，看起来贼开心。

沈放舟腹诽：说好的颓废少女呢？陈漫云，你的98k呢？拿出来撑他们啊？合着就对我沈放舟一个人横啊？

哦，对了，陈漫云的微信也是先给的王川，他想要微信还得先帮她打一顿唐敬盛。

想到这儿，沈放舟冷笑了一下，走到座位上坐下。他没收着声音，书本碰到铁皮桌子发出沉闷的响声。陈漫云被这声音吸引，扭过头来，她脸上的笑意还没收敛，眼睛弯起来，睫毛很翘，皮肤在阳光下白得发亮。

陈漫云仰头看着这位脾气一点都不好的酷哥，准备数今天他的嘴里又要冒出来几个“花花妹妹”和“小括号”。

沈放舟却一反常态地没说话，沉默着收拾课本和卷子。

陈漫云用眼神问王川，什么情况？

王川也没懂，迷迷糊糊又趴下睡了，是的，他听见上课铃声就打瞌睡。

直到下午临近放学前的活动时间，沈放舟依旧冷着一张脸。陈漫云天马行空地想，要是沈放舟每天都这样的话，全球变暖的现象应该会有所缓解。

李冉要去学校的超市买笔，陈漫云也想顺便去看看，两个人就结伴出去了。

李冉挑了一支金属笔，在试笔纸上写了几个字。陈漫云隐约辨认出是个男生的名字，礼貌地避开眼神。

李冉写完以后满意地看着，把纸递到陈漫云面前，语气轻快地问：“写得好看吗？”

陈漫云点点头，接着小心翼翼地问道：“这是你……好朋友吗？”

李冉一愣，指着上面的名字问陈漫云：“你能不能再问一遍？”

陈漫云眨了眨眼，不是很明白地重复：“这是你朋友的名字吗？”

李冉笑得前仰后合，又上手捏了捏陈漫云的脸：“陈漫云，你怎么这么可爱啊？”

在陈漫云疑惑的眼神中，李冉笑着解释道：“这只是一个小偶像的名字啦。”

可能因为太糊，所以没什么名气，不过李冉觉得，偶像嘛，还是追糊的比较有成就感。

陈漫云有些蒙，一边听李冉科普，一边往外走。

学校超市的门口放着一排立式饮料柜，主要是为了照顾刚下体育课想买水的学生，也方便学生结账的时候顺便拿一瓶。

陈漫云若有所思地看着里面各种各样的饮料，不知道在犹豫什么。

李冉回头问她：“陈漫云，你要买吗？”

陈漫云抿了抿唇，还是打开柜子，冷气争先恐后地冒出来，她犹豫了片刻，最后拿了一罐可乐。

是沈放舟经常喝的那种，也是那个混乱的夏日夜晚，沈放舟塞到她手里的那种可乐。

易拉罐的外壁其实是微凉的，可陈漫云握着却莫名感觉它是有温度的。其实她是不常喝汽水的，但她还是买了。

她自己都有些想不明白。

为什么呢？

活动时间说长不长说短也不短，陈漫云拿着那罐“烫手”的冰可乐走出超市。

回教学楼的路上，拥挤的人潮和旁边的李冉都是有烟火味儿的，陈漫云垂着头想事情。

陈漫云现在心情真的挺复杂的，她之前一直对沈放舟那句“不加好友，没微信”有意见，觉得沈放舟酷得没边还自恋，但今天听了王川的解释，她是真心觉着之前对沈放舟误解挺深的。

再想想沈放舟做的事——帮她顶了那张全对的物理卷子，为此被罚打扫教室一个星期，还帮她和唐敬盛巅峰对决了一把。

陈漫云猛然醒悟，沈放舟除了嘴上确实不饶人，是真没做什么对不住她的事。

这样想着，她自己都觉着自己挺……没良心的。

就，挺突然的。

行走江湖十七年的仗义少女陈漫云，头一次对别人产生一种名为愧疚感的东西，而且那人还是她同桌，一个看起来酷到不行的社会哥。

陈漫云总觉着要是今天有人惹了沈放舟，下一秒沈放舟就能把对方打进医院。

唯一可惜的是这位哥今天貌似心情不太好。

徐平峰站在教室门口，笑眯眯地看着进来的学生。

高原和几个男生抱着篮球匆匆忙忙跑回教室，在门口突然一个急刹车，身体歪倒，结巴地打招呼："徐老师……"

徐平峰点点头，接着就唠叨道："以后打篮球早点回来，你打完球不得放球？不得花时间洗手？这都是时间，学习这个东西一定要争分夺秒啊，听见没有？"说着，他还为了配合语气摇了摇头。

高原几个人高马大的男生敷衍着点头，徐平峰一看就知道他们没听进心里，叹了口气，对着他们无奈地说道："进去吧。"

几个人立马作鸟兽散地冲进教室。

等男生进去了以后，李冉和陈漫云就暴露在徐平峰的视线里。徐平峰温和地开口："李冉，你也先进去吧。"

门口的学生就剩下陈漫云一个人，她有些心虚地把那罐可乐藏在身后，乖乖地站在徐平峰面前。

徐平峰满意地看着陈漫云，努力使自己看上去和蔼一点："别紧张，放轻松。来这里也有一段时间了吧，适应得怎么样了？"

原来是问这个，陈漫云松了口气，抬头回答徐平峰："挺好的。"

这倒是实话，淮大附中的课业比盛华轻松多了，气氛也没有那么压抑。

徐平峰满意地点点头，陈漫云是女孩，又是刚转来，他难免对她的事情上心些，又接着问："和同学们相处得怎么样啊？"

徐平峰停顿了一下，像是在斟酌用词一样："沈放舟……他没欺负你吧？"

沈放舟他可管不住，也就只能问问陈漫云了。

陈漫云像是被这个问题惊住了，徐平峰这个语气一点都不像在问她和沈放舟相处得好不好，反而像在忧心忡忡地担心她有没有被沈放舟打。

陈漫云眨了眨眼，笑着回答："没有，同学们都挺好的，我同桌……也挺好相处的。"

徐平峰觉得"挺好相处"这四个字和谁都搭，就是用来形容沈放舟有点奇怪，于是追问道："你刚才说的是真的？"

他都想好了，实在不行就给陈漫云换个位置，没想到沈放舟这小子还算懂事。

陈漫云乖巧地笑了一下，又像在替沈放舟解释一样，语气肯定："真的。"

沈放舟没那么坏。

徐平峰看陈漫云的神色不像在撒谎，满意地点头，又嘱咐陈漫云："有什么事情一定要告诉老师，知道吗？"

他想着陈漫云有些事情可能不好意思告诉他，又补充道："不想告诉我也可以告诉郑萍老师，我和她打过招呼了。"

"好，谢谢老师。"陈漫云道了谢就走到座位上，背着手把那罐可乐放到自己的桌兜里。

她对徐平峰的那句"谢谢"是真心的，对于一个半路插进班级里的学生，他给予了他的关怀和无差别的照顾，单就这一点已经比很多老师强多了。

陈漫云这样想着。

陈漫云是在放学的时候才意识到沈放舟是真的生气了，他一张帅脸冷得能冻死人，陈漫云的直觉告诉她这和她有关系，但这好像又显得她有点自恋了。

班里的同学陆陆续续离开，沈放舟坐在座位上没动作，垂着头看书，他要等大家都离开了才能做值日。

陈漫云纠结了半天，眼睛缓慢地眨了眨，然后从宽大的校服袖子里伸出两根手指，拽着沈放舟的校服边缘晃了几下，用很轻的语气问他："你生气啦？"

沈放舟被她的动静打断思绪，生气？谈不上，他不是那么玩不起的人，但看见陈漫云和别人笑得那么开心，和他就只有挑衅的时候，心里莫名地就不是滋味。

这感觉很难形容，搞得沈放舟一天的心情都乱七八糟的，可刚刚陈漫云叫他的声音却是柔的。

他抿了抿唇，下颌的弧线紧绷着，惜字如金地"嗯"了一声。

算是回答。

陈漫云真不知道她是怎么从一个学校扛把子的身上看出来委屈的，她的嘴角忍不住勾起来，又像一个小括号。

"是因为我吗？"陈漫云吸了吸鼻子，自恋地问，用好看的杏眼注视着沈放舟，等一个回答。

"嗯。"沈放舟还是这个回答。

他把校服拉链拉到最上面，又翻出深蓝色的领子遮住了他的下半张脸，让陈漫云看不清他的神情。

原来还真的是因为她啊……

陈漫云垂眸，看着两个人的课桌。她的书桌上放着书、彩色的荧光笔和便利贴。沈放舟的卷子散落出来，上面龙飞凤舞的大字飘逸得要溢出来一样。

陈漫云侧着身，这个角度让她可以完全看清沈放舟，男生肤色偏白，有着优越的下颌线和高挺的鼻子。

她的右手在桌兜里摸索，把可乐罐拿出来的时候碰到书桌上沿的铁皮发出轻微的响动，音色悦耳地喊沈放舟："小船哥，给你。"

她的声音像在糖霜里浸泡过，这让沈放舟轻易原谅了她给他起了个奇奇怪怪的外号这件事，然后像大脑宕机一样转过头。

是一罐可乐，他平常喝的牌子。

饮料在桌兜里放了两节课，已经不凉爽了，陈漫云细长的手指抓握在上面，更衬得她肤色白皙。

她不好意思地解释着，右手推着易拉罐，越过桌上的便利贴和两张课桌中间那条"楚河汉界"，最终到达沈放舟面前。

陈漫云一本正经地和沈放舟道歉："对不起。"

语气认真。

对不起，之前误会你了。陈漫云在心里这样向酷哥沈放舟表达歉意。

闻言，沈放舟抬头看着陈漫云。陈漫云的眼睛很好看，她没近视，眼睛永远是亮的，又有藏着水雾的润。他突然觉着有暗潮在两人看不见的地方涌动，比傍晚时分的海潮还要动人心弦。

他先认输，伸手接过那罐可乐。

陈漫云又眨了眨眼，像是在小声确认一样地问道："你接受了？"

接受我的道歉了？

沈放舟低头看着可乐没说话。

陈漫云此刻又变成得寸进尺的小孩，追着问："小船哥，你原谅我了？"

沈放舟站起来，却答非所问："你快收拾东西离开，我要打扫教室了。"

陈漫云觉着沈放舟有点不按套路出牌，耸了耸肩，想着反正自己的歉意是送达了，便收拾书包离开了。

王川拿清扫工具回来，看到的就是满脸写着心情荡漾的沈放舟和他手边的书包。

王川眼尖地从中发现一罐可乐，一边伸手去拿，一边和沈放舟交代："拿东西累死我了，沈哥，可乐我喝了啊，完了重新买给你。"

王川没在意，因为他们几个平时经常这样，谁有喝就喝，完了再补上就好。

王川说着就要拉开易拉罐的拉环，沈放舟突然反应过来，慌张地把可乐从王川手里夺过来，转身塞到书包里，还顺便拉上书包拉链，谨慎得不得了。

王川一愣："哈？"

他和沈放舟的友谊已经淡到这种地步了？一罐可乐而已，要不要这么小气？

王川接着谴责沈放舟："沈哥，你什么时候变得这么小气了？"说完，他就佯装心痛地捂着自己的胸口，"沈哥，咱俩这么多年的情谊终究是错付了，一罐可乐都不让我喝。"

沈放舟没理会王川的意识流表演，冷静地收拾书包，随意糊弄王川："想喝自己买，这罐不给你喝。"

"为什么不给我喝？"王川这下是真的疑惑了，以他的了解，沈放舟绝对不是小气的人，这种行为也太反常了。

"没为什么，就是不给你喝。"沈放舟已经恢复成面无表情的酷哥了。

王川百思不得其解，他怎么记得沈放舟今天没去买可乐，那这罐可乐是谁给的？

他突然很八卦地凑到沈放舟身边，开玩笑地问："沈哥，这不是哪个小姐姐给你的吧？温佳怡？"

王川是真好奇。

毕竟沈放舟这张脸太出众了，导致学校里的女生经常选择性忽略他的臭脾气，给他送礼物的层出不穷。

不过王川也就试探着一问，因为他还从没见过沈放舟收过别人东西。

沈放舟说了一声"不是"以后就没搭话了。

王川却又发现了什么，坏笑地凑上去提醒沈放舟："沈哥，你耳朵红了。"

沈放舟伸手把校服外套的领子拉起来，面无表情地从牙缝里挤出来一句话："不说话没人把你当哑巴。"

自从那罐可乐以后，陈漫云和沈放舟的关系就缓和了不少，不过严格意义上来说也算不上和好，毕竟之前只是沈放舟单方面间接性态度冷淡，现在只是正常多了。

沈放舟依旧喜欢在英语课上睡觉，每天一副永远睡不醒的样子，唯一不同的是他现在已经练就了闭着眼站起来给陈漫云让出可以进去的空间，等她进去以后再迅速坐下继续睡的本领。

整个过程一气呵成，没有一点儿拖泥带水。

沈放舟是在昨天晚上回家掏作业的时候才发现书包里零零散散的现金的，他刚开始没反应过来，后来觉着捆钱的皮筋有点眼熟，好像是他同桌的。

沈放舟转头看着陈漫云，把手心摊开给她看：“这是什么？”

“可乐钱。”陈漫云嗓子有点不舒服，声音压得很低。

原来是这样。

沈放舟笑了，神情总算舒展开，挑眉看向陈漫云，问她：“陈漫云，你在哪儿换的零钱？”

每一张都皱皱巴巴的。

“杂货铺。”

“门口那家？”

“嗯。”

沈放舟点点头，笑着告诉低着头的陈漫云：“没买别的吧？他家东西经常临期。”

临期的？

陈漫云的神情一下子僵住，又连忙从书包里摸出一包软糖，这也是那天在杂货铺买的。她仔细看了会儿后面的小字，就拆开包装准备吃。

陈漫云一下子塞了好几颗软糖在嘴里，橙子软糖的香味在空气中弥漫，沈放舟用疑惑的眼神看着她。

她喝了口水，把糖咽下去以后才指着那包软糖艰难地开口：“明天过期。”

周五放学对于学生的吸引力不亚于一场狂欢，大家不过才高二的年纪，褪去高一刚来时的青涩，高考的压力又有高三和复读班的人替他们顶着，张扬肆意的青春似乎才是他们生活的调性。

王川扒拉在自己桌子的前沿，和沈放舟商量一会儿去哪儿玩的事情。

“沈哥，一会儿叫上赵毅杰他们几个出去玩会儿呗。”王川纳闷着沈放舟这几天的表现，也太乖了吧，安安分分学习，也太奇怪了。

沈放舟半阖着眼想了想，点了点头。

王川随便刷着朋友圈，有个认识的人最近找了女朋友，天天屁大的小事也要发出来晒，骄傲得不得了。王川撇了撇嘴，想着自己也认识漂亮妹妹啊，灵光一闪，接着敲了敲桌面引起陈漫云的注意：“哎，漫云妹妹，和我们一起去玩呗，放松放松，只学习不玩耍，聪明孩子也变傻，听过没？”

陈漫云先笑出来，惊讶于这种社会哥之间的聚会竟然要叫她参加了，是要准备把她发展为帮派新成员吗？

陈漫云眨了眨眼，好奇地问王川：“你们一般玩些什么啊？”

王川也突然意识到了这个问题，陈漫云瞧着可太乖了，他们平常的活动看起来都和陈漫云格格不入。

不是，怎么会这样？难道他们平常就没有什么健康的爱好吗？王川思考着这个问题，略微抓狂地挠了挠头。

陈漫云无所谓地笑了笑，准备收拾东西离开。

这时，班里一个刚刚走了的女同学突然折返回来。女同学长得瘦高，小心靠近陈漫云，附在她耳边轻声细语的：“陈漫云，外面有人找你。”

陈漫云挑眉，她来这儿还没认识什么人呢，能是谁找她？

“同学，能问一下是谁吗？”陈漫云好奇地问。

沈放舟和王川也看向这边。

瘦高的女同学小心看了看外面，像是在衡量着什么，她看了看看起来温温柔柔的陈漫云，无声地做了一个“唐敬盛”的口型，然后就有些害怕地问：“我什么也不知道，能走了吗？”

陈漫云朝着女同学友善地笑了笑：“当然，谢谢你告诉我啊。”

女同学这才算松了一口气，匆匆忙忙离开了。

唐敬盛啊，好几天没听说这个名字了。陈漫云还真不知道唐敬盛又来找她干什么，觉得挺有意思的，抬头，准备出去和唐敬盛见一面。

沈放舟也在想这件事。

唐敬盛？那个猪头脸消肿了？自己上次警告他什么来着？

沈放舟的指节敲了敲桌子，冷笑了一声，接着就吩咐后面的人：“王川，发短信把赵毅杰他们叫下来。”

王川愣了，傻乎乎地问：“沈哥，现在就叫他们干吗？”

不是等一会儿才去玩吗？

“叫他们先下来，今天晚上我请。”沈放舟咳嗽了一声，用很平静的语气说着，可王川从里面嗅出风雨欲来的味道。

沈放舟真生气的时候反而是冷静自持的，眉眼里都沁着寒意。

陈漫云刚来淮大附中还没有一个月，唐敬盛上赶着凑过来，不教训他一顿都对不起他这么努力凑过来的样子。

王川愣了一下就反应过来，连忙答应着“好嘞”，然后给赵毅杰发信息。

王川：带几个人下来，唐敬盛找花花妹妹麻烦。

王川自认为自己表达的意思再清楚不过了。

文科班的最后一节课是历史课，赵毅杰要睡不睡地在后排摸鱼，是以第一时间就注意到王川的信息。

他忘性大，摸着下巴想了半天短信里的“花花妹妹”是谁。

就是那个长得贼好看但是看起来带着点说不清的忧郁感的贼带劲儿的沈放舟的仙女妹妹?

想完这一连串形容词的赵毅杰立马悟了，打开好友列表联系人。

赵毅杰：下楼去七班，帮沈哥妹妹个忙。

他还记得沈放舟上次不让他叫“花花妹妹”这个称呼，所以现在措辞非常谨慎。

赵毅杰的同桌也认识沈放舟，对他的英勇事迹熟得很，瞥见这条消息就笑出声：“沈放舟什么时候有个妹妹？”

赵毅杰也迷糊着，一边继续联系人，一边随口回了一句：“我怎么知道，又不是我妹妹。”

沈放舟是在听说唐敬盛来了的时候就把校服外套脱了，露出里面的黑短袖，更衬得他皮肤白，甚至可以看到手腕处青色的血管痕迹。

陈漫云听到他和王川说的话，看着他：“干吗？”

沈放舟双手交握着，语气也懒洋洋的：“不干吗，活动活动筋骨。”

接着，他站起来，似笑非笑地对陈漫云说道：“走呗，我和你一起去看看唐敬盛。”

“看看”这两个字的发音格外清晰。

陈漫云惊讶于沈放舟是怎么把“我和你一起看看唐敬盛”这句话说出秋后算账的语气的。她想着多个人总是好的，就同意了。

陈漫云用余光看了眼沈放舟的神情，少年骨相好，因为不悦，神情有些冷，她突然想起来李冉话里话外对他的忌讳，有种不好的预感。

陈漫云咽了咽口水，伸手拽住沈放舟的衣服边缘，小心翼翼地开口：“小船哥，我是我们家的独生女。”

沈放舟没懂，接着又听见陈漫云带着点儿一听就是装出来的哭腔说着：“我还想为国家工作五十年，还想上大学，我还有个航空梦想没实现。航空你知道吗?我真的太喜欢航空了……”

沈放舟还是没懂陈漫云这一脸交代后事的表情是怎么回事，不过总算摸清了陈漫云的无厘头，试探地接道：“是不是修理厂还有架飞机等着你给修啊？”

陈漫云满脸写着“我不是我没有你别乱说”的否认三连，接着用一种讳莫如深的眼神看了眼沈放舟。

“我的意思是，我还不想因为打人坐牢。”陈漫云吸了吸鼻子，看着沈放舟。

她真怕弄出什么事来。

她说这话的时候头顶的头发一晃一晃的，晃得沈放舟心痒，想给她抚平，可又觉得自己似乎没什么立场，忍住了。

接着，他超级冷酷地回了陈漫云一句："哦。"

唐敬盛不知道自己是心虚还是不想引人注目，和陈漫云约在楼道里。

陈漫云走在前面，在楼道口顿住脚步观望了好一会儿，附近的光线很暗，不知道是不是她的错觉，唐敬盛的脸似乎……更肿了？

这又是怎么回事？

陈漫云倒是没看错，唐敬盛在暗处捂着自己肿得发胀的脸欲哭无泪，他现在最后悔的事就是那天招惹了陈漫云。

天知道他这几天过的是什么日子，找了陈漫云麻烦以后，他先是被沈放舟警告了一番，在职中一群小混混面前丢了脸不说，回家路上又被盛华的杨程宇教训了一顿。

唐敬盛破了相又受了气，不敢再有什么动作了，正准备请假在家好好休息几天，谁知道这两天天天有人找他麻烦。

天啊，这根本不是人过的日子。唐敬盛想到这儿就想哭，他想他爸他妈了，他要回家，他要待在他那安全的家里。

陈漫云还在思考唐敬盛到底是想干什么，认清形势的唐敬盛已经走到陈漫云身边，突然哼哼唧唧地认错："呜呜……陈姐，我知道错了，呜呜呜……"

唐敬盛哭得一把鼻涕一把泪，怕陈漫云生气，只敢扯着她的书包带子，委屈地继续哭诉着："陈姐，我不该嘴臭，我现在醒悟了，悔改了，呜呜呜……我真的知道错了……别再让人教训我了。"

他的小身板真的扛不住了。

陈漫云疑惑得皱起眉来，不懂唐敬盛又在发什么疯。

沈放舟也还是不太相信唐敬盛，就在陈漫云身后没几步的地方站着，方便一会儿动作。

唐敬盛却猛地一抬头，从口袋里掏出纸巾很用力地擦鼻涕，卫生纸有点不够用，于是陈漫云和沈放舟两个人看到了一个"晶莹剔透"的鼻涕泡。

陈漫云和沈放舟的疑惑差不多。

陈漫云看到唐敬盛脸上青紫的痕迹，可不相信他是自己悔改的，狐疑地问："你脸怎么了？"

还没等唐敬盛回答，陈漫云的手机铃声先响了。她低头看了一眼，是赵雾灵打来的，她朝沈放舟做了个手势，走到旁边安静处接电话。

陈漫云垂着眼看地面，想到一种可能，先一步问出口：“灵灵，是你找人……对付的唐敬盛吗？”

陈漫云有些不确定。

电话那头是盛华的学生会办公室，赵雾灵穿着衬衫和校服裙，手里在转的笔没停，语气却散漫：“他去找你道歉了？还算听话。”

赵雾灵旁边的江也靠在椅背上，神色未变，冷冽的眉眼在阳光下也不违和，阳光洒下的斑驳处，他在暗处仰头看着赵雾灵的脸。

赵雾灵有被万千宠爱和滔天富贵滋养出来的骄纵，又有因为年纪尚轻的灵动和神采飞扬。

江也眼神微动，就静静欣赏着她脸上的骄纵和理直气壮，感觉比园圃的玫瑰更娇艳欲滴。江也不喜欢聒噪的人，偏偏觉得她说话比别人动听。

大小姐好看的眉毛皱起来，嘴里还在抱怨着。

“唐敬盛他算什么东西?

“我找了十个人每天轮流蹲他，谁蹲到了就给一万块钱。”

“江也不管你？”陈漫云隔着电话问。赵雾灵和她关系好，难免意气用事地偏向她，江也竟然也由着赵雾灵胡闹?

赵雾灵心虚，嘴上却不让步：“人家江会长每天忙考试忙看书，才没空搭理我。”

那边隐隐约约有响动，没几秒，电话突然挂断。

可能是信号不好，陈漫云不明所以地收起手机，重新往楼梯间走去。

赵毅杰和李朝阳一伙人集合完毕就往下走，李朝阳听到消息的时候晚了，随手顺了一根……去年他们班元旦跨年用的礼花棒，就是一拉还会往外面喷彩色纸屑和亮片的那种。

王川用看傻子的眼神看他。

李朝阳憨憨笑了两下，嘴里说着：“凑合用，凑合用。”

到了地方，他们就看到沈放舟和一个小姑娘站在一边，冷漠地看着一旁哭得那叫一个惊天动地的唐敬盛。

这是什么情况？李朝阳对着王川挤眉弄眼。

王川也纳闷，这合理吗?

依旧对情况感到疑惑的沈放舟和心知肚明的陈漫云站在一边。

陈漫云张了张嘴，想解释一下，不过感觉此刻的氛围有些难以言说，也就安静着没说话。

李朝阳挠挠头，他实在没懂现在事情是个什么发展状况，但也看出来现在危机已经解除，又觉着气氛实在是有些太尴尬了，想着缓和一下，便走上前去在沈放舟和小姑娘的中间站定，举起礼花棒。下一秒，他利索地用手指拉开开关。

“砰”的一声，彩色纸屑和亮片争先恐后喷洒出来。

陈漫云没防备，吓了一跳，小退了几步。沈放舟挡在她身前，五颜六色的小碎片都落在沈放舟的身上和地上。

王川像个小炮仗一样叫出来，嫌弃地骂了一句：“李朝阳你弄的什么啊？”

李朝阳被骂了也不生气，撇着嘴，又看了一眼沈放舟和他身后的陈漫云，试探着说出自己的理由：“我提前给沈哥拜个早年。”接着还自我肯定了一下，“对，拜个早年。”

李朝阳本来是想缓和一下气氛的，谁想到这波操作让气氛更尴尬了。

拜个早年……

陈漫云听到这句话都恍惚了一下，现在才九月份，拜个屁的早年。

沈放舟伸手把头发上缠着的碎纸屑和亮片弄下来，好看的脸上露出不解的神色，对着李朝阳说：“你有病？”

声音也够冷。

最后还是王川出来打圆场，解释清楚才作罢。

礼花棒喷出来的碎片洒在地上，楼梯间看着有点乱，李朝阳去拿清扫工具准备扫干净。沈放舟刚刚挡在陈漫云前面，身上和头发里也全是碎屑和亮片，他冷着一张脸去了卫生间清理。

沈放舟清理回来时还是冷着脸，余光瞥了眼角落里还在抽噎的唐敬盛，又学着唐敬盛的叫法叫陈漫云：“陈姐，他怎么办？”

“别乱叫我。”陈漫云低着头，不满地嘟囔。

她用眼神示意沈放舟快点解决，她不想和唐敬盛再纠缠这些破事了。

沈放舟声音拉长，“哦”了一声，走到唐敬盛旁边。

“唐敬盛。”沈放舟总算记住了他的名字，一字一顿地叫他，嘴角还噙着笑，“记得我上次和你说过什么吧？”

“记……记得。”唐敬盛唯唯诺诺地回答。

“现在，滚吧。”

酷哥沈放舟的固定台词就这一句，周五大好的日子，他可不想把时间浪费在这种蠢货身上。

沈放舟走回陈漫云身边，垂眸看着她的发顶没说话。

片刻之后，最先开口的人是李朝阳，他邀请陈漫云一起去玩。

“不用了，我阿姨应该在家做了饭。”

陈漫云扬了扬手机，是委婉拒绝的意思。

下一秒，陈漫云接到秦阿姨的电话，说她有事要回一趟家，让陈漫云自己买些晚饭吃。

陈漫云还是头一次发现自己有乌鸦嘴的天赋，怔了几秒。

沈放舟噙着笑，问她：“一起去吗？”

陈漫云想着，现在回家貌似也没什么事，还不如去见识一下酷哥们丰富的夜生活。

就当见见世面。

路上，王川好奇地和陈漫云打听着唐敬盛的事。陈漫云没办法，就把赵雾灵的事迹概括一下讲给他听。

王川砸吧砸吧嘴，觉得自己有点酸了，他家算有点小钱，可他也不敢放言“谁蹲到就给谁一万块”这种话。他咸吃萝卜淡操心，替赵雾灵担忧地问：“这样花的话金山银山也不够败啊。”

陈漫云觉着她有生之年应该是看不到赵雾灵为钱所困的样子了，笑了一下，指着远处问王川：“你知道那儿吗？”

王川抬头看着陈漫云手指的方向，不以为意：“我知道，淮港啊。”

淮市是个临海城市，地方不算大，但胜在位置重要且优越，淮港的货物吞吐量每天都大得惊人，从这个角度望去，隐约还能看到集装箱和货轮的影子。王川突然想到什么，对陈漫云补充：“靠这个港就能撑起淮市一半 GDP。”

陈漫云笑了，眨着眼：“那巧了，那儿一半的港口是她家负责的。”

王川一秒闭嘴。

小丑竟是他自己，所以他刚才是在担心赵雾灵的钱不够花吗?

王川啊王川，你怎么配的啊?

王川内心反省完就立马笑嘻嘻地追上去问：“那啥……陈姐，你帮我问问你同学，还要不要人一起蹲唐敬盛那小子，我最近都有空，特别有空。”

这可比砍拼多多快多了，可恶，唐敬盛怎么能这么值钱。

陈漫云只是笑，没再搭话了。

穿过曲折的小巷就是王川说的他们的小基地，淮市现代化程度很高，到处可见拔地而起的摩天大楼，大都市的繁华和灯红酒绿每日在这里上演。

可在小巷子里就又是另一番光景，慢悠悠的，像把时光抛弃不见面。淮市的夜晚纵歌与纸醉金迷都被拦在外面，巷子里的砖不知道是以前留下的还是故意做旧，斑驳出时光的疤痕。

巷子尽头是栋三层的建筑，是这巷子里唯一的亮色，或者说，只有它有着现代感——用黑色反光玻璃做成幕墙。

唯独不同的是该挂店名的地方什么都没写，只用银白色线条勾勒出雏菊花朵的形状，上面泛着带冷意的光。

姑且就叫这家店“雏菊”，这是沈放舟的叔叔开的店，陈漫云在门口就听到里面传来重金属乐器的声音和摇滚乐。

是最近大热的歌曲。

主唱的声音有些哑，但胜在唱得卖力，陈漫云听出里面的万丈豪情，混着酒精和烟草的味道一起冲击着她。

让人躁得很。

王川和赵毅杰几个人却是高兴得像回家，熟门熟路地和陈漫云介绍，他们本来说着要打游戏，完了再顺便玩一会儿。

“沈总去外地出差了，让我转告你。”沈放舟走过去，吧台的阿杰一边说话一边背过身给他拿了罐可乐。

阿杰口中的沈总是沈放舟的叔叔，沈南城，年轻的时候辍学出去走南闯北，运气竟然还不错，打拼多年以后小有所成，又回到淮市，开了这家生意还不错的酒吧。

这么多年沈南城身旁没别人，一个人带着沈放舟。不过，倒也不能说叔侄俩是相依为命，因为沈放舟全靠钞票和信用卡拉扯长大，沈南城在外面漂泊惯了，骨子里对感情淡薄得很。除了学习以外，沈南城对沈放舟这个侄子看得不紧，几乎不要求他什么。

阿杰觉得这是一对怪叔侄。他又把手伸进柜台抽屉里拿钥匙，抬头时余光瞥见后面混在一群人当中的陈漫云。

她的校服规规矩矩地穿在身上，手扯着书包带子，漂亮的杏眼和那张不施粉黛的脸在这里面格格不入。

阿杰皱眉，他和沈放舟还算熟悉，八卦地问：“第一次见你带女孩子来，怎么，小女朋友？”

沈放舟听见这话眼皮跳了一下，随即就像是听到好笑的事一样，指着自己反问：“你看像吗？”

阿杰看了看沈放舟的脸，唇红齿白，看起来倒像是小姑娘们会喜欢的那一款。

可沈放舟的校服拉链随意拉开，黑T恤大剌剌敞在外面，他又想了想沈放舟平时那桀骜不驯的作风，这和后面那学生妹可一点都不般配。

他瘪瘪嘴，放下手里的调酒杯，下定论：“不像，你可别去祸害人家好姑娘。”

语气活像沈放舟是什么凶猛的野兽。

沈放舟笑骂了一句，接着就接过钥匙开门。

沈南城对沈放舟这个便宜侄子还算不错，把酒吧一楼的小房间腾出来，放了几台顶配的电脑给沈放舟他们打游戏，平常沈放舟他们也愿意来这儿待着。

沈放舟手握门锁，突然想起当时布置这个房间的时候，沈南城就吊儿郎当地在旁边边抽烟边监工，比他还像叛逆少年。

沈南城抽完把烟一灭，利索地从台阶上跳下来，还不忘嘱咐沈放舟一句：“好好上学。”

不知道的还以为沈放舟是什么热爱学习的积极分子。

可惜这句话从十几岁就辍学的人口中说出来并没什么信服力。

收回思绪，沈放舟利索地拿钥匙开门，手微微用力，把门推开。

陈漫云以为社会哥的基地应该是充满堕落气息的，其实不然，室内是宽敞明亮的设计，摆放规整的电脑前放着几张看起来就很舒服的电竞椅。

乱中有序。

王川他们很快就进入状态，戴着耳机打游戏打得火热。

“毅杰，我这儿有M416，你要不要？”

“不要不要，我有枪，你和沈哥快来房区这儿，我找到车了。”

“砰砰砰”连续几声枪响，沈放舟操作的人物打倒了藏在房子边缘的人。

对方显然也是个高手，之前一直紧贴着墙，躲在沈放舟的视觉盲区，美中不足就是刚刚被沈放舟听到了脚步声。

公屏上显示出一行字。

△玩家今天我要疯狂上分被玩家FZ击倒。

王川和赵毅杰兴奋地叫了两声“呜呼”。

沈放舟抽空喝了口可乐，觉得还有点意思，追过去补了两枪，淘汰了那位名字叫作“今天我要疯狂上分”的玩家，画面也变成冒绿烟的盒子，沈放舟操作的人物漫不经心地舔包。

刚才和这个玩家对狙的时候应该还有别的人瞄准他了，只是对方藏得很好，没有暴露。

“王川，旁边的房子里应该还有人，小心点。”沈放舟头也没转地提醒王川。

“好嘞。”王川回答。

陈漫云就一直在旁边安安静静地坐着，没说话。

和平常的电脑不太一样，这几台电脑都是曲面屏的，陈漫云估摸着大概是为了更好的游戏体验，毕竟她也觉得曲屏看起来更接近人的真实视野。

陈漫云略带好奇地研究了一会儿，发现这些电脑除了屏幕比较大以外，其实和普通电脑没什么区别。

不过，这么大的屏幕，干点什么好呢？

陈漫云看了一眼旁边打游戏打得火热的几个人，又看看那让人眼花缭乱的游戏界面，默默打开了浏览器。

她在电脑上找了个化学网课，白发苍苍的老头从氰化物的有害性讲到摩尔。

可惜陈漫云学化学没有学物理有天赋，每次听到化学网课里的摩尔，她第一时间想到的不是课本上那句冷冰冰的“摩尔是物质的量的单位，是国际单位制7个基本单位之一”，而是小时候的那部动画片，主角团们都是圆圆的，脸上也有着圆圆的鼻子的小鼹鼠在庄园里探险的故事。

这都哪儿跟哪儿啊？

陈漫云摇摇头，把庄园里的小鼹鼠们赶出脑海，全神贯注地听着网课老师的讲解，手指偶尔幅度不大地划动两下，在心里演算。

沈放舟随意一眼就看到这一幕，王川刚刚把屋子里的窗帘拉上了，刺眼的日光被拦住，让室内充满温柔的光晕，陈漫云歪着头，下巴抵在手腕上，认真地看着屏幕。

沈放舟没发现自己笑了一下，顺着陈漫云的目光看向她的屏幕。

——满屏的化学符号和方程式。

沈放舟只觉得眼前的景象还挺迷惑的，他同桌在酒吧看化学教学视频看得津津有味，是说出来都觉得离谱的程度。

还挺好学。

耳机里传来急促的“砰砰”声，沈放舟走神的空当，刚才那位疯狂上分的队友出来瞄准了游戏里一动不动的沈放舟。

那人一开始以为是沈放舟和王川一起设的套，试探地打了一枪以后迅速换了个位置，当时沈放舟还沉浸在观察陈漫云的世界里，没发现。

对面的人立马火力全开补死了沈放舟。

△玩家FZ被玩家快乐每一天使用98k击倒。

△玩家FZ被玩家快乐每一天使用98k淘汰。

王川和赵毅杰的屏幕上相继出现这两行字。

王川惊讶地转过头：“沈哥，刚才怎么了？”

王川和赵毅杰惊住了，刚才的枪声他们听到了，可是两个人都没放在心上，觉得沈放舟一个人能搞定。

毕竟沈放舟是正常发挥能进决赛圈并且大概率能带他们吃鸡的人，结果这一把还没跑圈就被淘汰了？

对面是有多强啊？

难不成是电脑卡了？

沈放舟用手揉了揉眉心，语气抱歉："不好意思，走神了。"

行吧，多年游戏老手走神了。王川和赵毅杰觉得这可太反常了，但没那个质问沈放舟的胆子，扭过头继续他们的那把游戏。

沈放舟眼看着自己的人物成盒冒绿烟，有些懊恼地摇摇头，放松地靠在电竞椅上，但又克制不住地看向陈漫云。可能有些热，她忍不住拿手在脸旁边扇着凉风。

王川还在旁边打游戏，打到兴起处偶尔会激情开麦，确实有些吵了。沈放舟想了片刻就伸出手，屈起食指在陈漫云的电脑桌上敲击，得到陈漫云的注视后就停下。

"你要不要出去透透气？"

毕竟这里空气确实不太好。

"透透气？"

陈漫云觉得有意思，直视着沈放舟的眼睛，饶有兴趣地重复了一遍这句话。

沈放舟却没说话，径直拉着陈漫云出了门。

透气的地方就在隔壁，倒不是什么奇怪的地方，就是一个普通的包厢，空气里涌动着淡淡的清新香味，房间中间放着一张咖色玻璃茶几。天花板上的水晶灯不肯好好照明，让房间里的一切都染上斑斓的色彩。

沈放舟像没骨头一样躺在座位里，陈漫云在他对面坐下，观察她这位便宜同桌。

沈放舟的气质就独特在这里，把他丢到人才济济的淮大附中，他能干干净净不出错，等到了混乱的环境，五颜六色的灯光打在他身上，他好看的眉眼藏在昏暗处，又有一股生机勃勃的少年气。

陈漫云就借着昏黄朦胧的灯光看他，很高级的氛围感，让他区别于凡夫俗子。

因为热，沈放舟的脸有些红，手指搭在玻璃杯的边缘，看着她，忽而开腔："看够了没？"

嗓音有点沙哑，像被磨砺过的质感。

沈放舟觉得有点不自在，从口袋里掏出口香糖，在手里颠来倒去地把玩着。

陈漫云脑海里突然浮现出好早之前看过的一部电影。

记忆里似乎是一部黑白电影，电影的主人公出身底层，在努力奋斗后终于跻身上流社会，但无论他做慈善，还是用定制的西装装饰自己，还是和上流人士格格不入。

故事的最后，曾经出身贫寒的主人公脱掉西装，离开纸醉金迷的宴会厅，回到自己从小长大的筒子楼外，完全抛却别人对他的所有评价，像幼时一样把口香糖吹出大而圆的泡泡。

“小船哥，”陈漫云暗戳戳使着坏，边眨眼睛边注视着沈放舟，“你会不会吐泡泡啊？

什么玩意儿？

他又不是鱼，为什么会吐泡泡？

沈放舟疑惑地挑眉。

陈漫云看出来沈放舟没懂她的意思，朝沈放舟的方向移了几寸，表情认真地和沈放舟解释，还伸出手来在空中比画着。

靠得近了，沈放舟能闻到陈漫云身上若有若无的馥郁香气，很好闻。他在暗色里垂眸，眼里暗了几分，他听懂了，陈漫云说的泡泡是用口香糖吹泡泡。

陈漫云看着沈放舟，很缓慢地 wink 了一下，漂亮又灵动，眼巴巴的样子：“小船哥，你吹一个吧，我想看。”

带点撒娇的意味。

沈放舟沉默着没说话。

“小船哥？”陈漫云看他没说话，追着问。

沈放舟摇摇头，看似很疲倦地伸手揉了揉眉间：“我不会。”

他其实在想陈漫云刚才的那个 wink，太招人了。

他现在满脑子就一个想法，就是陈漫云怎么能这么会啊？

陈漫云没说话，水润的眼睛直勾勾地盯着沈放舟，小兔子暂时把她的 98k 藏起来，温顺乖巧地待在那儿，有点可怜巴巴的感觉。

沈放舟举着口香糖，很痞地笑了一下，接着和陈漫云确认：“真想看啊？”

得到陈漫云肯定的回答以后，他点了点头，动作颓废又熟练，他的眉眼在灯光里被折射出难以言说的朦胧。

其实没什么技术含量，只要吹泡泡的时候做好口型就可以了。

被她注视着，沈放舟连咀嚼的动作都不太自在，表演了一下后把口香糖包进包装纸，扔到茶几上的烟灰缸里。

陈漫云不知道想到什么，笑了笑，带着些许满足感地点点头，乖巧地坐在一旁，更像一只兔子了。

“看够了？”沈放舟看着陈漫云，似笑非笑地问。

其实沈放舟也就吹了两三个泡泡，但陈漫云觉着大佬百忙之中给她表演“绝技”已经很给她这个同桌面子了。

“嗯啊。”陈漫云回答。

“哦，那现在该我了。”沈放舟笑了笑，伸手在自己右边校服裤的口袋里摸索了半天。

陈漫云屏息凝神，看着沈放舟的动作。

等陈漫云的眼睛略微有点发酸的时候，这位哥从口袋里掏出一张被折得皱皱巴巴的纸，他皱了皱眉，伸手把纸张展开。

陈漫云略带惊讶地看清了，是一张英语卷子。

如果她没记错的话，这应该是徐平峰布置的周末作业之一。

为什么要随身携带一张英语卷子啊?

有毒吧。

陈漫云在脑子里组织语言想问这是什么奇怪爱好的时候，沈放舟把那张皱皱巴巴的卷子推到陈漫云面前，随后理直气壮地开口：“帮我写完。”

陈漫云脑海里设想的什么同桌美好互助的温情画面瞬间消失，嘴比脑子快：“凭什么？”

她才不给他当免费劳动力。

沈放舟看她的眼神更迷惑不解，偏着头朝向她，语气惊讶：“陈小姐，你在修理厂是打白工啊？”

言下之意，这张卷子是刚才“吐泡泡表演”的报酬。

不是，陈漫云有点不理解了，辩解道：“我刚刚就看了几秒钟哎。”

您这也太金贵了，几秒钟就值一张英语卷子?

“哦，”沈放舟把腿一伸，凑近陈漫云，理直气壮地回答，“因为我是修理厂高级技工。”

“比较贵。”沈放舟面无表情地补充。

陈漫云一愣：这……您接受自己的角色是不是有点太快了?

见陈漫云没回答，沈放舟又语重心长地告诫道：“所有命运赠予的礼物，早已暗中标好了价格。你没听过吗？”

陈漫云被自己同桌的无耻震惊到没话说。

陈漫云伸手把那张卷子拿过来，白皙的手指慢慢将卷子上的褶皱抚平，笑意盈盈地问沈放舟：“小船哥，你真要我帮你写啊？”

得到沈放舟肯定的回答以后，陈漫云点点头：“行。”

这么好说话？沈放舟有点不敢置信，他没想到这么顺利，只是刚刚看见陈漫云那一脸蒙的样子，就想逗逗她。

陈漫云捏着那张卷子站起来，接着说道：“时间不早了，我先回家了，明天见。”

一步，两步……陈漫云脚步轻快地往门口走，手里的动作不停。

“沈放舟。”陈漫云突然回头，语气认真地叫他的名字。

“嗯？”沈放舟握着玻璃杯抬头。

突然，一个白色影子直直飞过来，撞在沈放舟的左肩处，力道不算重，可也让沈放舟微微吃痛。

他伸手往左边摸去，只摸到一个纸飞机——用刚刚那张英语卷子折的。

陈漫云眼看着沈放舟被击中，脸上还是笑意盈盈的，她扬着下巴，神情里写满了张扬肆意，语气里带着点傲：“你想得好美哦。”

是气死人不偿命的语气。

沈放舟被弄得没脾气了，再抬头想叫住陈漫云的时候，陈漫云已经一溜烟打开门跑掉了。

房间里静得很，沈放舟侧耳去听，只能听到陈漫云的脚步声。

沈放舟笑了一下，随手拾起纸飞机，是刚才陈漫云捏在手里边走边折的，透过清晰可见的折痕，沈放舟就好像看到了刚刚陈漫云背对着他，手下却悄悄用力折纸的样子。

呵。

他用指腹按压着纸飞机的尖端，纸张已经有些软掉了，但纸飞机的尖端还是锋利的。

就像——

陈漫云给人的感觉，说话时绵里藏着针，笑意不到眼底，又顽劣地朝生活做鬼脸。

沈放舟仰头看着水晶灯反射的光影，呼气又吸气，终于坐起来，随手把纸飞机扔向空中。

没承想，王川和赵毅杰发现陈漫云走了以后闯进来，嘴里还嘟囔着问陈漫云怎么走了。两人说话时没注意，纸飞机就直直撞在王川的肩膀上。

和刚刚几乎一模一样的场景。

沈放舟没忍住，身体以一种很放松的姿势陷在卡座里，双手捂在自己的脸上，放声大笑。

王川一脸蒙地把纸飞机抓在手里，疑惑地扭头看着赵毅杰，语气里充满了不确定：“沈哥他……得癔症了？”

赵毅杰：“想开点，可能只是发疯了而已。”

“哦。”王川也像见过大世面一样地点了点头。

路上路过便利店的时候，陈漫云进去买了个面包和一罐热的旺仔牛奶，到家后给赵雾灵回了个电话。

赵雾灵是真正的大小姐，从小娇纵着长大，杨程宇嘴巴不严，无意间把唐敬盛带人堵陈漫云的事情告诉了她，所以才发生今天唐敬盛痛哭流涕那一幕。

赵雾灵说完以后又抱怨江也事事都要管她，教导处的老李每天忙着抓迟到和违纪，杨程宇又总是那副样子。

陈漫云静静地听着，其实离开盛华也不过三四个月，如今再听到这些却好像已经隔了一个世纪，偏偏所有场景仿佛还在眼前，熟悉又模糊。

陈漫云低着头无声笑了一下，最终还是什么都没问，转了个话头，问赵雾灵：“你知不知道巷子里的那家酒吧？”

“雏菊？你说的是不是门口除了雏菊什么都没有的那家酒吧？”

赵雾灵穿着睡裙，拿起果盘里鲜嫩多汁的苹果咬了一口，随意坐在阳台的摇椅上，踩着椅子腿的边缘，摇晃着玩。

“那家啊，我知道，原来好像是叫什么人间这么个名儿，去年刮台风，把那几个字吹掉了。老板也是心大，一直没挂新牌子。”赵雾灵仔细想了想，如实告诉陈漫云。

到底叫什么人间来着？她得好好想想。

她八卦地问陈漫云：“云朵，你今天去那儿了？”

赵雾灵是真爱玩儿，除了学习，对什么都感兴趣。

“偶然去的。”

托她同桌的福。

赵雾灵来了兴趣，问陈漫云今天去那儿有没有看见奇怪的人。

“你不知道那儿的小老板，有时候帮他叔叔看店，长了一张堕落脸，贼带感。”赵雾灵说着还“啧”了一声。

等等……陈漫云抬眼，她好像知道赵雾灵口里的“小老板”是谁了，报复性地回答：“哦，我知道，他家破产了，他现在在修理厂当高级技工。”

周六傍晚，云珊和陈京两个人回来了，秦姨比陈漫云还高兴，做了满满一桌子热菜，又让陈漫云去书房叫两个人吃饭。

陈漫云抿了抿唇才起身上楼梯，在自己家里局促得像个陌生人。她自上了高中以后就很少和他们相处了，他们只顾着打生活费和突然想起来的时候才会问一句，好似确认她还活着已经用尽他们全部的力气。

她还没上楼就先听到了两个人的争吵，无非是因为公司的事情意见相左，又因为陈漫云转学的事情而闹得不可开交。

陈京埋怨云珊没有照顾好陈漫云，以至于竞赛后流言满天飞，又因为转学，反倒让那些人觉得是因为心虚，伤了公司的面子。

云珊不甘示弱，挑了几句反驳回去。

陈漫云没有动作，隔着门板沉默地听着两个人的争吵，耳朵捕捉到零星模糊的“都怪你”和“丢面子”，握在门把上的手卸了力气，转身下楼。

“秦姨，他们还有些事没谈完，我就先下来了。”陈漫云勉强笑了一下，又很快说道，“灵灵找我有点事，我出去一趟，秦姨晚上不用等我了。”

“啊？你不在家吃饭了？”

秦姨听到这句话足足反应了好一会儿才急忙从厨房里出来，发现陈漫云已经出门了。

秦姨追到门口时已经瞧不见人影了，叹了口气，喃喃自语道：“这孩子，你好歹带上雨伞啊……”

天气预报说这是淮市还未结束的漫长雨季，天色阴沉着，乌云一直蔓延到天地的分界处，偶尔的风带着凉意刮过来。

陈漫云出门时候走得突然，身上还穿着短袖。

刚才出门的时说找赵雾灵只是借口，她也不知道自己该去哪儿。

陈漫云没在意，垂头看地面，神色在雾气里不太清晰，再抬眸的时候，天上淅淅沥沥下起雨来。陈漫云无奈，反而笑了，站在街边的屋檐下躲雨。

身后有响动，陈漫云的视野里先出现垫在塑料袋子最底下的可乐罐，才听到耳边少年慵懒嗓音的调侃：“哟，陈小姐，今儿没去厂里修飞机啊？”

陈漫云抬头就看见沈放舟，温度低，他穿了件黑色的连帽衫，身形高瘦，手里提着袋子，略带着点笑意看她。

酒吧今天休业，只留着沈放舟看店，他出来随便买点东西当晚饭，没想到这么巧能碰见同桌。

沈放舟原意是调侃，等少女抬头才发现她状态不对——神情恹恹的，眼睛里有水雾，眼尾有些红，在略微带点寒意的风里躲雨，看起来可怜兮兮的。

饶是沈放舟昨天刚见识过她扔纸飞机时的傲娇样子，知道她不是那么脆弱的人，也被这一幕弄得心一软。

沈放舟摸了摸鼻子，扬了扬手里的伞，这是他来之前怕雨下大带的，没承想能派上用场，挑眉问面前的少女：“送你回去？”

回去？

陈漫云先怔了几秒，随即无措地摇了摇头：“不用，你先走吧，我……我再待一会儿。”

沈放舟垂眸看着她。

两人说话的时候，雨势也渐渐大了起来，陈漫云耳边有几绺头发沾了水汽，附在耳边，她穿得单薄，半截白皙的小臂露在外面，看着都冷。

“不想回家？”沈放舟收回眼神，勾了勾唇，问她。

陈漫云没回答，算是默认。

两人在屋檐下面躲着，雨混着风撞在身上，凉意侵袭。

沈放舟点点头，没再追问下去了。

这年头谁身上没点故事啊，更何况是他看起来就有点说不清道不明的颓废气质的花花妹妹。

沈放舟的手腕转了转，把伞撑开，不大不小的水滴溅在他外套上，留下清晰的水痕。少年没在意，扭头对陈漫云说：“酒吧现在没什么人。”

嗯？

陈漫云抬头，一时间没懂这句话的意思。

沈放舟撑着伞走出去了一段距离，又回头看了眼雨雾里的陈漫云，微不可见地叹了口气，动作利落地把外套脱下来递给少女，再开口时带了点询问的意味：“同桌，赏个光？”

就差直接说出邀请了。

这是陈漫云第二次来这里，不同于昨天的灯红酒绿，今天里面是暗的，安静到与夜色里斑驳的青石巷融为一体。淅淅沥沥的雨滴在身上，她跟在沈放舟身后上楼。

“啪嗒”一声，少年按亮楼梯间的暖灯，橘色的灯光漏了下来。

沈放舟侧身回头，似乎也意识到不对劲的地方，开口解释：“今天酒吧歇业所以没什么人，你身上那件外套我出门时候刚换的。”

陈漫云站在台阶下，很轻地“嗯”了一声，顺着台阶上楼，跟着沈放舟走到二楼的空旷处。

少年抬手，随手指着空旷的卡座处：“喏，随便坐。”

陈漫云坐在卡座上，卡座的料子是皮质的，但莫名很柔软，她换了个舒服的姿势，任自己陷在里面。

随着她动作的幅度，沈放舟衣服的帽子塌下来，覆在她脸上。诚如他所言，衣服没有奇怪的味道，反而有一股很清新的香气，陈漫云琢磨着应该是洗衣液的味道。

沈放舟回头的时候看见的就是这样一幅景象，他的外套对陈漫云来说有些过于宽大了，她的身形陷在里面，低垂着脑袋，看着很乖巧。

不过，沈放舟想，他同桌似乎总是不太开心的样子。

他还没来得及说话，就观察到陈漫云在外套里幅度很小地动了几下调整姿势，她里面穿着短袖，可能是为了搭配下面的牛仔裤而穿的短款，随着动作而移位，露出一截腰身。

沈放舟的目光只停留了一瞬就像被烫到一样迅速移开，欲盖弥彰地咳嗽了一声，提醒道："陈漫云，衣服。"

两人隔得有些远，再加上沈放舟声音有些沙哑，陈漫云没听清，从外套里探出头来："什么？"

她的声音也像隔了一层雾气，随着动作，她牛仔裤口袋里的东西掉出来，又顺着卡座的边缘落在地毯上，发出不轻不重的声响。

陈漫云怔了几秒，低头捡起来，没忍住打了个哈欠。

沈放舟注意到她的动静，手插在兜里，过了两秒还是没忍住开口："困了？"

"有点，看书看的。"陈漫云坐直，深色的外套和她的肤色形成反差。她眼睛眨了眨，因为睫毛密，暖橘色的灯光打下来，在白皙的眼下洒下一小片阴影。

她这两天晚上都在研究化学书，睡得有点晚。

陈漫云停顿了一下，看向昏暗里沈放舟不甚清晰的眉眼，略微带点鼻音地问道："你信吗？"

小姑娘说话声音轻轻的，沈放舟听着，弧度不太明显地勾了勾唇。

沈放舟没接话，去吧台处在自己刚刚带回来的塑料袋子里翻找。袋子里放着冰可乐，他顿了一下，在袋子侧面找到个面包，拿在手里颠了颠，转身在陈漫云旁边的地方坐下。

椅子离得有点远，沈放舟伸手挪了一下，把面包递给面前的少女，附带一句："同桌，未成年就晚上好好休息，才能长高。"

这话有前情提要，陈漫云随口抱怨过自己的身高，她不矮，在同龄的女孩里绝对算高的，一米六八，她抱怨的点是为什么不能再高两厘米，凑个整。

研究表明，成年之前还是有可能继续长高的，沈放舟这句话说得语重心长，甚至还带着点儿规劝误入歧途的无知少女重新走上正路的那种意味。

陈漫云先乐了：这位哥，合着每天白天在教室趴着睡觉的不是你啊？

还没等她反问出口，沈放舟好似猜测到她心中所想一般，先一步回答她：“我成年了。”

倒不是什么特别的理由，沈放舟出生的头几年里，沈南城还沉浸在情伤中无法自拔，没心思顾及这个便宜侄子。

酒吧里一群大老爷们心一个比一个大，愣是没注意到沈放舟到上学的年纪了。

还是当时乐队的女主唱心细，发现以后笑着问沈南城：“你们家舟舟是不是该上学了呀？”

沈南城瞬间思路打开，送学校好啊，送学校不烦人。

结果就是沈放舟比同级的学生大一岁。

沈放舟自己也觉得这个理由离谱，无声笑了一下，没再继续这个话题，把面包又往陈漫云的方向送了几寸。

陈漫云确实有点饿了，吸了吸鼻子，说了声“谢谢”就接过。

淮市的雨季是漫长的，混合着水雾和微弱的雷声，陈漫云窝在卡座里小口吃完了那个面包。雨天的一切都让她有点昏昏欲睡，但毕竟是在不熟悉的地方，她勉强撑着精神没睡着。

沈放舟在吧台旁的椅子上坐着，顺手写完一张数学试卷，看到外面雨势小了点，把中性笔随手塞到书包里，转头问陈漫云：“送你回去？”

和今天傍晚时分他刚碰到陈漫云时一样的问题。

不同的是，小姑娘这次乖巧地站起来，回答：“好。”

陈漫云把沈放舟的外套脱下来叠好放在卡座侧面突起处，乖乖跟着沈放舟下楼。

沈放舟问陈漫云家在哪儿，得到回答点了点头，挺远一别墅区。

“坐出租车回去成吗？”他问。

陈漫云点点头。

临上车之前，沈放舟跑回酒吧拿了把伞塞在陈漫云手里，又晃了晃手机，说：“到了发个短信。”

出租车司机是个和蔼的大叔，“啧”了一声又感叹道：“现在的小年轻感情就是好，你看你男朋友多细心啊。”

“你说是吧？”过了好久，司机都没得到令他满意的回答，眼睛看着后视镜里的少女。

折腾了一下午，陈漫云确实累了，脑子也有点迷迷糊糊，随便应付了几句。

“那是我同桌，七岁患上脑瘫，八岁得了肺癌，十岁自学研究出了抗癌药，挺厉害的。”

答非所问。

司机一脸惊恐地看了眼陈漫云，觉得脑子有毛病的很大概率是陈漫云。

接下来的车程，陈漫云如愿获得了安静，并在心里又一次感谢了她“身残志坚”的好同桌。

第三章
朝夕宜欢喜

淮市的夜晚是湿润的，混着风，总让人有些不太爽快。沈放舟洗完澡以后忘记关窗户，空调又开得低，导致周一早上他一醒来就觉得脑袋昏昏沉沉的，用冷水洗了把脸，勉强打着精神骑自行车到了学校。

到了学校，沈放舟还有些头痛，恹恹地趴在桌子上。他精神不大好是显而易见的，本就话少，现在则更寡言。

最先发现沈放舟状况的是陈漫云，原因无他，她同桌每天雷打不动的官方指定摄入饮品从可乐变成了热水，再迟钝的人也能看出来不对，更别提沈放舟的感冒症状还挺齐全。

陈漫云本着同桌之间友好互助的守则，还是挺想关心一下沈放舟的，尤其是周六晚上，同桌还大发善心收留了因为下雨而没地方去的自己。

等等……在去酒吧的路上，沈放舟好像把外套给了她。

所以，他感冒是因为这个？

陈漫云心里先闪过一丝愧疚，接着就陷入了良久的沉默。

淮市虽然雨季绵长，但因为纬度低又临近海洋，绝对称不上寒冷，事实上，在陈漫云认识的所有人里，沈放舟是第一个能在这种天气里感冒的。

社会哥虽然每天酷得不行，但身体……还是挺虚弱的。

陈漫云眨了眨眼，突然觉得老天还是公平的，就比如她看起来又傲又酷一个顶三的同桌实际上身虚体弱。

啧，身体不好啊……

心里这样想是一方面，陈漫云还是很有良知地没说出口。她摸了摸鼻子，开口关心她同桌的身体：“同桌，你是感冒了吗？”

沈放舟沉默地点了点头，他也觉得纳闷，按理说以前也不是没淋过雨，没道理现在免疫力突然下降了。

得到回答，陈漫云特别真诚地看着沈放舟，说：“那我去给你买个黄桃罐头吧。”

沈放舟抬了下眉，开口的时候声音喑哑，像罩了一层雾气，眉目间是不可置信的表情，试图提醒陈漫云：“我是感冒了。”

是得了感冒，不是得了不吃罐头就会死的病。

陈漫云没觉着有什么不对劲：“对啊，就是感冒了才要吃罐头。我请你吃吧，你想吃什么的？黄桃的还是梨的？”

她想着周六晚上她转的面包钱沈放舟没收，又不好意思专门提醒酷哥一遍，正好，今天请他吃罐头，勉强算是礼尚往来了。

“吃什么罐头？”王川听见他们的话后立马凑过来，嘴里嚷着，“吃罐头干吗？是谁感冒了吗？”

沈放舟叹了口气，行吧。

话是这么说，下午活动时间，沈放舟还是没精神，在桌子上闭眼趴着。陈漫云小幅度地叹了口气，还是起身去校医室给她同桌拿了盒感冒药。

她还记得这个牌子的感冒药的广告铺天盖地且非常魔性，导致有一段时间她特别想把自己搞感冒，然后喝一次这个药。

等一会儿，能不能拆一袋自己喝？

她在心里这样想着。

陈漫云手指勾着装药的袋子往教学楼的方向走，快走到时就见教学楼的侧面有个人影。

少年很高，白衬衫很合身，头发修剪得规整又干净，肩背宽阔，看上去应该是在一个人冷静。

陈漫云没兴趣打扰别人，准备安静地进门。

装药的袋子发出响动，其实声音很微弱，可少年还是察觉到了，转身，和陈漫云四目相对。

少年还没来得及收敛表情，脸上是明显的不耐烦。

得，又一个社会哥。

叛逆少年杨程宇才应该转学来淮大附中，因为这里一定会让他觉得宾至如归。

陈漫云顿了顿，看清楚细节后觉得有点惊讶——少年的长相显然不是社会哥那一卦的，清秀的鼻梁上架着一副金丝眼镜，笑起来温和又斯文。

连萍水相逢都算不上的碰面，陈漫云礼貌地点了点头，收回视线，就继续往楼内走。

许慎的视线略过她，停住。

她应该和他同级，因为淮大附中不同年级的校服同款不同色。

许慎轻声咳了几下，突然出声："能问一下你的名字吗？"

陌生人而已，陈漫云不太想说，警惕地瞥了他一眼，询问："有事吗？"

知道陈漫云理解的方向偏了，许慎抬眸，开口解释道："没什么事，是我觉得同学你……看着挺眼熟的。"

许慎是真的疑惑，这种感觉很奇怪，不像是那种每天抬头不见低头见的校友之间的眼熟。

她才转来没几天，眼熟什么？

陈漫云很嘲讽地笑出声："是吗？但我觉得同学你这个搭讪听起来挺老套的。"说完，她就扭头走进教学楼。

脾气还挺大。

许慎轻笑了一声，看着陈漫云拎着袋子走远，若有所思。

在哪儿见过她？

他要想一想，好好想一想。

陈漫云回去的时候沈放舟已经没在睡了，他下巴枕在胳膊上，拿了支笔在做数学卷子。

陈漫云先看了几秒，开口："第九题，选 A。"

她的语气太过笃定了，沈放舟挑眉，又检查了一遍题目。

怎么可能？第九题是他刚算的，就是"C"。

十几秒后，他拿着笔把答案画掉，写上了"A"，他刚刚忘记看隐性条件了。

陈漫云说完就安静地坐下，没一点儿要和他争论的意思，打了个哈欠以后又把手里的药递给他。

"这是什么？"沈放舟疑惑。

没等陈漫云回答，他就先看到了药盒上风寒感冒之类的字眼，表情有点不大自在，“唔”了一声。

过了一会儿，他又闷声说：“谢谢。”

沈放舟没怎么吃过药，在他过往的十八年的认知里，大病就去医院动手术，小病嘛，自己能好。

这还是他第一次吃感冒药，还是他花花妹妹买给他的。

挺特别的。

陈漫云没在意，从夹子里抽出张草稿纸，过了一会儿又像是突然想起来什么一样扭头盯着沈放舟。

她学着王川他们平常的叫法很“社会”地叫了声她同桌。

“沈哥。”

沈放舟的手差点没拿住药盒，用一脸见鬼的表情看着陈漫云。

陈漫云不解地眨了眨眼，心想：有那么吓人吗？

她手指在草稿纸的边缘抚摸，试探性地问：“假如，我是说假如啊，你很烦的时候有人撞你枪口上，你会怎么做啊？”

沈放舟勉强打着精神听完，心里只有一个感想：就这？

他刚刚看他小同桌一脸紧张的样子，还以为出什么事了呢。

沈放舟神情散漫，明显没把她的话当回事。

陈漫云不高兴地抿了抿唇，觉得淮大附中社会哥的浓度实在是太高了，准备和沈放舟认真讨论一下这件事的严重性。

“我刚才好像又得罪了一个社会哥，看起来挺不好惹的。”陈漫云神情很严肃。

沈放舟听到这句话神色才算认真了点，他点点头，开口安慰陈漫云：“不用在意。”

毕竟淮大附中最不好惹的社会哥就是你同桌我。

大约过了一刻钟，沈放舟把数学卷子收起，看到陈漫云还在郁闷。她不开心的时候就会抿唇，嘴角没有像小括号一样好看的弧度。

沈放舟静默了片刻，扭头看着陈漫云的侧脸，没来由地说了一句：“有事给我发消息。”

“给你发消息干什么？”陈漫云有些跟不上他的脑回路，怔了一会儿。

沈放舟笑了，是真心实意的那种笑，还带着他特有的张扬和肆意：“沈哥罩你啊。”

傍晚放学时，有个女同学捏着卷子走过来询问许慎有没有时间，她想问道物理题。

许慎心里不喜，面上却笑着点头说：“好。”

女同学思路不太顺畅，问完物理题以后又重复确定了两次推导的过程。

过程中，许慎态度一直很温和，认真仔细地回答她的问题。

“谢谢，真的麻烦你了，许慎。”女同学问完题就收拾草稿纸，脸上多了些轻松的神色。

许慎是他们的学习委员，她问题之前还担心许慎会不耐烦，现在看来是她多虑了。

学习委员，挺温和谦逊的。

等到女同学的人影消失在门口，许慎温和的神情也慢慢收起，本来很内敛的一张脸此刻却露出冷漠的神态。

许慎抬眸，指节用力地把草稿纸捏成纸团，又用了点力气扔进垃圾桶。

他低头，伸手抚摸着物理资料书的边缘，神情被暗色笼罩得不清晰。

那道题其实不难，如果用竞赛的方法做还会更简单，再深究一下，那道题其实就是去年奥赛题的变型，他当时去省队集训的时候见过原题。

突然，许慎顿了一下。

他想起来在哪里见过陈漫云了。

时间的界定变得不清晰起来，许慎用手指扶额，依旧是冷漠的神态，嘴角却勾出弧度。

哦，原来是她啊。

徐平峰在讲台上讲英语试卷讲得唾沫横飞，陈漫云之前已经都弄明白了，就在看化学课本。

沈放舟的英语卷子下面压着数学题，偶尔看一眼后就在草稿纸上演算。

王川在后面睡得熟，传来轻微的鼾声。

这就是最普通不过的一个星期四。

“行，今天这卷子就讲到这儿吧，我给大家说两个事啊。”徐平峰从他那个老旧的公文包里抽出来会议记录本。

“好事还是坏事啊？”班上有几个好动的男同学趁这个空隙接了话。

“都有，好事坏事都有。”徐平峰笑呵呵地回答。

好事嘛，不说大家也都知道，差不多该开运动会了，淮大附中每年的运动会都安排在国庆假期前。不过，按理说运动会加国庆假期，应该是双喜临门才对，哪来的坏事？

终于翻到会议记录，徐平峰告诉这群小兔崽子："29 号和 30 号开运动会。国庆假期后咱们月考啊，不考文科，就咱们理科那六门。都好好给我考，认真对待，听到没有？"

这话一出，班里瞬间哀鸿遍野，祖国花朵们的好心情被破坏得一干二净，纷纷叫唤着。

"月考是什么鬼，以前不是只有期中期末吗？"

"老天，我咋感觉我还都没学会呢，咋就月考了？"

…………

徐平峰乐呵呵地看着这一幕，心里暗爽：谁让你们这群小崽子平常不好好学习。

他沉着声假装训斥道："吵什么，这次月考就是临时加的。啊，你看看你们这一个月，放暑假放得人都傻了，正好月考给你们紧一紧。"

他的目光又转到窗户旁边放空走神的沈放舟身上，准备拿这个刺头开刀，以儆效尤："来，沈放舟，你说说，你觉得月考应该吗？"

下一秒，班里五十来号人的目光都转到了窗户旁边的沈放舟身上。

陈漫云察觉到，迅速把化学书合上，还顺便抽走了沈放舟的数学卷子，一股脑儿塞进桌兜里。

沈放舟眼睁睁看着自己的卷子被抽走才反应过来，优哉游哉地站起来，像刚睡醒一样回答："哦，应该。"

徐平峰满意地点点头，又问："那你对这次月考有什么看法？"

沈放舟，你最好是说考试可以更好地检测我们学到的知识，对现阶段的学习情况有了整体认知，作为学生要好好准备考试之类的。

沈放舟挑眉："大家赛出风格，赛出水平。"语气要多散漫有多散漫。

徐平峰瞬间就后悔把沈放舟叫起来回答问题了。

班里先静默了一刻，然后就陷入了笑声鼎沸的混乱。好家伙，赛出风格，赛出水平，这领导味儿可太冲了。

下课的时候，班里几个男同学还在玩这个梗，有人要去打水，另几个就装作含情脉脉地看着对方。

带头那个语气沉重地嘱托道："去吧，打水也要打出风格，打出水平哦，宝贝。"

"你恶不恶心。"拿水杯的男同学一脸不满地搡回去，接着走出去打水。

大家就又笑作一团。

课间时，沈放舟照例成为办公室的"座上宾"——被老徐叫走批评。

李冉偷瞄到大佬不在以后，立马来找陈漫云商量运动会的事。

淮大附中的放假安排非常人性化，运动会开完就是国庆假期，连起来好几天不用学习看书。

陈漫云边听边点头，觉得简直就是神仙安排。

反而是李冉觉得她大惊小怪。

陈漫云眨了眨眼，解释："我以前的学校，国庆休两天，三号考试。"

这导致昨天赵雾灵足足抱怨了二十条短信。

李冉咋舌，问："考试不也就考两天，剩下的三天呢？"

"剩下的三天讲卷子和开成绩总结会。"陈漫云苦笑着回答她。

李冉一脸震惊，她之前对盛华的严格程度有所耳闻，但万万没想到严格到这样。她双手抱着搓了搓胳膊，转了个话题："算了，不说这个了。陈漫云，你要不要报什么项目啊？"

李冉看着挺柔弱，但实际上短跑成绩还不错，平时文静的女孩子在说起自己的长处时也神情鲜活。她没专门练过短跑，但运动会竟然偶尔还能跑过一两个体育生。

陈漫云长得不矮，身形也匀称，可惜运动细胞实在不发达，她颇有些羡慕地看着李冉："不，我不行，我唯一擅长的就是……"

她唯一擅长的体育运动就是踢毽子，不过运动会应该没有这个项目吧？

她话还没说完，王川就先凑过来补充："我知道，你最擅长的就是物理。"

"没，"陈漫云右眼皮跳了一下，伸手拉开一罐可乐，端在手里没喝，装作语气轻松地重复，"没有。"

顿了一会儿，陈漫云扭头朝着王川笑，纠正他："我数学也好啊。"

前段时间的数学小测陈漫云满分。

陈漫云继续输出："唔，我英语也挺好的。"

王川腹诽：可恶，被她装到了。

确定王川没有继续揪着物理这件事不放后，陈漫云才收回眼神，抿了一小口可乐。

没过一会儿，沈放舟回来了，打了个哈欠就在座位上坐下。

陈漫云好奇，凑过去，眼睛弯起来问他："老徐骂你了？"

"没。"沈放舟淡淡地回道。

也不算骂，沈放舟回想了一下徐平峰刚才的暴躁发言。

"沈放舟，你能念书就给我好好念，不然现在就给我退学捡垃圾去吧！"

声嘶力竭里透露着那么一点无可奈何的意味。

沈放舟嘴角勾了勾，没放在心上，见桌上放着罐可乐，看样子挺满的，他没细想就拿起来仰头喝了小半罐。

陈漫云忙完手头的事才想起刚刚被自己打开的那罐饮料，转头一看，可乐罐已经被少年握在手心里。

陈漫云刚开始还没反应过来，怔了一两秒才意识到问题的严重性。

要是没记错的话，这罐可乐她刚刚是不是喝了一小口来着？

陈漫云心里挺矛盾的，因为根据她这小半个月和沈放舟做同桌的经验来看，她同桌是个挺有分寸感的酷哥，甚至有时候还挺注意细节的，在下雨的时候收留没去处的她，又很体贴地没问她不想回家的原因。

唔，上个星期那袋马上要过期的橘子软糖，沈放舟也帮她解决了不少。

要不是沈放舟平常总是冷着一张脸，陈漫云都想给他送面锦旗了。

题什么字她都想好了——

“不普但信，绝世好人”。

也就是这么多天的相处，陈漫云发现沈放舟好像有洁癖，少年不太喜欢和别人共用东西。

要是让酷哥知道那是别人喝过的饮料……

陈漫云觉得情况可能有点不妙，转头想提醒一下沈放舟。

她有些难为情，眼睛直勾勾地看着沈放舟，在心里斟酌用词。

陈漫云显然不擅长解释这些，腹稿打了半天都没好意思开口，反而因为纠结太久，耳朵慢慢变红。

沈放舟握着可乐，还在等陈漫云和他说点什么，余光一瞥就发现小姑娘挺白的，耳垂薄薄的，同龄人或许因为爱美偷偷打了耳洞，她没有，还是白皙完整的，此刻染上胭脂的色彩。

挺漂亮。

沈放舟静默地看了几秒，就轻声笑出来，再开口时语气里带了几分得意：“陈小姐，虽然我是挺帅，但你也不用看着我就耳朵红啊。”

还在纠结怎么解释可乐事情的陈漫云没忍住，本能地“啊”了一声。

等等，她同桌在说什么？

不愧是你，沈放舟。

下午有节自习课，临上自习的时候沈放舟给自己泡了袋感冒冲剂。陈漫云说她也要喝，兴高采烈地用热水冲了一袋，把杯盖敞开，趴在桌子上眼巴巴地等着它凉。

沈放舟头一次见喝药这么积极的。

被发现了以后，陈漫云也没慌张，表情严肃地看着沈放舟，叹了一口气，特别稳重地开口："同桌，你知不知道感冒是会传染的？我喝药是为了预防，要是你传染给我，到时候你好了我再传染给你，这样下去咱俩还要不要高考了？"

小姑娘神情挺认真，说话间似乎已经脑补出来她和沈放舟因为轮流感冒而久病缠身的场景了。

还挺义正词严。

沈放舟憋着笑，"嗯"了一声："我知道，辛苦您了。"

组织上的工作得到了沈放舟同志的认同，陈漫云欣慰地点了点头，脸上写满了"孺子可教也"，正好这时水温也不是太烫了，她端起来喝了一口。

十七岁的陈漫云终于喝到了感冒冲剂，很清甜，不是那种糖精的甜，而是带着点药材的香气。

陈漫云四处张望了一下，确定没人注意她幼稚的行为以后才把剩下的都喝完。

临下课还有十几分钟的时候，沈放舟就把所有卷子都写完了，无所事事地趴在桌子上，他身高臂长，导致趴在课桌上显得有些局促。

淮市的夕阳很漂亮，昏黄的光晕笼罩在海边，如梦似幻的落日在窗边不肯落下。

沈放舟看了一眼就收回眼神。

太阳每天都会升起，他又不是诗人，没那么多闲心思。

他又扭头看陈漫云，刚刚真不能怪他多想，周六晚上挺冷的，他混混沌沌做了噩梦，醒来后什么都不记得，就只记得陈漫云不小心露出来的那截腰。

醒来时，沈放舟自己都吓了一跳，这都什么破梦，不应该啊，他沈放舟可是正经人。

沈放舟静静看了陈漫云一会儿，没忍住，用笔帽轻轻戳了戳她。

陈漫云疑惑地转头。

沈放舟顿了顿才开口："我 29 号下午有跳高比赛，陈漫云，你来吗？"

运动会有跳高项目，他报名了。

沈放舟是偏少年的长相，这种感觉主要来自于他的眼睛，眼尾处下垂，内敛不锋利，乌眸漆黑，陈漫云在里面看到自己的倒影。

她心跳漏了一拍，若无其事地转回头去，过了几秒才很镇定地开口："运动会大家都要参加的啊。"

沈放舟愣了一下，也对。他又开口："那不一样。"

陈漫云，我是想问你来吗？来看我的跳高比赛吗？

陈漫云手下动作不停，把卷子塞到文件袋夹层里，语调很平淡地回了句："再说喽。"

周五，李冉走到窗户附近的时候，陈漫云正在问沈放舟生物题。

"小船哥，Aa 和 Aa 杂交出来 aa，这个就叫隐性纯合子，是吗？"陈漫云拿着荧光笔在生物书上勾画，看见定义以后思索了几秒，转头问沈放舟。

沈放舟几乎没怎么思考就"嗯"了一声，随即有些奇怪地看了陈漫云一眼。

这是上个学期的内容，而且这么简单的定义，他不信陈漫云不理解。

陈漫云倒是没想到沈放舟在纠结这个，点了点头，用荧光笔做了个记号，还把那一页折了个角，就把书收进书包。

李冉找陈漫云确实有事，她询问陈漫云可不可以放学以后陪她去篮球场练一下举牌。

运动会上每个班的运动员入场都要走方队，也就需要一个走在方队前面举写有班级数字牌的同学。七班去年举牌的同学去学文科了，李冉想试试，没想到老徐正愁没人呢，一口答应了。

陈漫云没多想，拿着书包起身。

等她们来到篮球场的时候，李冉才发现不对劲。

李冉平常属于一放学就乖乖回家写作业的那批人，所以她不知道今天是周五，有不少男生在篮球场打球。

篮球场上热火朝天的，哨声和此起彼伏的叫喊声一起冲击着人的感官。

一个来势汹汹的篮球冲过来，差点砸到她们两个，陈漫云和举着木制班牌的李冉同时呆住。

片刻的沉默后，陈漫云试探性地开口："要不……咱们在旁边等一会儿？"

打篮球的应该会中场休息。

李冉点点头，抱歉地笑了笑，和陈漫云站在篮球场旁边等着。

"哎，盛哥，那是不是那天拿旺仔牛奶砸你那个？"

穿红色球衣的男同学刚进了一个三分球，得意扬扬地巡视了一圈观众席，视野里突然出现李冉和陈漫云，李冉不知道说了什么，陈漫云听见以后笑得眉眼弯弯。

他眯着眼想了半天，扭头问唐敬盛，提议道：“现在沈放舟又不在，咱们这么多人，还怕教训不了她们两个？”

说着，他还坏笑了一声，等着唐敬盛的反应。

唐敬盛沉默了，随即就像看傻子一样盯着红色球衣男。

他盯了几秒还是觉得不过瘾，把手里抱着的篮球砸在地上，走过去踢了红色球衣男一脚。

唐敬盛身上的伤现在都没好全，越想越气，踢了一脚以后又暴躁开麦：“你有病啊，人家好好在那儿站着你过去找人家麻烦干吗？你是小混混啊？”

红色球衣男有点蒙：难道咱们不是？

“行，我不说。盛哥你别生气。”

红色球衣男赔笑了几声，还在心里纳闷着：你以前坏事可没少做，现在这是咋回事啊？

陈漫云也是在这一瞬发现唐敬盛的，然后带着点惊喜意味地朝他招手，为了表示自己是善意的，她还附赠了一个友好笑容。

这个笑在唐敬盛看来就没有那么善意了。

他现在看见陈漫云都发怵，看着挺娇俏柔弱一姑娘，结果人家在淮大附中和盛华私立都有人，今天惹她明天就挨揍。

看见陈漫云朝他招手的动作，他就更不情愿了，别啊，身上的伤还没好呢。

前社会哥唐敬盛，现卑微小唐在心里哀号了几秒，就拽着红色球衣男一起过去，觉得死也要拉个垫背的。

他俩过去的时候，陈漫云和李冉还在说笑。

还没等陈漫云说话，唐敬盛就先发制人：“陈姐，我举报，他刚才说要打你俩，我及时制止了。”

兄弟就是用来出卖的，唐敬盛内心毫无负罪感，殷勤地看着陈漫云。

红色球衣男内心已经完全崩溃了：你清高，你了不起，你拿我做人情。

陈漫云蹙了蹙眉，没懂唐敬盛在说什么，反而是和他商量的语气：“那个，唐敬盛……”

“不，陈姐，叫我小唐就好。”

唐敬盛已经完全顿悟了，一切都是虚幻的，只有他陈姐的原谅给了他一条生路。

“好吧，小唐。”陈漫云没和他在这上面争辩，继续商量道，“我们可以用一下篮球场吗？”

陈漫云和李冉一开始确实是想等着用篮球场的，可是她们也没想到空的篮球场这么难等。

陈漫云刚才看见唐敬盛一拨人在这儿打了好一会儿球了，就想和他们商量能不能给她们用一会儿。

唐敬盛还以为自己又要挨打了呢，没想到陈漫云还挺讲道理，下一秒就立马答应了：“行啊行啊，没问题。”

红色球衣男不乐意了：“哎，不是，盛哥，刚才不是说要打三个小时球吗？”

他还有点想继续打呢。

再说了，运动会方队举个牌子，哪还需要练啊？

“啧，我说你这觉悟就是低，咱们天天在这儿打篮球，现在要开运动会，人家有正经事要用一下，你还不愿意？”唐敬盛叹了口气，“我真是对你太失望了。”

红色球衣男一脸看不懂的表情。

唐敬盛为什么能这么态度自然地当狗腿？

最后，陈漫云和李冉还是顺利拥有了可以练习的场地。

陈漫云坐在篮球场旁边的台阶上，拿手机给李冉放着运动会开幕式的音乐，篮球场的长度和运动会操场要走的那一段差不多，李冉举着班牌，一步步地认真走着，还让陈漫云给她录个视频。

陈漫云坐在旁边的台阶上，举着手机，镜头追着李冉。

李冉走了两圈之后就坐在陈漫云旁边一起看录像。

视频足足有一分多钟，整个过程中李冉都沉默着。

“不行的，”看完视频后，李冉有些失落地低头，声音带着点不自信，“我没别人漂亮，腿也不直，还有一点点驼背。”

这些缺陷都被镜头放大了。

她细数着自己的缺点，越说越难过。

余光看到陈漫云头发上别的发饰，是镂空的五角星，边缘镶着细闪的小碎钻，李冉叹了口气，继续说：“有时候我觉得别人就像星星，璀璨耀眼，而我呢，平庸又普通。”

声音最后带了点哭意。

她觉得人生的痛苦之处在于接受自己的平庸。

陈漫云沉默着听了半晌才开口：“为什么你一直在说这些外在的东西呢？”

李冉没吭声。

“行，”陈漫云点点头，“既然你都说了你的缺点，那我们说说别的。”

陈漫云伸出手来扳着指头数着。

“你看，你是英语课代表，老徐好几次都夸你认真又负责。你还喜欢帮助同学，那天王川没钱吃饭了，别人都不信，是你先借给他钱的。

“唔，上次班费少了一百，大家都怀疑是生活委员偷偷拿了，是你先想起来那天有活动，我们拿班费买了马克笔。”

陈漫云说着，突然很浅地笑了一下，晃了晃自己的手机：“李冉，你看，走方队其实只是很小的一件事，你却能很认真地去做，这些都是你的优点啊。”

李冉以前从来没有想过原来自己也是有这么多优点的，有点不相信地抬头，迟疑地开口：“真的吗？”

“真的啊。”陈漫云歪头，伸手把头上的星星发卡取下来。

李冉剪着短发，有些碎发落在耳边，偶尔会随着动作而晃到眼前遮挡视线。

陈漫云很温柔地把李冉的碎发抚平，拿手指掰开星星发夹，夹在李冉头发的一侧。

李冉怔怔地抬头，看向黄昏下的少女。

没有发卡，陈漫云耳边散着的发丝飘下来，模糊了少女侧脸的轮廓。

很多年后，李冉在自己的岗位上发光发热，帮助成百上千的女学生走出大山的时候，她依旧记得这个略微有些燥热的周五傍晚，晚风混着黄昏吹过来，少女温柔但又坚定地把星星送给了她，然后告诉她：“李冉，你也是闪闪发光的星星啊。”

你也是独一无二的，闪闪发光的。

有了第一次，李冉第二次去篮球场练的时候明显熟练多了，也有点自信了。

练完以后，李冉和陈漫云一起去买饮料。

李冉举着汽水小口小口喝着，突然有一种被人盯着的感觉，这种感觉挺奇怪的，她一扭头看到温佳怡，瞬间明白那种不适感来自哪儿了。

“陈漫云，你看那边。”李冉觉得自己还是有义务告知一下陈漫云的。

“嗯？”

陈漫云回头。

树荫下站着个人，眼睛直勾勾地看着陈漫云和李冉，被她们发现以后也没收敛，反而朝着陈漫云笑了一下。

陈漫云眯眼观察她，少女没穿校服，扎着高马尾，桃花眼，化了淡妆，在人群里很打眼。

陈漫云若无其事地收回视线，回答李冉：“我看见了，她唇釉的颜色好好看啊。”

陈漫云想着：这个颜色也好适合赵雾灵。

姐姐，你这根本就没抓住重点啊。

李冉内心已经有点抓狂了。

“那个，陈漫云，我告诉你个事，你别惊讶啊。”

顿了一会儿，李冉咽了咽口水，观察着陈漫云的神色，小心翼翼地说：“她叫温佳怡。”

陈漫云点了点头，没在意。

事实上，她现在连班里的同学名都没记全，温佳怡还是王佳怡对她来说区别都不大。

李冉都快着急死了，很委婉地提示：“她好像很关注沈放舟。”

温佳怡高一也是七班的，一开始还是沈放舟的同桌。

沈放舟的前同桌和沈放舟的现同桌……

李冉莫名嗅出来点八卦的味道，小心翼翼地观察陈漫云的神情。

没想到陈漫云听到以后只是“哦”了一声，神色如常，继续喝着手里的可乐。

这倒是没什么好惊讶的，她同桌虽然自恋，但确实长得好，少年感十足，有人喜欢再正常不过了。

陈漫云抬眸，两人说话时温佳怡已经走过来了，在她们面前站定。

温佳怡歪着头漫不经心地看着陈漫云，却是肯定的语气：“你就是陈漫云，没我漂亮，沈放舟的眼光挺差。”

这句话说得其实挺刺儿的。

温佳怡说话的时候眼睛就没离开过陈漫云，还抱着胳膊观察陈漫云的反应。

如果沈放舟只是单纯地换个同桌，那当然不关她的事，可沈放舟每次见了她都冷着一张脸，所以当她听说沈放舟为了新同桌把唐敬盛教训了的时候还挺意外的，后来看到陈漫云的照片，那种不安的感觉就更浓了。

那是一张七班同学偷拍的照片，少年脱了校服外套，露出里面的黑 T 恤，侧着身子给旁边的少女递作业本，陈漫云当时应该还在和沈放舟说什么，脸上带了点笑意。

连温佳怡也觉得陈漫云长了一张看起来让人很有保护欲的脸。

那是一种颓废的漂亮，充满故事感。

温佳怡抓心挠肺了好几天，还没等她主动出击，陈漫云就晃到她眼前。

李冉在旁边站着，踌躇了一会儿还是开口解释：“温佳怡，你别……”

“嘘——”温佳怡举起右手的手指放在嘴唇处，示意她闭嘴，“李冉，你什么时候这么喜欢管闲事了，嗯？”

温佳怡笑盈盈地看了一会儿李冉，眼神最后落在陈漫云身上。

她这话把李冉好不容易积攒起来的勇气一下子戳破了，李冉重新安静下来，低着头，手指拽着陈漫云的校服袖子。

陈漫云沉默地看了会儿手里的可乐，抬头，语气不咸不淡地回了一句：“是啊，没你漂亮。”

陈漫云说这话的时候甚至没有语气起伏。

温佳怡想过沈放舟新同桌的很多种回答，但唯独没预料到回答会是最不咸不淡的一种。

她一时间不知道该怎么反驳合适，等等，或许她不该反驳，毕竟陈漫云夸她漂亮。

陈漫云抬头，语气冷淡：“还有事吗？没事我们先走了。”

说完以后，她拉着李冉的手越过面前的少女，朝篮球场的出口处走去。

走出篮球场，陈漫云飞快地伸出右手在眼睛处抹了一下，白皙的手背上留下不规则的水痕。

她远没有看起来那样平静。

陈漫云的语气带着点疑惑和沮丧，声音很低：“我什么都没做错啊，李冉。”

这是转学以来，她第一次表现出名为“难过”的情绪。

她不在意唐敬盛对她的不爽，却很容易因为温佳怡突如其来的恶意而难过。

陈漫云讨厌别人的恶意，因为这些都会让她想起很多。

比如——

“陈漫云，你选拔赛考试作弊了吧？”

“陈漫云，你们家那么有钱，贿赂了竞赛办的老师多少呢？”

“陈漫云，你和赵雾灵玩是因为她家有权有势吗？”

…………

陈漫云吸了吸鼻子，忍住落泪的欲望。

她真的讨厌死陌生人的恶意了。

其实温佳怡的话没有那么大的威力，她只是想起了别的难过的事。

李冉手足无措，不知道该怎么安慰她，只能安静地陪在旁边，默默握紧她的手。

陈漫云在教学楼外面独自待了好一会儿才走进教室。

沈放舟从班级的后门进来，右手拿着一罐旺仔牛奶，朝陈漫云的方向晃了晃，液体在罐子里发出声音。

少年嘴角勾着问她：“哎，妹妹，喝不喝旺仔牛奶？”

过两天就是运动会，沈放舟从器材室借了跳高用的设备，在操场练了会儿跳高。

他离开操场的时候估摸陈漫云差不多快回来了，就买了一罐。

“我不喝。”陈漫云从试卷里抬头，语气很平淡地回答他。

沈放舟点了点头，没在意，坐下来之后把牛奶罐放在陈漫云桌子的左上角。

淮市的天气一向闷热，沈放舟才在操场练了一会儿就有些出汗，他从桌兜里抽出湿巾来擦汗。

陈漫云把牛奶罐推回去：“我不喝。”

陈漫云勉强朝他笑了笑，用词还挺客气。

沈放舟没在意，开口解释：“放着，明天喝。”

本来就是买给她的，明天喝也一样。

“明天也不喝。”陈漫云吸了吸鼻子。

沈放舟抬眸看了她一眼，觉得花花妹妹情绪有点不太对。

就算喜欢喝牛奶的人也不会天天喝，是以沈放舟刚才没在意，但现在是怎么了？

沈放舟疑惑地皱眉思索了几秒钟，像是想到了什么，神情一下子明朗起来：“我去给你接点热水？”

沈放舟觉得自己大概是明白了，无所谓地笑了笑，伸手握住陈漫云的保温杯，起身去外面给她接热水。

沈放舟到接水地方的时候，王川正拿着他的大杯子接水。

饮水机功率挺小，每次也就热那么一点儿水。

沈放舟沉默地看了眼王川的大水壶，开口：“王川，你少喝点吧，别浪费水资源。”

王川一愣：啥玩意儿，我喝个水咋还浪费水资源了？合着淡水资源短缺是因为我王川喝水啊？

王川翻了个白眼，默默把热水那边让出来。

沈放舟欣慰地点了点头，把陈漫云的保温杯盖子拧开，右手按着热水的出水键，开口询问：“哎，你是不是惹陈漫云了？我刚回教室看着她不太高兴。”

王川无语了：不是，浪费水资源怪我，你妹妹不高兴也怪我？

“你花花妹妹不欺负我就算不错了。”

陈漫云鬼点子多着呢。

沈放舟不满地撇嘴：“我花花妹妹那么乖，才不会惹你。”

王川琢磨了几秒以后开口：“我也不知道，她刚才和李冉去了一趟篮球场回来就不太高兴了。”

篮球场？

沈放舟点点头，若有所思。

教室里，沈放舟把接满热水的杯子放到陈漫云桌子上，提醒道：“记得 29 号下午，嗯？”

陈漫云垂着头，好多以前的事情在脑海里浮现，疼痛涌到心口。

沈放舟的话让陈漫云想到温佳怡，想到以前盛华的同学，想到汹涌而来的恶意。

凭什么呢？

为什么是她呢？

“我不去，谁爱去看谁去吧。”

陈漫云烦躁地把桌子上的化学卷子和书收起，书和卷子加起来有些厚，她又用了点力气，发出不小的响声。

她动作有些着急，站起来的时候书和卷子一起脱手，位置太凑巧了，正好撞到沈放舟身上。

有张卷子的边缘有些锋利，划过沈放舟的额头。

几秒后，沈放舟的额头临近右眼的地方出现一道红痕。

陈漫云也有些蒙，抬眸看着沈放舟。

事情发生得太突然，沈放舟怔了几秒，弯腰把地上的课本和卷子捡起来，双手握着在桌面上磕着弄整齐。

陈漫云眼尾带了点红，有点不知所措地看着沈放舟。

“消气了？”

说着，沈放舟随手把卷子和课本放在桌上。

椅子离得有些远，他稍微用了点力气拽过来，坐下，手搭在陈漫云的椅子后面，直视着她：“现在能告诉我，谁惹我们花花妹妹生气了吗？”

很温和的语气。

偏偏陈漫云听了想哭，她摇了摇头：“没有，我不知道，我想起……别的……对不起……”

她说到最后有哭腔，断断续续的。

竞赛事件闹得最严重的时候，陈漫云吃过一段时间治疗抑郁的药物，不久之后她顺利停药，但也留下了情绪不稳定的后遗症。

沈放舟没说话，他手依旧搭在陈漫云的椅子上，动作轻柔且有规律地拍着，像是无声的安慰。

大约过了十分钟，陈漫云的情绪平复下来，眼神也清明不少，有些尴尬地和沈放舟道歉。

“对不起……”

她好像又犯病了。

沈放舟见陈漫云的情绪确实稳定了，突然笑了笑，回答她：“陈漫云，我不原谅你。”

陈漫云张了张唇，心里有点难过。

一片安静里传来少年的声音：“29 号，来看我的跳高比赛，我就原谅你。”

回家以后，陈漫云收到赵雾灵的消息。她情绪已经好多了，其实家里有医生开的药，不过她不敢乱吃，勉强打着精神和赵雾灵聊天。

wuling 亮晶晶：你们开运动会了？我也想去。

AAA 专业修飞机陈小姐：你能出来？

淮大附中倒是不难进，没有校服的话登记一下也行，但盛华的学生出校门就有点难了。

wuling 亮晶晶：杨程宇说他也要去。

wuling 亮晶晶：我有办法。

陈漫云、赵雾灵，还有一个杨程宇，高一时就在一起玩，赵家有权有势有钱，养出赵雾灵天不怕地不怕的性子，除了从小一起长大的杨程宇，她在盛华谁都看不上眼，可唯独喜欢陈漫云。

陈漫云小时候得到过足够多的爱，让她有勇气探索未知的世界。

可随着陈漫云一天天长大，陈京和云珊的感情渐渐走向不可挽回的破裂，那个曾经神采奕奕的小姑娘也变得越来越沉默，尖锐张扬都藏在安静的外表之下。她就像被磨平的石子一样，看起来圆润不伤人，等人真正去碰了，被划得血肉模糊，才能知道她平静表面下执拗不服输的性子。

赵雾灵第一次见陈漫云的时候，陈漫云刚和杨程宇起了点摩擦。

杨程宇手下没留情，结果却被看起来瘦瘦弱弱的陈漫云反杀，他脸上挂了彩，胳膊上是被她拿手肘撞的瘀青。后来他也没少在陈漫云手里吃苦头。

赵雾灵嫌杨程宇丢人，漫不经心地踢他一脚，嘴上也损：“杨程宇，你这一身肌肉都是吃蛋白粉弄出来的？

“这么虚？”

说完，她又凑到陈漫云跟前仔仔细细观察，又指着旁边满脸写着憋屈的杨程宇，说道：“你厉害。”

陈漫云掀起眼皮，冷淡地瞥了赵雾灵一眼，没搭话。

赵雾灵就又笑了，说她就喜欢陈漫云身上这股劲儿。

旁人日日想着法子讨好她，她看不上，她要真愿意和人相处，得合她眼缘。

陈漫云最合她眼缘。

也就是因为赵雾灵，陈漫云在盛华的日子勉强算好过一点儿，不过也没好过多少，不然陈漫云也不会匆匆忙忙转学。

陈漫云第二天醒来时先蒙了几秒，伸出手揉了揉右眼，想起今天是开运动会的日子，不用上早读，便晚起了半个小时。

出房门的时候，陈漫云听到三楼传来丁零当啷的响动声。

秦姨正招呼着几个工人从三楼往下搬东西。

“哎哟，我的祖宗，轻点，你们轻点，我们家云云还在睡觉呢。”

“秦姐，这么大件东西往下抬，声音小不了。”领头的男人嗤笑了一声，抬头和她解释。

“作孽，真是作孽呀。”说着，秦姨不知道想到了什么，眉心皱起来，还叹了口气。

陈漫云有点搞不清状况，扶着二楼的栏杆俯身，开口询问：“秦姨，这是干什么？”

秦姨的神情一僵，若无其事地抬头，和蔼地笑了笑：“哦，没事啊，云云，这几件家具旧了，你妈妈说处理掉，换一套新的。是不是吵到你了？”

“没有。”陈漫云摇摇头，她也确实睡不着了。

“云云是不是饿了？秦姨马上就做早餐，你稍微等一会儿。”

“好，谢谢秦姨。”

陈漫云点点头，没在意，外面有些乱，她决定在房间里待一会儿再出去。

路过自己书包的时候，她停下脚步，怔了几秒。

她记忆要是没混乱的话……

她昨天情绪好像不太对，朝沈放舟发脾气了。

陈漫云沉默了几秒，有点被自己昨天的行为惊住了。

她陈漫云出息了，竟然敢对社会哥发脾气。

还是挺酷一社会哥，以一打十的那种，结果昨天被她莫名其妙训了一顿。

就……挺突然的。

陈漫云也觉得自己做得好像有点过分了，同桌昨天给她带了罐旺仔牛奶，她没要，人家又给她去接热水，她却像个小炸药桶一样对着人家一顿输出。

陈漫云现在心里就一个想法——

要不我还是失忆了吧。

陈漫云呼出一口气，从枕头底下摸出手机，解锁。

赵雾灵昨天晚上给她发了几条消息，她一一回复了以后又点开和沈放舟的聊天框，试探地发了句消息。

AAA 专业修飞机陈小姐：小船哥，我要是说我失忆了你信吗？

FZ:［省略号 . jpg］

沈放舟后面就没再回复了，陈漫云收拾了点卷子就背着书包去了学校。

昨天，他们的物理老师郑萍在课堂上义正词严地给他们算了一笔账："运动会开两天，国庆放七天，九天啊，四舍五入就是小半个月，我给你们布置十张卷子很过分吗？那运动会整整两天，你们也不是时时刻刻都在看比赛吧？有时间多复习复习，马上就要考试了知道吧？"

虽然陈漫云也不知道九天是怎么变成小半个月的，但她还是认命地背着一沓卷子到了学校的操场。

淮市云雾天比较多，今天天气却很好，难得的艳阳高照，除了高三的学生没来参加以外，高一高二每个班都在看台有一块区域，是昨天就划好的。

陈漫云转学过来快一个月，对淮大附中最深的印象就是——我不缺钱，但是我朴素。

盛华要是开个运动会，花样能给你整出一百八十种。淮大附中可就朴素多了，对举牌女同学的要求是整齐划一的夏季校服和白鞋。

陈漫云远远看着，觉得挺青春靓丽的。

陈漫云去找李冉的时候，李冉正在和其他班的举牌人站在一起聊天。

看到陈漫云，李冉眼睛亮了一下，朝她招手。

"不行，陈漫云，我还是好紧张啊。"

李冉有些紧张，一直在做深呼吸。

陈漫云笑了笑，又安慰了李冉一会儿。

后背突然传来钝痛，陈漫云"啊"了一声，扭头看到是另一个举班牌的女生。

那女生动作的时候晃动了手里握着的班牌，木制牌子的一角磕到陈漫云背上。

李冉先发现的，马上拿手护着陈漫云的背，问陈漫云有没有被砸痛，然后有点不高兴地对着那个女同学嘟囔：“啧，你小心一点啊，这牌子撞到人很疼的。”

这个女同学叫宋玉，发现自己的班牌撞了陈漫云以后愧疚地皱眉，被李冉说了也没生气，眉眼低敛着和陈漫云道歉：“同学，对不起，我……不小心的……真的对不起，同学，要不要我等一会儿陪你去校医室？”

“没事。”

反正别人也不是故意的，陈漫云善意地笑了笑。

人多，本来地方就有些拥挤，更何况大家手里还举着班牌，难免会撞到。

陈漫云帮宋玉把牌子扶起来，余光瞥见上面写着高二（11）班。

高二（11）班是文科班。

过了一会儿就是走方队环节。

“现在向我们迎面走来的是高二（7）班的运动员队伍，高二（7）班是一个活力满满、相亲相爱、互帮互助的大家庭……”

台上的主持人读得那叫一个声情并茂，背景音乐是那种最熟悉的，熟悉到陈漫云怀疑这首音乐是不是从被写出来的第一天就是运动会专用曲了。

这种入场词都写得大同小异，陈漫云没怎么仔细听，视线追着举班牌的李冉。

李冉今天戴着那个星星发饰，脊背挺得笔直，一步一步走得很认真，发饰上的碎钻在阳光下闪着光，李冉也是。

陈漫云看了半天，突然就笑了。

她想：真好啊。

沈放舟是踩着升旗仪式的点来的，他规规矩矩站着等着国旗升起，搞得徐平峰有火没处发——

说沈放舟不守纪律吧，人家等国旗升起的那几分钟比谁都认真。

高一高二两个年级集合升完旗就各自回到划好的区域，队伍也有些散乱了。

沈放舟走到陈漫云身边，看着操场边缘插着的彩旗，开口问道：“你没报名项目？”

他皱着眉，毕竟根据他之前的观察，陈漫云对运动会的积极性还是挺高的。

陈漫云咽了咽口水，特别认真地回答：“我唯一擅长的体育运动就是踢毽子。”

很显然，运动会并没有这一项目。

踢毽子？

这显然涉及了沈放舟的知识盲区，沈放舟不太懂，但还是点了点头。

王川在不远处叫了一声“沈哥”，沈放舟没理，下一秒又像是想起来什么，扭头看了一眼陈漫云，带着点笑意，问她：“妹妹，失忆了？”

“对，小船哥，你知道失忆吧？就是我一觉醒来就忘记了昨天发生的事。哈哈，你说这事巧不巧？对了，我昨天没做什么对不起你的事吧？”

陈漫云努力使自己的语气能够让人信服一点，特别认真地和沈放舟比画，临了还特别心虚地抬头看了沈放舟一眼。

失忆了？

行。

沈放舟点点头，特别大度地开口：“没事，欠我的五百万记得给就行。”

陈漫云愣了愣：啥玩意儿，什么五百万？

见她挺不解的，沈放舟稍微侧转了点身子，低头看着她的发顶，懒洋洋地解释。

“陈小姐，你昨天说了，你实在是不忍心看我这样的人才放弃上学在厂里打工，决定资助我上学来着。

“怎么？睡一觉醒来翻脸不认人了？”

他语气还挺认真，活生生衬得陈漫云像个渣女。

陈漫云算是明白了。

沈放舟，一个如果你和他胡扯，他能胡扯得比你更离谱的社会哥。

下午，陈漫云百无聊赖地坐在看台上，郑萍布置的十张卷子确实不够她写，她掏出手机来看了一眼。

聊天框里还是她中午给沈放舟发的消息。

AAA 专业修飞机陈小姐：对不起。

沈放舟没回复。

大概是真的生气了。

陈漫云叹了口气，略微觉得有那么一点伤心，也许她应该好好和她同桌道个歉？

手机突然响了一声，把陈漫云吓了一跳，她点开，是沈放舟的消息。

是两张图片。

陈漫云点开图片，画面里出现了很厚的跳高垫子和横着架在垫子前的铁质杆子。

应该是跳高比赛？

陈漫云站起身来观察了一会儿，觉得照片里的地方大概在操场的东北角。

“不是，这位同学，这都是决赛了，你跳不跳？再不跳我就判你弃权了啊。”

裁判是个今年新招进来的体育老师，这场比赛一开始他就挺看好沈放舟的，少年长得高，弹跳性也好，不出他所料，沈放舟一路过关斩将。

此时都已经是决赛了，前面那个和沈放舟一起进决赛的男生没跳过去，所以现在只要沈放舟跳过去这个杆的高度，就是第一名了。

沈放舟抱歉地朝老师笑了笑：“不好意思啊，老师，再等等行吗？我现在紧张得不行，怕发挥不好。”

他的语气特别理直气壮。

裁判老师翻了个白眼：你还紧张？刚才一群人，就你最悠闲。

更何况他刚刚看过，也大概清楚沈放舟的成绩，现在这个高度完全没问题。

沈放舟觉得自己脸皮还挺厚，应该能撑到陈漫云来。

他在淮大附中还挺出名的，这种出名有很多原因，长得好是一回事，更重要的是去年职中学生欺负淮大附中学生那事儿闹得挺大，唐敬盛他们装聋作哑，最后是沈放舟出面解决的，解决之后他也没声张，依旧每天规规矩矩地上学。

再加上沈放舟是个挺讲理的社会哥，被检查纪律的值勤生发现逃课什么的也不惹事，乖乖地登记姓名和班级，反倒是好几次值勤生里有当时被职中学生欺负过的学生对沈放舟的行为睁一只眼闭一只眼，也就过去了。

用王川的话来说，沈放舟属于社会哥里的“白莲花”，有那么点出淤泥而不染的意思。

所以，沈放舟的跳高决赛还是有挺多人来看的，下午还是有点晒，阳光混着淮市特有的水汽燥热着。

沈放舟不肯跳，体育老师也没法子，就剩下他一个人了，也不耽误事，就抱着双臂，等这位本来就挺悠闲的少年不紧张。

周围挺多人认识沈放舟的，其中一个男生和沈放舟打过几次篮球，知道沈放舟没那么不好说话，就开口起哄：“沈放舟，你不会㞞了吧，啊？”

倒是不带恶意，只是起哄的意味。

周围几个男生看热闹不嫌事大，也跟着起哄。

“管好你自己就行。”沈放舟没好气地撑回去，抬头看了一眼周围。

王川和赵毅杰倒是一直在，他在人群外围搜索了一圈，想着找一下陈漫云。

看了好久也没发现少女的身影，沈放舟低头，稍微有点失落。

啧。

花花妹妹还真没来啊？

沈放舟心里莫名有点烦躁，伸出右手来揉了一把头发，神色冰冷，下颌绷紧。

周围人挺多的，沈放舟也不好意思一直拖着，抬头稍微整理了一下情绪，挺有礼貌地开口："老师，我准备好了。"

裁判等他这句话好久了，立马来了精神，重新确定了一下跳高杆的数字，吆喝了一声："男子组跳高决赛，高二（7）班16号运动员沈放舟，杆高185公分。"

说完，裁判就拿着夹板去了旁边。

"预备——"

沈放舟做正经事情的时候还是挺专注的，很快就全身心地投入到比赛里。

少年后撤一步，助跑，加速冲刺，临近跳高杆一跃而起。沈放舟采用的是背跃式，对弹跳要求高，他长得高，右脚一蹬，左脚也跟着起跳，背越过了杆子，整个人栽在杆子后的厚垫子上。

整个过程也就几秒，王川和赵毅杰先没忍住欢呼起来，周围的人愣了几秒也拍起手来。

十七八岁都是挺单纯的年纪，慕强的天性让他们愿意为别人欢呼。

"沈放舟牛啊。"

周围人也忍不住议论起来。

反倒是被议论的沈放舟本人挺冷静，看着也不太高兴，冷着一张脸从垫子上站起来。

沈放舟也觉得他应该高兴啊，可他就是没办法开心，难道他花花妹妹的颓废传染给他了？

沈放舟挺不爽地走到一旁，心想：讨厌鬼陈漫云，才不原谅她。

"小船哥。"

耳朵先听到少女清甜的声音，紧接着视线里才出现陈漫云的身影。小姑娘应该是跑着来的，脸上带着点红晕，眼睛亮晶晶的。

"哪——给你。"

她白皙的手晃着一罐冰可乐，罐子壁上有水珠，还微微冒着凉气。

沈放舟该怎么形容此时的感觉呢？

心里像是被酸酸涩涩的气泡填满，胀得想要吹一个气球，让它慢慢浮到云里面去。

“你给我买可乐去了？”

沈放舟愣了一下才问。

“我想着你比赛完会口渴嘛，不好意思啊，我跑得不太快。”陈漫云有点不好意思地笑了，“不过还好，我听他们说你是第一名，恭喜啊。”

说着，陈漫云伸出手背擦了擦汗。

她笑起来的时候眼睛也会弯起来，眸子里面亮晶晶的，嘴角勾起来，又像个小括号。

沈放舟的眼神落在她弯起来的嘴角处好几秒才移开。

他突然就感觉腰不疼了气也顺了，还能再跳一百次。

沈放舟没接可乐，手腕转了转，开口：“你等等啊，我再跳一次，我其实还能再往高跳的。”

陈漫云呆住了：不是已经跳完了吗？

下一秒，沈放舟就跑回去找体育老师。

“老师，不好意思啊，我还想再跳一次，您给我再把杆子调高点行吗？麻烦老师了。”

沈放舟特别谦虚有礼貌。

裁判心里有点无语。

他刚才劝沈放舟再跳一次来着，结果这人说自己拿个第一名就行了，跳得成绩太好了怕体育生心里承受不住。

结果这臭小子现在说什么？

“别跳了，我还怕我们队的体育生心里承受不住呢。”裁判没好气地撑回去，这都什么事啊？

沈放舟没生气，嬉皮笑脸又说了半天好话裁判才算答应。

裁判算看出来了，沈放舟是个好苗子，就是说话做事有点欠。

跳高按照规矩是一次调高五厘米左右，越往上就越难，有时候可能一次只能调高一厘米。

裁判没说话，准备把杆子再调高五厘米。

“不用，”沈放舟拿着右手比画了一下，对着旁边的裁判说，“直接调到193吧。”

他大概也就能跳这么高。

裁判乐了，他自己本身就是搞体育的，知道这个数据有多难，挺多市体育队的专业运动员也只有在状态好的时候才能跳出这个成绩。

不过他也没阻止，年轻人嘛，年轻气盛，不听劝的。

他默默把杆子调到沈放舟要的高度。

这次沈放舟动作利索多了，顺利地助跑、起跳，背跃式跳过相应的高度。

跳高垫子又厚又软，摔上去倒是没怎么吃痛，沈放舟跳完就站了起来，准备走。

“哎，等等，你先别走，你叫沈放舟是吧？等等啊，咱俩聊聊。”

裁判眼睛一亮，不知道想到了什么。

他得先去裁判处那边把成绩报了，临走前着急地嘱咐沈放舟：“你别走啊，就站在这儿，别动，我去报了成绩就来找你。”

苍天有眼，他评职称有希望了。

沈放舟点了点头，倒是没动。天气热，跳高运动量也挺大的，沈放舟伸出手背想擦汗，又突然顿了顿，幅度特别小地慢慢移到陈漫云视线所在的方向，却故意没看陈漫云。

然后，他把自己的短袖下摆撩起来，擦了擦额头的汗。

因为有点好奇裁判和沈放舟说了什么在张望的陈漫云一下子愣住了。

沈放舟额头上的伤还没彻底愈合，很细的一条印子，远远看着像红线，额角有很细密的汗流下来。

一双手骨节分明，白得可以看见血管，但不是病态的白。

他动作挺慢地拿着黑短袖的下摆擦汗，随着动作而露出他的一截腰。

他应该经常锻炼，因为腰上没有赘肉，很劲瘦，是很有力量感的线条。

陈漫云在心里念了好几遍“非礼勿视”才忍住没看，撇过头去。

像沈放舟这种眼高于顶的社会哥肯定不是故意的，所以……

完了，她陈漫云思想不纯洁了。

陈漫云刚刚跑过来时热得脸通红，好不容易散下去了，此刻又迅速红了。她把冰可乐贴在脸上，感受着冷热相抵。

她再抬头的时候，沈放舟已经把短袖下摆放下了。

沈放舟却像刚发现陈漫云一样，特别惊讶地看了她一眼。

阳光下，少年神情肆意，挑眉笑了笑，朝陈漫云做口型。

陈漫云看懂了，他说的是——

妹妹，你脸红什么呀？

王川一开始没在意，随便一瞟看到以后第一个想法就是：这谁啊，好不讲男德。

等他想看是谁这么不讲男德的时候……

等等，这不是他沈哥吗？

他的白莲花沈哥！

故意的，绝对是故意的。

王川利索地划拉开手机。

王川：［感叹号 .jpg］

王川：沈哥，我看见了，你故意的。

王川拿着手机摇首顿足，神情复杂地看着自己手机的聊天界面和旁边脸红的陈漫云。

不是，妹妹，你没看出来啊，沈放舟那个狗东西故意的，你还在这儿脸红呢？

他王川今天就要做正义的使者，拆穿这个狗东西的虚伪面具。

他还没开口，下一秒手机就“叮叮咚咚”响起来，他吓了一大跳，差点没握住手机。

FZ：闭嘴。

FZ：再给你点一个月砍一刀。

王川“嘁”了一声，决定今天就让沈放舟这个狗东西见识一下什么叫富贵不能淫。

可最后，手指却在对话框那里顿住了。

一个月哎。

那可是一个月啊。

王川：没问题，你记得给我点啊。

说完，他立马给沈放舟发了两个链接。

裁判确实找沈放舟有事，他觉得沈放舟是个苗子，好好练一练绝对能出头，到时候自己还可以拿个什么最佳教练的名头，前途一片光明啊。

“同学，听老师的，你有跳高的天赋，加入体育队，我觉得你念个北体没问题。”

体育老师出口的时候胸有成竹，那是北体啊，211 呢。

沈放舟愣了一下，原来教练找他是因为这个。

他有点哭笑不得：“不行的，老师，我学习太好了，我要是去练体育了，那是淮大附中的损失，你忍心看咱们学校失去一个人才吗？”

“有多好？”

体育老师不信，觉得沈放舟多少有点吹牛的嫌疑。

沈放舟无所谓地笑了笑，说反正自己不想走体育这条路。

两个人又拉扯了一会儿，确定了沈放舟确实没那个意思后，裁判倒也没强求，失落地摆摆手。

沈放舟临走之前又想到个事儿：“那个，老师，我提个建议行吗？”

“啥？”裁判抬头。

“我建议把踢毽子比赛也纳入到我们运动会项目里。”沈放舟语气特别认真。

裁判一脸疑惑。

就这个仿佛被驴踢过的脑子，学习能好？

“不是，我认真的。您想，很多同学特别想参加运动会，但是擅长的项目只有踢毽子，我们是不是应该以人为本，发挥一下体育精神啊？

“老师，咱们认真商量一下这件事情的可行性行不行？”

体育老师嫌弃地看了沈放舟一眼，打太极地说：“我到时候和组长商量一下吧。”

沈放舟这才满意地点点头。

“行，那您争取吧，希望明年春季运动会上就能有这个项目。”

不然高三时他同桌就参加不了运动会了。

陈漫云是在傍晚时分收到杨程宇消息的。

手机叮叮咚咚了好一会儿才消停，足以反映出少年的急躁。

杨程宇好为人爹：到了，你在哪儿？

杨程宇好为人爹：这什么破烂学校，校门修得真没有档次。

这特别符合杨程宇叛逆少年人设的暴躁哥发言。

陈漫云把夹着卷子的夹板搁在一旁，看着手机屏幕，眼睛笑得弯起来，捏着手机敲字回复。

AAA 专业修飞机陈小姐：我去接你们。

七班在操场的位置有点偏僻，陈漫云怕杨程宇和赵雾灵找不到地方。

陈漫云平常其实是不爱笑的，如果是到了万不得已要和同学老师说客套话的时候，她就会挂着那种一眼看上去很假的笑，特别敷衍。

事实上，在沈放舟认识她的大部分时间里，她整体的情绪其实挺稳定的。

她似乎对任何事情都提不起兴趣。

搞得沈放舟有时候都头疼，年纪轻轻一小姑娘，怎么这么淡然。

所以当陈漫云看着手机笑得眉眼弯弯的时候，沈放舟觉得这事挺稀奇的，没忍住抬头看了她一眼。

察觉到沈放舟的注视，陈漫云把手机举起来晃了晃，开口解释：“我朋友来了。”

沈放舟顿了一下才点头，反应过来陈漫云口中的朋友是谁。

他好像听陈漫云提起过，似乎是姓赵。

“没校服进不来。”

沈放舟没在意，随口提醒了一句。

陈漫云点点头表示了解，无所谓地开口，见怪不怪的语气：“没事，我朋友翻墙进来。”

沈放舟腹诽：盛华私立培养的都是些什么人才？

陈漫云把手机塞进校服口袋里，又把自己的卷子和杂物放好，这才去校门口接杨程宇他们。

约定是在绕开正门的一段矮墙处碰面，陈漫云捏着手机等了半天都不见人影，正准备给赵雾灵打个电话，前面的矮墙处突然有动静，挺高一人影利索地翻过来，逆光，看不清少年的脸。

翻过来的时候被矮墙上的一块砖绊了一下，杨程宇先骂了一句才转头，看着陈漫云，吊儿郎当地开口：“小云朵，好久不见啊。”

和沈放舟不同，杨程宇是偏硬朗的长相，头发理得很短，乌眸漆黑，右边眉峰处是断开的，这让他看起来有点不好惹的意思。

不过据杨程宇自己说他中考完的暑假被家里人送去部队锻炼过一段时间，人送外号“小白杨”。

根正苗红得很。

“嗯啊，好久不见。”

陈漫云朝着杨程宇扯了一个笑，就往杨程宇身后看去。

空无一人。

“不是……”陈漫云语塞，足足怔了好几秒才问出口，“就你一个人过来了啊？”

语气里带着点不可置信。

赵雾灵呢？

杨程宇伸手揉了把自己的头发，心虚地“嗯”了一声：“她确实也是要一起来的，临出校门的时候被江也发现，被抓回去学习了。”

陈漫云沉默地听完，抬头看了一眼杨程宇，有点好奇地问：“那你怎么没被扣下？”

杨程宇耸了耸肩，没在意：“我溜得快。”

陈漫云虽然有点失望，但还是接受了赵雾灵没来的这个结果，毕竟杨程宇也能算是陈漫云的限定好友。

“限定”这个词主要体现在如果赵雾灵不在的话，杨程宇就能暂时当一下陈漫云的好朋友。

杨程宇也不想多解释什么，迈开步子往前面走。

陈漫云仔细观察了一下这位哥的背影，笑了，开口询问：“杨程宇，你背书包干什么？”

杨程宇转头，用一种“你读书读傻了”的表情看着陈漫云，笑着反问：“姐姐，我是学生，不背书包难道背炸药包啊？”

陈漫云愣了一下，想着也对，但又隐隐约约觉得有点奇怪。

不是，叛逆少年平时上学都不一定背书包，没道理今天逃个课还装上了。

陈漫云不太懂，快走了几步跟上去，才听见杨程宇嘴里哼着不成调的曲子，歌词倒是念得清楚。

“太阳当空照，花儿对我笑，小鸟说：早早早，你为什么背着炸药包……”

陈漫云沉默了几秒。

您还挺有童真童趣的。

“我总感觉你今天有点奇怪。”陈漫云皱了皱眉。

“哪儿能，我还觉得你奇怪呢。”杨程宇打了个哈欠，努力使自己的语气毫无波澜，看着陈漫云严肃的神情，逗她笑，“云朵，你别读书读傻了，来，笑一下。”

时间接近傍晚，运动场上的项目基本上都结束了，七班那群人不知道谁贡献了一张自己的物理卷子，把卷子展开垫在操场看台的台阶上，又拆了一盒扑克准备打牌。

有人招呼沈放舟打牌，他没拒绝，姿态懒散地去抓扑克。

赵毅杰和李朝阳本来不是七班的，但无奈运动会嘛，大家都乱作一团，窜班级什么的都是小事，当事人不在意就好。

李朝阳握着牌，往周围看了一圈，没瞧见他沈哥的好妹妹，有点疑惑地开口：“沈哥，你同桌呢？”

“接她闺密去了。”上家出了一个“9”，沈放舟正好手上有牌，甩出去一张，腔调慵懒地搭话。

李朝阳点点头，低下头给不靠谱的王川发消息。这个蠢货刚才发消息让他来看好戏，他屁颠屁颠地来了以后发现啥都没有。

三个人背着沈放舟建了个小群，并且非常嚣张地在群里聊沈放舟的八卦。

李朝阳：说好的有八卦呢？

李朝阳：骗人的吃方便面没调料！

王川：你好恶毒，我可没骗人。

王川：你咋不早来，沈哥和他同桌刚才可有意思呢，我感觉他俩关系挺好的。

赵毅杰：笑死，我不信。

赵毅杰这局的牌不太好，半天没个出牌的机会，索性就消极对待了，噼里啪啦地敲打着手机屏幕。他可不信王川的话，沈放舟骨子里其实是挺冷一人，平常对别人就一副表情——哥很酷，你别爱。

赵毅杰撇嘴，实在想不出他沈哥和别人关系好的样子，觉得这个难度应该堪比铁树开花，所以他根本没把王川的话当真，就想说一句——

滚啊，狗都不信。

他余光瞥见一男一女，两人还挺嚣张，离得很近，窃窃私语，男生在女生后面一点走着，是保护的姿态。

赵毅杰乐了，觉得没看到沈放舟的八卦，看点别的也行。

等他抬头看清男生护着的人时……

等等，这女生长得怎么那么像沈哥的同桌。

赵毅杰满脸震惊。

正好一局牌结束，他咽了咽口水，纠结了半天，又看了一眼笑得挺高兴的陈漫云，对沈放舟说："沈哥，那就是陈漫云她闺密？长得……怪别致的。"

赵毅杰幻想沈放舟能听懂他的暗示。

"人家闺密长什么样关你屁事。"

沈放舟握着牌，没好气地撑回去。

陈漫云回来了？

沈放舟抬头，恰巧和杨程宇对上视线。

少年挑眉，眉峰断的那一截透出一点张扬。杨程宇单纯以为沈放舟是陌生人，没在意，和陈漫云在她座位附近坐下。

陈漫云还是有点不高兴赵雾灵没来的事，一直抿着唇。

杨程宇坐下后才含含混混地开口，提醒她："林泽延最近在打听你，你小心一点。"

知道陈漫云转学到淮大附中这件事的人并不多。

陈漫云神情僵了一下，随即很自然地把矿泉水瓶放在一边，接道：“打听我做什么？”

林泽延是盛华物理竞赛队的队长，比陈漫云高一届，参加物理竞赛快三年，不出意外的话估计就是盛华物理竞赛的领头羊了。

可偏偏杀出个陈漫云。

陈漫云的力学和电学愣是压他一头，解题方法比他简洁，思路比他清晰，速度自然也比他快。

这位哥在学校的时候每天看不惯陈漫云，等陈漫云转学了又嫌盛华其他参加竞赛的人没陈漫云聪明，连和他比的资格都没有，傲得很。

陈漫云听完以后都有点哭笑不得，这都什么发展啊？

陈漫云刚才回来的时候看沈放舟他们都在打扑克，便没打招呼，所以也就没发现沈放舟完全不在状态。

一圈人逆时针出牌，刚好轮到沈放舟，结果这位一直捏着扑克牌出神。王川有点看不下去了，提醒了一句。

“沈哥，该你出牌了。”

沈放舟揉了揉眉心，把扑克牌反扣在卷子上，声音很倦地道了声歉：“不好意思，我不玩了。”

说完，他就起身离开。

其他人多少有点莫名其妙，不清楚谁惹这位哥了，面面相觑。

“没事，咱们接着玩，沈放舟他没生气，就是有点事。”李朝阳最先反应过来，替沈放舟解释了几句又把场子热起来。

杨程宇坐在陈漫云对面，眯着眼和她有一搭没一搭地聊天。

沈放舟径直走过来，穿过陈漫云和杨程宇之间的缝隙。那缝隙挺窄的，沈放舟属于没有条件创造条件硬过。

硬生生把陈漫云和杨程宇隔开了一段距离，沈放舟才满意地没再继续动作。

陈漫云有点疑惑，不解地看着他。

“我渴了。”沈放舟面无表情地弯腰拿矿泉水。

陈漫云点头，每个班都拿班费买了矿泉水，就在陈漫云坐的地方的右边放着，如果要拿水的话确实是这样过方便一点，而且今天天气确实热。

沈放舟慢慢吞吞拿了瓶矿泉水站起来，走回自己的位置。

“王川也渴了。”

第二次拿水。

“赵毅杰说他也渴了。”

第三次。

“不好意思啊，今天天气就是热，我又渴了。”

第四次。

傻瓜也该察觉到不对劲了。

陈漫云有点怔住。

杨程宇若有所思地看了沈放舟一会儿，先开口：“云朵，不介绍一下？”

陈漫云怔了一下才反应过来，对哦，她刚刚反应慢，忘记介绍了，随即笑着说：“小船哥，这是我好朋友，杨程宇。”

说完，她转头对着杨程宇介绍：“这我同桌，沈放舟。”

陈漫云觉得这世界还真奇妙，她一共就没几个朋友，两个都在这儿了，如果赵雾灵也在这儿的话，都可以直接拍个大合照留着她葬礼的时候用了。

陈漫云还挺高兴的，她开窍晚，或者说根本没考虑过这方面的事，挺热络地介绍着她的两个好朋友互相认识，完全没有察觉到两个少年间的暗流涌动。

沈放舟眉眼低敛，他手里捏着一瓶矿泉水，低头不知道在想什么。

好朋友可以有很多种解释，或暧昧或亲近，可同桌就一种——这是和我坐在一张桌子上的同学，我同桌。

沈放舟自嘲地笑了一下，觉得这介绍挺官方的。

行啊，陈漫云，怎么不直接说我是你同学呢？

沈放舟低低“嗯”了一声就走开了。

又待了一会儿，杨程宇就说他要走了。

“我得回去了，有事。”

他爸今天回来，他得回去装装样子。

陈漫云点点头，说要送他。

杨程宇捏着书包带子起身，起来的时候摸了摸陈漫云的发顶，安抚她：“不用，云朵，你乖。”

路过沈放舟的时候，他顿住脚步，挑了挑眉：“沈哥，我不太认路，送我一程呗。”

王川觉得气氛微妙，开口打圆场：“我送你吧。”

他还没起身就被沈放舟按住了肩膀。

沈放舟站起来，冷着一张脸和杨程宇走远，留王川和赵毅杰在原地愣住。

赵毅杰看着杨程宇的背影，突然就想起来什么，和旁边的王川八卦。

“我知道他，叫杨程宇，家里是……”他没说话，比了一个手枪的姿势，讳莫如深地看着王川，补充道，“干这个的。”

王川愣了一下，表情严肃：“不不不，别管他家是干什么的，以后他只有一个身份。”

赵毅杰不解：“什么？”

王川摇了摇头，有些恨铁不成钢地看着赵毅杰：“你刚才没看见？咱沈哥都快酸死了。”

他觉得平常真是小看花花妹妹了。

一路上，杨程宇跟沈放舟两个人都没说话，陈漫云不在，所以没必要装得兄友弟恭。

快接近围墙的时候，杨程宇停下，手伸到背后拉开书包拉链，把里面的东西拿出来，递到沈放舟跟前。

很厚一个暗黄色的牛皮纸袋子，里面塞得很满。

沈放舟疑惑地挑眉，没接，就着杨程宇的力气拿食指扒拉开纸袋子的封口处瞥了一眼。

百元大钞，很厚的好几沓，装满了一整个牛皮袋子。

盛华私立离淮大附中还是有一段距离，陈漫云有什么事，杨程宇不可能每次都能及时出现。

他站得像一棵白杨树，眉眼低敛着，开口很谦逊：“一点见面礼，麻烦你照顾云云了。”

他不认识沈放舟，连沈放舟的背景都是刚刚来之前和别人打听的。他想，一个亲生父母不在身边，被叔叔带大的人，一定不会拒绝钞票。

杨程宇笑了笑，他来之前把校门口自助取款机里所有的现金都取出来了。

不就是钱嘛，只要陈漫云能顺顺利利地毕业，他杨程宇最不缺的就是钱。

僵持了几秒，沈放舟才移了移步子。

杨程宇以为他要接过去，伸手把牛皮袋递得更近。

整个过程沈放舟都在冷眼旁观，他动作随意地把牛皮袋推给杨程宇，没一点留恋，再开口时带了点寒意，像在警告。

“我对陈漫云怎么样，不关你的事。”

沈放舟半天没回来，刚刚杨程宇又闹了那一出，王川他们也没了打牌的兴致，草草打了几局就收摊了事。

王川把卷子上的扑克牌收起来，又随手塞进盒子里，台阶上铺着的那张卷子也不知道是谁的，把卷子当草稿纸用，看上去黑乎乎一片。王川嫌弃地看了一眼，嘴里嘟囔了一句：“这卷面还没我的整洁呢。”

虽然他正确率不高，但起码他卷子不恶心人啊。

王川抬头，看见不远处的陈漫云像个没事人一样坐在台阶上，把夹板放在腿上，捏着中性笔写卷子。

陈漫云写作业时通常是很认真的，不会把注意力分到别的地方去，以至于王川觉得陈漫云应该是坐在菜市场门口都能面不改色写完卷子的那种大佬。他没啥文化，又磕磕绊绊地想了半天，才想起来那个词应该叫“专注”。

“啧，你说以前咋没看出来，人家花花妹妹这么沉得住气。”

“不行，我去厕所放个水，水喝太多了。”赵毅杰边说话边摇摇晃晃地站起来。

刚才沈放舟给他们一人拿了一瓶矿泉水，赵毅杰先表达了对沈哥无尽的景仰和感谢，又委婉地表示：“沈哥，我不渴。”

沈放舟顿了一下，开口：“不，你渴。”

结果就是他和王川一人喝了一瓶农夫山泉，甜不甜没尝出来，就是觉得挺瘆人的。

杨程宇刚才要是再晚走一点，他俩的膀胱肯定得出事。

没过一会儿，赵毅杰捏着手机从厕所跑出来，嚷着：“出事了。”

王川捏着鼻子一脸嫌弃：“你尿裤子里了？”

不然怎么会急成这个样子？

赵毅杰摇头，晃了晃手机：“有沈哥的帖子。”

王川想着应该是沈放舟跳高比赛得第一名的消息，没觉得有什么奇怪的。

等到看清赵毅杰手机屏幕上的字才愣住。

△sfz 和他同桌不得不说的二三事。

这题目……挺标题党的。

不过让王川觉得奇怪的是，这人把帖子发在了……贴吧？

论坛和贴吧都是上世纪的产物了，淮大附中大部分人其实也不常用，学生们更多用的是表白墙、匿名投稿之类的，发在空间里，大家图个乐呵也会看一看。

总而言之，贴吧其实已经被淘汰很久了，说句“时代的眼泪”也不为过。

王川皱着眉，在手机上鼓捣了半天才登进去贴吧。

最热的帖子就是沈放舟那个“sfz 和他同桌不得不说的二三事”。

△楼主：爆个 sfz 八卦，不想被找麻烦所以发在贴吧。sfz 关键词化学竞赛，懂得都懂。

△楼主：sfz 对他新同桌挺好的，但他新同桌在盛华很有人脉，社会哥里姓唐的那位前段时间就是因为她被人打的。

△楼主：目前来看是 sfz 单向，表现包括但不限于，故意撩短袖下摆逗他同桌，唐 js 也是他出面解决的。

△ 1L：没图你说个啥？

△ 2L：救命，这个贴吧真的好古早，为了吃瓜立马赶来，话说有啥事不能在表白墙说啊，非要进贴吧？

△ 3L：楼上有没有认真看帖子啊，说了不想被找麻烦。

△ 4L：第一次用贴吧，哈哈哈，还挺新奇。前排出售瓜子花生。

△ 5L：笑死，楼主编流言也不编个靠谱的，sfz 的谣言都敢传？不想毕业了？

△ 6L：sfz 那张脸那个成绩还用得着单向？放开他，让我来！

△ 7L：楼主说的这个跳高比赛我在现场，sfz 好像确实撩衣服下摆了。

△ 10L：高一新生顶锅盖求问，sfz 是谁？身份证？

△ 12L：现在的小年轻连 sfz 都不知道了？来，隆重介绍一下，沈放舟——化竞省一，跳高第一，淮大附中顶级酷哥，你那点小钱的守护者——你的沈哥。

△ 13L：不是，哥哥姐姐们能别顶旧贴了吗？刚刚顶上来一个几年前的帖子，乖乖，好古早，里面那火星文看得我眼睛疼。

△ 14L：楼上，我就不信你没当过非主流。

△ 15L：别造谣，sfz 帮他同桌解一下围都能被说是喜欢他同桌？楼主说的也是他俩关系不错吧，sfz 还帮咱学校那么多人解决了被外校欺负的事呢？咋，他是海王啊？

△ 16L：楼上说的有道理，所以楼主有图没？（搓手手）

△楼主：有图，在压缩慢慢传。今天还有人来找他同桌，不过 sfz 同桌对 sfz 不太感冒是真的。

△ 20L：好家伙，什么女的能对 sfz 不感兴趣？

△ 21L：20L 什么意思？sfz 又不是什么香饽饽，我见过他同桌，漂亮还性格好，对 sfz 不感冒不是很正常？

楼主发了四张图片。

△ 24L：这是大佬他同桌？姐姐我可以！旁边那个断眉帅哥我也可以！

△ 25L：我是之前的 20L，对不起冒犯了，这个颜值看不上大佬好像也很正常……

△ 26L：不会只有我一个人觉得没那么好看吧？

△ 27L：对，就你一个。

沈放舟在淮大附中还挺出名，加上运动会大家都拿着手机，一传十十传百的，帖子沸沸扬扬盖了好几百楼。

王川又随便划拉了几下就把手机按灭，扭头看向赵毅杰，苦笑了下，问：“咋整啊？”

赵毅杰沉思了几秒，开口：“要不咱俩也去帖子里爆料吧，咱俩这才是一手资料啊。”

王川心想：这是什么猪队友？

傍晚，太阳将昏黄径直洒向人间，光影温柔。

沈放舟蹲在操场外的空旷之处，可乐罐已经空了，还被捏扁扔在一边。沈放舟抬手，烦躁地揉了把头发。

他突然想起来，陈漫云好像从来没有提起过她的过去。

陈漫云刚来的时候一脸颓废，对什么也提不起兴趣，不喜欢提起以前的事情。

所以他也就默认了陈漫云的过去是乏善可陈的。

但其实不是，好多蛛丝马迹串联起来，他大概可以勾勒出她过去的轨迹。

真诚善良，物理很好，有个聊得来的姐妹，有个对她很好的男同学。

其实他也不是很重要。

没了他，杨程宇也会帮她解围。

过了两秒，沈放舟利索地站起来，去操场旁边的小卖部又买了一罐可乐。

他不想回操场，手握着易拉罐，“啪嗒”一声抠开，仰着脖子灌着喝。

又过了一会儿，沈放舟低下头。

昏暗里看不清他的神情，可乐罐被少年捏扁，掷进旁边的垃圾桶里。

沈放舟若无其事地走回七班。

“小船哥……”陈漫云有道化学题不会，被难到皱眉，仰头看见沈放舟，声音低低地唤他，“这个题怎么……”

剩下的话她没说出口，因为沈放舟径直掠过她，走到王川附近。

陈漫云有点蒙，不知道自己做错了什么。

她怔了一会儿，以为是自己声音太小，又提高了点声音：“小船哥。”

她知道沈放舟听见了。

因为他脚步顿了一下。

陈漫云歪头，张了张唇，最终什么都没说，抓着卷子的边缘，有点无措地看着沈放舟。

沈放舟背着身，手揣在校服兜里，眉目冷淡似寒冬。

他想：陈漫云，你招我做什么？

陈漫云是个慢半拍的人，尤其是在感情方面，可以称为钝感。

陈漫云初中的时候，有个男同学特别喜欢欺负她，表现包括但不限于每次都要在陈漫云面前晃来晃去，或者从后面撸走陈漫云的发圈。最让陈漫云无语的就是，这位哥每次打篮球一定要逼她坐在观众席。

烈日炎炎，暑气在空气中漫延，更别提还有男生们打篮球时的汗味儿。陈漫云见识过几次，觉得这种围观篮球赛的行为简直能算得上一种酷刑。

那个男同学还特别喜欢打赢球以后在陈漫云面前邪魅一笑，眼里透露着霸总文里常说的“三分不羁两分漫不经心”。

以至于后来初中毕业，陈漫云给他写毕业册的时候都在心里舒了一口气，可算毕业了。

陈漫云的同桌先不解，问她：“不是，我的好姐姐，人家好感你这么久你就没什么想法啊？”

陈漫云错愕：“他？我？

“他不是讨厌我吗？”

陈漫云掰着指头细数男同学的恶劣事迹：“抢走我的皮圈，我一个月光买新皮圈就得花十块钱；强迫我坐在篮球场晒太阳，我好几次忘记涂防晒都被晒伤了。”

同桌心想，原来这些自己看来很玛丽苏的行为在当事人看来是这样的啊。

同桌突然就沉默了：人家那是想走狂酷冷炫叛逆少年人设吸引你注意来着，结果你每次见了人家和看见神经病一样。

陈漫云不相信，又追问了一句：“原来这叫喜欢啊？”

我还以为他要偷我的发圈并借此打开义乌小商品批发市场呢。

而且他打篮球也没什么好看的，太阳太晒了，她都不能看课外书。

陈漫云就保持着这样的钝感度过了人生的前十七年，她年少时得到过充沛的爱，这让她在之后的很长一段时间里不会因为小恩小惠而心动。

后来又因为沉浸于搞物理竞赛，陈漫云也没有心思想陈京和云珊的婚姻走向破裂等等一系列破事。

所以当沈放舟径直越过自己的时候，她只觉得有点莫名其妙。

因为她前一秒还在觉得，自己和赵雾灵、杨程宇相处了好一段时间才成为好朋友，和沈放舟才认识一个月，就可以说上好多话了。

她也在慢慢交到新朋友。

刚才介绍杨程宇和沈放舟认识的时候，陈漫云内心起的标题是——淮市高中两大酷哥的亲切会晤。

她满心欢喜地把沈放舟介绍给她的好朋友，但是沈放舟现在不理她了。

陈漫云蹙眉，有点可怜地低下头，手指慢慢地摩挲着卷子的边缘。

她不懂为什么沈放舟刚刚还好好的，出去了几分钟回来就变了，居然不理她了。

陈漫云吸了吸鼻子，抬头飞快地看了沈放舟一眼。他背对着陈漫云，正和王川他们说话，看起来聊得挺高兴的。

沈放舟确实在和王川聊天：“王川，你刚才在干吗来着？”

王川看了一眼不远处的陈漫云，又看了一眼笑得特别勉强的沈放舟，小心翼翼地回答：“我刚才看了一眼贴吧。”

要是平时，沈放舟一定能发现贴吧这个完全不符合现在时间点的产物。

但现在的沈放舟只是点了点头，转向赵毅杰，开始没话找话：“你吃了吗？”

赵毅杰很惊讶：“啊？”

我刚刚就去了一趟厕所啊。

沈放舟自己也反应过来这话不对，有点烦躁地摇摇头。

王川和赵毅杰扭头，面面相觑，不明白沈哥在发什么疯。

王川好像懂了，清了清嗓子，试探性地开口：“沈哥，你是不是因为陈漫云以前的同学来找她不高兴啊？”

王川仔细研究了一下，那就是在杨程宇来之前，沈放舟的情绪还挺稳定的，所以反常的原因只能是因为杨程宇。

放弃抵抗，坦白从宽。

承认了吧。

沈放舟的动作突然就顿住了，脑袋像被人砸了一下，一片空白，什么都没有，就剩下王川那一句话。

他，因为陈漫云的同学来找陈漫云，不高兴。

这些字眼是这么排列组合的吗？

他有这么在意吗？

他和陈漫云不也是同学吗？

小姑娘刚转来，人生地不熟的，遇到难处的时候也不吭声，就默默地抿着唇，一副可怜兮兮的样子。

第一次帮她解决唐敬盛，是因为他觉得人家刚转来，唐敬盛就上赶着找她麻烦，挺给淮大附中丢脸的。

第二次，想要她微信，就觉得这小姑娘挺有趣，所以想要。

第三次，想让她来看跳高比赛，只是想证明一下自己不是普信哥。

他一直觉得陈漫云挺颓的，应该也没什么朋友，被欺负了以后只能一个人躲在角落伤心哭泣。

所以他每次都忍不住，不想看她伤心。

今天看到杨程宇的时候，他第一个感觉是惊讶，然后才是莫名其妙的怒意。

其实陈漫云没必要和他解释什么，甚至他现在的生气也挺莫名其妙的。

怎么？还不允许陈漫云有个朋友了？

所以为什么呢？

他为什么生气呢？

沈放舟茫然地抬头，伸出手来揉了揉左眼，觉得可能是因为前几天感冒让他脑子迟钝了。

他没细想，也不想怎么样，没必要细想。

见沈放舟好久不说话，王川差不多已经确定了："承认了吧，沈哥，你就是因为她同学生气了。"

他真是个线索小天才，王川得意扬扬地想着。

结果下一秒，他就听到沈放舟提高声音，语气特别气急败坏地来了一句："我没生气，我为什么要生气？我又不喜欢她。追我沈放舟的人从这里排到欧洲的大裂谷了你知不知道？我有必要因为她同学来找她生气？"

你知道吗？说谎者最大声。

"沈哥……"王川被沈放舟突然提高的声音吓了一跳，在原地半天没动作。

他愣了一会儿才开口："不是，我……"

沈放舟挑眉，先一步打断他的话，手上做了一个停的手势，告诉他："别你啊我啊的，以后别再提这个了。"

…………

直觉告诉赵毅杰现在气氛不太对，他应该安静闭麦，但他觉得他作为小团体里唯一一个文科生，还是有必要捍卫一下地理学科的尊严的。

"那个沈哥，我说一句话行不行？就一句。"赵毅杰举起右手，用手指比了一下。

沈放舟没说话，算是答应的意思。

赵毅杰咽了咽口水，想起大佬刚才那句"追我沈放舟的人从这里排到欧洲的大裂谷"，嘴角狠狠抽搐了一下，颤颤巍巍地开口："沈哥，大裂谷是非洲的……”

欧洲西边是平原，东边是山地，哪儿来的大裂谷啊?

过了一会儿，沈放舟换了个站姿，若无其事地开口：“口误了。”

都怪感冒。

温佳怡看到帖子的时候，淮大附中的学生们已经盖了快一千楼了，沸沸扬扬地讨论沈放舟和他同桌的事。

这倒是不难理解，学生时代大家还是挺乐意讨论风云人物和八卦的，更别提还是运动会，可以全程无障碍交流八卦。

和不熟的同学没有共同爱好不要紧，八卦总可以一起聊一聊。

温佳怡表情不太好看，脸上挂着冷笑，把帖子里的回复仔仔细细地看了个遍。

“沈放舟的同桌漂亮”“般配”……

一个个字眼出现在温佳怡眼前。她没开口，周围的人倒是发现了，但谁也没敢开口安慰。

毕竟，温佳怡一直关注着沈放舟是尽人皆知的事情，但沈放舟对温佳怡无感也是大家都知道的。

只要温佳怡出现的场合，沈放舟都会故意避着温佳怡。

但现在……

总而言之，大家还是没提这茬事，拣着好话对着温佳怡说。

可夸奖也不能让温佳怡高兴，她沉默地听完以后把指甲的边缘按在手机屏幕上，曲面屏的手机边缘很脆弱，不一会儿就留下一个不深不浅的印记。

宋玉一直在人群的外围观察着温佳怡，逮住时机凑过去，若无其事地开口：“佳怡，你也在看这个帖子啊？”

温佳怡把手机屏幕按灭，抬头看宋玉，眯着眼想了半天才想起来这应该是自己的同班同学，叫什么来着?

“哦，你是……”

“宋玉，我叫宋玉。”宋玉倒是没停顿，眼珠子转了一圈，脸上挂着笑，似乎一点都没觉得尴尬。

温佳怡皱眉，笑了笑，问道：“你到底想说什么？”

宋玉原以为温佳怡会附和她，结果没等到，心里尴尬了一瞬，又接着开口：“佳怡，我知道这个陈漫云。”

何止知道，我那天还拿班牌故意砸了她的背。

“哦，那又怎么样？”

温佳怡现在听到这个名字就心烦，只想让这个什么玉赶紧闭嘴。

宋玉抬头飞快地看了一眼周围，确定没引起什么人注意以后才开口。

“我可以帮你教训她一下。”

温佳怡家里管得严，到底不方便出面。

温佳怡“哦”了一声，点了点头，似乎在思考。

过了一会儿，她开口：“可以。”

宋玉就又笑了，她长得其实很清纯，但笑起来却莫名让温佳怡觉得不对劲。

就像看见毒蛇在吐蛇信子。

挺瘆人的。

温佳怡皱眉，又提醒了一句：“别太过分。”

给陈漫云个教训就行了。

“佳怡，我办事，你放心。”

宋玉还是柔柔弱弱地回答。

她低着头，脚慢慢用力，踩着台阶边缘土里的一朵野花，野花的根茎被踩出乳白色的汁液，慢慢折下去，姿态蔫蔫的。

宋玉想讨好温佳怡的原因特别简单，宋玉的父母开了一家很小的裁缝店，但现在这年头需要手工缝制的东西越来越少了，裁缝店收入微薄，时常不能按时交上房租和水电费，说来也巧，那条街的商铺收租的负责人就是温佳怡的父母。

宋玉想讨好温佳怡，就是为了裁缝铺每个月的房租能多宽限几天。

她执行力特别强，运动会的第二天就准备好了东西——裁缝店里的一种形制特殊的钉子，形状类似矮图钉，很细，针尖却尖锐锋利，在阳光下闪着微弱的银光。

运动会开在晴天里，阳光热烈到近乎晃眼，加上夜里更深露重，大家有往台阶上铺一张厚纸的习惯。宋玉的计划是把特殊形制的图钉趁乱放到陈漫云座位的垫纸下面，陈漫云如果不仔细检查，根本不会发现。

温佳怡听完宋玉的描述以后惊讶地叫出来，察觉到引起了其他人的注意以后又慌张地捂住嘴，缓了好一会儿才低声开口，声音里带着怒意地质问：“宋玉，你是不是疯了？这样会弄伤她的。”

她只想给陈漫云一个小教训，但绝对没想伤害陈漫云。事实上，昨天半推半就答应了宋玉以后她就有点后悔了。

在温佳怡看不见的地方，宋玉的眼神变得阴冷，再抬头的时候却带着笑，安抚道：“佳怡，我有分寸的，这种针只是看着特别吓人，其实特别钝的，不会伤人。”

温佳怡不懂这是什么工具，听了宋玉的话以后才放下心来，问道：“真的？”

宋玉在心里骂她是蠢货，可面上还是笑着，余光瞥过尖锐的针尖，回答她：“真的啊，不用担心。”

温佳怡蹙了蹙眉。她心里有点乱，有什么念头在脑海里一闪而过，但她没抓住，朝宋玉胡乱地点了点头。

最近的监控在操场边缘接近教学楼的地方，宋玉说没有人会注意到的。

从早上九点开始，胆战心惊的温佳怡和冷静的宋玉就一直在观察着七班的动静。

十点十五分，陈漫云出现在温佳怡和宋玉的视线里。

十点二十五分，陈漫云离开自己的位子。七班有一个宋玉以前的初中同学，宋玉假装路过，又假装惊喜地和她攀谈，几分钟后宋玉把东西放在陈漫云垫着的纸下面。

如宋玉所言，周围确实没什么人注意那边，温佳怡屏着呼吸看着宋玉的动作。

十点三十五分，陈漫云带着一罐旺仔牛奶回来，走到李冉身边看卷子，又拿着笔算了好一会儿。李冉说了一句话，陈漫云笑得眼睛弯起来，捏着饮料回自己座位。

十点四十分十五秒，陈漫云到了自己的位子附近。

十点四十分十七秒，宋玉笑了，温佳怡看到针尖的银光，觉得宋玉口中很钝的针……特别锋利。

十点四十分十八秒，温佳怡想起来刚才她脑海里一闪而过的念头是什么了。

沈放舟不喜欢她，那是他瞎了没眼光，可是陈漫云从来没有伤害过她啊。

她被忌妒裹挟，微妙的情绪占据了内心的主导，却忘了陈漫云从一开始就是无辜的。

不应该这样的……

温佳怡无措地摇了摇头，又看着针尖的锋芒，捏着宋玉的手臂，冲她摇摇头。

宋玉没理，只是轻微拍了拍温佳怡。

十点四十分十九秒，陈漫云准备坐下。

温佳怡快被急出眼泪，声音突然拔高，带着一点尖锐：“陈漫云，别坐！”

声音几乎是从嗓子里硬挤出来的。

陈漫云确实没坐，因为温佳怡的声音不仅尖锐，还太突兀了。她被吓了一跳，脚一滑直接摔倒在下一级台阶上，反应过来后拿手撑着才勉强没往下滑。混乱之后，陈漫云第一个反应就是脚疼，脚踝那块应该是扭了，火辣辣的，像被人硬生生撕扯开一点。她咬着唇，没叫出声来，疼得蹙了蹙眉。

运动会确实很吵，但像刚刚温佳怡那么大的声音也还是引人注意，李冉着急地挤进人群里扶起陈漫云。台阶不是很高，陈漫云缓了一会儿觉得其他地方都好点了，只有脚腕还是有点疼，和李冉道了声谢以后就借着她的力直起身子。

温佳怡的脸红红的，甩开宋玉的手，着急地跑过来，嘴里嘟囔："不是，你怎么不小心一点？这台阶摔下去很疼的。"

陈漫云有点纳闷地看了一眼温佳怡，她是脾气好，但这会儿语气也带着点埋怨："因为你突然喊我，我才跌倒的。"

不是姐姐，有什么事不能慢慢说吗？你刚刚那一嗓子，差点把我直接送走。

温佳怡比陈漫云还郁闷，她脾气也上来了，马上撑回去："你别不识好歹，陈漫云，要不是我……要不是我……"

要不是我你现在就惨了。

温佳怡的话到嘴边又突然顿住，慢慢低下头，沉默了。

不是的，一切都是因为她心生恶念，是她对不起陈漫云。

"沈放舟，你同桌摔了。"有个男生正要从里面翻墙出去，看见墙角的沈放舟和王川顺嘴提了一句，然后利索地后退了一步，估摸着高度准备助跑翻墙。

沈放舟抬头，发现是平常满嘴跑火车的一个男生。沈放舟和他打过几次篮球，知道他十句话里有八句话是假的，便没在意。

"你再咒我同桌我现在就能让你摔了。"沈放舟烦躁地看了他一眼。

"没，我真没骗你，你同桌真摔了，你们班学习委员刚把她送到医务室，好像脚崴了。"那位男同学挠了挠头，好像也知道自己平时信誉不佳，用认真的口气又说了一遍。

他可把消息带到了啊，爱信不信。

男同学退了几步，脚下用力，手撑着矮墙上沿，一用劲就到了墙沿。他扭头，想再提醒沈放舟一句来着，却呆住了。

"沈放舟呢？刚刚还在这儿来着。"

他眼花了？

空气中尘埃浮动，飘散着淡淡的消毒水味道，校医室里没有别人，陈漫云一个人静静地坐在椅子上。她还是有点脚疼，用了点力气让右脚悬在空中才觉得好点。可以听见蝉鸣的安静里，校医室合好的门突然被人推开，陈漫云以为是李冉回来了，带着点笑意抬头去看。

"李……"陈漫云的声音突然顿住。

因为开门的是沈放舟。

他是听见那个男同学的话以后跑来的，动作有点急，以至于额角渗出了细密的汗珠。

沈放舟跑来的时候动作挺利索，到了陈漫云面前反而不敢动作，进门以后他迟疑地看了陈漫云一眼，反手把校医室的门合上，摸了摸自己的鼻子，有些尴尬地开口："我听他们说，你脚崴了。"

现在看来也确实是这样。

陈漫云垂着头，轻轻地"嗯"了一声。

两个人谁都没先开口，气氛一时间有些尴尬。

陈漫云手撑在椅子上分散力气，转过头看窗子外的风景，没理他。

这是自昨天下午杨程宇走之后两个人第一次见面，陈漫云一个眼神都不想分给沈放舟，她可没忘沈放舟昨天的"恶劣行径"——莫名其妙就不理她，还冲她发脾气。

站在陈漫云的角度上分析，就是她一开始只是想让两个好朋友相互认识一下，结果沈放舟回来以后莫名其妙就生气了。陈漫云现在想起来都还有点难过，忍不住吸了吸鼻子，觉得就算沈放舟和杨程宇有过节，他也不该冲她发脾气啊。

总而言之，在陈漫云的心里，沈放舟的形象已经从不普但信的绝世好人变成了阴晴不定的高中生。

陈漫云蹙眉，她甚至都想过送沈放舟去精神科看看，因为这位哥真的太莫名其妙了，不带这么欺负人的。

陈漫云没理他，沈放舟也没在意，伸出手揉了揉头发，带着点无奈地问："校医呢？"

陈漫云抬头，总算分给他一个眼神："出去了。"

"哦，"沈放舟点了点头，边走近边看着陈漫云的右脚开口，"我看看，你脚是不是肿了？"

沈放舟想：要是脱臼了可能就有点麻烦。

陈漫云没搭话，歪头，用疑惑不解的目光盯了一会儿沈放舟。她是真的觉得沈放舟的态度一会儿一个样，和神经病没什么区别，不由得带着点怨气开口："沈放舟，你脑子有病就去看，我给你掏医药费，别在这儿给我添堵。"

脚踝依旧很疼痛，她是真不想和沈放舟在这儿扯皮了。

她想：随便吧，赵雾灵他们也是她的好朋友啊。

沈放舟看了陈漫云一眼，自觉理亏，没说话，径直走到校医办公室后面的柜子里，打开柜门找自己想要的东西。

没一会儿，他就在柜子里找到了冰袋。王川以前牙疼，他来帮王川拿过几次，校医室的冰袋不太正规，是那种里面放着铁片，掰开以后迅速产生化学反应制造冰晶的冰袋。

沈放舟站在柜子前面，把冰袋里的金属片掰开，垂眸等到冰袋里全部结成冰晶才走到陈漫云面前，蹲下，用手掌贴着冰袋慢慢靠近陈漫云的脚踝。

沈放舟没想那么多，扭伤的部位需要快速降温，他有点着急地把冰袋贴在陈漫云的脚踝处，但他好像忘了，这个姿势对于现下的两人来说，有点尴尬。

“我自己来。”陈漫云不太自在地缩了一下腿，想把脚抽出来。

事实上，如果情况允许的话，她更想一脚踹死这个阴晴不定的狗东西。

“别动，我不碰你。”

沈放舟眉眼低敛着，没放手，隔着校服裤抓着陈漫云的脚踝上面。她穿着短袜，露出一截脚踝，白皙得像是奶油的颜色。沈放舟看了一眼就迅速移开目光，伸手把陈漫云的校服裤挽上去一小截，仔细看了看才放下心来。

应该没崴，只是有点红肿。

他怕陈漫云不习惯，手没乱动，只是单纯地把冰袋贴在陈漫云的脚踝上。

陈漫云脚疼着，也就没和沈放舟争抢，说了一声“谢谢”以后就安静地靠在椅子上。

冰袋温度很低，贴在脚踝上起到了镇痛的效果，陈漫云除了最开始的时候轻微地“啊”了一声之后，就没怎么痛了。

两个人都没开口，气氛比刚才还要安静。

初秋的天气，陈漫云穿着杏色的薄袜子，脚踝处那一块布料绣着可爱的小动物图案。

“这个熊挺好看的。”沈放舟没话找话，看着陈漫云的袜子尴尬地夸道。

“这是小猫咪。”陈漫云看了他一眼，闷闷不乐地纠正。

是世界上最可爱的小猫咪，而不是阴晴不定莫名其妙发火的怪同学。

沈放舟点了点头，右手有点累，他换了只手继续贴着冰袋。冰袋温度太低，他右手刚收起来的时候觉得有些麻，活动了一下手腕。

“为什么突然不理我？”陈漫云看着沈放舟的动作，真的有点疑惑不解了。

沈放舟到底是要干什么？

沈放舟怔了一下，没想到陈漫云先挑起这个话题。他顿了一下，开口：“昨天来的那个，就只是你好朋友？”

少年的声音有点哑，或许还有点紧张。

陈漫云没想到是这么莫名其妙的问题，蹙着眉，语气很疑惑地反问他：“不然你以为呢？”

杨程宇不是她好朋友还能是什么？

她和杨程宇长得也不像啊。

沈放舟顿住了：我以为……我以为那是你……

不是，就真的只是好朋友啊？

沈放舟在这一刻突然理解了陈漫云的脑回路。

因为刚开学的时候李冉对她释放了善意，所以她愿意帮助李冉，想让李冉可以认可她自己；因为她把他当作好朋友，所以想介绍他和杨程宇认识。

就像她保持着向喷泉扔硬币许愿的习惯一样，她也依旧保持着年幼时的纯粹和真诚。

沈放舟“嗯”了一声，就沉默着没说话了。

他突然觉得这世界都太糟糕了，配不上她的真诚。

他也太糟糕了。

沈放舟顿了一下，抬眸看着陈漫云。

“陈漫云，我和你说个事吧。我小时候被驴踢过脑袋，所以我有时候可能……精神不太正常。”

陈漫云心想：我看出来了。

又沉默了几秒，她开口：“所以呢？”

需要给你水滴筹一下吗？

沈放舟顿了顿，看了一眼陈漫云的脸色，小心翼翼地发问：“所以，我还是你好朋友吗？”

在昨天下午之前，陈漫云确实还是把沈放舟当好朋友的，但是现在……

陈漫云面无表情地听完，稍微用力，把脚踝从沈放舟的手里抽出来，冷笑了一声。

“你想得还挺美。”

运动会的最后一项是走方队，按照班号顺序，理科班在前，文科班在后。陈漫云上午崴了脚，被司机接走以后下午干脆就没来了，七班的队伍散开以后沈放舟没走，靠在旁边的墙上等着文科班结束。

大概一刻钟以后，温佳怡才和周围的人有说有笑地走出来。

沈放舟看着领头的少女，语气很淡地开口：“温佳怡，谈谈？”

要是在这之前沈放舟和温佳怡说这句话，温佳怡一定一百个乐意，但现在可就不是了，她刚做了坏事，心虚着呢。

和身边的同学说了几句话，温佳怡独自走到沈放舟面前。

沈放舟刚看完那些帖子，说实话写得挺无聊的，也不知道为什么能有那么多人看。陈漫云受伤的现场太混乱了，大家也不想得罪人，只是含混地说和温佳怡有关。

沈放舟垂头，觉得这事挺搞笑的，说道："温佳怡，你要是看我不顺眼，不应该是找人对付我吗？"

他一脚踢在旁边的墙根处，带着点急躁。

"你找她麻烦干什么？嗯？"

温佳怡自知理亏，心虚得不敢开口，支支吾吾了好半天才说："有什么事能不能好好说？别朝我发火。"

沈放舟被这句话气笑了，抬眸，带着点冷意问她："那你告诉我，你想干什么？"

温佳怡急得直跺脚，又觉得三言两语解释不清楚，换了个话题问沈放舟："陈漫云的脚没事吧？对不起，我真不是故意的……好吧，这事大部分怪我……她脚没事吧，啊？"

温佳怡也知道自己做错了，对陈漫云的愧疚导致她现在连看见沈放舟都没什么心思了。

差一点，陈漫云差一点就碰到针了，她现在想想都后怕，不管怎样，陈漫云是无辜的，而且……陈漫云之前还夸过她好看呢。

温佳怡难过得撇嘴，低着头，脸因为愧疚而变得绯红："对不起，我……"

"和我说这些没用，"沈放舟打断她，"等陈漫云来了你去和她道歉。"

温佳怡愣了愣，点头："当然。"

沈放舟不说她也是要去和陈漫云道歉的，不管怎样，她做错了。

沈放舟离开以后，温佳怡皱眉，苦恼地咬了一会儿自己的指甲才从口袋里掏出手机打电话。

"喂，爸爸，你去买点猪蹄炖汤好不好？就是上次妈妈骨折了你给她炖的那个。

"那个猪蹄汤，是喝了就能治骨折吗？崴了脚能喝吗？没，我没崴脚。"

温佳怡顿了顿，隔了好一会儿才带着点哭腔地说："爸爸，我好像，做了一件错事。"

沈放舟给陈漫云打电话的时候是国庆假期的第三天。

电话接通以后，先是长久的沉默。

沈放舟还拿着口香糖，电话接通以后随手把口香糖塞进裤子的口袋里，他看了眼手里的两只大眼睛一个劲儿往旁边看的旺仔，开口问道：“你现在在家？”

“嗯，”陈漫云打了个哈欠。

“喝牛奶吗？”

沈放舟顿了顿，补充：“旺仔牛奶。”

“不用，我现在不想喝。”

“我想给你送行不行？”沈放舟看了一眼手里的牛奶罐，“多喝点，补钙。”

防止骨质疏松。

“不是，你现在在哪儿？”陈漫云有点疑惑地发问。

“在你家楼底下。”

准确地说应该是在陈漫云家的别墅底下。

上个星期淮市下雨那天，沈放舟帮陈漫云打计程车的时候记住了地址。

陈漫云顿了顿，显然没想到是这个回答，沉默了几秒才开口：“哦，那你等一下。”

沈放舟没着急，几分钟之后陈漫云慢吞吞地出现在他的视野里。

她扎着丸子头，穿得也很休闲，脚上穿着拖鞋。

她走路不太快，脸上带着点不情愿的神情看着沈放舟。

“好点了没？”沈放舟看着她的脚踝处开口。

陈漫云本能地缩了缩脚，有些不太自在：“不严重，医生看过了，就是普通的红肿。”

先冰敷，后面又热敷了好久，已经好得差不多了。

沈放舟点了点头。事实上，他来只是为了看看陈漫云脚伤怎么样了，确认她好多了以后就把旺仔牛奶罐塞到她手里。

陈漫云低头，看着手里旺仔的那双大眼睛，沉默了。

这位哥好像以为旺仔牛奶对她来说是白开水一样。

气氛安静下来，沈放舟看了眼陈漫云，又挑着班里人的趣事说了几件，只不过少女始终淡淡的。

陈漫云昨天晚上总结错题总结得有些晚了，现在还有点困，打着精神问沈放舟：“还有别的事吗？”

“没了。”

沈放舟伸手揉了揉头发，事实上今天下午沈南城让他去酒吧送东西，他送完以后突发奇想，就来了。

陈漫云点了点头：“那我先回去了，再见。”

说完，她没停顿，转身就朝别墅的大门走去。

不知道是不是沈放舟的错觉，陈漫云现在的速度，比下来的时候……快多了。

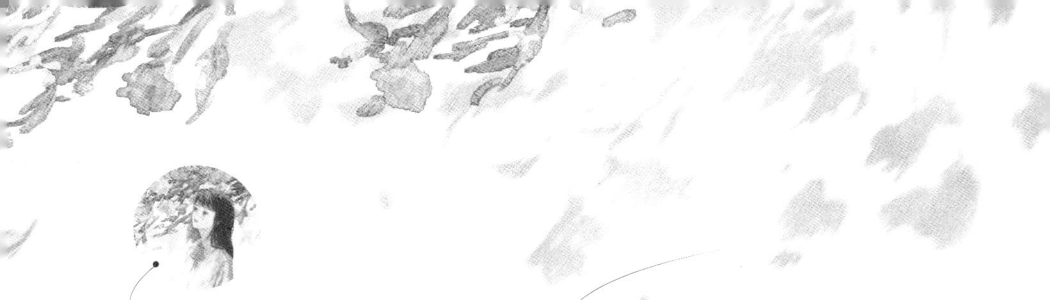

第四章

光影温柔意

转眼就到了考试的日子，陈漫云早上出门的时候秦姨哄着她吃了整整两个鸡蛋，说是能考一百分。

秦姨太真诚，所以陈漫云也就没好意思说语数英的满分是一百五十分这件事。

考场是随机分配的，陈漫云运气不太好，考场没什么她认识的人，她也没在意，深呼了一口气，径直走向自己的考试位置。

周四上午考语文和物理，下午考化学。物理卷子出题很新奇，把力学和运动融合得很好，陈漫云感觉像是郑萍的风格。

陈漫云的物理知识已经自成系统，所以她也不确定这张卷子有没有超纲。

做完卷子以后，她草草检查了一遍，看了眼时间，还有四十分钟收卷，于是坐在座位上，手指摩挲着卷子的边缘，深深吸了一口气。

下午还有化学考试，而她的化学……不提也罢。

她悄悄举手。

女监考老师很快过来，关切地问她：“怎么了？是哪里不舒服吗？”

陈漫云摇了摇头：“老师，我想交卷。”

剩下的时间临阵磨枪复习一下化学。

陈漫云说话的声音很低，但教室里很安静，更别提是提前交卷这种事。

好几个学生扭头看向陈漫云，有着轻微的骚动。

“吵什么，低下头看自己的卷子，都写完了？”长相凶巴巴的男老师还在讲台上监考，沉声训斥那几个扭头的学生。

“同学，现在离考试结束还有半个小时，你还可以再写一下。”女老师委婉地告诉陈漫云。

“谢谢老师，我确定我要交卷了。”女老师很温柔，陈漫云也礼貌地回答。

“好吧。”女老师抿了抿嘴，面带可惜地收起答题卡。

陈漫云拿着卷子躲着考场学生的目光走出考场。

“现在的学生，真是的，不好好上学有什么前途？”男老师鄙夷地看了一眼陈漫云离去的身影。

“这张卷子也不知道有没有二十分。”男老师手里攥着草稿纸，又是一顿冷嘲热讽。

女老师叫张安怡，性格更温和一些，不太赞同男老师的话，但终究还是没开口反驳。她低着头，随手翻看着陈漫云的物理答题卡。

她本来就是教物理的，所以光看答题卡就能看出个大概。

张安怡的神情一开始是轻松的，可看着看着，突然震惊地瞪大了眼。

提前交卷这位女同学的卷子，答得……

好极了。

过程完整，推导有条理，卷面又清晰。

张安怡疑惑地皱眉，她怎么不记得年级里有这号人物？

她匆匆翻到答题卡的正面，卷头用清秀的字迹写着——

高二（7）班，陈漫云。

原来是新转到徐老师班里的那位。

男老师看张安怡拿着陈漫云的答题卡看了半天又挺沉默的，还以为陈漫云答得不怎么样。

不过想想也是，离考试结束还有这么久，提前交卷无非是写不出来了，长那么一张脸，看着就不像好学生的样子。他神情倨傲地问：“怎么了，张老师，不会连二十分都得不上吧？”

张安怡实在忍受不了他言语里对陈漫云的恶意了，皱着眉把答题卡翻过来，看到清秀的字迹把答题框填得满满的，她笑了：“史老师，学生们还在考试，少说几句话吧。”

男老师撇撇嘴，却嘴硬地强撑："知道了。不过写满了也不代表什么，又不是写对了。"

张安怡听到这话差点岔气，也懒得告诉他物理卷子没思路是写不出来的。她耐着性子继续监考，幸好每过一个半天监考老师就会换，她忍。

考试的第二天也过得飞快，陈漫云是硬着头皮考完的。她考试前混乱地看了些化学和生物书，现在脑子里乱糟糟的。

最后一门英语考完以后，陈漫云挤过上下楼拥挤的人潮回到班里。

夕阳在窗边不肯落下，班里同学在把桌子移回原位，桌椅腿在地板上摩擦，发出闷闷的声音，陈漫云心里也突然涌起一股失落。

班里有三三两两的学生围在一起捏着卷子讨论考试的题。

"最后一个物理多选答案是什么？"

"不知道，我就算出 A 是对的。"

"真的假的？我没看，蒙了个 A，看我这运气，哈哈。"

这话一出，又是几家欢喜几家愁。

人声鼎沸的热闹和考试后暂时的放松是愉快的，陈漫云却没说话，手里还抓着英语卷子。

把附近的桌子摆好，她把卷子整理了一下，又勾画了几道不明白的化学题，准备等会儿上自习的时候自己琢磨一下。

夕阳还未落下，黄昏的阴影落在她脸上，也许是因为那张物理卷子，或许是因为这是她来淮大附中的第一场考试，总之，这一切让她失落又压抑。

陈漫云呼了口气，扭过头："王川，什么时候上课？"

上了自习就会好一些，不至于胡思乱想。

王川愣了一秒，接着低头看了眼自己的手表，回答："差不多还有一个半小时吧，早着呢。"

年级里的老师们应该都去政教处分答题卡了，这一个半小时就留给学生放松和讨论。

陈漫云点了点头，把卷子反扣在桌子上。班里有人约同伴去操场打羽毛球，陈漫云混在其中走出教学楼。

她心里藏着事，没心思去操场和超市，七拐八拐走到校园的角落，这是她昨天提前交卷以后复习化学的时候发现的地方。

很僻静的凉亭旁边是池塘，里面几尾金鱼在清澈的水里摇动多彩绮丽的尾巴，灵活自由，偶尔溅起微微的涟漪。

陈漫云不怕脏，随意趴在凉亭的栏杆上，手撑着下巴，静静看着眼前的景色。

池塘里除了几尾金鱼就没有什么了，听王川说，之前有校外的野猫知道学校里面有鱼，每天变着法地往学校里跑，就守在池塘边捉小鱼。

“护鱼使者”王川说到这儿的时候特别悲愤地和陈漫云控诉：“那些猫来学校比我来得都勤，有些小鱼甚至还不知道一个月有三十天就被吃掉了。”

王川说这话时的神情那叫一个悲痛欲绝，以至于陈漫云怀疑金鱼是他自己分裂出来的。

陈漫云觉得，就算有的小鱼活过三十天估计也不知道一个月有三十天。

这时，正好一尾金鱼虎头虎脑地游动，不小心撞上水面的荷叶，过了一会儿又摇摇晃晃地离开。

陈漫云看见以后笑了一下，闭着眼睛静静感受吹在她脸上的风，视觉暂时陷入昏暗，听觉却敏锐起来。

比如，她现在就听到旁边树林和草丛里传来细微的响动。

陈漫云第一反应就是有猫咪，因为声响很轻，像是在拨动草丛。

她来了兴趣，兴奋地朝着那边探头，小声叫着：“猫猫。”

那边很快恢复了寂静。

陈漫云以为是自己把小猫吓到了，又想着猫咪听不懂人的语言，于是手捧着脸，眼睛从手指缝里偷偷观察，斟酌着换了个叫法：“咪咪？

“咪咪，出来好不好？”

声音清甜。

柏树后面藏着的沈放舟顿了顿才走出来。

陈漫云沉默了几秒。

物种好像……不太对？

沈放舟沉默地看着陈漫云。

生而为人，我很抱歉。

沈放舟觉着他什么也不说确实有点尴尬，想了片刻，清了清嗓子。

陈漫云抬头，疑惑地蹙眉。

沈放舟满脸别扭地看了会儿陈漫云，确定周围没别人以后迟疑地说：“要不……我也喵一声？”

陈漫云腹诽：我谢谢你啊。

看清是谁以后，陈漫云一下子就变得失落了。

可爱的小猫咪变成了她那讨人嫌的同桌沈放舟，这给陈漫云带来的落差太大了。她掀了掀眼皮看了他一眼就收回目光，又神情恹恹地继续看着漂亮金鱼在细细光斑里游动。

沈放舟摸摸鼻子，迈着步子走到凉亭长椅上坐下，语气不满：“妹妹，你很失望？”

沈放舟说这句话时语气很平淡，可陈漫云脑补了一下沈放舟说“丫头，是我，你不满意吗”的语气，就感觉特别好笑。

“没，谁敢不满意您？沈哥。”她调子拉得有点长，有些揶揄的意味在里面。

伶牙俐齿的。

沈放舟无奈笑了一下，又问她：“怎么没在教室？”

“出来透口气。”

陈漫云精神好了些，有力气回答沈放舟。

“他们说你物理提前交卷了？”沈放舟用指节敲着栏杆，换了个话题问陈漫云。

“嗯。”

看来当时考场里还是有七班的同学的，只是陈漫云没发现。

陈漫云明显不想多谈，沈放舟也不是八卦的人，一时无言。

说来奇怪，两个人都不是热闹的人，偏偏在这黄昏，考试过后的宁静里，就这样静静地坐着也不尴尬。

又坐了一会儿，沈放舟先起身，看着池塘里的金鱼和陈漫云说：“回去吗？”

学生们可以趁着这一个小时尽情玩闹，老师可就没这么轻松了，七班的物理老师郑萍刚在教导处领完卷子，张安怡和她关系亲近一些，两人说笑着一起回办公室。

她们还没进去就听见办公室里的谈论声。

“现在的学生真是不像样子，我第一天上午监考的那个学生，唉，物理写了还没一个小时就交卷了。这点时间能写出什么来啊？这种混日子的学生，唉，哪像我们当时啊。”

是那天监考陈漫云物理的男老师，他分完卷子也过来串门，跷着二郎腿坐在椅子上，夸夸其谈自己遇到的奇葩学生，不知道的还以为他有多热爱教育事业呢。

“这次的物理可难呢，我刚刚问我们班那个尖子生，他苦着一张脸，都快哭了。”另一个女老师搭腔。

“都是这样，连我们班那个搞竞赛的也这么说。”

几个老师围在一起谈论自己的学生，也附和了几句。

郑萍和张安怡推门进去，周围几个老师安静了一瞬。

另一个和郑萍熟识的老师笑着开腔："刚还说物理难呢，这不，出题人在这儿。"

郑萍是物理组组长，月考的物理卷子就是她出的。

郑萍冷着一张脸，勉强笑了笑，解释："太傲了，还需要好好磨砺磨砺。"

能考上淮大附中的学生哪个初中的时候不是拔尖的？难免有些傲气。郑萍教书这么多年，知道适当的磨砺才能让学生们稳扎稳打。

高二了，做些难题也是应该的。

老师们又聊了好一会儿才散开，各自回到了自己的办公室。张安怡和郑萍又讨论了一会儿判卷细则，就回到自己的办公位上判卷。

这次的物理卷子比平常的都好判，因为后面的答题好多学生都没法下手。张安怡判着判着，还发现有张空白的答题卡上写着可怜巴巴的一句"万水千山总是情，就给一分行不行"。

她对这位同学表示深切的同情，并毅然决然地打了个零分。

张安怡对陈漫云的印象还不错。物理考试时，陈漫云的卷面给她留下的印象太深了，成体系的方法让陈漫云的解题思路独具一格，方法简洁，计算也很准确。

所以，当她翻到疑似陈漫云的卷子时难免有些激动。她仔仔细细核算了两遍，兴奋地叫出声来。

"小张，怎么了？"郑萍听到了，抬头。

"郑老师，我刚判到你们班那个新同学的卷子了，是满分。"张安怡没忍住，拔高声音激动地说。

满分？

这张卷子满分可不容易。

郑萍先愣了几秒，随后就眯着眼笑，点了点头，又和张安怡交换了一下眼神："把那张答题卡折起来，完了我看看。"

她手下没停，握着红笔继续判答题卡，若有所思：如果真的是陈漫云，那我有别的安排。

王川一下自习就精神饱满，去外头打听了一圈回来，又从自己桌子上拿了纸和笔，"啪"的一声拍在沈放舟桌子上。

"好家伙，原来咱们是最后一个知道的，那边早就开了好几轮了。"

王川说完，神神秘秘地凑到沈放舟跟前，耳语："这次物理有一个满分，贼厉害。”说完，他又满脸痛苦地补充了一句，“这次那卷子，那是人做的？”

天王老子来了他王川也还是不会。

现在年级里都在找这位厉害人物，这都不能叫学霸，得叫学神。

写物理卷子写不出来，找个人还能难倒他们?

一班的竞赛生说这次没写出来压轴题的第二问，二班的学霸说她思路错了，大家排查来排查去，就剩下两位了——三班的学神许慎和七班的酷哥沈放舟。

许慎是三班的，文理科端水大师，高一开始就一直是第一名，用三班人的话讲那叫“第一名钉子户”。

沈放舟平常太酷了，看着也不像什么正经人，所以大家也只能在考试的时候才能把沈放舟和“学习好”三个字联系起来。

王川“嘿嘿”笑了两下：“沈哥，看不出来啊，您物理满分。”

沈放舟没理王川。

他物理最后一问用的方法不对，多选也不太确定，满分肯定不是他。

至于是谁……

沈放舟看了旁边一脸与世无争的陈漫云，她正在小口小口喝着旺仔牛奶。

他突然有一种难言的感觉，就像他知道了她的秘密。

只有他，淮大附中的其他人都不知道。

沈放舟挑眉，难得有兴趣，问王川：“猜了许慎吗？”

大哥，真是难为你还记得许慎这个人了。

王川愣了几秒，反应过来。

“猜了啊，我看看。”王川掏出手机看了一眼相册里拍的照片，“许慎说保密，完了揭晓。”

王川撇撇嘴，这位是真谦虚啊。

沈放舟笑了，笔不知道被他随手放哪里了，就拽了陈漫云的一支中性笔，随意在白纸上写下一个名字，写完把纸对折，开口：“我的答案也保密。”

沈放舟扭过头，敲敲陈漫云的桌子，朝她肆意地笑：“陈漫云，打个赌好不好？”

“什么？”陈漫云把牛奶罐放到一边，好奇地看着他。

“如果我是第一名，咱们就还是好朋友好不好？”沈放舟的声音带着点诱哄的意味。

陈漫云怔了一下，反问：“物理第一？”

那你可能要失望了。

“不是，总分第一。”沈放舟转了转笔，开口。

陈漫云虽然才来一个月，但也听王川说过，三班那个叫许慎的，包揽了高一一整年的第一名。

挺厉害的。

而她的同桌沈放舟……

出走半生，归来仍是普信哥。

陈漫云冲着沈放舟笑了一下，笑得特别甜，眼睛弯起来，仿佛里面有星河。

沈放舟被蛊惑，觉得他离当上他花花妹妹的好朋友不远了。

下一秒，陈漫云把刚刚沈放舟拿走的笔夺过来，笑意盈盈地提醒他："你是第几名都不关我事哦。"

行吧。

沈放舟也没在意，把那张折起来的纸推给王川，又趴在桌子上做出一副准备睡觉的样子，朝王川挥了挥手："去吧，拿着这张纸复命去吧。"

王川："好嘞。"

陈漫云就在旁边看着，忍俊不禁地开口："王川，你好像那个高力士哦。"

王川乍一下没反应过来，走出去好远才问身边的高原："我咋听着这么不像句好话？高力士是谁来着？咋这么耳熟？"

高原憋着笑，推着他往外走："没，你想错了。"

周一第一节课调成了物理，同学们满脸痛苦地抱怨。周一，第一节课，物理，简直是把瞌睡 buff（增益）叠满了，不瞌睡不是附中人。

郑萍踩着高跟鞋进来，手里还拿着物理卷子。

班里同学的瞌睡瞬间跑得没影了，这意思是要讲考试卷子？卷子判出来了？

郑萍接下来的话彻底让他们心里那一点希望也熄灭了："别自欺欺人了，这次月考的物理卷子已经判出来了，具体成绩我这儿暂时还没有，完了年级里排出名次来我再分析成绩。不过我丑话说在前头，咱们班考得不理想，准确地说，是很不理想。"

郑萍语气里压着火。

这次月考判得最快的就是物理，好多学生的大题一字没动，一部分人在上面疯狂背写公式，极少数学生能下手解题，也大多证明混乱，不尽如人意。

"我也不知道是不是我才疏学浅，教不了你们。"郑萍说完叹了一口气，又转了个话头，"不过还好，这次物理有一个满分，也在咱们班。"

语气不是一般的欣慰。

满分在他们班？

班里同学的第一个想法就是沈放舟，无他，这位哥高一文综那么差，还能占着前五十的位置，全靠数学和理综提着。

郑萍看他们都看向沈放舟，不高兴了，沉着声音发问："谁说是沈放舟的？"

班里同学惊呆了。

难道不是？

"你们学习但凡多认真一点，也不至于物理就考那么一点。人家陈漫云同学才转过来不到一个月，第一次考试就考了满分。"郑萍语气欣慰，看陈漫云的眼神都亲切了不少。

物理组都快把陈漫云的答题卡传遍了。

她解题周密严谨，思路清晰，是学物理不可多得的好苗子。

幸好两个人离得也不远，同学们惊讶的眼神又从沈放舟的身上转到陈漫云的身上。

这张物理卷子满分，这是什么实力，老天爷！

他们目光挺热切的，无他，这种变态的物理题，那恶心的多选，那吊诡的占了小半页卷子的大题，陈漫云能考满分……

也是变态吧？

陈漫云被这么多眼睛注视着，多少有点不太自在，本能地低下头。郑萍还在说物理卷子的事，陈漫云拿笔帽戳沈放舟，拜托他："沈放舟，让他们别往这边看了。"

沈放舟把手里那支中性笔颠来倒去，旁观陈漫云的窘迫，几秒后才低声说："他们看你也不关我事哦。"

他说话故意带了尾音，模仿陈漫云昨天的语气。

陈漫云抿了抿唇，睁大眼睛装可怜，声音轻得快只剩口型，很低地唤他："小船哥。"

她眼睛漂亮又清透，就算是故意做出装可怜的样子也让人于心不忍。

沈放舟猛然反应过来，她好久没叫这个称呼了。

少年像被什么烫了一下似的撇过脸去，随手抄起卷子挡住陈漫云，又似笑非笑看了一眼还往这边看的那几个男生。

那几个学生从沈放舟眼神里看出几分冷意和戾气，悻悻地收回目光，看向自己课桌上的卷子。

所幸郑萍后面就开始上课了，大家的注意力也都不在陈漫云这儿了，陈漫云得了喘口气的机会，自在多了。

下午，成绩和排名就全部出来了，徐平峰拿着成绩单风风火火地冲进班里训斥这群祖国的花骨朵们。

“瞧瞧你们那物理成绩，来，你们告诉我，你们每天学的东西是不是都学到狗肚子里去了？”

下面的学生把头埋得低低的，这也不能全怪他们，这次物理难得离谱，一堂考试下来把他们的心理防线都快要击溃了。

徐平峰拿着打印出来的成绩单，在讲台上痛心疾首地拍桌子，年级组商量着要挫挫这群兔崽子们的锐气，郑萍是命题老师，出了一张据她来说是中等难度的物理卷子，谁能想到这张卷子考倒一大片。

徐平峰不经意间低头，又看到物理成绩那一栏的 45、56 等等刺眼的数字，上六十的都少，还都是可怜巴巴的刚擦边。

这数字把他吓一跳，徐平峰又赶紧抬起头，恨铁不成钢地看着下面乖乖低头挨训的学生，心里的火止不住地往出冒。

“一个班五十多个人，一半物理不及格，你们不觉得丢人我还觉得丢人，特别是有些人，考那三十分你是糊弄鬼呢？”

王川还在下面摸鱼，抽拿书的空和蒋大南说笑：“哪个蠢蛋就考三十分啊。”

下一秒，徐平峰就给他公布了答案。

“王川啊王川，陈漫云考满分，沈放舟考九十分，你在他俩后面坐着，竟然就给我考三十分？！啊？”

哦，蠢货竟是我自己，王川想着。

徐平峰这话乍一听很有道理，仔细琢磨又觉得没理极了，王川觉得他好冤，难道坐在这俩物理大佬后面也能怪他，抬起头愤愤不平地抱怨。

“不是，老师，我只是他俩后桌，又不是他俩生的小孩，他俩物理好也不关我事啊。”

这东西它又不是遗传。

这话一出，班里沉默压抑的氛围一扫而空，同学们都快笑死了，徐平峰也被这个活宝逗笑，王川说的话糙理不糙，搞笑中又莫名有些道理。

淮大附中最近就两条大消息，一条是七班新来的转学生物理满分，一战成名；二是沈放舟以数学满分，理综 285 分力压许慎，成为淮大附中文理分科后第一次大型考试的理科第一名。

那段时间各班班主任训学生都换了一套说辞——

“偏科，行啊，有本事和人家沈放舟一样，偏科也考个第一名试试？没那本事就给我乖乖学习，一科都不准落下。”

年级里刚开完成绩分析会，七班整体成绩还算不错，更别提陈漫云和沈放舟还都是七班的，徐平峰真觉得人逢喜事精神爽，把那张成绩单拿在手里，走两步低头看一眼。

边上相熟的老师瞧见了，嗤笑了一声：“老徐啊，就这点小事开心成这样，瞧你这出息。”

哪个班没有考好的时候？

徐平峰摸了摸下巴，警惕地看了旁边的老师一眼，神经兮兮地问：“你忌妒了？”

因为自己教导有方，因为自己的学生优秀，最好的朋友竟然忌妒他了，唉，这就是天妒英才啊，他们的友谊不纯粹了。

徐平峰心中五味杂陈。

旁边老师没眼看徐平峰，在一旁扶额。

陈漫云年级排第 78 名，确实算是好学生了。

成绩单就贴在班里一进门的班务栏，同学们围在门口一看这位物理大神的成绩单，好家伙，理综一共180分，其中物理100分，生物49分，化学……31分，整个理综全靠物理拉着。

转学生她还……还挺偏科。

陈漫云从外面打完水进来，就感受到了如芒在背的眼神，听到班里学生的议论。

“不可能吧，她物理那么好，生物化学就那么低，我反正不信。”

“她化学才考 30 分，还没我一半呢。”

“你光说这，你物理有人家一半？”

“嘘，她来了，快别说了。”

几个人眼神躲闪地避开陈漫云。

议论倒是不带恶意，但终归是好奇，理化生不分家，所以理综成绩一般是要好一起好，要差一起差，陈漫云偏科这么严重的，还挺罕见。

陈漫云抿了抿嘴，没说话，走到座位上。

王川没眼色地从后面探过身来，笑呵呵地说：“花花妹妹，咱俩理综分数差不多，你别伤心，好好悔改就行了。”

王川生物成绩还不错，理综也有一百六。

典型的哪壶不开提哪壶。

王川笑嘻嘻地收拾东西，突然急促地“啊”了一声，满脸委屈地开口：“沈哥，我就安慰花花妹妹几句，你踢我干什么？”

蒋大南在旁边默默翻白眼，心里想着：人家正伤心着你就往伤口上撒盐，要我我也踢你。

沈放舟的余光扫过陈漫云的发顶，笑着回答王川：“不好意思啊，不小心的。”语气里没有一点不好意思。

王川吃痛地捂着腿，腹诽：信你个鬼，你沈放舟在我前面坐着，竟然能不小心踢到坐在后面的我？

“陈漫云，老徐叫你，他在年级组办公室。”外面有人路过，探进头来叫陈漫云。

“我知道了，谢谢。”陈漫云把书放好，起身。

年级组办公室里面很安静，陈漫云敲门进去，就看见郑萍和徐平峰交换着神色，余光瞥见陈漫云进来两人又立马收住声音，像是三堂会审的架势。

张安怡也在，陈漫云和她对视，惊讶了一下，接着礼貌地打招呼：“老师好。”

徐平峰用惊奇的目光在她俩身上巡视了一遍，接着问道：“怎么，你们见过了？”随后他又自顾自地对陈漫云说，“见过了正好，陈漫云，这位是咱们学校物理竞赛队的张安怡老师。”

“张老师好。”

张安怡腼腆地笑着，算是回应。

陈漫云听到“物理竞赛”这几个字眼就握紧了手，指甲陷进掌心的细肉里才让表面保持风平浪静，她平静地看着徐平峰和郑萍。

“我看你这个资料，以前在淮大附中也参加过物理竞赛是吗？”徐平峰翻着资料，问道。

“是。”陈漫云依旧低着头，言简意赅。

“当时有进省队训练吗？”郑萍看见资料上的某一行字，问陈漫云。她早该注意到陈漫云的解题方法很系统，应该参加过集训。

“进了。”

老师问什么陈漫云答什么，其余的不愿意再多说一句。

郑萍没在意这些细节，满意地点头。

她猜想到陈漫云应该是进了省队，可能成绩不理想，但陈漫云当时也不过高一，现在开始准备物理竞赛，时间充裕，况且她出的那张月考卷子，也多少存了几分挑出好苗子的想法。

徐平峰看到陈漫云兴趣缺缺的样子，出来打圆场：“不用紧张哈，我和郑老师的意思是，想让你参加物理竞赛。”

陈漫云是郑萍见过的最有天赋的学生，郑萍有信心也无比渴望教出一个国家级竞赛的金牌得主。她光这样想着就觉得激动，彷佛全身的血液都涌到一处。

张安怡在旁边虽然安静，但也观察着陈漫云。

三个人看着陈漫云的眼神里都充满了期盼，等着她的回复。

陈漫云深吸一口气，像是下定决心一般回答：“对不起，老师，我不想参加。”

啊？

三个老师都愣在座位上，她刚刚说什么？

对于陈漫云来说，走物理竞赛这条路保送名校是最好的选择，她化学生物分少得可怜，可一旦走了物理竞赛，这些就都不成问题了。

可现在，陈漫云说她不想走这条路。

徐平峰被她这句话弄得没脾气，一时没说话。

还是郑萍先反应过来，她勉强笑着对陈漫云说：“不用现在就给答复，你先回去好好考虑两天，考虑清楚再说，老师不着急。”

“一定要考虑清楚，回去也和你父母商量一下，这是个好机会，要把握住。”郑萍在“好机会”这三个字上面加重语气。

郑萍还是舍不得把这么个好苗子放走，想让陈漫云回心转意。

陈漫云苦笑着点点头，垂头回到教室。

陈漫云坐在座位上看书，她今天校服外套里穿了一件卫衣，嫌热，就把头发绑成丸子头，有些细碎的头发散在外面。

沈放舟的角度可以看到丸子头的全貌，在鎏金般的阳光下被照得暖洋洋的，随着陈漫云的动作一晃一晃的。

就，挺想捏的。

沈放舟吸了口气，忍住了，继续观察陈漫云。他不明白陈漫云的小脑瓜里每天都在想什么，每天一副厌世的样子，对什么都兴致缺缺。

又譬如此刻，沈放舟觉着陈漫云脸上就写着“随便吧，反正我是不想活了”这句话。

老徐有病？好好的小姑娘去了办公室一趟回来就这么失落？

沈放舟烦燥地转着笔。

王川闲不住，问陈漫云：“哎，妹妹，老徐找你说什么了？”

陈漫云怔了几秒，吸了吸鼻子：“没什么。”

她在犹豫要不要告诉王川。

沈放舟把手边的练习册抬起，A4 纸大的书册隔开王川的视线。他伸手拽住陈漫云的校服边缘，让她转过来。

陈漫云有点蒙，不解地看向沈放舟。

光影从窗边透明的玻璃洒进来，模糊了少年侧脸的轮廓。

沈放舟顿了顿，开口："不想说就别说。"

陈漫云，你可以拒绝，不要怕。

晚上的半山别墅，陈漫云面无表情地坐在饭桌旁，陈京和云珊维持着暂时的和平，像陌生人一样。

见过两个人的歇斯底里之后，陈漫云只觉得现在的平静讽刺极了。

"云云，去了学校有没有考试啊？"云珊拿筷子夹菜，抬头的间隙看着陈漫云问，其实她知道答案。

陈漫云看着饭桌上用来装饰的干花，没回答。

"你们班主任给我打电话，说是想让你参加淮大附中的物理竞赛队。"

云珊说话的语气风轻云淡，终于吸引到陈漫云的注意力。陈漫云抬头，看着她。

"我替你拒绝了，没事吧？"云珊随手拿起旁边的纸巾擦手，冷淡地笑着问陈漫云，笑意流于表面，不到眼底。

"云珊，让孩子去试试也没什么，我记得她以前就很有天赋的。"陈京放下筷子，不赞同云珊的话。

"试试？试什么？啊？"云珊被这句话激怒，抬手把筷子扔到地上。筷子碰到地板又弹起，发出清脆的声音。

秦姨从厨房探出头来瞧，又叹气。

总是这样，不吵架不罢休，当妈的把女儿骂得狗血淋头。

"还嫌不够丢人吗？"云珊冷笑一声，追着问陈京，"你告诉我试什么？"

在女儿和家里阿姨面前被妻子训斥，陈京心里也不痛快，脖子通红，争论道："你总是这样！你懂不懂……你懂不懂这对孩子来说是个机会？"

"机会？"云珊怒极反笑，重复这两个字，又问陈京，"前年港口那个项目，你怎么不把握住机会，白白叫你大哥抢了先？"

前年那个项目陈京优柔寡断没把握好时机，两个人的公司都损失了不少钱。

云珊这话直戳陈京的心窝，他脸涨得通红，准备站起来继续和云珊争辩，没承想起身时带倒了红酒杯，暗红的酒液和碎片像暗夜的河流一样淌在地上。

陈漫云沉默地看着地上的一片狼藉，比陈京先离开餐桌，喉咙发涩地开口：

“我吃好了，先上楼休息。”

走到二楼的阶梯时，她又回头，朝着还在和陈京冷战对峙的云珊说：“今天老师问我，我已经拒绝了。”

云珊没想到是这个回答，愣了片刻，随即有些失态地喊她：“云云。”

陈漫云勉强笑了一下，她眼角好像有泪，没在意地抬手，用手背抹去，装作语气轻松地告诉云珊：“妈，我丢够人了。”

随即，她就转头几乎是小跑着上楼，进了房间以后把门锁死，把外面的声音都隔断。

背靠着门慢慢卸了力气，陈漫云蹭着门滑落坐在地上，捂着嘴哭。她哭没有声音，捂着嘴，像在无声电影里一样的哭泣，只有眼泪不住地落下来，哭到最后想干呕，想要把自己身体里的一切都吐个干净。

被频繁提及的物理竞赛灼烧着陈漫云的神经，夜晚睡下后的梦里，陈漫云仿佛回到那个夏天，其实也只是今年夏天，是因为后面太多变故接踵而来，让陈漫云对那段时间的所有印象也变得不清晰了。

盛华私立物理竞赛队之前默认高二才能加入，很多物理竞赛生甚至到了高三才能得到外出比赛的资格。

没办法，大家都很优秀，先卷出来才有资格代表学校。

陈漫云属于其中的意外，在她进入物理竞赛队之前，竞赛队从来没有接受过高一的学生，大家默认高一学的科目太多，物理方面又学得太浅显，之前高一学生加入竞赛队的表现也符合这个规律。

陈漫云才高一，花时间自学完高中物理，物理方面极其优秀的同时，长期缺席课程让她的化学和生物几乎算是没学。

学校破例把陈漫云招进了盛华物理竞赛队，随后的几场测试里，陈漫云都超过了林泽延。年级主任力排众议让陈漫云和林泽延一起获得了 IPhO 的参赛资格。

国际物理奥林匹克竞赛，缩写是“IPhO”，这是多少物理竞赛生梦寐以求的竞赛殿堂，思想和难题在那里碰撞，异国风情的魅力里飘荡着物理符号，领队把它称为天才的游戏。IPhO 考试分为两个部分，第一部分是三道笔试题，第二部分是长达五个小时的实验考试。

陈漫云负责最关键部分的计算，或许是那天下午河畔的温度太高，又或许是远处教堂传来的歌声，五个小时的计算接近尾声时，陈漫云计算方案失误，导致整个实验数据出现偏差。

陈漫云对数字很敏感，计算出结果的时候就隐约觉得有些奇怪了，队里其他人出于对陈漫云能力的信任，没有验算，于是实验结果走向了不可挽回的失败。

这次失利让陈漫云几乎跌落谷底，实验部分成绩不佳，同队队员对陈漫云的质疑也扑面而来。

陈漫云回想起那天夕阳落下时，一个队员喝果汁的时候像是审视一般地盯着她问：“陈漫云，你是故意算错的吗？”

语气漫不经心的。

参赛选手里属陈漫云年纪最小，她听到这句话以后不可置信地抬头，她怎么可能故意算错？

“林泽延说你平常物理都很强哎，怎么偏偏那么简单的计算出错？是想拉低我们的综合分吗？反正你第一场考试已经拿了满分，做错实验也能拿奖牌喽。”

笑里藏刀。

这话一出，所有队员都看着陈漫云，沉默里带着说不清道不明的意味，是审视，是对她最恶意的猜测，夹杂着不满的发泄。

陈漫云当时不安地摇头，着急地说自己没有。

可没有人听，画面又倏忽转到盛华的校园。

“陈漫云家里那么有钱，谁知道有没有贿赂老师。”

“她物理成绩没那么好吧，她以为她是爽文女主啊？”

“林泽延学长快高三才有机会去，我可听说她去了竞赛之后，主任接着就买了新房。”

两个人声音没压着，不怕陈漫云听见，更像是故意说给她听。

陈漫云高一的时候就加入物理竞赛队，得到了许多特殊的待遇。盛华私立的学生一直对她颇有微词，只是她之前的成绩确实挑不出错，才勉强服众。

陈漫云国际赛失利以后，学生们好似一瞬间都找到发泄的出口。

她的优秀成为她的原罪，人们不再接受她的失败。

墙倒众人推，人们乐于看见天才跌落谷底，并迫切地落井下石，以此来慰藉自己的平庸。

陈漫云难堪地站在那里，咬唇流着泪摇头，她没有，她没有故意算错，没有贿赂主任，没有……

混乱中不知道是谁伸手推了陈漫云一把，陈漫云没防备，被推倒在地上，校服裙下的膝盖被水泥地面磨出血迹。

淮市阳光最灿烂的夏日，陈漫云在日光之下，却觉得通体寒冷，他们肆意判决她的“罪行”，无端猜测她的心思有多坏，抹杀她以前成功的一切。

污蔑、诋毁，陈漫云那一刻才知道，其实流言蜚语是可以杀死一个人的，可以腐蚀她的灵魂，给予她最恶劣的品质和低劣的罪行，烈日下以至高者的姿态审判她。

“没有，我没有。”陈漫云哭喊着从床上坐起，额头有冷汗滴下来。她拿手背把汗和泪一起擦去，不停喘着气。

回忆是比噩梦还漫长与煎熬的过去，每一次都让她泪流满面。

她转了学，刻意让自己遗忘以前的事情，可情绪是比一切都牢固的记忆，留在脑海里，在深夜涌到心口，反复折磨她。

她踉踉跄跄从床上下来，走到书桌旁边给自己倒了一杯水。她手有些抖，勉强喝了几口。

外面的天雾蒙蒙的，陈漫云还是有些心慌，难以平复，准备打电话给赵雾灵。

陈漫云看了一眼手机，发现才凌晨两点半，不想打扰她，手在通讯录的联系人的界面反复上下划动。

她讨厌噩梦后的清醒。

鬼迷心窍，她也解释不了自己的行为，居然拨通了沈放舟的电话。

凌晨两点打电话给刚认识一个月的同桌，陈漫云自己都觉得自己有病。

几乎在拨出去的那一秒钟她就后悔了，想要挂断电话，没承想慢了一步，沈放舟接了起来。

“喂。”

沈放舟的声音有些哑，他是脑子好，但也绝没有到可以每天睡大觉也有好成绩的地步，数学和理综都需要理解和大量的练习来保持灵感和熟悉类型题目的思路，他有时候会学得有些晚。

陈漫云打电话来的时候他刚做完数学的压轴题，之前一直在想更简洁的证明方法。

陈漫云没说话，就在电话那头轻轻呼吸，喉咙发涩，不知道该说什么。

沈放舟等了半天没等到陈漫云的回答，猜想她给他打电话没有什么要紧事，空着的那只手随意转笔，在空中划过弧度。

寂静里，少年突然笑了：“花花妹妹，还记得今天学的那篇课文吗？”

今天语文课上学的。

“嗯。”陈漫云虽然不知道他问这个干什么，但还是回答了他。

沈放舟顿了顿，开口：“哦，给我读一遍吧。”

要是平时，陈漫云一定骂他有病，再警告他不许叫自己花花妹妹。

可是现在她确实不想一个人待着，随便做什么都可以，就伸手把书桌上的台灯打开，真的翻开语文书念起来。

是那篇《纪念刘和珍君》，这次确实是鲁迅先生写的了。

“中华民国十五年三月二十五日……我独在礼堂外徘徊，遇见程君，前来问我道，‘先生可曾为刘和珍写了一点什么没有？’我说‘没有’。她就正告我，‘先生还是写一点罢，刘和珍生前就很爱看先生的文章。’”

陈漫云念书的时候音色悦耳，语气很平静，或许是因为注意力都在书上了。沈放舟周身被倦意包围着，他怕自己瞌睡，随手把薄荷糖塞进嘴里含着提神。

时间一分一秒地流逝，窗外天光似乎又亮了几分，课文有些长，讲的事情也有些沉重。

课文念完，两个人都无言，静默着听得到彼此的呼吸。

陈漫云心情平复了些，困意再次袭来，眼皮也撑不住地打架。

“小船哥？”她心虚地叫了一声沈放舟，自己也觉得自己有点过分，半夜把沈放舟吵醒，然后给人家读课文。

这都什么事儿啊？

沈放舟也困了，但他不是被吵醒的，而是根本没睡。他看了一眼手机右上角的时间，拿手揉了揉眉心，有些迷糊地和陈漫云说：“还有时间，再睡会儿。”

“好。”陈漫云低着头回答。

挂断电话的时候，沈放舟犹豫了片刻，声音轻轻的，很认真地说：“陈漫云，别哭。”

他听出来了，听出她声音里的鼻音和哭泣后的压抑。

但沈放舟又什么都没问，只是接起她深夜的电话，听她读完那篇课文，然后告诉她别哭。

陈漫云被这句话弄得又险些流眼泪，手指无意识地摩挲着书页，哽咽着回答：“好。”

天光未亮，万物孤寂，她只听得到怦怦心跳。

第二天，沈放舟是肉眼可见的没精神，勉强听数学老师对了卷子答案以后就一直趴在桌子上补觉。数学老师瞥了他一眼就移开眼神，懒得管他。

老师对好学生多少会宽容一些。

王川叫了沈放舟两声就放弃，嘴里还嘟囔着：“沈哥昨天晚上偷鸡摸狗去了？怎么能这么瞌睡？”

活像几辈子没睡过觉一样。

陈漫云破天荒地心虚了。

沈放舟昨天晚上干什么去了?

她半夜把人家叫起来念了一遍《纪念刘和珍君》。

陈漫云真想回到昨天晚上问问自己当时到底是怎么想的，竟然打电话给她的酷哥同桌沈放舟。

她到底怎么想的啊?

这样想着，陈漫云觉得自己确实有点毛病。思考了一会儿，她扭过头去请教王川。

“王川，你有没有半夜给沈放舟打过电话啊？”

王川顿了顿，手里还在抄数学卷子的答案，抽空告诉陈漫云：“打过，他问我是不是有病，然后告诉我如果我不是快死了在医院给他打电话，第二天来了就亲手把我打进医院。”

王川说着还做了一个抹泪的表情，义愤填膺地和陈漫云抱怨：“嘤嘤嘤，人家只是做了噩梦以后想找个安慰而已啊！”

结果沈放舟以一己之力让他自己比王川的噩梦还可怕。

行吧，还挺符合沈放舟的暴躁哥人设的。

陈漫云觉着沈放舟的脾气还是有进步的，毕竟在昨天，哦不是，今天凌晨她打电话给沈放舟的时候，大佬情绪还挺稳定的。

数学课下课后，徐平峰把教导处那边送来的书费核对表格送进来，顺便看了一眼七班的学生。他一眼就看到睡得香的沈放舟，直接气血上涌：“沈放舟！你怎么睡得着啊？你这个年纪怎么睡得着的？”

沈放舟勉强挣扎着起来，眉头还没舒展，站起来随便糊弄了两句，向徐平峰保证得那叫一个利索和熟练。

结果就是徐平峰走出教室的下一秒，这位哥就利索地趴下继续睡。

整个过程没有一丝丝迟疑。

下午活动时间，沈放舟就被徐平峰叫到了办公室里挨批评。

“站直，把拉链拉上，成天这样像什么样子？”徐平峰坐在座位上，皱着眉头和沈放舟说话。

“Yes，sir.（好的，长官！）”沈放舟伸手把校服拉链拉到最上面，边说话还边给徐平峰做了一个敬礼的姿势。

“学生啊，你就把校服穿好是不是？啊，不是我说你……”徐平峰絮絮叨叨说着，端起茶杯轻呷了一口。水温太高，徐平峰嘴被烫了，哆嗦了一下。

沈放舟没忍住，笑出声来。

等徐平峰抬头瞪他，他又若无其事移开目光，嘴里接着徐平峰训他的话："是是是，我以后一定把校服穿好，晚上睡觉躺床上都绝对不把拉链拉开一下，您放心。"

沈南城年轻的时候就辍学出去闯荡，沈放舟跟着他别的没学会，见人说人话，见鬼说鬼话的本事倒是学得炉火纯青。

徐平峰又试探地喝了一口茶，还是烫得不行，"啧"了一声就把陶瓷杯放到一边，和沈放舟说话。

"你每天晚上是偷鸡摸狗还是打夜工啊？白天瞌睡成那样，不像样子。

"还有，你这个成绩啊，是不错，但是啊，不能骄傲知道吧？英语、语文还能再提高。现在也就是大家还没习惯这么难的理综题，习惯了以后你以为你还能轻松当第一名啊？"

徐平峰头疼地看着沈放舟，这孩子聪明是聪明，可也真是让人不省心。

这点沈放舟反驳不了，安静地低头听着。

"平常英语不会的多问问陈漫云，也多教教陈漫云化学和生物，两个人之间要互帮互助，共同进步。"说到这儿，徐平峰又觉得发愁了。

得，这一对同桌都偏科，不多逞让。

又敲敲打打了沈放舟半天，徐平峰终于喝上了一口茶叶水，娴熟地拿盖子拨开茶叶喝着，又开口："哎，沈放舟，你和陈漫云做了一个月同桌……"剩下的话徐平峰还在斟酌，找不到合适的表达。

沈放舟挑眉："老师，没事儿，您说，我这人没别的优点，就是嘴严。"

徐平峰狐疑地看了眼沈放舟，想到他这段时间倒是乖，没再惹事了，多少长大了点，勉强看着可以相信吧。

徐平峰叹了口气，对沈放舟说："你们物理老师看陈漫云学物理有天赋，想让她走竞赛，陈漫云不太愿意。"

陈漫云何止是有天赋。

徐平峰和郑萍回去以后又仔细地翻了她的档案，原来她不只是去了省队，而是一路杀进国家队，还拿过奖牌，可怕的是当时陈漫云才高一。

郑萍爱才如命，当然不肯放这么个好苗子走，尤其是淮大附中的物理竞赛已经很久没有出过亮眼的成绩了。

想起郑萍给自己下的死命令，徐平峰就觉得自己头上又少了几根头发。

"你说她为什么不走竞赛？走了竞赛的话一切问题就都迎刃而解了，不走竞赛的话，她的化学和生物还是个问题。"徐平峰喃喃自语着。

“你别光听着，你俩是同桌，有空帮老师劝劝她。她不走竞赛可惜了，要真不想还得好好把化学和生物提上来，时间也紧张。听见没有？”

陈漫云不想走物理竞赛，又因为化学太差发愁？

沈放舟低下头，若有所思地点点头。

她昨天就是为了这个哭？

再抬头的时候，沈放舟朝着徐平峰阳光地笑了笑，吊儿郎当地答应：“行啊，老师，我肯定帮您劝劝她。”

徐平峰信以为真地点点头，把希望寄托在沈放舟身上，连带着看他也顺眼不少，摆摆手让他回去了。

沈放舟回了教室没看见陈漫云，问了王川一句。

王川憨憨地抬头，左顾右盼了半天，疑惑地说：“哎，刚刚还在这儿呢，现在不知道了。”

沈放舟点点头，他好像知道陈漫云去哪儿了。她和受惊的小兔子一样，喜欢一个人待着舔舐伤口，不吵不闹，就安安静静地待着。

陈漫云在池塘边。

沈放舟走过去，看她坐的位置离池塘有些近了，开口恐吓她：“小心掉进去被金鱼吃掉。”

这话太过于荒诞，让陈漫云笑出来，她回敬道：“说金鱼坏话的人先被金鱼吃掉。”

沈放舟也笑了，走到陈漫云旁边，居高临下地看着池子里毫不知情的金鱼摇动漂亮的鱼尾，眼神又转到陈漫云的发顶，沉默了片刻。

他是不喜欢对事情刨根问底和揭人伤口的人，同样也不喜欢别人问他的私事。

这点上面他倒是和陈漫云惊人的相似。

“陈漫云，你真不想走物理竞赛了？”

他学不会委婉，那句话在嘴边转了好几遍还是没出口，索性直来直往。

“嗯，不参加了。”

陈漫云声音闷闷地回答他。

接着，她吸了吸鼻子。她想，没什么好后悔和可惜的，每个人都可以做出自己的选择，不参加竞赛也可以学航空，没人规定她必须从阴影里走出来，也没人规定失利一次就要剥夺她所有的权利。

她意气风发的时候剑指物理竞赛的最高殿堂，跌落谷底时被流言蜚语压弯脊梁。

于是现在什么都不想，宁愿跌落水里做一尾金鱼，或者当个普通人，后年夏天走出考场，才算她人生的真正开始。

她本来也就是个普通人。

陈漫云不明白沈放舟问这个干什么，但也猜到或许是徐平峰告诉了沈放舟。

陈漫云抬头，注视着沈放舟。她眼里噙着泪，要落不落，湿漉漉的。

“小船哥，你也是来劝我的？”

沈放舟，你也是站在他们那边的吗？来劝我不要浪费那所谓的“天赋”，去把自己架在火上来煎熬？

沈放舟平静地回视她，气氛就像悄无声息涌动着的海潮，汹涌都藏在平静的表面之下。

直到陈漫云脖子都仰得有些发酸了，沈放舟才有动作。

他没回答陈漫云的问题，径直在她旁边坐下，伸手抠开易拉罐的拉环，没打招呼，直接灌了她一口可乐。

陈漫云没防备，被碳酸气泡呛到，咳嗽了几声，嘴里还泛着可乐冒泡后带来的甜味。

沈放舟很快站起来，就在旁边笑，是不带任何揶揄意味的笑，只是单纯的笑。

他低着头，张扬又肆意地对陈漫云说：“劝你个屁，明天把化学书拿上，你小船哥给你补。”

不就是化学？

巧了，他沈放舟最擅长的就是化学。

陈漫云听到这句话怔了片刻才明白沈放舟不是来劝她参加物理竞赛的了，那他刚刚的意思是要帮她补习吗？

陈漫云缓慢地眨了眨眼，像在思考一样。她有一双比淮市海潮更动人的眼睛，里面总是像有水雾一样，很漂亮。此刻她仰起头，迎着阳光注视着沈放舟。

逆着光，只能看清他的身形，感觉到他身上凛冽得足以割破一切的少年感。

他是荒野上最自由的风，是毫无边界的野火，是最不可一世的少年。

也是陈漫云此刻的救赎。

第二天下午的办公室里，陈漫云斩钉截铁地拒绝了郑萍：“谢谢老师抬爱，我真的确定不参加竞赛了，之前……之前给老师添麻烦了。”

郑萍叹了口气，已经有了皱纹的眼睛注视着陈漫云，不肯放弃地开口：“真不想参加？过两天培训就开始了，你要愿意的话，我……”

要是别人不想参加，郑萍一定让他有多远滚多远，淮大附中不缺脑子聪明的人，不想参加就腾出名额来给别人。可因为是陈漫云，所以郑萍愿意一问再问，这一个月里陈漫云的天赋她是亲眼所见的，也是大家都认可的。说实话，学到陈漫云这种程度，不可能对物理没有热爱。

郑萍笑了，没接受陈漫云的道歉，反而转了个话题，和她闲聊："老师小时候在村里面的末流高中上学，那时候哪有人学物理竞赛啊，整个高中就我一个，还是个女孩子，根本就没人看好我，我就一本物理资料，拿铅笔写，写完就擦了再写，最后考上大学，又来淮大附中教书。

"你是不是听了那些人说什么女孩子不适合学理科？不适合学竞赛？那都是鬼话，老师今天就告诉你，女孩子不比任何人差。"

郑萍最讨厌那些说女生天生就不适合学理科的论调，都二十一世纪了还搞这些封建的，她见过那么多学生，从来没发现女生不适合学物理。

无稽之谈。

郑萍说完就观察着陈漫云的反应，接着说："对吧，你不要听别人那些唱衰的论调，以你的水平，走竞赛拿个保送不是难事。"

她还是不肯放弃，想再问问陈漫云。

陈漫云静静听着郑萍的话。

"谢谢老师，我知道。"她顿了顿，抬头，"对不起，老师，我是真的不想走竞赛了，我将来想学航空方面的专业。"

物理竞赛保送的话也是理论物理学方面的，和航空专业的交集极少。

事实上，陈漫云最开始对物理感兴趣也正是因为航空，以前或许有过想走竞赛的念头，但也在国际赛之后完全放弃了。

郑萍这下没话说了，气鼓鼓地看了陈漫云一眼，摆摆手："行了，你回去吧。"

陈漫云试探地问了一句："郑老师，对不起啊，您别生气。"

她还挺喜欢郑萍的，不想让郑萍生气。

"我生气什么，我有资格生气吗？回去好好把你那化学、生物捡起来，别丢我的脸。"

郑萍不自在地解释。

陈漫云这才确定郑萍没生气，很浅地笑了一下，退了一步，朝郑萍鞠躬，抬头的时候说："谢谢老师。"

是真心实意的感谢，谢谢郑萍尊重她的选择，也谢谢郑萍对教育的尊重。

陈漫云回到教室的时候，蒋大南和王川好奇地凑上来。

“花花妹妹，怎么着，你犯事了？”

不应该啊，陈漫云这种五好学生，平常乖得很，物理还优秀得离谱，沈放舟惹事的可能性还大点。

已经确定不去物理竞赛了，陈漫云也没心思多说，避重就轻地把刚才的事情说了个大概。

王川和蒋大南仔细听着，听到郑萍劝陈漫云那段，忍不住对视了一眼，立马笑得直不起腰。

陈漫云抿着嘴，有点生气了，质问他们：“怎么？你们也觉得女生不适合学理科？”

“不不不，怎么可能？我俩笑的是，你刚刚说……”王川咽了咽口水，“物理老师告诉你，她是他们那个末流高中的希望？”

“嗯啊。”陈漫云点点头。

“你信了？”蒋大南没换过气来，笑得捶桌子，看着陈漫云不解的神色，告诉她真相，“郑老师是淮大附中的校友啊。”

淮大附中，一所市级顶级高中，中考录取分数线稳居全市第一，除了盛华私立，在整个淮市几乎没有对手，每年上清华、北大的都能满满贴一个版面，结果愣是在郑萍口中变成了末流高中。

看起来那么严肃的郑萍开导人的方法竟然是抹黑自己的母校兼工作单位，王川想到就觉得好笑。

陈漫云也大概知道了郑萍也许是在骗她了，“哦”了一声就低着头看自己的椅子靠背。

沈放舟从卫生间回来时就看到这样的场景——陈漫云闷闷不乐地垂着头，每一根头发丝都写着不高兴，王川和蒋大南在对面笑得合不拢嘴。

“末流高中淮大附中。”

“震惊，原来我上的学校是所末流高中。”

王川和蒋大南一人一句说给沈放舟听。

是有点好笑，沈放舟嘴角勾起弧度。

陈漫云不高兴地抬起头，语气有点重地问她同桌：“小船哥，好笑吗？”

沈放舟的嘴角几乎一下子就平了，顺势坐在自己位子上：“不好笑，我觉得一点也不好笑。”

说完，他瞥了王川和蒋大南一眼，接着含沙射影地开口：“可能心智不成熟的人才会觉得比较好笑吧。”

无端被说心智不成熟的王川和蒋大南愣住了。

装什么，刚刚你不也想笑？

哦，怎么的，你花花妹妹看你一眼你就心智成熟了？

晚上，秦姨给陈漫云炖了冰糖雪梨汤，还加了银耳，用小火煨到黏稠软烂，梨子切成小块，在甜汤里散发着清香。

陈漫云喝汤不安分，调羹在白瓷碗里晃晃荡荡，偶尔磕碰到瓷碗的边缘，发出响声。

老一辈注意这些，秦姨立马皱起眉头，手在陈漫云的背后轻轻拍着，提醒她：“云云，好好喝，不要晃。”

“好。”陈漫云直起腰来，顺势把头蹭在秦姨的腰腹处，又黏黏糊糊和她撒娇。

秦姨也用手环着她。

秦姨在这里工作有些年头了，看着陈漫云长大，看她小小的时候在摇篮里哭泣和笑；看她稍微长大一点以后跌跌撞撞地走路，连路都走不稳的小孩每天把着飞机模型玩；看她长大以后出落得亭亭玉立，性格灵动又鲜活。

陈漫云参加竞赛的时候秦姨比云珊都激动，出去买菜都挺直腰杆。

可她再怎么也只是个用人，所以只能看着云珊把本就因为失利而痛苦的陈漫云贬低得一文不值，又看着她从小看大的孩子一天比一天不爱说话。

秦姨用手轻轻拍着陈漫云的背。

她曾这样拍着幼时的陈漫云入睡，现在也只能这样安慰她看着长大的姑娘。

秦姨看着陈漫云喝完才收拾碗勺出去，临走前又叮嘱陈漫云要早点休息。

陈漫云点点头，却不准备实行，摊开化学书和练习册，旁边还有展开的答案。

陈漫云物理是学得不错，但目前为止她还是觉得化学这玩意和物理没任何直接关系。更别说上了高中以后，化学体系的重新构建，几乎把初中学的全部推翻，有的甚至还和以前讲的相违背。

她已经下定决心不走竞赛了，所以必须把之前落下的课补起来。

生物还好说，相对好理解一些，书上的东西也不多，记一下也能明白个七七八八。

化学可就难了，原理和各种细节，还有大家墨守成规的计算方式和评判标准，这些在书上都不太能找到。

陈漫云是在做题过程中慢慢摸索才总结出一丁点儿规律的。

高二的课程本来就紧，更别说淮大附中作为老牌名校，有压缩课程来增加高三复习时间的习惯。

高二的化学进度一下没停，高一的基础又要补，陈漫云多少忙得有些捉襟见肘的意味，所以才想出这个办法。

卷子上考到什么复习什么，先看书上的知识点，再刷类型题，完了巩固总结。

其实是有点取巧的方法，陈漫云上次月考得的那四十分就这么来的。

总得慢慢来，陈漫云倒是没什么恐惧心理，物理竞赛每年难倒多少学生，好多人连门槛都摸不到，可她是里面的佼佼者。化学才难倒几个？陈漫云还不信她学不会了。

陈漫云骨子里那种执拗不服输的劲儿又涌上来了，她开着夜灯，静静地刷题、对答案，在空白纸上写写画画列出框架。

快结束的时候，手机“叮咚”了一声。聊天软件发展迅速的时代，很少有人用短信了，陈漫云抬头看了一眼书桌前的电子表。

凌晨一点零八分。

现在连骗子都这么努力了？半夜了都还在冲业绩？

陈漫云以为是垃圾短信，没在意，准备回复一个“TD”，点开具体的页面才发现是沈放舟发的。

△尊敬的陈小姐，您已获得修理厂高级技工一对一辅导的珍贵机会，请于周六下午四点携带化学、生物必修一准时抵达酒吧，享受至尊服务。沈放舟教你学化学，包教包会。

乍一看确实像垃圾短信，陈漫云看见消息就笑了，回了他一句：好。

那边没想到她会回复，沉默了片刻，问她：还没睡？

陈漫云反问回去：你不也没睡？

怎么，只许州官放火，不许百姓点灯？

随后，她就用食指不轻不重地敲击桌面，无意识地皱起眉。两次了，沈放舟似乎睡觉点都在凌晨。

上一次陈漫云以为是她把睡梦中的沈放舟吵醒了，仔细想想，沈放舟电话接得太及时了，应该是那时候还没睡。这样想着，她算是明白沈放舟眼下的黑眼圈和上英语课那睡不完的觉是哪儿来的了。

沈放舟还不知道他已经被陈漫云当成熬夜冠军预备役了，站起来活动了一下，去厨房的冰箱里取了可乐。

沈南城在酒吧附近也有房产，平常一般不会来沈放舟的住处。

沈放舟回到房间，利落地拉开易拉罐的拉环，碳酸气泡争先恐后地冒出来。他眉头皱了一下就继续整理 PPT，他做事情喜欢一口气做完，亮着的电脑屏幕旁边放着化学书和教辅资料，他偶尔翻开，或者打开手机的图片转文字，把题目转录到 PPT 上。

答应了陈漫云的事他当然得做，只是内容需要挑拣。

沈放舟也没客气，PPT 上面，知识点和几道基础题后面就是需要综合能力的化学大题，有些难度。

他想到陈漫云的神情就想笑，那种看着化学题，脸上写着“狗东西，一年不见你怎么变得这么复杂”的抱怨，但还是硬着头皮继续写题的别扭样子。

由于工程量确实有点大，沈放舟准备了好几个晚上，白天的觉当然是照睡不误，根本不在意，语文课往那儿一趴，是完全放弃抵抗的姿态。

陈漫云偶尔熬夜，平常是能够保持清醒的，但看着睡得那么熟的沈放舟，她就觉得瞌睡这个东西比感冒的传染性还严重。

不一会儿，她也跟着小鸡啄米式地低头。

语文老师王美玲是位德高望重的资深老师，戴着一副永远低低挂在鼻梁处的眼镜，喜欢从镜片下方看人。

“看一下默写题，第一个是不是也是 64 篇里的？你们初中应该学过。”她喜欢把语调拖得长长的，像是时刻在朗读一篇没有感情的课文。

同学们也跟着老神在在地点头。

是初中学过的《出师表》。

“好，那我们就找个同学抽查一下这篇课文吧。”

接近花甲之年，她的眼神依旧是锐利的，靠着多年教学的本能，如鹰隼一样捕捉到趴在桌子上睡觉的沈放舟。

“沈放舟，不如你来背一下。”王美玲沉着声把他叫起来。

沈放舟是被陈漫云推醒的，他迷糊地站起来，耳朵只依稀听到“背一下”这几个字眼。

“先帝创业未半……”陈漫云低着头，小声提醒沈放舟。

沈放舟低头，好像听见了，勉强重复着：“先帝创业未半……”

沈放舟记得他中考的默写似乎也没全对，因为他总觉得花时间背那么多篇课文，然后再眼巴巴地等出题人问你，图什么？还不如多做对两道数学选择题，反正分数也是一样的。

但拜他那个喜欢背诵课文的初中班主任所赐，这篇文言文他还有那么一点印象，有那么几分把握。他在心里默读了一遍，觉得还挺通顺，自信地说出来。

“先帝创业未半，而骈死于槽枥之间……”

陈漫云听着听着就愣住了，目瞪口呆地看着旁边一脸理直气壮的沈放舟。

难道不是“先帝创业未半而中道崩殂”和“故虽有名马，祇辱于奴隶人之手，骈死于槽枥之间”吗？

沈放舟语气太自信了，陈漫云恍惚都觉得她以前学错了。

接着她开始反省自己：陈漫云啊陈漫云，你以前都学了些什么？但凡有酷哥一半自信，你都不至于到这步田地。

酷哥扬着下巴，觉得自己背的完全没问题。

“好，很好。”王美玲怒极反笑，冷着脸点点头。

沈放舟没听出来她话里的冷意，还沉浸在“我竟然还记得这篇文言文，我好牛”的状态里。他又觉得这不是他一个人的功劳，咧嘴笑，指着旁边的陈漫云朝王美玲解释：“没，我同桌告诉我的。”

于是，王美玲的目光移到旁边的陈漫云身上，点点头，重复道：“好，你也很好。”

陈漫云腹诽：我真谢谢你啊。

三分钟后，沈放舟和陈漫云一起被赶到教室外面罚站。

沈放舟显然是罚站的常客，自觉找了个不被太阳光晃到的地方换了个舒服姿势站着，然后瞥了一眼旁边还在低着头生闷气的陈漫云。

她的头发在阳光下被照得毛茸茸的，因为生气，两颊鼓起来，像个小仓鼠。

沈放舟轻笑了一声，从校服袖子里伸出两个手指，拽了拽陈漫云的袖子，问她：“花花妹妹，生气了？”

陈漫云没回答。

少年接着换了个称呼：“陈漫云，你生气了？”

“不是，沈放舟，你到底背过课文没有？”陈漫云抓狂地问，她怎么也想不到沈放舟能把《马说》和《出师表》背串，快郁闷死了。

“背啊，我品学兼优。”

陈漫云蹙眉：“那你还背错？”

不仅背错，还拉她一起出来罚站。

这话沈放舟没法反驳，他摸了摸鼻子，跟陈漫云讲道理：“不是，你难道不觉得很通顺吗？”

陈漫云睨他一眼。

“先帝创业未半……”沈放舟扬着下巴，示意陈漫云接下半句。

“而骈死于槽枥之间。”陈漫云嘴比脑子快。

沈放舟得逞地笑出来：“你看，就是很通顺吧。”

啊啊啊，为什么能这么洗脑啊？

陈漫云觉得自己这辈子都没办法直视这两篇文言文了，靠着教室外的白墙抓狂。

安静下来的时候，沈放舟随意看着窗外的槐花，提醒陈漫云。

“别忘了周六。”

他是在说帮她补习的事。

陈漫云狐疑地看着沈放舟，酷哥会有这么好心？

接着，她问沈放舟：“每周六？”

他有空吗？

沈放舟没直接回答，挪了挪身子靠近，附在她耳朵旁边说：“妹妹，我暂时还没有一个下午就能给你补完的本事。”

意思是每周六下午。

少年离得太近，说话间热气喷洒在陈漫云的脖颈处。她若无其事地退开一步，轻声说：“谢谢。”

少年“嗯”了一声就没了下文，却不是接受的意思，更像是单纯的回答。

十七岁的少年学不会也不喜欢说“不用谢”和“你真是客气了”这种客套话，管他以后生活如何蹉跎苛刻教会他人情世故，此刻少年是最随意的自己。

沈放舟到酒吧时，乐队照旧在唱歌，正好是那天带陈漫云来的时候唱的那首。他觉得巧合，抬头看了一眼主唱。

在吧台整理高脚杯的阿杰以为沈放舟是来用电脑那间房的，照例停下来，准备给他拿钥匙。

沈放舟朝阿杰摇头。

“不，我不用。他在哪儿？”

阿杰知道这个“他”是指沈南城。

这位小沈总说话一向言简意赅。

阿杰用不擦杯子的那只手指着舞池：“喏，沈总在那儿。”

顺着阿杰指的方向，沈放舟看到了在舞池里像只花蝴蝶一样的沈南城。他穿着纯黑色丝绸制的衬衫，一般男人穿上怕是只能得到“俗不可耐”四个大字，可沈南城不会，桃花眼，潋滟眉，腿长腰窄，比例优越，更衬得他风姿绰约。

沈放舟看过去的时候，沈南城正在和一个妙龄女郎搭讪。

沈南城不知道说了些什么，对面的女人笑得弯了眼角。

“真的？那你们最后怎么跑出来的？”女人很有兴趣地问。

“我掏出一把枪，冲进去大喊‘police，police（警察）’，他们被我震住，没再动作了。哦，老天，我当时腿都在发抖，那枪是我刚花了一美元在街上小贩手里买的玩具枪。”沈南城语气生动地讲述他在异国的乌龙经历，偶尔还带着肢体动作，逗得对面的女郎直笑。

随后女人又嫌热，用手轻抚了几下自己的头发，眼睛注视着沈南城，矜持着问道：“你可以请我喝杯酒吗？”

“当然。”沈南城和吧台的调酒师打了个手势，又说了一个酒名。

调酒师很快把一杯调得漂亮的暗蓝色鸡尾酒递到他手里。

他把酒送到对面女人的手里，右手抱在胸前，是绅士的姿态，朝她微微鞠躬：“这是我的荣幸。”

女人明显很受用，笑靥如花。

沈南城，你装什么绅士？假惺惺的。

想到这里，沈放舟嗤笑一声就走过去。

“叔叔，婶母已经在家做好饭洗好衣服，她说愿意辞职给你生三胎。”沈放舟顿了顿，朝对面的女人做了个抱歉的表情，又假装担忧地看着沈南城，“叔叔，求你快回家看看吧。”

沈南城一愣：什么玩意儿？我什么时候有老婆了？还三胎？

“你强迫你妻子给你生三胎？”对面的女人尖叫起来，用不可置信的眼神看着沈南城。

“不是……这我……”槽点太多，沈南城一时间不知道该从哪儿解释。

“人渣。”

女人气愤地跺脚，这种强迫女性的败类，她刚刚真是瞎了眼，以为他是绅士，是好人。

真是晦气。

女人手一扬，把酒泼在沈南城的俊脸上，又用高跟鞋的尖锐处狠狠踩了他一脚，然后扬长而去。

沈南城吃痛，做了个骂脏话的口型，再回头就看见他的好侄子沈放舟脸上挂着恶作剧得逞的笑容，张扬又恶劣。

几分钟后。

“如果你不是我侄子，我今天就把你腿打断。”沈南城接过阿杰递过来的纸巾擦了擦被泼了酒水的脸，冷笑着看向沈放舟。

沈放舟耸了耸肩。

长久盘旋在心里的疑问促使他问出了口。

“我和你长得……”沈放舟想了一下措辞，直视着沈南城的眼睛，“不太像。”

这话已经算委婉了，按理说沈南城和沈放舟是叔侄，应该是相像的，其实不然，沈南城长了一张在红尘里摸爬滚打的脸，是男性里偏艳丽那一卦的长相，沈放舟则是彻头彻尾的少年，眉眼生得清秀内敛不锋利。

沈南城心一跳，装作不在意地灌了自己一口啤酒，瞥了沈放舟一眼，透过长大少年的眉眼看到另一个人。他摇摇头醒酒，咬牙切齿地回答：“哦，你更像你母亲一些。”

啤酒的苦涩在口腔里蔓延开，沈南城已经很久没有想起年少时的旧事了。

沈放舟的母亲，一个玩弄他以后和他兄长在一起的女人，生了个孩子以后扔给他，让他养大的女人。

沈南城静默了片刻，他很少有这样安静的时候，多情的桃花眼睨了沈放舟一眼，换了个话题：“你刚刚说要干什么？”

“我要补课。”

“要补课你来我酒吧干什么？”

沈南城想：莫名其妙，哪次的钱没打给你？

沈放舟看了他一眼，说道：“不是，我要用电脑那间房。”

撤掉两台电脑，正好改成书桌，他总不能把陈漫云叫去家里补课。

不合适。

“随你。”

沈南城衬衫还湿着，很想换一件干净衣裳，更何况刚刚提起往日旧事，他不想多言，潦草地应付了沈放舟，就往楼上走。

周六下午，陈漫云最终还是去了酒吧。她不走竞赛的话，化学确实是个问题，沈放舟愿意教她当然最好。

陈漫云走进酒吧的瞬间阿杰就认出她，沈放舟就往这儿带过这么一个小姑娘，不怪阿杰记忆犹新。

五彩斑斓的灯光和吵闹里，陈漫云乖巧地背着书包，双手无意识地抓着书包带子，看向阿杰的乌眸漆黑明亮。

“叔叔好，我来找沈放舟学习。”陈漫云礼貌地问道。

今年不过二十三岁的阿杰还是第一次被人叫“叔叔”，不由得挠挠头。他平常是很能开玩笑的，可惜今天面对陈漫云实在词穷，老老实实回答：“哦哦，我知道，他说过，你直接进去吧，走到头那间。”

阿杰说完愣了愣，又顺嘴问了一句：“要喝什么吗？”

下一秒，陈漫云的眼神移到他背后的那面墙上，琳琅满目的洋酒和鸡尾酒，陈漫云甚至在上面看到一瓶茅台。

她喝哪个都不太合适吧？

陈漫云抿着唇，笑着婉拒："不用了，谢谢您。"

阿杰像是反应过来，讪讪地笑了笑："行，那你去吧，小舟在房间里呢。"

沈放舟睡醒时已经不早了，他洗了澡以后倒了半杯水，就继续在电脑前敲敲打打。

陈漫云进来的时候脚步迟疑了一下："小船哥？"

沈放舟轻笑，"嗯"了一声。他说话似乎有些鼻音，但不太重。

少年绝不是病态的白，而像是长期不晒太阳而有的肤色，他清瘦的手腕露在外面，眼底很淡漠，用屈起来的指节敲了敲桌子边沿，又挑眉看了陈漫云一眼。

"坐啊。"

站在那儿干什么？他长得很可怕？

"你是不是刚睡醒？"陈漫云坐下，看了一眼沈放舟的神色，边从书包里掏东西边问他。

"差不多。"

"我早上七点就起来了。"陈漫云看着他，带着几分挑衅意味地补充道，"起来学习。"

沈放舟"嗯"了一声，看着脸上写着"看吧，我多勤奋的"尾巴快要翘到天花板上的陈漫云，冷冷淡淡地笑了，问："起来学你那 30 分的化学？"

陈漫云被人戳到痛处，嘴角的笑意一下子消失，威胁酷哥同桌："不许提，再提我就告诉老徐你把《马说》和《出师表》背错的事情。"

嗯，挺厉害。

沈放舟勾唇，没回答，空着的那只手利落地敲击鼠标的左键，"啪"的一声，笔记本的屏幕亮起来。

陈漫云转头看向屏幕，是沈放舟做的 PPT。

沈放舟的 PPT 做得很简洁，纯白背景，黑色宋体五号字体，一句废话都没有，都是知识点、简单练习题、注意事项和综合练习。

陈漫云来的时候确实抱了那么一丝丝希望，希望学到点东西，好歹学化学不会那么吃力，可没想到沈放舟做了 PPT，背景虽然简洁，但她看见内容了，很用心。

陈漫云垂下眸，第一次不知道说什么好，幸好沈放舟没给她思考的机会，直接开始讲 PPT。

他似乎自己整理过，没按课本来讲，而是将所有知识点拎出来串了一条线，又从头给陈漫云解释化学上提到的概念。

他的话很简洁，就一两句，只求达到解释清楚的效果。

陈漫云拿了纸笔，列出框架，在纸上写了个化学方程式，皱眉指着问："所以点燃条件下，氧气的氧化性不足以将硫氧化成三氧化硫中的六价硫，二氧化硫在高温高压催化剂的条件下才能生成三氧化硫？"

"对，"沈放舟点头，又补充道，"大部分时候是这样的。"

他低着头，给陈漫云对题目的答案。

陈漫云很聪明，是真正意义上的聪明，反应快，逻辑好，计算也很准确。

那是一种独特的能力，或者可以称之为数感。

但这也确实没什么好值得惊讶的，有些人天生就适合一些事情。

事实上，沈放舟的数感也不差。

沈放舟说的补课就真是补课，不带一点儿含糊，给陈漫云讲题的时候把题型归了类，总结了计算方法。

陈漫云拿红笔做了批注，她看着这份笔记，甚至觉得可以拿去出版，腰封上就写——淮大附中第一名酷哥沈放舟倾情力作，从头带你学高中化学。

再附上这位的证件照，一定大卖。

她摇了摇头，自己先觉得这想法很好笑。

认真的时候，时间过得格外快，陈漫云还在算量的浓度，沈放舟走到窗户附近，望向窗外。天已经黑了，沉沉的暮色压下来。

沈放舟走到书桌前的时候，陈漫云刚刚算完最后一个数值，恰巧抬起头。

时机太凑巧了，两人四目相对。

沈放舟是没什么文学素养的人，可此刻却偏偏想起一句来形容她的眼底——

遥遥星河欲坠。

陈漫云先没忍住，眨了眨眼。

"走吧，送你回去。"沈放舟晃神了片刻，直起身，摸了摸鼻子，打破尴尬地说道。

太晚了，更别提从这儿回去还得经过青石小巷。

高强度的学习让陈漫云没办法好好思考，她打了个哈欠，点点头，眨眼以后让眼睛湿润一些。她眼尾有些泛红，站起来把东西收进书包。

笔记本亮了接近四五个小时，沈放舟随手把它合起来，和陈漫云出了门。

淮市全年的温度都不算太低，但毕竟接近深秋，一出酒吧门，晚上的风还是带着凉意。

今天是周六，所以陈漫云没穿校服，她的衬衫薄，袖子被晚风吹得鼓起。

沈放舟走出去几步，发现陈漫云没跟上来，回过头才注意到她在淮市的夜色里弯着唇笑。

她声音很低地叫他："小船哥。"

"嗯。"

沈放舟抿唇，心里突然一软，他觉得这样好的气氛适合独处。

下一秒，他又觉得自己的想法荒诞得要命，荒诞之后是失落。他皱眉，觉得自己莫名其妙。

"那间酒吧，叫什么啊？"外面冷，陈漫云吸了吸鼻子，开口问道。

赵雾灵仔细回忆了好几天还是想不起来酒吧的名字，陈漫云对那间酒吧挺有好感的，也想知道到底叫什么。

"在人间。"

原来是问这个，沈放舟打了个哈欠，带着点倦意回答她。

在人间？

这名字挺好。

陈漫云快走了两步，笑着问道："是不是还有两家分店，分别叫'童年'和'我的大学'啊？"

"嗯？"

刚刚的神不守舍让沈放舟的反应变得略微迟钝了一些，他足足反应了好几秒才搞清楚陈漫云在说什么。

前苏联作家高尔基的自传体三部曲，名字就叫《童年》《在人间》《我的大学》。

沈放舟没忍住，眉眼低敛着笑了，他看着陈漫云的眼睛，几秒后又若无其事地移开眼神。

第二天傍晚，王川和赵毅杰来找沈放舟，李朝阳也在他们身侧，几个人凑在一起玩闹。

王川和赵毅杰勾肩搭背地聊天，不知道王川说了句什么，赵毅杰做了个"呕吐"的表情，语气暴躁地让王川去撞墙。

沈放舟没在意，进门以后找了个位置坐下。

李朝阳看了看沈放舟，又一个劲儿往沈放舟身后看。

"看什么？"沈放舟觉得奇怪，用鞋尖去踢李朝阳的椅子腿，发出沉闷的响声。

李朝阳讪讪地收回目光，问沈放舟：“沈哥，怎么没见陈漫云？”

“嗯？谁？”

沈放舟扬眉，侧了下头，不知道李朝阳在说谁。

随后，他就反应过来，皱了皱眉，开口解释：“她有事。”

王川刚才还在和赵毅杰打闹，听到这话表情就严肃起来，凑到沈放舟身边，义正词严地说：“沈哥，我警告你，我不许你玩弄花花妹妹的感情。”

经过这些天的相处，王川对陈漫云的印象可太好了，人漂亮，没架子，物理作业借得也爽快，上次杨程宇那件事完全是个乌龙，最重要的是陈漫云每天都给他点拼多多链接！

每天！

她是天使啊！

王川心中对陈漫云的怜惜和那为数不多的正义感压过了他对沈放舟的那点害怕，絮絮叨叨地说：“沈哥，你还不承认，你对她就是不一样。陈漫云说东你不往西，人家睡觉你遮太阳，她和杨程宇说句话你直接爆炸。”

王川说完默默翻了个白眼，他也是后来才反应过来，沈放舟那天的反应太奇怪了，不知道的还以为是什么痴情男配被辜负的狗血剧情呢。

“想什么呢？我和她是好朋友。”少年说着拿手揉了揉眉心，这话说出来以后自己先不信，随后又加重语气复述一遍，“好朋友，你们懂不懂？”

互帮互助好同桌，共同建设美丽中国的那种。

“得了吧，”王川用一种“你装什么”的眼神看着沈放舟，“行，不过也没事，您不是说追您的人从这儿排到哪儿来着？赵毅杰。”

“欧洲的大裂谷。”

赵毅杰憋着笑，看热闹不嫌事大地接话。

最后当然是他们俩被沈放舟赶出酒吧。他们两个倒也没生气，晃晃悠悠各回各家了。

当天晚上，沈放舟就被打脸了，因为他梦里依旧一片漆黑，感官都尽数失去，模糊间无法聚焦的视野里，陈漫云出现了。

她的眼睛好看，永远亮着，里面又有含着水雾的清透。她叫他的时候声音总是低的，让人想起梅雨季节的潮湿。

沈放舟猛然从床上坐起，大口喘气，额头上有细密的汗。他皱了皱眉，伸手把空调的温度又调低了些。

夜里寂静，万物无声，沈放舟突然想起来他第一次见陈漫云的时候，她在抛硬币，他没一见钟情，当时只觉得她幼稚。后来她转学了，小姑娘每天一脸颓废的样子挺特别的，让人不忍心，不想看她伤心。

沈放舟猛然醒悟，他后面做的所有事情都基于这个出发点，只是单纯的不想看她伤心。

她的眼睛好看，要笑起来才好看。

他伸手遮住眼睛，茫然了几分钟以后想起那个梦，他想骂脏话，又想问那个梦为什么突然停了。

隔着寂静长夜，少年第一次认清自己的内心。

生疏又热切。

没有缘由，他就是想对陈漫云好。

每周六补习两个小时，沈放舟会尽可能多地讲新内容。接下来的一周里，陈漫云会慢慢复盘讲的内容，还会做一些习题来巩固，第二天课间时沈放舟会给她批改和讲解。

陈漫云现在的化学任务轻松很多，因为沈放舟对化学的认识是成体系的，还知道不少应试技巧。

最普通不过的一个课间，陈漫云把做完的题递给沈放舟。

“这里不对。”沈放舟接过来，边看边转笔，片刻后用红笔在陈漫云的卷子上做了个标记，语气平稳地开口解释，“钠是活泼的金属，在常温下和氧气反应生成的是氧化钠，在加热和点燃的时候生成的才是过氧化钠。”

有点记混了，陈漫云点点头，表示自己知道了，就把卷子拿回来修改。

她改卷子时挺认真的，沈放舟侧头观察她，没说话，就静静地看了她好一会儿。

陈漫云改完的时候沈放舟还在出神，以至于没有第一时间注意到陈漫云叫他。

“小船哥，我觉得你最近……有点不对劲。”陈漫云顿了顿，迟疑地看了眼她的同桌。

沈放舟最近确实挺不对劲的，具体表现在有时候会莫名盯着某一块地方出神。

陈漫云蹙了蹙眉，语气抱歉地开口：“对不起，是不是最近帮我补课太累了？”

准备 PPT 和挑选题库都需要耗费挺多精力的。

陈漫云咬着唇，挺不好意思地提出建议：“要不还是我自己学吧。”

沈放舟其实没义务帮她补课的。

“没，不是。”沈放舟回过神来，伸出手抓了把自己的头发，开口，“没，别多想。”

陈漫云不太相信，看了一眼沈放舟倦怠的神色，补充道：“你最近状态好像不太好。”

陈漫云觉得自己已经说得够委婉了，沈放舟最近状态真的挺差的，好几次上课老师点他名字回答问题，这位哥都得反应好几秒。

“你刚刚走神了。”陈漫云又找到一个可以佐证她的话的理由。

“没，那是看你分不清金属的反应气的。”沈放舟摇摇头，声音有点闷地回答。

行吧。

当事人自己都否认了，陈漫云也就没在意，把错的那道题修改以后就拿着水杯出去接水。

每层楼的两边是热水器，每层楼中间空旷的地方挂了版面，上面写着每次考试的前五十名，版面是大红色，还贴心地配了每个人的大头照上去，照片下面还附着一行小字，美名其曰是榜样宣言。

离上课时间还有一会儿，陈漫云接完水以后也就放缓了脚步，在版面前站着看了一会儿。

版面贴得挺高，陈漫云从下往上看，大家的榜样宣言都挺正常的。

——长风破浪会有时，直挂云帆济沧海。

——天赋和努力缺一不可。

——永远保持谦虚和谨慎。

属于标准答案了。

陈漫云突然想起来上次考试第一名是她同桌，她还挺好奇的，于是继续往上看。

沈放舟还是上次那张证件照，白衬衫，毫无攻击性的少年长相。

第一名，高二（7）班沈放舟，总分 688 分。

陈漫云眼神下移，看沈放舟的宣言。

——不愧是我。

陈漫云觉得这句话字里行间就写着“没错，我沈放舟就是这么厉害”和“没想到吧，我可一点都不谦虚”。

言简意赅四个大字在一堆谦虚的学霸里特别突出。

不愧是你，沈放舟。

陈漫云自己都没发现自己笑了一下，眼睛弯起来，嘴角勾起弧度。

转身的时候，陈漫云没注意，不小心撞到旁边的人。她小声又急促地“啊”了一声，边说对不起边退开了几步。

退开的下一秒，陈漫云抬头，先觉得少年眼熟。

是那天她去给沈放舟买感冒药的时候碰到的那个社会哥。

陈漫云顿了几秒，觉得刚刚在版面上好像也见过他。

她蹙眉，转头看向红色的版面。沈放舟的旁边就是他，下面写着他的班级和姓名。

“许……慎。”陈漫云有些不确定地开口。

“好久不见。”许慎微笑着打破沉默。

陈漫云先不解地皱眉，张了张唇，没发声。

不是，哪来的好久不见？您忘了您一个月前搭讪被我拒绝？

“我们见过，在省集训队。”看清陈漫云的神色，许慎开口解释。

陈漫云是那一年物理竞赛的金牌，之后很顺利地拿到国家集训队的名额。许慎和她同一届，当时获得了二等奖。

“我不知道你在说什么。”陈漫云后退了一步，再抬头的时候很平静地开口。

“是吗？那可能是我认错了吧。”见她不承认，许慎也没有继续争辩。

许慎笑了，依旧是很冷漠的神态：“回见。”

陈漫云没搭话，抬手将耳边的头发捋到耳朵后面，匆匆忙忙离开。

许慎一直看着陈漫云走进七班的教室前门，脸上的笑容才慢慢消失，眼神转到红榜上沈放舟的照片上。

少年意气风发，笑得很肆意。

许慎校服里的指甲抠进掌心，挤压带来的疼痛让他麻木，他面无表情地松开手，掏出纸巾把血迹抹掉。

他想，谁是第一名还说不准呢。

放学后，陈漫云和李冉先离开教室，留下沈放舟和王川在教室里打游戏。

沈放舟没心思，赢了几局以后就把手机收回口袋，百无聊赖地转笔。

没人带他躺赢，王川也就没玩了，从书包里掏出他的那本《霸总追妻：总裁的邪魅娇妻》津津有味地看着。

沈放舟转了一会儿笔觉得无聊，扭头看了一眼王川的书。

英俊的男人痛苦地大喊了一声：“哦不——”

他话音还没落，众人就看到他迈着大步，把少女抱上镶满钻石的十六驱跑车，“咻”的一声，车子飞速往洛杉矶第一人民医院的方向驶去。

沈放舟眨了眨眼，怔了几秒……等等，刚才那是什么玩意儿？

镶满钻石的十六驱跑车和洛杉矶第一人民医院？

沈放舟头一次痛恨自己不是个文盲。他挑眉，握着那本书的书脊，对王川说：“王川，我觉得我得计划一下。”

他算是明白了，他花花妹妹还把他当好朋友呢。

王川仔细地把那本书收起，打了个哈欠听他沈哥说话。

沈放舟顿了一会儿，想了个主意，问王川：“你说我要是把陈漫云的理综补到 280 分，她会觉得我很好吗？”

理综拼死拼活只能考 170 分的王川破防了。

王川特别纠结地想了一会儿，似乎是在权衡利弊，过了一会儿又视死如归地开口：“沈哥，要不你给我补吧，我肯定觉得全世界你最好。”

只要他理综也能考 280 分。

王川看了一眼沈放舟嫌弃的神情，“嘿嘿”笑了两声：“开个玩笑……开个玩笑。”

说完，他稍微又坐直了一点，认真地和沈放舟分析：“沈哥，以我多年看小说的经验来看，花花妹妹可能不喜欢你这种的。”

太酷了，还自信到不行。

“那她欣赏哪种？”沈放舟神色懊恼，皱着眉问。

“我觉得啊，陈漫云很大概率上应该欣赏许慎那种，”王川顿了顿，掰着手指头给沈放舟分析，“你看啊，许慎长得好，学习优，待人还温和谦虚……”

王川越说越起劲。

沈放舟面无表情地听着，声音里带着寒意地提醒道：“你到底是谁的朋友？”

王川顿了顿，开口：“你的你的，来，把你手机拿来。”

沈放舟没搞懂王川要做什么，但还是掏出手机递给他。

王川利索地点开沈放舟和陈漫云的聊天框，噼里啪啦地按着打了一堆字。

打完以后，他自己先欣赏了一遍，过后又挺骄傲地给沈放舟展示。

沈放舟用一种地铁老人看手机的表情看了半天，迟疑地问王川：“你确定可以？”

王川：“你就说吧，你看的小说多还是我看过的多？”

于是放学路上，陈漫云收到了一条来自沈放舟的消息，手机“叮咚”响了一下，陈漫云还以为沈放舟有事，点开消息栏。

确实有事，沈放舟给她发了条短信。

FZ：云，想哥了没？

陈漫云有些不知所措地看着这条消息。

看吧，她就说沈放舟最近不对劲。

陈漫云最近都不太敢打开微信聊天框了，前有王川砍不完的拼多多链接，后有她同桌沈放舟各种奇奇怪怪的消息。

陈漫云除了第一次回了个猫猫震惊的表情包以外就没回了。

主要是不敢回。

她甚至都怀疑过沈放舟被盗号了，试探性地问那边要不要借钱，结果发那些奇奇怪怪消息的还真是沈放舟本人。

行吧，她同桌的爱好还挺独特。

周五下午，徐平峰把书费核对的签字名单送到班里让学生们传着填，这种一般都没什么问题，只要签个名字就好了。

表格从门口开始传，很快就到了陈漫云的前一排。沈放舟中午去操场打篮球，下午反而困了，趴在桌子上养神。

“我帮他签吧。”陈漫云抬头，朝前排同学笑了一下，就伸手把表格接过来。

高二上学期应缴书费：375.48元。

陈漫云确定没问题以后就把自己和沈放舟的名字都签上，继续传后面去了。

要不说今天事情多，下一秒，许慎悄无声息地出现在七班门口，朝她温和地招手：“陈漫云同学。”

许慎？他找自己干什么？

陈漫云疑惑地往外走，出去才知道许慎是要问她借物理答题卡。

“郑老师说你的思路很好，答题过程也很完整，让我学习一下。”他顿了一下，又问，“方便看一下你的答题卡吗？”

郑萍同时带着三班和七班的物理。

原来是为了这个，陈漫云点点头：“可以，我去取。”

随即，她就回到座位上去拿。

沈放舟现在习惯把椅子和后面蒋大南的桌子中间隔出一段距离，方便陈漫云进出。

她取了答题卡，走到门口递到许慎手上。

许慎接过来先道谢，接着状似不经意地问：“对了，你和沈放舟是同桌？”

“嗯，有什么事吗？”陈漫云问。

许慎低头，若有所思地盯着手里的答题卡，再抬头的时候对陈漫云说：“没事，随便问问，谢谢了，我先回去上课，看完以后还给你。”

陈漫云看着许慎的背影皱眉，她觉得许慎有点奇怪，可又说不上来具体的，只能摇摇头，觉得自己最近确实有些过于敏感了。

她转回头才发现沈放舟醒了，也是，快下午六点了，再睡也实在说不过去了。

沈放舟是在刚刚许慎来找陈漫云的时候醒的，反应了一会儿，活动了一下，随便抓了一颗薄荷糖塞进嘴里抿着，勉强可以提神。

他眼神没躲闪，直勾勾看着陈漫云。

郑萍这节课有些事情，安排了他们自己小组讨论昨天布置的卷子。

陈漫云和沈放舟转到后面和王川、蒋大南一起讨论。

一个组四个人，陈漫云和沈放舟对了答案以后都没什么问题，她抬头看着王川和蒋大南，试探地开口：“咱们要讨论题吗？”

也许可以讨论一下不会的题，小组成员互帮互助一下。

陈漫云是这么想的。

王川和蒋大南先后从各自的桌兜里找出已经被揉得皱巴巴的空白物理卷子。

蒋大南的那张卷子甚至破了一个洞。

王川讪讪地朝陈漫云笑了一下，开口：“不用不用，你和沈哥讨论就行，我俩摸会儿鱼。”

行吧，陈漫云觉得这结果意料之外，情理之中。

班里都还在热烈地讨论着，她也就没转回去，下巴轻轻垫在自己胳膊上，盯着自己的物理卷子。

沈放舟也没什么事干，过了一会儿才像想起来什么似的，问陈漫云：“刚刚那个小白脸找你干什么？”

他的声音还有些沙哑，伴随着淡淡的薄荷糖的味道。

陈漫云直起身子，皱眉想着他嘴里的“小白脸”是谁，过了好一会儿才反应过来：“什么小白脸？人家有名字，叫许慎。”

“哦，行……”沈放舟点点头，又接着问，“那个许小白脸找你干什么？”

陈漫云被他弄到没脾气，也懒得纠正他了，安安分分回答：“他想借我的物理答题卡。”

“你借给他了？”沈放舟挑眉问。

陈漫云点点头，“嗯”了一声。

这话问得挺奇怪，她干吗不借？

“行，”沈放舟咬着牙点了点头，然后语气不满地问陈漫云，“昨天晚上问我题问到半夜，今天来了就借给他答题卡是吧？”

陈漫云突然就惊住了。

这语气，怎么这么委屈呢。

陈漫云甚至脑补了一个小人——叉着腰的沈放舟骂骂咧咧甚至还有点委屈地开口：“坏女人，我天天熬夜给你补化学，结果你转头借给别人答题卡，你对得起我对咱们这个家的辛勤付出吗？”

陈漫云抿唇，觉得这个场面还挺惊悚的，忍不住笑了一下。

她整理了一下这段话的逻辑，郑萍是三班和七班的物理老师，出于某种原因让许慎来借她的答题卡，许慎来借，她把答题卡借了出去。

整个过程都挺正常的吧？

陈漫云蹙眉，解释：“郑老师让他来的，我总不好意思不借。”

这个理由勉强可以说服沈放舟，他点了点头，起身收拾书包，这节课本来是物理课，下节是自习，倒是没有老师看着。

沈放舟本来没打算逃课的，但是李朝阳发消息说他们等一会儿要去商场附近，那地方挺远的，去一趟得两个小时，不然李朝阳也不至于还没到放学时间就逃课。

沈放舟一开始确实没打算去，发了条消息拒绝了，过了一会儿又想起来个事情，敲字问李朝阳。

FZ：那个商场是不是离淮市书店很近？

李朝阳：好像吧，我也没太注意，不过那个书店里面都是一堆学术书。

李朝阳还以为沈放舟是要买习题，提醒了一句。

沈放舟点了点头。

FZ：我也去，校门口等我一下。

他动作幅度挺大的，陈漫云蹙眉，问道：“小船哥，你不继续上自习了？”

沈放舟点了点头：“我有事。”

他没说具体什么事，陈漫云也就没多追问，转了个话题问他：“那老徐来了问你怎么办？”

沈放舟挑眉，觉得小姑娘确实是在真情实感地替他担心，笑了笑：“没事，你就说我逃课了。”

诚实守信沈放舟。

她还想着要不要扯一个沈放舟被奥特曼抓走或者是参加拯救火星计划的谎呢。

周六下午照例是补习，沈放舟已经讲到金属的化合物了。陈漫云做了个思维导图，结果被沈放舟挑出来逻辑有点小问题。

她把 A4 纸折起来放到化学书里。

讲完例题以后，沈放舟去给笔记本充电，陈漫云的视线在房间角落的乐高模型上停了一下。

是一架飞机模型，应该是纪念款，因为她看到上面有五角星标志，尾翼的角度倾斜了，她起身，把飞机的尾翼扶正。

沈放舟出来的时候就看到她站在模型前，眼神很专注。

陈漫云做什么都这样，哪怕是学最枯燥的生物她都能认认真真地做笔记。

陈漫云活动了一下手腕，转头看见沈放舟，笑着开口："小船哥，我昨天晚上梦见你了。"

因为光影打在她侧脸，她给人的感觉很温柔。

沈放舟先怔了一下，觉得心跳漏了好几拍，过了几秒才若无其事地开口："梦见什么了？"

"我梦见你一直追着我，还逼我写苯环的结构式。"

说到这儿，陈漫云的声音里都带着委屈，是真的有点恐怖，关键是梦里的沈放舟看起来还挺偏执的，她忘记反应物以后还被他打了手心。

"哦。"过了几秒，沈放舟不可置信地开口询问，"就梦见这个？"

陈漫云咽了咽口水，补充："你还逼着我写过氧化钠的反应式。"

沈放舟扭头看着陈漫云，和她坐同桌久了，所以沈放舟也大概了解她，单纯，是真的单纯，看谁都带善意，喜欢航空，有时候会在自习课上看飞行器制造的书。

纯粹又温柔。

所以这是第一次，他面对陈漫云的时候有一种无力感。

不是，妹妹，你还真就把我当好朋友了啊？

就……其实我也没那么好心，你知道吧？

沈放舟转头的时候看到陈漫云的眼睛，她有一双动人的眼睛，永远有水雾，笑的时候会弯起来。

他许久没出声，陈漫云抬头看着他："小船哥，怎么了？"

"没，送你回去。"

他突然什么话都说不出来了。

喜欢的时候一定是小心翼翼的，因为情绪被她左右，因为害怕她后退，连光明正大的理由都失去了。

用来放电脑的那间房光线本来就不太好，沈放舟和陈漫云走出酒吧之后才发现外面天阴着，水汽漂浮在空中。

陈漫云穿得薄，身体轻微地颤了一下，抬头看着外面阴沉的天。

下一秒暴雨如注，雨水混着风刮过来，还带着些许寒意，空中偶尔滚落惊雷。很闷的雷声在空中响起，陈漫云后退了几步，在酒吧的屋檐下躲雨。

“是台风天。”沈放舟掏出手机看了一眼，上面明晃晃写着黄色预警。

淮市的台风天，往往是暴雨和狂风的主导。

沈放舟捏着手机，突然笑了一下，转头对着陈漫云说：“每次见你，淮市都会下雨。”

上次在便利店的门外见到陈漫云，也是一个雨天。

那会儿她低敛着眉眼，在雨雾里让人心动。

陈漫云低着头看自己的鞋尖，似乎也想起来上次的见面，声音慢悠悠的：“是啊，每次都会下雨。”

台风天，网约车都不接单，陈漫云握着手机看了半天，扭头问沈放舟：“有伞吗？”

沈放舟顿了顿，特别笃定地开口：“没有。”

不知道，没见过伞长什么样。

陈漫云倒是没怀疑，失落地点点头，就往酒吧里走去。

看来还得再待一会儿。

酒吧叫“在人间”是沈南城起的名，他年轻时在珠三角闯荡，人生最风光的时候一掷千金，后来回到他从小生活的故乡开了间酒吧，养了个便宜侄子。

平凡到泯然众人矣，所以给酒吧起名“在人间”。

此时接近下午六点，因为台风天，所以顾客并不多，酒吧的女主唱声线很有磁性，伴着吉他的弦乐，低低唱着——

“所有心动都迟缓慢半拍，该怎么开口诉说我的爱……”

沈放舟和陈漫云进门时刚好听到这一句。沈放舟抬头，看了一眼女主唱。

唱得挺好，因为他现在就这么想的。

空气里浮动着酒精的味道，沈放舟带着陈漫云上了二楼的休息室，补完课就没什么事了。

沈放舟扭头，看见陈漫云闷闷不乐的样子，猜想可能是因为台风天。

他最近很喜欢偷偷看她，所以发现她的好多小动作——笑的时候眼睛会弯起来，不高兴的时候会抿唇，做题的时候喜欢偷偷捏书页的折角。

他无知无觉地笑了一声，其实他柜子里有伞。

但没告诉她。

沈放舟笑了笑，从旁边的酒柜里拿了饮料和玻璃杯。瓶身上都是洋文，沈放舟看了半天没看懂，凭直觉这是瓶果味饮料。

他没收着劲，玻璃制的饮料瓶碰在茶几上，发出清脆的响声。他在茶几旁边的卡座上坐下后，手握着玻璃杯，转头哑着声音问旁边的少女："陈漫云，你有没有做过什么出格的事？"

这好像是沈放舟第一次认真地叫她的名字，陈漫云怔了一下，就陷入回忆。

出格的事？

那是某个平平无奇的周日，陈漫云在省里的竞赛中拿了金牌，集训队的老师准备举荐这个得意门生参加国家集训队，那是更大的物理竞赛平台，如果顺利，陈漫云将参加下一届的国际物理奥林匹克竞赛。

陈漫云现在还记得自己当时的心情——阴天在她看来都觉得可爱，她拿着家长同意书兴冲冲地跑回去找云珊签字。

家里一片狼藉，描绘着精致花纹的瓷花瓶碎了满地，她在书房找到独自坐着的云珊，小心翼翼地开口："我们教练说我的成绩可以去国家集训队，过段时间会有个大学教授来指导我们。

"妈，我还挺想参加的……"

话说到后面，陈漫云的声音越来越低，捏着那张家长同意书垂头看地面。

云珊眼尾有些红，但没有流泪，她刚和陈京吵了一架，双方都闹得很不愉快。云珊整理了一下自己的衣领，睨了陈漫云一眼，疲惫地开口："陈漫云，你能不能懂事一点？"

陈漫云不解地抬头，薄薄的纸捏在手里。

云珊叹了口气，从陈漫云手中接过那张纸。

陈漫云还以为云珊是要签字，扬着笑脸："谢谢妈……"

陈漫云的话音还没落，云珊就把纸对折起来，指节用力，撕碎，顺手扔进桌上的烟灰缸里，她甚至没有看一眼上面的字。

"妈？"

陈漫云不可置信地抬眸，却只看到云珊冷漠的神态和眉间的倦意。

云珊有点想不明白，她和陈京都不算笨，为什么会生出陈漫云这种不分主次的蠢货，于是再次开口带着点警告的意味："陈漫云，不要把时间浪费在这些没用的东西上面，告诉我，你的雅思复习得怎么样了？"

她不介意陈漫云对物理和航空感兴趣，却反对陈漫云把这当作一生的事业。

陈漫云怔在原地，不知道如何回答。

没用的东西?

她母亲居然这样称呼她的梦想。

陈漫云跑出院子门的时候腿都是软的，红着眼去找了杨程宇。

淮市南郊有一段公路没有限速，杨程宇有驾照，把车开到一百八十迈，陈漫云系着安全带从副驾驶往外看，江景、大桥、轮渡，全都在她眼前飞快地掠过。

最好，车在尽头处停下，因为车速太快，让人觉得有些天旋地转，陈漫云解开安全带踉踉跄跄下了车。她穿的裤子，不怕脏，就随意坐在旁边的台阶上，腿屈起来，双手抱着膝盖。

过了好一会儿，陈漫云抬头，哽咽着和杨程宇说话："我不想出国。"

云珊对陈漫云的人生规划是出国镀金，念商科，回国以后接手她的公司。

但对于陈漫云来说，大洋彼岸的一切都是陌生的。

她想留在国内，想学航空，想看着她参与设计制造的航空器飞进浩瀚的星河宇宙。

可没有人在乎她的想法，在陈京和云珊破裂的婚姻里，她也像别墅里被他们摔成碎片的瓷器。

杨程宇沉默地看了陈漫云半晌，声音里也掺了凉意，安慰她："这是没有办法的事。"

陈漫云十五岁就拥有直升机，杨程宇有好几辆挂着吉利数字车牌号的跑车。

所有命运的赠予，也是会在暗处缓缓收束的绳索。

那件事最后的结局是他们又打印了一张家长同意书，杨程宇骂骂咧咧给她签的名。

龙飞凤舞的，看起来挺像那么回事。据杨程宇说，他从初中就开始给他自己和赵雾灵签家长的名字，有丰富的造假经验。

沈放舟又低低唤了陈漫云一声。

陈漫云这才收回思绪，有些茫然地看着沈放舟。

那是一种很懵懂的眼神，像是被猎人逼上绝境的小兔子，惶惶然不知道自己做错了什么的迷茫。

沈放舟真不知道陈漫云哪儿来这本事，她看你一眼，你就觉得拿命奉陪也无所谓，只想要她快乐，要她永远快乐。

陈漫云没说话，因为沈放舟先笑了：“我猜你肯定没做过。”

陈漫云蒙蒙地抬头，问他：“为什么？”

沈放舟直视着她：“因为你好乖。”

这句话没让陈漫云开心，她吸了吸鼻子，手托着下巴，声音很闷地开口：“我一点都不想当个乖小孩。”

沈放舟：“那就不要当，你不用当别人的乖小孩。”

陈漫云，你不必事事合别人心意。

是一种很纵容的口气。

陈漫云被这种温柔蛊惑，像受到鼓励一样开口：“小船哥，我也不想参加物理竞赛了。”

她的热爱只对于航空，但包括郑萍在内的所有人都认为她应该去参加物理竞赛，她曾经在那里难逢敌手，物理竞赛联会的主席亲自为她颁发金牌。

人们曾经用天才少女去形容她，后来也失望地说这是一场“伤仲永”。

陈漫云现在想起来都觉得可笑，所以宁愿付出更多的精力去慢慢补起落下的化学、生物，也不愿意再去参加物理竞赛。

沈放舟半晌没说话，片刻后开口：“你快乐吗？”

陈漫云没听懂：“什么？”

“不参加物理竞赛，你会快乐吗？”他语气放得很轻，更像在哄小朋友。

很久没有人问过陈漫云这个问题了，她蹙眉，沉默了几秒后点了点头。

沈放舟反而笑了，告诉她：“那就不要参加。”

简洁有力的回答，像是没考虑任何附加条件。

沈放舟像是想起什么，起身，几分钟后拿着一本很厚的书回来，塞进陈漫云怀里。

陈漫云先怔了几秒，然后才从怀里拿出那本书，白色的封皮，很厚，精装的版本。

《航天器的总体设计》。

陈漫云看清书名以后惊讶地抬头，看向沈放舟：“你怎么知道……”

她最近确实在找这本书，但是最新版一直没有在网上发售，她的购物软件界面总是停在那本书的详情页。她查到卖这本书最近的书店在很远的工具书书店，她一直没时间去。

沈放舟……怎么知道？

沈放舟笑了，很得意地挑眉，没正面回答她：“因为你沈哥厉害，就是什么都知道。”

不可一世的语气。

那家书店确实很远，他和李朝阳他们倒了四五次地铁，到了地方以后其他人去商场，沈放舟径直走向书店。

可能由于卖的书的种类的原因，书店挺冷清的，没多少人。

“哎哟，小伙子了不得了，年纪轻轻能看懂这种书了。”帮忙找书的售货员工作挺清闲，找到书以后和沈放舟搭话。

“不是我，是我同桌。”沈放舟又确认了一遍书名，去前台结账，扭头很认真地和售货员强调，“将来太空里会有她设计的航空器的。”

声音不算高，但是很坚定。

售货员没在意，她觉得普通人哪能设计得了飞行器啊，现在的小年轻不学好，净说瞎话。

沈放舟顿了顿，重复了一遍：“真的。”

随后他就结账离开了。

陈漫云握着书，沉默着没说话。

她不知道该说什么。

房间里橘色的灯光洒下来，昏黄又暧昧。

沈放舟直起身，他大概是想摸摸陈漫云的头，手却在快碰到少女的时候垂下来，堪堪擦过她的发丝。

他声音很低，告诉她：“我希望你开心一点。”

陈漫云，不管怎样，我希望你快乐。

陈漫云很缓慢地眨眼，握着那本书的手指慢慢收紧，直到指节都泛白。

外面暴雨如注，闷雷声偶尔响起，房间里昏暗又冷清，所有感官都被暂时封闭，陈漫云只能听到他说的话。

——“我希望你开心一点。”

为什么会想流眼泪呢？因为陈京和云珊希望她出国，杨程宇告诉她很多东西是需要用妥协来换的，郑萍和徐平峰希望她可以参加竞赛，给淮大附中带来荣誉。只有沈放舟希望她快乐。

时间的界定变得不清晰起来，混着外面的雨声，房间里反而是寂静的。

陈漫云仰头，很认真地看着沈放舟。

她突然记起来，中考结束后的那个暑假，她去看淮市支流的入海处，表面平静而宽阔，而在表象之下，暗潮涌动，万物生生不息。

就像沈放舟。

他永远让人想起积极的事物，想起不会有风雨的盛夏，想起淮市的每一个好天气。

那本《航天器的总体设计》被陈漫云抱在怀里，她手指在上面无意识地摩挲，开口唤沈放舟。

“小船哥。”

少女的声音很轻柔，区别于沈放舟的沙哑。

不带任何意味，陈漫云突然就想叫叫他。

沈放舟终于靠近她，手臂擦过她的发丝。

发丝不够有自知之明，若有似无地勾着少年。

沈放舟看着陈漫云，片刻后声音很低地“嗯”了一声。

少年温热的气息洒在陈漫云的脖颈，她本能地感觉到很细密的痒意，脖颈无意识地颤了一下，她突然觉得心也很痒，像有人在胸腔里面放烟花。

陈漫云不敢抬头看他，手指扣着书的边缘，身子慢慢后退。

多么庆幸心跳无声，不然一定无处隐藏。

不知道气氛是什么时候开始变化的，总之，好像有点暧昧。

顿了一会儿，她重新开口，很糟糕地转移话题：“外面……雨好像停了。”

沈放舟抿了抿唇，看了陈漫云一眼：“我去看看。”

他起身，离开卡座。

陈漫云呼出一口气，额头有细汗，她用手背擦去，握着书脊的手慢慢放松，背靠在卡座上，觉得自己有点透不过气来。

她疑心有人抽光了房间里的氧气，让她不能呼吸。

沈放舟从外面回来时，看到的就是陈漫云神情茫然地看着手上的那本书，他晃了晃手机，说：“给你叫了辆网约车。”

“好，谢谢。”

陈漫云握着书站起来，走到沈放舟身边时又轻声说了一声“谢谢”。

她突然意识到，似乎从她认识沈放舟开始，她就一直在麻烦他。

陈漫云吸了吸鼻子，看着手里的书，问他：“我转给你好不好？”

她是指买书的钱。

沈放舟没在意，随口回道：“再说吧。”

这个“再说吧”有很多意思，但很大概率就像沈放舟每次买给她的旺仔牛奶，转了沈放舟也不会收。

两个人并肩走出酒吧，站在酒吧前的台阶上等车。沈放舟没说话，陈漫云在想刚才的奇怪气氛。

网约车师傅把车开进巷子，在夜色里按了一声车喇叭，陈漫云抿唇，和沈放舟告别。

“那，周一见。”

“周一见。”

沈放舟笑了笑，回她。

这次的司机话不算多，和陈漫云确定了目的地以后就安静地开车。

车里很安静，所以陈漫云想起刚刚在酒吧的那一幕，她有些疑惑，为什么会心跳加速呢？

她蹙眉，转头看向车窗外的景色。天是灰的，再加上雨刚刚停，车上行人很少，稀稀落落的影子慢慢消失在她的视野里。

先是闪电，让天空一瞬间亮如白昼，然后是震耳欲聋轰隆隆的雷声。

陈漫云没在意，车里太昏暗，她低头看了一眼手机屏幕，19 点 56 分。

下一秒，沈放舟的电话打过来。

陈漫云蹙眉，以为是自己忘记了什么东西。

“喂。”

沈放舟那边很安静，陈漫云猜想他应该已经回房间了。

沈放舟问：“陈漫云，你怕雷声吗？”

“还好。”

陈漫云对这些自然现象没什么特别的感觉。

沉默了几分钟以后，两个人谁也没有先挂断电话。

陈漫云抿了抿唇，说：“小船哥，我不怕的。”

不用担心我。

沈放舟顿了顿，开口：“哦，我怕，所以你不许挂。”

第二天是周日，所以沈放舟没打算回淮大附中附近的房子，确认陈漫云安全到家以后，他就把电话挂了。

沈南城像花蝴蝶一样在外面飞了两天，和别人喝酒的时候才突然想起来自己有个侄子，心血来潮想回酒吧看看。

沈南城按响门铃的时候沈放舟才刚洗完澡，他裹着浴巾给沈南城开门。

沈南城神色看着挺冷的，先看了沈放舟的下半身一眼，有点神经质地往里面探头，冷笑着问道：“别告诉我还有别人在里面。”

“没，我刚洗了个澡而已。”沈放舟有点无奈地解释。

他从浴室出来，头发还湿着，偶尔往下滴一两滴水珠。他不懂沈南城在发什么癫，把门又打开了些，侧身让沈南城进来。

沈南城平常周末不会来酒吧的，所以沈放舟也有点疑惑，总不能是他叔叔突然醒悟，要和他联络那几乎可以算是没有的叔侄情吧？

下一秒沈南城就为他揭示了答案。

叔侄情是肯定不会有的，想都不要想。

“听阿杰说，你今天带了个小姑娘来？”沈南城坐在客厅的沙发上，左顾右盼地张望，确定没有第三个人的身影后才放心，脸色稍微好看了点，抬头看着沈放舟，“你同学？”

沈放舟“嗯”了一声，补充道：“我同桌。

“之前和你说过的，我给她补化学。”

沈南城点点头，“噢”了一声，音调拖得长长的。

“是不是那个温什么来着？温佳怡？”沈南城总算想起来这个名字。

他还记得那是一个雨夜，沈放舟从一群小混混里面救出来一个小姑娘。

他记得那个小姑娘就叫温佳怡。

沈放舟摇头，说：“不是。”

沈南城点点头，没在意。事实上，他对这个侄子也没有多上心，只是今天听阿杰说起来，才准备过来看看。

前情场浪子，现男德大师沈南城觉得沈放舟现在很迷茫，非常需要长辈的贴心引导。

于是，十六岁就辍学的半文盲兼街溜子沈南城沉吟了片刻，语重心长地开口：“你这个年纪，还是应该以学业为重。”

沈放舟沉默了。

所以你为什么十六岁辍学呢？

是因为不喜欢吗？

沈放舟拿了条毛巾擦干额头的湿发，他明白了，下午的时候陈漫云在，阿杰估计误会了，告诉了沈南城。

后来把事情解释清楚以后，沈放舟抬头：“还有事？”

没事可以走了。

周一，徐平峰觉得自己被骗了，因为沈放舟那兔崽子明明答应了帮他劝劝陈漫云，结果这件事弄了半天，好苗子陈漫云还是没去物理竞赛。

刚去了一趟物理办公室被郑萍批评了一顿成事不足败事有余的徐平峰叹了口气，心里想着骂他也没用啊。

他优哉游哉迈着步子到了七班门口，班里照例是乱作一团。

徐平峰觉得自己真是命苦，还没进门就看到个女学生站在门口鬼鬼祟祟地往里看。

他眯着眼睛看了会儿，终于认出来了，开口问道：“哎，温佳怡，你在这儿干吗呢？”

温佳怡以前也是七班的学生，徐平峰看见她就头疼。这些十七八岁的孩子，心里藏不住事儿。

徐平峰“啧”了一声，笑眯眯地看着温佳怡，开玩笑地说：“咋的，来看沈放舟啊？”

温佳怡被吓了一跳，嗔怪地看了徐平峰一眼，也听出来他在打趣，开口解释：“没，老师，您放心，我不是来找沈放舟的。”

温佳怡是来找陈漫云的，上次国庆假期结束，她拿保温桶装了黄豆猪蹄汤来了学校，结果陈漫云的脚伤已经好了。

已经好了……

温佳怡被这个发展震惊了，没办法，自己把黄豆猪蹄汤喝了。

今天下午她爸爸开车送她，就绕了一截路去买了两杯奶茶。

“哟，这是送给谁的？”徐平峰也发现了，盯着温佳怡手上的奶茶问道。

温佳怡在这儿站了半天都不好意思喊陈漫云出来，此时灵机一动，把奶茶塞进徐平峰手里：“老师，我都说了我真不是来找沈放舟的。喏，你帮我把这杯奶茶给陈漫云好不好？”

啥玩意儿？

温佳怡给陈漫云送奶茶？

她俩什么时候认识的？

徐平峰皱着眉头想了半天也没想明白。

温佳怡已经高兴地说“谢谢老师”了，走之前她顿了一下，看了眼徐平峰稀疏的头发和岌岌可危的发际线，憋着笑开口：“我先走了啊，老师，您没事就多喝点芝麻糊吧。”

“嘿，你这孩子，说这些干什么？”徐平峰问。

“喝芝麻糊长头发。老师，您看您这发际线……”温佳怡犹豫了半天，看着徐平峰的头发开口。

徐平峰是教英语的，按理说怎么也不该秃成这个样子。

“去去去，回你们班去。”徐平峰的脸一下子拉得老长，这孩子，还学文科呢，这么不会说话。

气死他了。

温佳怡甩着马尾利索地离开。

徐平峰被气得够呛，随便找了个在门口坐着的同学，让他把那杯奶茶传给陈漫云。

“给我的？”陈漫云握着奶茶，不解地皱眉，扭头问沈放舟，“小船哥，你给我买的吗？”

“不是。”沈放舟挑眉。

陈漫云低头，发现奶茶杯子上原本贴着商品标签的地方被人修改过，奶茶名字的地方用娟秀的字迹写着——

芋泥啵啵对不起奶茶。

陈漫云笑了一下，知道是谁了。她从包装袋里面取出纸吸管，用了点力气戳进去，她还在做化学题，就把奶茶放在一边，偶尔才会拿起来喝一口。

沈放舟做完了题，在座位上转笔。

徐平峰没进教室，在窗边默默观察，下一秒就看到他们班的第一名看着人家小姑娘喝奶茶，笑得跟个二傻子一样。

和以前那个冷着一张脸的少年完全不一样。

“来，沈放舟，你和我出来一下。”徐平峰从门框附近探出头，笑呵呵地招手，心里想着，业务来了。

办公室里，穿着校服的少年规规矩矩地站着。

沈放舟周日的时候刚去理过头发，发型很清爽，眉眼在下午的阳光里低敛着，很认真地听徐平峰讲话。

看着倒挺乖。

徐平峰冷哼了一声：“来，沈放舟，你告诉老师，那天不是说帮我劝陈漫云吗？你劝说的成果就是这？”

完全没成功，陈漫云第二次拒绝的时候甚至更坚定了一点，害得郑萍对他也颇有怨言。

沈放舟怔了怔，语气委屈地开口：“天地良心，我可认真完成您交给我的任务了。”

沈放舟说鬼话说得一套又一套，徐平峰听着的版本里，这位哥为了劝陈漫云参加物理竞赛就差给陈漫云跪下磕头了。

徐平峰听得都有点内疚了，在心里默默想了一下叛逆少年沈放舟为了完成他的任务对着自己同桌低声下气的样子，语气多少缓和了一点：“行了行了，老师知道你尽力了。”

“唉，这种事情还是得尊重陈漫云自己的意见，你也不要有太大压力。”徐平峰甚至在想自己是不是太过分了，还抽出空来安慰沈放舟。

徐平峰看不见的角度，沈放舟笑了一下。

他再抬头的时候特别严肃地点头，附和道：“对对对，老师您说得太对了，您不愧是老师，格局真的太大了。真正的好老师就应该这样，以人为本，因材施教。真的，您这个教育已经唤醒我的灵魂了。”

徐平峰笑眯眯地点头，在赞美里迷失了自我。

又和沈放舟闲扯了足足十分钟后，徐平峰才反应过来：不对，我找沈放舟不是因为这个……

徐平峰凭借自己的自制力努力在赞美中保持清醒，端起水杯来喝了口水，末了咳嗽了一声，问：“沈放舟，你们这个年龄哈，对异性有好感是很正常的，但是哈，但是，现阶段还是学习为重，有的想法吧，它目前影响学习。”

沈放舟顿了顿，若无其事地镇静开口：“什么想法？我没有别的想法。”

徐平峰叹了口气：“这样吧，这不马上就要期中考了吗，考完换座位，不能再坐一起了啊。”

沈放舟听到“换座位”那几个字，嘴角的弧度就迅速变平了。

空气突然变得很安静。

少年沉默了几秒后开口：“老师，您觉得陈漫云聪明不聪明？”

“聪明啊。”

这不废话吗？淮大附中聪明的学生不算少，有几个能在物理竞赛中拿奖牌的？许慎当初那么被看好，最后也只不过得了二等奖而已。

说到底，学霸和天才还是有区别的。

沈放舟顿了顿：“这么好的苗子因为偏科没考上好学校，老师您不会痛心吗？”

刚刚被沈放舟狂吹了一通的人类心灵的工程师、辛勤的教育家徐平峰，就这样被道德绑架了。

徐平峰沉思了几秒，反应过来：“对哦。”

他点点头，确实，同桌之间应该互补，下次给陈漫云找一个化学好的，学习委员和李冉的化学好像都不错……

沈放舟冷不丁地开口："哎，老师，上次那个化学竞赛谁是一等奖来着？"

少年说着，特别阳光地笑了一下。

徐平峰不解：化学竞赛一等奖不是你自己吗？你忘了？

"啧……"徐平峰一拍脑袋，自己居然忘了七班化学最好的就在他面前站着。

他看着沈放舟，语气带着点商量的意味："这个……沈放舟啊，你能不能帮陈漫云补补化学啊？"

徐平峰是这么想的，陈漫云偏科，沈放舟也偏科，还正好偏得不一样，这不明显可以互帮互助吗？

沈放舟顿了顿，语气特别哀怨地开口："我倒是想帮，可您一口一个'我有别的想法'。"

沈放舟神情坦荡，语气甚至还有点委屈。

徐平峰都有点怀疑自己了，想着难道是自己思想太不纯洁了？

"你和陈漫云……真没？"徐平峰又拿起茶杯喝了一口水，狐疑地开口。

沈放舟解释："老师，我不骗您，您看看下次期中考的成绩就知道了。"

这倒是真的，成绩骗不了人。

徐平峰手指在自己办公桌上的台案敲了半天，最终说："行，那就先不把你俩调开了，你给陈漫云补补化学，用心点哈。"

沈放舟"嗯"了一声，语气为难地开口："老师，这个补课吧，需要场地。"

化学和生物的知识点太多了，不能只指望每周六那两个小时。

徐平峰"啧"了一声，想着办法总比困难多啊。

他扶着桌椅往后退，又从桌子抽屉里拿出来一串钥匙，递给沈放舟："这还不简单？喏，四楼上面有间空教室，你平常放了学要是不忙，就和陈漫云上去补补课。"

沈放舟装作为难地点了点头，勉强回应道："行吧。"

徐平峰叹了口气，站起来拍了拍沈放舟的肩："辛苦你了。"

徐平峰满意得一直点头，很感慨地对着沈放舟回忆青春："有时候老师看你就像看到以前的我啊。唉……"

沈放舟挑眉："嗯？"

"老师年轻的时候也和你一样，又高又帅，成绩好，还乐于助人。"

少年顿了顿，开口："是吗？"

沈放舟笑了一下，附和道："以前真是没看出来啊。"

没看出来，老师，你年轻时候也是普信男啊。

下午，沈放舟和陈漫云一起放学，他们走得有些迟，楼道里已经没什么人了，夕阳透过云雾洒向人间，被楼道的栏杆分割成不规则的形状。

陈漫云扭头看栏杆下面，有人在楼下打闹，太阳让一切有了影子，此刻大家平等地拥有片刻温暖与阴影。

人声鼎沸的热闹和最平常的烟火气一起让她感觉安心。

陈漫云回头，语气很轻地开口："今天下午，老徐叫你出去说什么了啊？"

"没说什么。"沈放舟没在意，看着陈漫云的发顶。

陈漫云吸了吸鼻子，问："我听他们说，你和老徐在办公室谈了挺久的。"

"嗯，想知道？"沈放舟把右手揣进校服口袋，"真没什么事啊！陈漫云，明天把生物必修一也带上。"

明天又不是周六，陈漫云疑惑地抬头。

沈放舟在夕阳里看着她笑，光影浪漫又温柔。沈放舟掏出钥匙，金属制的钥匙在夕阳下泛着温暖的光，陈漫云听到钥匙碰撞而拥有的清脆响声。

沈放舟逆着夕阳的温柔和赤橘色的霞光，看着她慢慢开口："妹妹，没看出来啊，咱俩可以公费……补课了。"

很多年后，陈漫云回忆起这一幕就会想：都怪夕阳天，光影温柔，少年清朗，让她心动好多年。

第五章

浪漫第一名

淮大附中前几年新修了几栋教学楼，学校领导为了管理方便，干脆安排一个年级在一栋楼，互不干扰。

所以高二这栋的四楼有空的教室可以让沈放舟和陈漫云用来补课。

教室是沈放舟收拾出来的，这里以前应该是老师们的办公室，桌子很宽阔。

陈漫云坐在桌子前看生物书，她的习惯是先仔仔细细地通读一遍，边看边做笔记，有什么不懂的再问沈放舟，然后再做题。

陈漫云在看书，沈放舟则在旁边的椅子上坐着，他抽空把英语的阅读理解做完，又对了答案。手机一直是静音状态，沈放舟随便一瞥，发现李朝阳发的消息。

李朝阳：沈哥，在哪儿呢？出来打球。

沈放舟的食指在手机屏幕上轻轻敲了几下，抬头看了一眼旁边握着笔的陈漫云，面色平静地回复。

FZ：不去，在学习。

言简意赅。

篮球场旁边，李朝阳捏着手机傻眼了：别人说要学习我也就信了，大哥您每天酷成那个样子，放学时间说要好好学习，谁信啊？

李朝阳嗤笑了一声，不乐意地转头，开口和王川抱怨：“沈哥最近怎么回事啊？怎么，考了个第一名有偶像包袱了？”

放学时间还在这儿立勤奋学霸的人设呢。

王川神情纠结地和李朝阳解释：“不是，他最近在给陈漫云补课，老徐给他们在四楼弄了个空教室，他们在上面……公费补课呢。”

王川说着，用手指了下教学楼的方向。

李朝阳惊呆了：“啊！”

沈放舟那种酷哥会给别人补课？

陈漫云一开始确实是在认真研读生物书的，但当她看到生物书遗传那一章后面的知识拓展上面写着：

> 在实验室，白色果蝇临死前抖擞精神，与一只红色果蝇交配，把突变基因保存了下来。

抖擞精神……原来还能这么用啊？

陈漫云握着笔，慢慢地笑了一下。

沈放舟察觉到她的动作，看向这边。

陈漫云空着的那只手把生物书举起来，把拓展知识的那面给沈放舟看。

陈漫云是真觉得这个表述真的好笑，笑得眼睛都弯了起来。

沈放舟就看了一眼生物书，随后眼神就又落在陈漫云的脸上。

他嘴角微勾，也笑了一下。

等陈漫云写完遗传那一章的习题，沈放舟接过来拿着红笔给她批改。

陈漫云的手搭在桌子边缘，探着头看沈放舟，迟疑了一会儿开口：“小船哥，你怎么说服老徐的？”

老徐那么较真的人会主动提出让他们来空教室补习，陈漫云想想也觉得不太可能，她觉得沈放舟一定答应了什么。

想到这里，陈漫云低敛了眉眼。

生物书上有趣的发现也只让陈漫云开怀了那么一会儿。

沈放舟刚好判完卷子，陈漫云的答案基本上没错，他握着红笔打了一个大大的对钩，又在右下角画了一朵小花。

红色的小花特别鲜艳，就像幼儿园老师给表现好的小朋友画的那种。

“我没答应什么啊。”沈放舟挺冷静地回答。

他用手挪了一下椅子，靠近陈漫云，手腕搭在陈漫云坐着的椅子靠背上，从远处看是一种很安全的姿态，像是他把陈漫云虚虚地保护在怀里。

沈放舟直视着陈漫云的眼睛，反问：“陈漫云，你在担心什么啊？”

他乌眸漆黑明亮。

陈漫云本能地低头，看着自己的手指，过了一会儿声音很闷地开口：“我怕我考不好。”

也怕给我补课影响你的成绩。

陈漫云的敏锐让她察觉到徐平峰和沈放舟一定达成了某种条件，或许是她的巨大进步，又或许是沈放舟不能退步。

沈放舟为了照顾她的情绪，没有说过一个字，但她还是猜到了。

原来妹妹在担心这个啊。

沈放舟伸出手，动作很轻地拍了拍陈漫云的肩膀，安抚她：“考不好也没关系的。”

沈放舟没说陈漫云一定会考好之类的话，他从来不想怎么样，他给陈漫云补课是因为她想补化学、生物，而他想让她快乐。

仅此而已。

因为陈漫云是独立的个体，不需要和任何人比什么。

期中考不好就期末，期末考不好就下个学期，他们来日方长。

“那你考不好怎么办？”陈漫云吸了吸鼻子，又问。

沈放舟挑眉，总算笑出声，回答她：“没事啊，我考不好会自己找个体面的理由的。”

再说，也不一定考不好，他有把握。

陈漫云没说话。

沈放舟把刚才判卷子的红笔拿起来，手拉过来陈漫云的右手。

陈漫云立马就要把手抽回去。

沈放舟没放手，稍微用了点力握着，把她的右手展开。

陈漫云没动了，沈放舟握着红笔，在陈漫云的右手掌心上动作。

几秒之后离开。

是一朵红色小花。

平时只要陈漫云的化学习题没有错误，沈放舟就会在练习的那页画一朵红色小花。

陈漫云之前还嘲笑他，说特别幼稚。

但是现在……陈漫云垂眸，看着掌心里的小花，是简笔画，很鲜艳地开在陈漫云的掌心。

少年看着她，语气很温柔：“红色小花，送给我的花花妹妹。”

陈漫云要永远闪闪发光，永远灿烂如花。

陈漫云回到别墅的第一个反应是屋里很亮。

宽阔的客厅中间挑高了好几米，垂下来的水晶灯是唯一的光源，云珊坐在客厅中间的沙发上，看见陈漫云以后冷哼了一声。

“妈妈。”

陈漫云低头，很温顺地叫人。

“秦姨说你最近都回来得很晚。”

云珊心情还算不错，开口询问，然后低头看了一眼手表。

“我在学校复习功课。”陈漫云手抓着校服的下摆。

“没有必要那么上心，认真练好英语才是主要的。上次请的家教说你的美式口音有点严重，这不太好。”云珊皱着眉。

云珊的计划是高中毕业就送陈漫云去英国留学，所以流利的英式英语是最主要的。

“妈，我可不可以不……”陈漫云抬头，试探性地开口。

“不可以。”还没等陈漫云说完，云珊就打断她，“这事没得商量，下周六下午你把时间空出来，我带你去见见我朋友。”

云珊口里的朋友毕业于英国某所名牌大学，云珊想让他给陈漫云写一封推荐信。

“周六我有事情，”陈漫云顿了顿，撒了个谎，“灵灵找我。”

提到赵雾灵，云珊的脸色才算好看了一点。

陈、云两家发迹不过是最近十几年的事情，说直白些，不过是抓住了时代的风口，受了政策的恩惠，但根基不稳。

赵家却是实业起家，赵雾灵是她父亲唯一的女儿，是真正的大小姐。

云珊不喜陈漫云玩乐，却乐意见到她和赵雾灵走到一起，因为从赵雾灵伯父手指缝里露出的一点消息，背后代表的巨大利益都够下面的人疯抢了。

“那好吧，那下周日，我带你去见我朋友。”云珊立马又敲定了一个日期。

“好。”

陈漫云勉强笑了笑，很快地上楼，到自己的房间。

她站在房间中央，对着空气很轻地说了一句：“我不想出国。”

无人应答。

“我想学航空。”陈漫云又轻轻地开口。

字眼落在寂静里，很快消失不见。

下一秒，沈放舟的电话打过来。

“喂，小船哥。”陈漫云整理了一下情绪，接起。

沈放舟在那边顿了顿，开口：“陈漫云，下周考完试，我们去看烟花吧？”

今天下午他们离开学校的时候，陈漫云随口说了一句她想看烟花。

陈漫云嘴角勾起来，这是今天第一次她发自内心地笑出来。

她握着手机，说：“好。”

期中考试如期而至，最后一堂是化学考试。

陈漫云拿到卷子就震惊了，因为她匆匆翻到后面的实验题，发现母题就是沈放舟当时给她补课时候的例题，只是细节的地方稍有改动。

陈漫云先是觉得有点巧合，笑了一下，倒是也没松懈，认认真真地审题。

沈放舟前前后后给她补课补了快一个多月，她终于对化学有了那么点领悟。她握着笔在草稿纸上演算、配平、写反应物，还挺得心应手的。

离考试结束还有四分钟的时候，她写完了化学卷子，又花时间检查了一遍不太确定的那个选择题，打铃之后交了答题卡走出教室。

沈放舟不想和一堆人挤着，提前几分钟交了卷子，收拾了陈漫云和他的书包在外面等。

陈漫云出门看到他先觉得惊讶，走到他身边问：“你提前交卷了？”

沈放舟点了点头，觉得化学卷子挺简单的。他把书包递给陈漫云，回道：“就几分钟。”

教室里太乱，沈放舟和陈漫云去了四楼的空教室。教室里很寂静，甚至可以看到空气里漂浮的尘埃。

考试的卷子可以自己拿着，沈放舟接过卷子帮陈漫云看，很多选择和填空的答案就在卷子上面，沈放舟边回忆边看陈漫云的卷子。

他看得很仔细，看完选择题的第二面以后抬头，发现陈漫云在看他。

“怎么了？”沈放舟咳了一声，不自在地移开目光。

“小船哥，我觉得你可以出去开个补课班了。”陈漫云顿了顿，补充道，“说不定挺赚钱的。”

参考资料的腰封就写她上次想的那个——淮大附中第一名、酷哥沈放舟倾情力作，从头带你学高中化学。

嗯，销量一定很好。

沈放舟没想到她是想说这个，笑了笑。

“那不行。”

陈漫云抬头：“嗯？”

沈放舟挑眉，神情很肆意，音调里带着一点点慵懒：“妹妹，你以为我谁都愿意帮忙补课？”

妹妹，你当我是慈善家啊，到处给别人补课？

顿了好一会儿，陈漫云趴在桌子上笑起来。

沈放舟看着她，过了一会儿也勾起嘴角。

他生了一副好相貌，眉眼内敛不锋利，笑起来的时候更有少年气。

对完卷子以后，陈漫云看了眼时间，问沈放舟：“要不要回教室？”

沈放舟看着她突然开口：“陈漫云，你逃过课没有？”

陈漫云怔了怔，摇头。

沈放舟晃了晃手机，提议：“那我们逃课去看烟花吧？”

今天晚上老师肯定都忙着评分细则和判卷子，一般安排就是上自习，没什么要紧事。

陈漫云先觉得新奇，想了想又迟疑地问：“今天……有烟花表演吗？”

她怎么没听说？

沈放舟挑眉，反问：“有啊，你不知道？在轮渡那边。”

陈漫云还真不知道，但是沈放舟的语气太过笃定了，再加上轮渡附近以前确实举办过烟花表演，她便点点头，相信了。

几分钟后，陈漫云和沈放舟一起出现在围墙外面。陈漫云刚刚翻过围墙，身体腾空的一瞬间她有点心悸，站稳以后整理了一下自己的校服。

天还没黑，陈漫云说先去书店买几本书，沈放舟站在书店外面等她。没一会儿，小姑娘抱着两本带着塑封膜的书走出来。

正好远处有车快要开过来，陈漫云小跑到沈放舟身边，把其中一本递给他，带着点笑意说：“送给你。”

沈放舟先伸手接过，饶有兴致地重复了一句：“送我的？”然后看着手上的书，书名是艺术字。

他暂时没看懂，移开眼神，发现作者那一栏写着“王小波”。

陈漫云点点头，开口：“小船哥，你看过他的书吗？”

沈放舟一秒都没停顿，斩钉截铁地回道：“我看过。”

沈放舟当然没看过，他这种半文盲水平，文学素养也就比乱用成语的王川好一点，但现在的情况是他花花妹妹喜欢，所以他就算是装，也得装他喜欢。

沈放舟绞尽脑汁回忆了半天，准备继续和陈漫云讨论所谓的“共同话题”。

“我也特别喜欢他，我还看过他的那个《炼金时代》，嗯，教的炼金术是吧？我看过的，挺好的。”

虽然炼出真金来肯定是不可能的，但是陈漫云喜欢，所以沈放舟眼神特别坚定地用力吹捧。

顿了好一会儿，陈漫云小心翼翼地开口：“小船哥，有没有一种可能，我是说可能啊，那本书叫《黄金时代》，是一本反应时代背景的普通小说？”

不是教炼金术的。

过了几秒，沈放舟动作不太自在地拉开书包拉链，把书放进去以后镇静地开口：“哦，是吗？我记错了。”

晚上八点，天慢慢暗下来，城市的灯光也陆陆续续亮起。

陈漫云站在沈放舟身边，桥下面是波光粼粼的水面，潋滟而多姿，她仰头去看灯火里的城市。

这是陈漫云从小生活长大的地方，可每一次看到晨光或暮色中的摩天大楼，她都觉得陌生。

人才部的数据显示，每年有成百上千万的人来到淮市，这里是全国的经济中心，夜色里的繁华永不落幕，于是无数人来到这片土地，渴望在这里拥有自己的一方天空，为此不惜撞得头破血流。

大城市的魅力就在于，当你看着夜晚流光溢彩的霓虹灯，身处人声鼎沸的热闹中，恍然间觉得这里的一切都触手可及，仿佛一切都唾手可得。

收回思绪，陈漫云又看了一眼手机，已经八点一刻了。

按理说有烟花表演，应该会有很多人来看。

陈漫云转头，有点疑惑地问沈放舟：“小船哥，到底有没有烟花啊？”

她也觉得有些过于巧合了，她昨天随口说了句想看烟花，结果今晚就有表演。

沈放舟也看了眼时间，说：“很快了。”

陈漫云点点头，下一秒毫无防备地被他遮挡住视线。

沈放舟的手微微弯着，动作很轻地遮在陈漫云眼睛上。

陷入黑暗让感官变得不清晰，陈漫云心跳突然很快，无措地叫了声沈放舟的名字。

“我在。”

他话音刚落，陈漫云马上获得光明，耳边是烟花点燃而有的独特炸裂声，烟花一簇簇地在寂静的夜里炸开，瞬息万变而又极致绚烂。

陈漫云仰着头，烟花的颜色映衬在她眼睛里。

“小船哥，好漂亮。”她喃喃自语。

沈放舟“嗯”了一声，视线落在她的侧脸，看到她因为绚烂的烟火而快乐。

“是啊，好漂亮。”

他声音很轻地附和。

一簇簇烟花在远处被点燃的时候，周围的人也渐渐围过来，层层叠叠，熙熙攘攘，声音也有些喧哗。

沈放舟和陈漫云慢慢地挤出人群。

桥上的视线很好，所以很多人挤在那一段，离开以后周围反而很安静。

离得远，但也可以看到烟花的边角在夜幕里炸开。

陈漫云在这一刻突然想起很多。

想起刚开学的时候沈放舟加她微信那天的“明天见”；想起补课的时候沈放舟永远给她的作业批一朵小红花；想起他的“我希望你快乐”……

在陈漫云保持钝感的第十七年，她终于感受到毫无理由的偏爱，并被打动。

夜色温柔，晚风吹过渔火和人间的时候，陈漫云听到胸腔里心跳的怦怦声。

她忍住想要流眼泪的冲动，转头看着沈放舟的侧脸。

“小船哥……”

所有情感都是可以被感知的，就好像被明亮炙热的太阳照耀的时候，怎么可能感觉不到呢？

她还没来得及把话说完就被打断。

“陈漫云，”沈放舟看着烟花，没敢回头，语气很平静地补充，“陈漫云，你想念什么专业？”

陈漫云怔了两秒才反应过来，回答：“还不确定，应该是航空类的吧。”

在他的意料之中。

沈放舟顿了顿，接着问：“北航吗？”

这是航空类的专业院校。

被他注视着，陈漫云不太自在：“没想好，到时候看分数。”

又不是她能决定的。

“哦……”沈放舟说话的尾音拉得有些长，空气中隐隐还有烟花燃尽的味道，少年手插在口袋里，“我们能念一个大学吗？”

他询问的语气过于认真，陈漫云反应了好几秒。被他看得不自在，她退后了一步，语气不自觉放低，回答他：“你想念哪个大学就念。”

好奇怪，为什么要询问她的意见？

沈放舟笑了笑，还是很执着于问题的答案：“所以可以吗？”

烟花再次在天空绽放，陈漫云别开脸，避开他的视线，低头去看自己的鞋面，语气有点说不出来的别扭。

“随便你。”

送陈漫云回家后，沈放舟没直接回家，离轮渡不远的地方，有人等他有段时间了。

“喏，小伙子，这是账单，普通烟花放了98个，礼花炮放了150发，组合的礼花弹100发。”

男人报数字的时候，沈放舟一直在看手机。

男人还以为是沈放舟嫌贵不愿意，捏着账单，嚷嚷地补充道：“小伙子，这都是环保烟花，所以有点贵，你可不能赖账啊。”

他本来昨天就要回老家的，沈放舟找他，又说给他补上票的差价，他这才勉强改成今天的票。

他老婆要生了，他也是想多挣点奶粉钱，不然也不会接这单子。

“行，我知道，谢谢。”

沈放舟从聊天界面收回眼神，利索地转了账。

中年男人听到支付宝到账的提示音以后舒展眉头，乐呵呵地收拾东西去赶火车。

沈放舟没见过他爸和他妈，这话没一个字是夸张的。听沈南城说，他们还活着，在很远的地方做很重要的事情。

沈放舟从有记忆起就是叔叔管他，可惜叔叔自己都是个朋克青年，年纪轻轻就辍学出去走南闯北，带小孩的水平只能说一般般，没把沈放舟饿死就很不错了。

沈放舟是从初中才开始长个子的，在那之前，他算同龄人中最矮的那个。小时候被人欺负了，他跑去和沈南城诉苦，沈南城那时候也是刚开始带小孩，没什么经验，从酒吧楼上下来，摸摸他的头，又上下打量一眼他身上，语气不大在意：“这不胳膊腿儿都在吗？别哭了。”

勉强算是安慰他。

沈南城小时候也算是个混球，逃课打架，什么没干过？说是医院、警局的常客也不为过。

沈放舟这点伤真的算是小打小闹了。

偶尔沈放舟被骂是野种的时候，他自己也会想，为什么就他没有爸爸妈妈呢？

小小的沈放舟疑惑地跑去问叔叔。

每当这时候，沈南城就会比沈放舟还像个被辜负的小孩，咬牙切齿说一顿沈放舟的父母有多不负责任，无情冷血又自私都算好听的，还说自己给他俩看孩子看得都快抑郁了，恨不得下一秒就跳楼。

弄得沈放舟先蒙了：这不应该是我的台词吗？怎么变成沈南城的了？

沈南城说完就喝一大口酒，毫无心理负担地道德绑架沈放舟：“你是你叔叔我养大的，以后好好孝顺我，听见没有？我要八千亩的庄园，八百平方米的大床。对了，我的好侄子，你完了再雇八个保镖给我，背我去厕所吧，毕竟房子太大，我不一定能自己走过去。”

于是，十岁的沈放舟还没弄明白自己为什么会被爸爸妈妈抛弃，就先知道自己欠了沈南城八千亩的庄园和八百平方米的大床，只能绝望地翻开书本认真学习了。

托沈南城的福，沈放舟跌跌撞撞地长大了，他是活在当下的人，不期待任何事，不奢望一切。

沈南城不管沈放舟，按沈南城的话来说，他把沈放舟养大已经很了不起了，不要对他这个叔叔苛求太多。

在沈放舟逆流而上的第十八年，碰见了陈漫云。

她喜欢抛硬币许愿，起初像个小刺猬，和谁都不亲近，喜欢喝旺仔牛奶，化学不好，颓废又让人怜惜。

坦言讲，在过去的十七年，沈放舟是不被需要的，他没见过他父母，是在比较后被抛弃的那一个。沈南城凭着那一点微薄的责任感把他养大，却因为他母亲的原因不愿意和他亲近。

长夜寂寥，他在荒芜里下坠。

“小船哥。”

就这一声，把他拽回红尘。

醒来的时候又是深夜，沈放舟深呼吸，看了一眼表，给陈漫云打电话。

陈漫云半夜起来上厕所，差点被铃声吓到。

“喂，小船哥。”

她以为沈放舟有什么事。

“妹妹。”

“什么？”沈放舟的声音太低，陈漫云有点没听清。

“妹妹。”沈放舟声音很轻地重复了一遍。

“嗯。”陈漫云迷迷糊糊应了一声。

“妹妹，你没后悔吧？”沉默了一会儿，沈放舟突然有点紧张地开口。

陈漫云有点无语：您半夜不睡觉的啊？

第二天，沈放舟是顶着黑眼圈去上学的，他一晚上都没怎么睡，像期待很久的美梦突然成真，他是幼稚的小孩，需要反复确定来安心。

沈放舟骑自行车去学校的路上都有点精神恍惚，这种感觉在来到教室看见陈漫云以后才算消失。

他走到座位上，放书包，坐下。

陈漫云在看手里的书，没注意到他的动静。

沈放舟不自在地轻咳了一声，垂着眸开口：“早上好。”

甚至带着一点委屈的意味。

陈漫云握着书的边角，沉默了几秒以后开口应他：“早上好。”

真奇怪，昨天烟火在夜幕里绽放时听他讲话不觉得怎么样，偏偏在秋天的早晨听他说“早上好”就觉得心痒，像有落叶在心上扫过。

沈放舟声音很闷地“嗯”了一声，过了好一会儿，他想起昨天那个没有回应的问题——

“妹妹，你没后悔吧？”

陈漫云昨晚没有回答。

他妹妹昨天还答应和他上同一所大学，刚过去几个小时就后悔了。

沈放舟沉默了几秒，顿了顿，伸出手指，用指节敲了敲桌面，引起陈漫云的注意以后就停手，决定提醒这个冷漠的坏女人：“陈漫云，我叔叔管我管得很严你知道吧？”

陈漫云挑眉，不知道沈放舟好端端地说这个干什么，但还是点了点头：“嗯，我知道。”

她好像隐约听王川提起过。

下一秒，沈放舟凑近她，语气里甚至还带着一点委屈：“你得对我负责。”

沈放舟没收着声音，正在商量睡觉还是打牌的蒋大南和王川听见了，立马像被雷劈了一样愣在那儿。

沈哥刚才说什么来着？

你得对我负责？

负责？

是他们想的那个意思吗？

王川整个人都傻了，不是，这才一晚上不见，他沈哥怎么进展这么迅速，都快进到要人家负责的地步了？

王川还没弄懂整个事情的来龙去脉，但这一点也不妨碍他看热闹不嫌事大，起哄地开口：“花花妹妹，不对我们沈哥负责，您这是当代陈世美啊？”

始乱终弃陈漫云。

陈漫云的耳朵一下子就红了，着急地和后面两人解释：“我不是我没有你别听他瞎说……”

还没等陈漫云说完，徐平峰从教室前门溜达过来，握着几本书，朝她招手：“来，陈漫云，你出来一下。”

陈漫云答了声“好”，很快从座位上起身，临走前眼神无奈地看了一眼沈放舟。

少年耸肩，转头和后座的王川和蒋大南开口解释：“没，我瞎说的。”

办公室里，徐平峰笑眯眯地看着成绩单，也不说话，偶尔抬头看一眼陈漫云，随即就继续看着成绩单，止不住地点头。

在对面站着的陈漫云忍不住想：徐老师，您别这样，我害怕……

过了一分钟，徐平峰的笑才停住，开口：“你和沈放舟那个补课，搞得怎么样了？”

莫名地，陈漫云觉得不好意思，或许是因为昨天刚刚逃了晚自习，又或许是因为徐平峰提到了沈放舟。

“挺好的。”陈漫云手抓着校服下摆的边缘，语气很轻地回答。

徐平峰点点头，相信了，右手翻着成绩单，脸上露出了欣慰的笑容：“不错，好孩子，你化学和生物进步特别大。不要骄傲，继续保持知道没有？你这个成绩，冲一冲‘985’肯定是没问题的。”

陈漫云刚转来淮大附中的时候，其他老师都觉得这姑娘是个不安分的，没人愿意收。徐平峰没在意，乐呵呵地答应了。

谁能想到，陈漫云考了两次试，第一次年级前一百，第二次直接杀到年级前十。

他赚大了。

陈漫云也听懂了徐平峰的意思，应该是成绩出来了。

徐平峰脸上笑意止不住，他也没遮掩，把手里的成绩单递给陈漫云。

陈漫云和沈放舟对过答案，也觉得自己这次化学和生物答得不错，但看到成绩的那一刻她还是有点惊讶。

理综 232 分，总分 645 分，班里第三名，年级排第八名。

陈漫云甚至头一次觉得自己有学习的天赋。

成绩单上只有他们班的排名，她看到沈放舟还是年级第一，嘴角很轻微地勾起来。

陈漫云再抬头的时候，徐平峰也站了起来，他等一会儿在别的班有节英语课，一边收拾，一边和陈漫云说："对了，年级里安排下周五开成绩总结会的时候你做个发言，好好准备一下哈。"

上面领导要求抓典型，在学生里要树立榜样，陈漫云这种进步巨大的，就特别适合。

徐平峰挠了挠头，也说不上来哪里奇怪，但还是安排下去。

第二天下午活动时间，年级的大榜就已经在楼梯间贴出来了，左边理科右边文科，沈放舟比许慎高两分，还是第一名，大家叽叽喳喳地讨论着。

陈漫云没怎么在意，穿过拥挤的人潮回到班里。

王川看见她以后特别悲痛地捶胸："妹妹，说好一起理综垫底，你却偷偷考了二百三，这合理吗？"

上个月陈漫云还和王川一起磕磕巴巴地讨论过生物题，结果一转眼人家已经理综二百三了。

怎会如此！

人生怎么能这么无常呢？

陈漫云手里还拿着卷子，被他的语气逗笑："没事，你少看点课外书，应该也可以。"

李冉也过来了，特别高兴地和陈漫云说话。

在李冉心里，陈漫云认真、努力，还聪明，不进步才奇怪呢。

和李冉聊了一会儿，陈漫云还是没看见沈放舟的影子，掏出来手机看了眼消息。

FZ：妹妹，要讲诚信。

陈漫云看完消息之后都要反应几秒才确定沈放舟是在说考同一所大学的事情。

她小船哥为什么这么热衷于这些奇奇怪怪的东西啊？

AAA 专业修飞机陈小姐：你在哪儿？

FZ：操场。

天气很好，偶尔有微风，操场上有稀稀落落的学生在散步，陈漫云在操场的一角找到沈放舟。

沈放舟倚在墙角，很慵懒地站着，因为角度，看不太清晰他的脸。

他此时有一种很清冷克制的气质，让人联想起玻璃杯里放着冰块的威士忌，或者是入口辛烈的雪茄，总之，和平时的沈放舟不沾边。

陈漫云的脚步顿住，不太明白现在的情况，声音很低地叫他：“沈放舟。”

沈放舟的身体侧转，陈漫云这才发现他在讲电话。

沈放舟顿了顿，声音压低，很含混地对着电话那边开口：“先这样吧。”

把电话塞进校服口袋，沈放舟垂眸看着眼前的陈漫云笑了，很干净少年的笑。他的少年感就来源于此，刚才脸上的阴霾都不复存在。

陈漫云反而有些紧张，问他：“对不起，我是不是打扰你了？”

沈放舟笑着摇头，说：“没有。”

无聊的诈骗电话，甚至还没有一道集合题有意思。

沈放舟不愿意多说，陈漫云也没有追问。旁边有台阶，她并着腿坐下，微微摇晃着。

沈放舟也跟着在旁边坐下，他的角度可以看到陈漫云的丸子头随着她的动作一晃一晃的。

有时候看她的头发丝都觉得有意思。

沈放舟没说话，陈漫云忍不住主动提起：“成绩出来了。”

她说话尾音带着一点儿翘，因为到底还是十几岁的小姑娘，情绪会外露。

沈放舟挑眉，问：“你考得怎么样？”

陈漫云没忍住，笑了出来，再转头的时候眼睛很亮：“小船哥，我理综232分。”

和特优生当然没法比，沈放舟和许慎的理综都在270分以上，但陈漫云还是很开心，因为她在慢慢地进步。

沈放舟先笑了，声音很低地“嗯”了一声。

两个人离得很近，沈放舟的气息偶尔喷洒在陈漫云的脖颈，她心跳漏了一拍，无法克制地躲了一下，抬头却看见沈放舟很从容的姿态。

怎么可以这样呢？

突然，陈漫云有点恼了，问他：“你怎么不好奇你考得怎么样？”

“我？”沈放舟顿了一下，开口，“第一名吧。”
满不在乎的语气。
陈漫云没说话。
他扬着下巴，追问：“是不是？”
陈漫云瞥他一眼，不情不愿地点了点头，问道：“你怎么知道？”
沈放舟笑了笑，伸出手搓了搓眼：“上个课间，老徐问我这次的榜样宣言写什么。”
陈漫云突然想起了这茬事，也笑了：“写‘不愧是我’，是不是？”
她上次就看到了，在一众学霸谦虚又认真的时候，只有她同桌写着——“不愧是我”。
沈放舟挑眉。
他没说话，利索地站起来，问陈漫云要不要喝牛奶，回教室的路上好顺便买一罐。
陈漫云轻轻点头，抬眼的时候看到沈放舟，又想起了那个没有回答的问题。
“小船哥，”陈漫云顿了顿，“我没反悔啊。”
我没反悔，也想和你考同一所学校。
空气里浮动着有些反常的气氛，沈放舟轻咳了一声，没敢看她，说道：“回去吧。”
回教室的路上，陈漫云看到沈放舟的耳朵红了。

陈漫云怎么也没想到，周五一起发言的还有许慎，年级办公室里，她又一次见到许慎。
许慎依旧是很冷漠的神态，站在她身边，末了开口问她：“你和沈放舟什么关系？”
陈漫云转头，惊讶于沈放舟在淮大附中的知名度，以及学霸居然也这么关注八卦。
陈漫云觉得他们不熟，所以没必要回答，抬眸：“还有其他事吗？”
没事的话她要回班里。
她没回答，许慎也没在意，他只是看着她，以一种命令的口吻说话。
“陈漫云，你和沈放舟走得太近了。”
没有任何语气，更像是被设定好的机器。
瞧瞧，管得多宽啊。
陈漫云被他的语气弄笑了。

她后来才想起来在哪里见过许慎，当时省集训队，许慎也去了，只不过因为两人不是一个带队老师，所以没见过几面而已。

收回思绪，陈漫云把发言稿捏在手里："许慎，我和谁走得近都和你没关系。还有，你不觉得……"

陈漫云顿了一下，抬眸直视他："你管得太宽了吗？"

陈漫云走出办公室的时候，许慎垂眸看向手里的卷子，觉得事情挺有意思。

真有意思啊。

他没说话，慢慢把卷子揉皱，出门的时候顺手扔进垃圾桶。

周六从中午就开始下暴雨，沈放舟一个人在酒吧二楼的房间待着。

十八年，他依旧没有习惯淮市漫长的雨季。

不过他想，他大学的时候应该会和陈漫云去首都吧。

陈漫云喜欢那里。

电话铃声和惊雷一同响起，沈放舟挑眉，接起未知的电话。

他瞥了一眼屏幕，国际长途，还挺贵。

"喂？"

沈放舟没在意，他唯一的疑问就是这年头骗子都这么有钱了，诈骗用国际长途?

那边用很公式的声音说了半天，沈放舟听得一愣一愣的。

"你的意思是，我父母找我？"

"对。"那边的人依旧很冷静。

沉默了几秒以后，沈放舟先笑了，没收着声音，笑完以后他伸出右手揉了揉眼，懒洋洋地开口："阿 sir，我爹妈下落不明十八年了。"

都有钱充国际长途了，骗人也稍微做点功课吧?

沈放舟没在意，把电话挂了，走下楼梯。

阿杰看到他以后如释重负："喏，小老板，有人找你。"

沈放舟抬头，看到眼里含着泪的温佳怡。

二楼的包厢里特别安静，沈放舟坐在旁边，给温佳怡递了张纸巾。

她状态看起来不太好，眼睛很红，捏着手机看向沈放舟。

手机屏幕上是红榜的照片，沈放舟的照片下面的榜样宣言写着：SFZYYRACMY。

温佳怡眼尾很红，她应该是来之前就已经哭过了。

沈放舟还算收敛，只用了一串缩写。

她哽咽着开口："CMY 是陈漫云吧？"

沈放舟收回视线，"嗯"了一声。

他没什么不好意思的。

温佳怡的眼泪突然就流了下来，像积压了很久的情绪突然崩溃，她顺风顺水十几年，家人疼爱，成绩优异，学文以后在班里交到那么多好朋友。

好多次她都自己劝自己，何苦呢？

是啊，为什么这么执着呢？

温佳怡拿纸巾把眼泪擦干，看着旁边的少年开口："我第一次见你，觉得你好傲气。"

这是真话，两人第一次见面的时候，沈放舟特别冷漠，外班有几个男同学在窗户外面叫他，沈放舟当没听见。

温佳怡当时想，多傲啊，居然不搭理人。

做同桌的第一个月，两人相安无事。沈放舟不是多事的人，也没那么容易生气。

做同桌的第二个月，是淮市的雨季。这天温佳怡忙着回家所以走了小路，碰到好几个小混混问她要钱，她脾气上来了，让他们滚。

一分不给，社会的渣滓。

后来场面变得混乱，温佳怡到底力气小，被推倒在地上，夏季的短袖薄，挣扎中衣服撕烂一大道口子。

沈放舟就是那时候出现的。他挑眉，边挽袖子边看着那几个小混混："哟，哥几个收保护费呢？怎么不问我收？嗯？"

就知道欺负女生，是不是还觉得自己挺厉害？

局势一下子改变，那边人多却不占优势，几个混混都是欺软怕硬的货色，见沈放舟来了立马就争先恐后地逃走。

温佳怡被发生的事情弄蒙了。

沈放舟把校服外套脱下来盖在她身上，还很礼貌地移开眼神。

顿了顿，他似乎才认出来温佳怡是他同学一般，开口："还好吗？"

温佳怡想起往事，越哭越撕心裂肺："你当初在巷子里就不该救我。"

沈放舟被她突然提高的声音吓到，沉默了一会儿无奈地开口解释："温佳怡，当时巷子里不管是谁，我都会去的。"

温佳怡一愣，她听懂了，不管当时巷子里被欺负的人是沈放舟的同班同学还是陌生人，沈放舟都会去的。

沈放舟转头，看着温佳怡说：“我那时候帮你，不是为了任何回报，我问心无愧，我现在欣赏陈漫云，同样问心无愧。”

沈放舟确实觉得那是一件微不足道的小事，但是温佳怡却记了这么久。

他直视她，语气认真地开口：“很小的事，你不用太在意。”

他想，那只是一件再小不过的事，不应该成为温佳怡的负担。

温佳怡猛然站起来，哭着跑出去。

外面是淮市的暴雨天，她一头扎进雨里，没回头。

沈放舟在二楼的窗户边垂眸看着温佳怡跑远，过了一会儿才反应过来温佳怡刚才走的时候踩了他一脚。

他现在脚疼。

周末的时候，赵雾灵和陈漫云约在中环广场见面。

赵雾灵穿了一袭红裙，卷了头发，陈漫云认出她海藻般的头发上系着的是某个奢饰品牌的发带。

“刚买的，好看吗？”

赵雾灵察觉到陈漫云的目光，头一歪，发丝随她的动作扬起来，她笑吟吟地看着陈漫云。

“好看的。”陈漫云声音很轻地回答。

事实上，不管赵雾灵戴什么，陈漫云都会觉得好看，女孩子在友谊里的盲目绝对不会输给任何人，对赵雾灵的感情让陈漫云不能做出任何所谓公正的评价。

服务员拿了饮料过来，赵雾灵说了声“谢谢”，咬着吸管和陈漫云交谈。

过了几分钟，陈漫云有些惊讶地叫出来：“你要出国？”

随即，她才反应过来自己的情绪有些激动。她看着手边色彩斑斓的饮料，有点不知所措地重复：“灵灵，你要出国了？”

赵雾灵不太在意，“嗯”了一声：“签证已经办下来了，估计也就是过几天的事了。”

有些手续还没办好，先过去熟悉熟悉环境，念一年语言预科，再正式入学。

赵雾灵的成绩一言难尽，家里面倒是没在意，以前是给盛华捐新校区，现在是给国外的名校捐款，总之不能让赵雾灵没学上。

陈漫云缓了一会儿才消化了这件事，点了点头，手握在玻璃杯上感受温度，沉默了一会儿，问：“你和江也吵架了吗？”

赵雾灵的眼神落在桌子上装饰的鲜花上，有些烦躁，她伸手把里面的一朵花拿出来把玩着。

又坐了一会儿，饮料喝到三分之二的时候，赵雾灵起身，说她要离开了，走之前她很轻地抱着陈漫云。

“云朵，我觉得你转学以后……开朗了很多。”

这是第一次，赵雾灵直接提起转学的事情。

陈漫云很轻地“嗯”了一声，垂眸回答她：“一切都在慢慢变好，不是吗？”

十一月初，淮市的天彻底凉下来，秋风吹过来，树叶慢慢变黄、枯萎，然后被时间剥夺去水分，变脆。

陈漫云垂眸，踩在银杏叶上。

听着脚下细碎的声音，她数不清这是许慎第几次找她了。

下个星期的学科交流会，淮市所有的高中都会派出校队，这次的承办方是淮大附中，前几天徐平峰和郑萍已经和陈漫云提过这件事，陈漫云拒绝了。

毕竟淮大附中物理竞赛队人才济济。

“你应该参加。”许慎听到了陈漫云的拒绝，但还是神情如常地说。

交流会只是友好一些的说法，最后会组织一场比赛，算是两所名校的暗暗较劲。

许慎觉得，陈漫云不参加的话，那比赛就太无趣了。

陈漫云觉得许慎的理解能力可能有问题，轻轻地抿嘴：“许慎，我再说一遍，我不会参加，而且这和你没有任何关系。”

说完，陈漫云蹙眉，察觉到许慎的别扭之处和近乎病态的执着，太反常了。

许慎依旧没在意陈漫云的冷脸，语气疑惑地开口：“你不想参加，是因为沈放舟吗？”

是因为沈放舟改变了你的想法，让你放弃物理竞赛吗？

陈漫云被他气笑了，最后一次和他重复：“和他没关系。许慎，你该去看看心理医生了，你现在的状态……不太对劲。”

她想，何止是不太对劲。

沈放舟和王川从操场打球回来就看到这一幕。他没什么感觉，挑眉，篮球被他砸到地上，又反弹回手里。他迎上去，站在陈漫云旁边，看向许慎的眼神里带了冷意。

“许同学，找我同桌什么事，也和我说说，嗯？”

许慎垂眸，没回答沈放舟。他抬头，若有所思地看了一眼陈漫云：“别让我失望。”

说完这句话，他就离开了，神情并不留恋。

陈漫云沉默了下，许慎刚才说什么来着，别让他失望？

他没事吧？

如果可以，陈漫云一定豪请许慎吃十袋溜溜梅，并且买个喇叭大声反复重播：你没事吧？

但是现在不可能了，因为沈放舟听到这句话以后神情怔了一下，转而看向她，不可置信地重复：“别让他失望？”

这句话说得太含混不清了，或者说语意太暧昧了，听起来就好像别有含义。

陈漫云心想：这个世界到底怎么了？

沈放舟挑眉，见陈漫云没有回答，冷哼了一声以后就径直回了教室，冷着一张脸坐在座位上。

王川跟着进来，就看到刚才在篮球场上投进去四个三分球的沈哥现在就像一个被坏女人玩弄感情以后的纯情男孩，表情甚至还带着那么点儿幽怨。

王川“啧”了一声，感觉沈哥是没救了。

沈放舟看着陈漫云进来，瞥了她一眼：“陈漫云，不解释解释？”

顿了顿，陈漫云咽了咽口水，小心翼翼地开口道：“小船哥，不是你想的那样。”

我可以解释的。

沈放舟特别冷漠地收回视线，看着手上的练习册阴阳怪气地开口：“哦，是吗？我不听。”

陈漫云只觉得全天下的幼稚鬼都被她遇见了。

从严格意义上来说，许慎是个骄傲的人，这种骄傲说得再难听一点就是极度的自负。

他绝对称得上是聪明的，他从小就知道自己是个有天赋的人，还轻而易举地成为同学和老师口中的好学生。

伪装温和是许慎最擅长的，因为他觉得一群人被他骗得团团转的样子很可笑。

温和谦逊，人们通常这样形容他。

除此以外，物理是他最喜欢的学科，他喜欢这些需要智力的活动，而不是游戏、八卦。

那些太无趣了。

所以当他第一次在省集训队见到陈漫云的时候感觉很惊讶，她长得很漂亮，他第一眼的刻板印象以为她是个花瓶。

很快这种印象就被推翻。

集训队讲的课程难度很大，陈漫云却不这样认为，她似乎总要睡够才肯来，于是几乎算是踩着点进教室，手里还总是拿着一罐旺仔牛奶，然后轻而易举地解出令人抓狂的题目。

在集训队的很长一段时间里，许慎沉迷于观察陈漫云，很多时候她的心思并不在物理竞赛上，她的行李里有一本关于航天器的书，许慎好几次碰见她在休息区神情认真地看那本书。

许慎坐在她旁边的位子，第一次对异性产生这种奇异的感觉，但他的骄傲不允许他开口。

他希望陈漫云能够先开口，这样他会乐意和她交朋友。

但陈漫云没理他，甚至在冲他礼貌地笑了笑以后就收起她的书离开了。

她除了必要的事情外几乎不出房间，许慎在集训结束之前只见过她两面，一次是竞赛的颁奖典礼，活动主席称赞她表现出不输男孩子的才智，许慎注意到她小幅度地蹙眉，似乎很不喜欢这句所谓的“称赞”。

第二次见面是集训结束以后学生们坐车离开，他在她身后，看到她把身上所有的现金给了一个假乞丐——显然，陈漫云并没有看出来。

至此，许慎足以全面勾勒出陈漫云的全部形象——足够有天赋，所以优秀；足够善良，以至于愚蠢。

在淮大附中见到她的第一眼许慎是惊讶的，因为他以为她早就保送了。

见到陈漫云和沈放舟走得近以后，他也说不清自己是什么感情，他脑海里的陈漫云应该永远清高，永远对航空怀有热爱，永远在物理竞赛场上一骑绝尘。

至于其他……陈漫云既然没有选择他，也不该选择沈放舟。

他不比沈放舟差。

以上是许慎的全部心理活动，陈漫云当然不知道。在陈漫云的视角里，她在省集训队偶然见过许慎，但当时他们完全没有交集。

所以，在陈漫云的心里，许慎现在只是一个急需大量溜溜梅的奇怪同学。

另外就是，因为许慎，沈放舟生气了。

前几天，沈放舟发现当他把榜样宣言改成“SFZYYRACMY”的时候，他花花妹妹的宣言竟然是一句关于航空的名言。

是的，只关于航空。

沈放舟疯狂暗示这样是不是有点奇怪。

陈漫云点了点头，特别认真地提议："要不你也改成航空的吧，让我们一起祝福祖国的航空事业繁荣昌盛。"

沈放舟没说话。

陈漫云继续提议："其实改成祝福科学事业也可以，毕竟科学技术是第一生产力。"

沈放舟觉得自己是小丑。

放学以后，沈放舟一个人趴在桌子上，陈漫云扯了扯他的袖子，叫了一声："小船哥。"

沈放舟没理，直起身子来重复许慎的那句话："陈漫云，别让我失望。"

陈漫云万万没想到沈放舟能这么在乎这句话，哭笑不得地解释："我和他真没什么，嗯，省集训队的时候我们确实见过，但真的没交集。"

沈放舟顿了顿，直视着陈漫云："真的？"

陈漫云点点头，说："真的。"

又过了一会儿，沈放舟声音有点闷地开口："我不管。"

少年特别理直气壮："你得哄我。"

陈漫云神情特别复杂地看了一眼沈放舟，斟酌了一会儿，笑着逗他："沈放舟，你多大人了？"

还要人哄，幼稚不幼稚？

沈放舟转头，依旧沉默着看她。

僵持了几秒，陈漫云先妥协，揪着沈放舟的校服边缘，试探性地开口："给你买可乐，嗯？"

不算高明，但对沈放舟有用。

沈放舟和陈漫云最后还是去了交流会，不过是以观众的身份，他们去的时候 PPT 上正好在展示一组化学题。

他们从后门溜进去，找了两个不太起眼的位置。

陈漫云带了纸和笔，偶尔低下头演算。

沈放舟抬眼看题，没过一会儿就凑到陈漫云耳边，提醒她："你忘记隐性条件了。"

陈漫云一怔，低下头，发现确实是，随后就有点纳闷地看了沈放舟一眼。他甚至还没动笔，就知道答案了。

她低头，把最后一道题改正。

多功能厅里面很安静，陈漫云抿了抿唇，很轻声地询问：“小船哥，去年你有没有参加省集训队？”

沈放舟挑眉：“参加了。”

只不过他当时参加的是化学，阴错阳差，没有见过陈漫云。

陈漫云点点头，在想别的事情。

过了一会儿，沈放舟笑着开口：“如果当时我们见面了，说不定故事会不一样。”

陈漫云刚才也在想这个，听到他的话以后也笑了：“可能你根本不会注意到我。”

就像平面里的直线，相交于一点，然后永远都不会见面。

沈放舟突然很认真，说：“不会。”

“陈漫云，如果那时候我们见面，”沈放舟顿了顿，看着纸上的化学符号很缓慢地开口，“我也会注意到你的。”

陈漫云怔了一下，抬头看沈放舟，他长着一张少年脸，眉眼很清俊，但绝对称不上温驯。

但少年现在神情认真，和她说平行世界的假设，他同样会注意到她。

这是不可能发生的事情，但陈漫云依旧被取悦了，想了想，又问他：“如果我们不认识呢？”

竞赛的时候没有见面，我转学没有认识你，沈放舟，假如我们就是陌生人呢？

沈放舟挑眉，神情纠结地想了半天，最后才不情不愿地开口：“那我在修理厂等你。”

你不是专业修飞机陈小姐吗？

沈放舟似乎也觉得这样太没尊严了，义正词严地强调：“妹妹，我这个姿色，就算是进厂都一堆人追，你知道吧？”

他语气太认真，陈漫云反应了几秒，笑得前仰后合。

陈漫云的家是一间山间别墅，是陈京和云珊结婚时候的新房，陈漫云在这栋别墅里跌跌撞撞地长大，在这里收到人生的第一架直升机——她十五岁时的生日礼物。

陈京和云珊并不常回家，所以陈漫云觉得如果突然有一天收到他们离婚的消息她也不会太惊讶。

她回到家，秦姨说做了排骨汤，饭后甜点是苹果慕斯。

云珊的身体陷在客厅旁边半开放吧台附近的坐椅上，姿态颓废。她开了瓶红酒，说不用准备她的晚饭。

陈漫云沉默地吃了饭，临上楼之前她叹了口气，返回来给云珊接了一杯温水。

温水在透明的玻璃杯里晃荡，偶尔在水面溅起。

陈漫云沉默地把水递过去。

云珊哑声说了声“谢谢”，觉得自己和陈漫云是相像的。

她的眼尾很红，开口叫住陈漫云：“云云，你不想出国，妈妈送你去南港怎么样？”

又谈起这个话题。

陈漫云第一次感受到云珊语气里的妥协，小心翼翼地抬头，问：“妈妈，就在大陆不好吗？”

退而求其次，淮市也有很好的大学。

云珊特别疲惫，但还是强撑着力气和陈漫云说话。她把红酒杯放到一边，抬眼看陈漫云：“最好……还是出国去吧。”

云云，越远越好。

陈漫云蹙眉，不解地看着云珊。

云珊叹了口气，把杯中的红酒一饮而尽，最终还是什么都没说，先于陈漫云上楼。

陈漫云在吧台处独自站了一会儿，回到房间以后给沈放舟打电话。

电话接通以后，沈放舟先开口，问她：“在干什么？”

“看书。”

过了一会儿，陈漫云问：“小船哥，你在干什么？”

“没干什么。我也看书啊，不马上考试了吗？”

沈放舟语气很轻松，用余光看了一眼对面的人，把食指放在唇侧，比了个保持安静的手势。

他对面的谷阳看懂了，颔首示意。

沈放舟勉强笑着点了点头，从座位上站起来，走到咖啡厅外面，继续和陈漫云说话。陈漫云说了很多，沈放舟只是听着，偶尔回答几句。

谷阳看到沈放舟嘴角勾着，脚下踢着小石子，神情是难得的轻松。

他没在意，收回目光看桌上的咖啡杯。

又过了十分钟，沈放舟挂断电话，从外面走进来。

谷阳抬头，笑了笑，说：“你和你母亲长得很像。”

沈南城也这样说过，但是沈放舟不置可否，他又没见过他妈妈。

鬼知道像不像。

谷阳没在意，示意助理去取东西。助理从公文包里面取出牛皮纸的袋子，双手递给谷阳。

谷阳接过来放在手旁边，挑眉，反问沈放舟："这么久了你就没有好奇过你的亲生父母吗？"

搁这儿小蝌蚪找妈妈呢？沈放舟换了个坐姿，回答他："不好奇。"

谷阳心想：不是，这剧情怎么和想象的不一样？沈放舟不应该说好奇吗？这样我才能继续啊。

沈放舟没懂谷阳是什么意思，事实上，今天谷阳打电话过来的时候沈放舟依旧以为是诈骗电话，快挂的时候谷阳说他之前打过两次国际长途，但是沈放舟依旧以为是骗子。他没办法才办了手续回国，准备亲自和沈放舟面谈。

沈放舟扶着椅子的扶手，看了一眼咖啡厅的门口："还有事没？没事我就走了。"

谷阳顿了顿，问道："你还有别的事？"

沈放舟只觉得这人有病，冷哼了一声："我不是闲人啊，我得回去喂猪啊大哥。"

他是真的有点烦了，再加上他刚刚打电话的时候觉得陈漫云情绪不太对，他想回去再给她打个视频电话。

说着，沈放舟借着力气站起来要走，觉得这纯粹是浪费时间。

谷阳这才算明白沈放舟的耐心已经告罄，他起身着急地拉住沈放舟的衣服袖子，挑拣着措辞开口："沈放舟，你知不知道你父母在帮……很有权势的人做事情？"

沈放舟的父母在科研方面成就斐然，在国外为很有权势的人服务，为了保密，他们不能和沈放舟联系。

沈放舟，你知不知道你父母在帮很有权势的人做事？

沈放舟听到这句话以后怔了一下，他还真不知道，沈南城从来没和他说过，严格来说，这是沈放舟第一次听到关于他亲生父母的事情。

沈放舟挑眉，重新坐回椅子上，看着谷阳："所以，然后呢？"

谷阳没想到沈放舟的反应这么平静，顿了顿，他接着沈放舟的话头说："然后？由于工作性质的原因他们不能和你见面，我是他们的律师，受委托给你送些东西。"

谷阳边说话边拆开桌子上密封的文件袋，刚才说的东西就是这些，一笔父母出于愧疚而赠送的财富。

数量庞大到普通人一辈子也挣不到。

沈放舟挑眉，觉得有意思，看了一眼谷阳从文件袋里拿出来的A4纸。

他半晌没说话，谷阳以为他被金额吓到了。

但是，沈放舟顿了顿，语气不解地问谷阳：“哦，怎么，这是遗产？”不然爹妈怎么能想起他来？

这是什么级别的大孝子？

谷阳差点把嘴里的咖啡吐出来，勉强咽下去才开口：“不是，他们非常安全，也非常健康。你放心，这只是他们表达对你……关心的一种方式，请不要多想。”

“对，请不要多想。”谷阳的秘书在旁边，笑着重复这句话。

“行，我知道了，”沈放舟点点头，毫不在意地站起来，“你直接交给我叔叔吧。”

他要这么多钱也没用。

谷阳惊讶于沈放舟的语气，太平淡了，他当初看到这个数字都震惊了好一会儿，不得不感叹知识就是力量。

如果沈放舟愿意，他会拥有这笔财富，庞大到常人无法想象的财富。

谷阳顿了顿，问道：“你确定吗？你已经成年了，我们根据你父母的委托，将优先考虑你的意愿。”

沈放舟点了点头，说：“确定。”语气并不在意。

钱够花就行，沈南城从来没少给过。

回到公寓以后，沈放舟给陈漫云打了个视频电话。

小姑娘隔了十来秒才接起，一直拿手贴在脸上躲着镜头。

沈放舟看着手机屏幕就笑，敲着手机屏幕说话：“妹妹，把手放下来。”

陈漫云在屏幕那头摇了摇头。

“乖，放下来，我看看你。”沈放舟声音很温柔。陈漫云被蛊惑，她反应稍稍迟钝了一会儿。

过了几秒以后，她把手放下来，于是沈放舟看到一张红扑扑的脸。

陈漫云眼睛里有水雾，湿漉漉地看着镜头。

很漂亮，是桃花色，清透而诱人。

“小船哥。”陈漫云怕沈放舟骂她，先一步叫他。

沈放舟怔了一下，问道：“你喝酒了？”

“没，”陈漫云摇头，又笑着看沈放舟，“就是果味饮料。”

隔着屏幕，少年眼神变暗，抿着唇，指节用力握着手机屏幕。

隔了好一会儿，沈放舟声音微哑着问：“今天有没有不开心？”

看见陈漫云摇了摇头，沈放舟露出不解的神色。

她没有思路，想到哪儿说哪儿。

“小船哥，我有一架直升机。”陈漫云突然又想起这茬儿，脸红红的，眼睛很亮地看着镜头。

“哦，真厉害，是乐高的吗？”

沈放舟没在意，笑着附和她。

“不是，是真的会飞的，等高考结束我们一起去坐。”

陈漫云伸出手比画了一下。

沈放舟确定陈漫云是真的拿错饮料了，不然不能这么不着边际。

哄着陈漫云喝了点温水，沈放舟笑着把电话挂了。

他想他花花妹妹真可爱，醉了也可爱，说胡话也可爱。

沉默了几秒，沈放舟又想：直升机多少钱啊？我能不能买一架？

他顿了顿，满脸纠结地掏出手机。

谷阳的电话号码挺特殊，找起来还挺方便。

沈放舟拨通电话，感觉有点打脸，但还是迟疑地开口：“那个……我爸妈……给了我很多钱吗？”

谷阳和秘书待在酒店，接到沈放舟的电话以后忍不住笑了。

这才是正常人的反应啊。

“对，很多钱。”

谷阳端着声音回答他。

“哦，”沈放舟点了点头，询问，“够不够买一架直升机啊？”

谷阳心想：到底是年轻，一架直升机值几个钱？你父母留给你的是想象不到的财富。

“能不能啊？”沈放舟有点着急。

谷阳憋着笑，用气声回答：“能。”

电话那头的沈放舟点了点头，声音有点不那么理直气壮：“那能买一架吗？我想送人。”

主要是他花花妹妹确实想要，喝醉了还念念不忘。

谷阳震惊了：现在的孩子送礼物都这么上档次了？送飞机？

陈漫云第二天起来的时候还有点蒙，觉得头疼，晃了晃脑袋，勉强撑着坐起来喝了杯纯净水。楼底下依旧吵吵闹闹，陈漫云蹙眉，出去以后发现工人们在搬书房的柜子。

陈漫云垂眸，过了一会儿抬高点声音问："秦姨，又要……换家具了吗？"

最近似乎总在搬东西，偌大的别墅里许多东西都莫名其妙消失了。

秦姨慌慌张张从厨房走出来，说："没事。"

陈漫云顿了顿，点点头没再追问了。

云珊昨天深夜接到电话就转机出国了，陈漫云想也许是因为生意上的事，草草吃了早饭，去了学校。

等到了学校，她发现沈放舟没来。

陈漫云看了眼时间，发现还有几分钟就上课了，她发了条短信给沈放舟。

直到徐平峰开始讲课，在讲台上面讲英语的短文续写，沈放舟还是没来。

陈漫云捏着笔做笔记，避开徐平峰的视线看了一眼和沈放舟的聊天界面。

徐平峰随便扫视了一眼就发现了，沈放舟没来，陈漫云在悄悄看桌子底下，脸上还发着光。

徐平峰深吸了一口气，笑眯眯地问："陈漫云，你在干什么啊？"

陈漫云手颤了一下，立刻把手机按灭，慌张地站起来，垂着头看桌面，说："对不起。"

如果今天是沈放舟或者王川看手机，徐平峰肯定让臭小子滚出去，可现在是一向还算乖巧且进步巨大的陈漫云，徐平峰顿了顿，叹了口气："坐下吧，下次认真点。"

陈漫云充满歉意地点了点头，慢慢坐下了。后面的课陈漫云都在认真听讲，没注意手机的动静。

沈放舟是在第一节课快结束的时候才来的，索性就没进教室，右手提着书包在教室门口等着。

下课铃响了以后，徐平峰走出教室看见他就开始皱眉："哟，您还知道来上学？还知道自己是学生啊？"

沈放舟跟着笑了笑："没，老师，路上堵车。"

徐平峰冷笑了一声："堵车？你骑个破自行车还堵呢？"

沈放舟很顺畅地接话："老师，现在流行低碳生活，路上自行车也多。"

徐平峰彻底对他失去耐心了，嫌弃地朝他摆了摆手："你有多远给我滚多远，看见你就心烦。"

每次看到沈放舟，他就觉得头上稀疏的头发又少了几根。

沈放舟笑了笑，又和徐平峰保证说没有下次了。

沈放舟提着书包走进教室的时候，别人都在吵闹，晃荡的日光里，周围的吵闹声都被消音，沈放舟只看得见陈漫云。

她是不一样的。

沈放舟从来不会妄言评判别人，但是陈漫云不一样。

她永远生机勃勃且满怀热爱，让人想起明媚的春天和永悬不落的月亮。

她和其他人都不一样。

十八岁的沈放舟这样想。

然后他迈步，接近他的月亮。

陈漫云低着头，神情很低落地捏着笔。

沈放舟走过来时陈漫云仰头看他，问道："为什么迟到？"

沈放舟含含混混应了一声，坐下来的时候从书包里掏出纸盒递给陈漫云。

陈漫云不明就里，接过来才发现纸盒还带着余温，一股很浓的奶香味溢出来。

她把盒子转过来，发现是淮市某家网红糕点店的标识，打开一看，是一盒蝴蝶酥，摆放方式很有巧思。

陈漫云顿了顿，转头："买这个干什么？"

沈放舟把刚刚装纸盒的塑料袋抚平折起来，抽空回答陈漫云："想买给你不行啊？他们说好吃。"

他真的只是上学的时候路过，碰巧几个网红在那里打卡拍短视频，其中一个想邀请他出镜，他拒绝了。后来，他顿了顿又问："这个……好吃吗？"

那几个网红说好吃，于是沈放舟就穿着淮大附中的校服排队买了一盒。

见陈漫云尝了一口，沈放舟问："好吃吗？"

陈漫云垂眸看着那盒蝴蝶酥，声音低低地"嗯"了一声。

沈放舟点点头，从课桌暗格里摸出数学书。

傍晚放学的时候，陈漫云还是不怎么开怀，手撑着下巴做化学的推断题。

那盒蝴蝶酥已经失去精致的摆盘，但是陈漫云现在才觉得它是有生活气息的，而不是摆在漂亮的展柜里，向看客明码标价。

沈放舟突然抬头，问道："陈漫云，如果……我是说如果，有人送你一架直升机，你会开心吗？"

谷阳说购买直升机的手续流程很长，沈放舟想先问问陈漫云喜欢什么颜色的。

陈漫云蹙眉，很不解地看着他。

沈放舟顿了顿，似乎在找合适的措辞，继续开口：“只是一种假设。”

陈漫云沉默了，顿了顿，问：“小船哥，为什么要假设呢？我本来就有啊。”

十五岁的时候，陈漫云对航空感兴趣，那一年她的生日礼物就是一架喷气式直升机。

沈放舟现在只想知道是谁卖给了他妹妹假酒，现在都没醒呢。

他顿了顿，搜罗语言安慰她：“没事，会有的。”

谷阳，快点，我妹妹真的特别想要。

陈漫云笑着，似乎隐约想起来昨天醉酒时候的片段。她打开手机的相册，朝着沈放舟的方向晃了晃，语气很认真地告诉他：“不是啊，小船哥，我昨天没说醉话，我真的有。”

沈放舟抬眸，在照片里看见陈漫云和……一架直升机。

沈放舟无比震惊地相信了他花花妹妹有直升机的事实，因为据他了解，陈漫云应该还没有这么高超的修图技术。

“所以你……已经有了？”沈放舟的声音有点沙哑。

陈漫云点了点头，觉得沈放舟的反应说不出的有趣。她憋着笑，故作失望地开口：“我现在对你很失望，普信哥。”

没想到你是这么物质的人。

花花妹妹自己有飞机……沈放舟特别颓废地接受了这个事实，接着整个身体半靠在椅子上。

陈漫云看着他的反应，笑得眉眼弯弯。

几分钟之后，陈漫云接到秦姨的电话，匆匆忙忙离开了。

沈放舟发了一会儿呆，想了想，最后给谷阳打了个电话：“那个直升机不用买了。”

谷阳在那边“哦”了两声，他就说嘛，现在的孩子哪有那么夸张。

没过一会儿，他就听到沈放舟语气特别认真严肃地说：“可以买颗星星吗？太阳系的那种就可以。”

主要是他实在没办法给陈漫云搞个卫星。

谷阳愣了下，在想是沈放舟疯了还是自己幻听了。

沈放舟花了好几天时间才接受了这个事实，他觉得这世界也太梦幻了，他高二这年认识了陈漫云，结果陈漫云转头告诉他，她拥有一架直升机。

行吧，也有可能是最近直升机通货膨胀了。

沈放舟这样想着。

沈放舟最近莫名其妙注意起了自己的形象，每天在卫生间洗漱的时候都要看一眼自己的着装，其实也只有校服里的卫衣，换来换去也就那么几件，没什么好看的。

沈放舟挑眉，拧开水龙头，用冷水洗了把脸。

十一月中旬，淮大附中进行了第三次月考，与前两次不同，这是淮大附中第一次把理科合并为理综一张卷，时长为两个半小时。其实对于陈漫云来说是有利的，因为做完物理多余的时间可以匀出来给其他学科。

照例是考完试的第三天出成绩，上午沈放舟出去和王川他们打篮球，回教室的时候被徐平峰在门口拦住。

徐平峰冷笑着看了沈放舟一眼。

沈放舟不自在地挑了挑眉，问："怎么了？"

徐平峰看到他的样子更来气，捏着那张成绩单劈头盖脸地骂："还每天给我嘻嘻哈哈的呢，成绩都落成什么样了？你就给我每天不着调吧，早自习也不用来上，每天吊儿郎当，嘻嘻哈哈的像什么样子？"

沈放舟没弄懂是什么情况，但依稀记得自己考试时确实做错了一道大题，只得低着头乖乖挨训。

沈放舟的成绩其实也说不上退步，成绩有浮动是再正常不过的事，但徐平峰实在是快要被他气炸了，还有半年就是高三的学生了，每天居然依旧懒懒散散的样子。

这时正好陈漫云从教室里出来，她把手里的稿纸递给徐平峰以后偷偷看了沈放舟一眼，朝他弯了弯嘴角。

沈放舟抬起头，也朝着陈漫云笑了笑。

发觉徐平峰注意到这边，于是陈漫云收起脸上的笑意，看着徐平峰手上的稿纸。

"老师，这是那个演讲稿。"

本周五的成绩总结会，陈漫云作为优秀学生代表发言，写了稿子先给徐平峰过目。

沈放舟这才趁机看清那张成绩单。

他成绩确实下降了，年级第二。

沈放舟没在意，挑眉继续看单子，陈漫云理综 286 分，总分 689 分，年级第一。

沈放舟比第三名许慎高两分，陈漫云却比沈放舟高了快十分。

这个成绩段提高一分都难，可陈漫云依旧在这个成绩段建立起了绝对优势。

因为沈放舟偏科，许慎心态不稳，陈漫云没有短板，她的化学、生物甚至是超出常人的优秀。只有沈放舟知道，陈漫云也就学了三个月而已。

他甚至有点欣慰地想着：花花妹妹就是优秀。

沈放舟一脸欣慰，看着陈漫云问了句："同桌，你要去演讲啊？"

陈漫云看了眼徐平峰的脸色，又朝沈放舟点了点头。

徐平峰笑眯眯地看着沈放舟："别急，你也有演讲的机会。"

沈放舟愣了愣：这不好吧?

徐平峰继续笑里藏刀："没事，你也有演讲的机会。你回去写一份检讨，啊，具体谈一谈你这个成绩退步、迟到早退的事哈，反省一下，最好深刻一点。周五集会的时候你也上台，给咱们年级起个示范的作用。"

沈放舟："示范作用?

徐平峰顿了顿，又补充："别多想啊，你这属于反面教材。"

等徐平峰走了以后，陈漫云笑着看沈放舟，带着那么点幸灾乐祸地提醒他："小船哥，别忘了写检讨。"

沈放舟挑眉，噙着笑，手伸到她背后，微微拽着她校服领口的边缘处："行啊，陈漫云，你长本事了。"

他是为了谁，嗯?

陈漫云边笑边躲开，让沈放舟赶快去写检讨。

他指节有些凉，不小心碰到陈漫云的手背。

感受到微凉的触感，陈漫云躲开几寸，抬头看到沈放舟的眼睛，很甜地笑了一下。

"谢谢我们小船哥。"

沈放舟下颌还是紧绷着，但是"嗯"了声，说："回去吧。"

周五的集会说得再准确一点就是成绩总结会，淮大附中的领导不知道最近又在研究什么治校方针，讲究树优秀榜样，抓恶劣典型。

陈漫云和恶劣典型本人沈放舟在主席台旁的一侧站着。

俊男靓女，其实挺打眼的，唐敬盛的小弟有点蒙地看着两个人，然后回头看了看大哥唐敬盛的脸色，小声说着："啧，其实第一名长得确实挺好看的。"

年级里都传开了，沈放舟和许慎都翻船了，唯独人家转学生一次比一次考得好。

重点高中哪管你长得好不好，成绩才是王道。

小弟发誓，在这三分钟内他是很想学习的，整个什么逆袭剧本，多酷啊。

小弟转头问唐敬盛："哎，盛哥，你觉得第一名她好看吗？"

唐敬盛他不敢觉得。

他可没忘陈漫云的那一脚，踢得他膝盖疼死了。

已经改过自新的小唐眼神沉重地看着小弟，语气里充满了人生阅历："少关注这些肤浅的东西，让我们一起期待陈姐下次的考试成绩。"

过了一会儿，唐敬盛才看到陈漫云旁边的沈放舟，然后身子微微后倾，问旁边的人："什么时候第二名也能发表学习感言了？"

他咋记得以前没这环节？

下一秒，沈放舟就为他解答疑惑。

平心而论，沈放舟不装酷的时候看着还是挺有好学生那味的，头发的边缘都理得很整齐，一身干净利落的校服，捏着张稿纸，人模狗样地站在那儿宣读检讨。

少年带着点磁性的声音通过麦克风传到集会的操场上。

"大家好，我是高二（7）班沈放舟，在今天这样阳光明媚的日子里，我深刻反省我上个星期迟到早退的错误……

"在班主任徐老师的谆谆教诲下，我迷途知返，悬崖勒马，改头换面，好好做人了。"

陈漫云心想：这发言稿不会是王川写的吧？

徐平峰站在队伍末尾，听着沈放舟的检讨，点了点头，虽然这成语用得乱七八糟吧，但认错的态度还可以。

下一秒，沈放舟继续开口。

"其次，由于本人沉溺与学习无关的各种事情，导致学习成绩退步到了全校第二名，情节非常恶劣，本人内心十分忏悔，在此做出深刻检讨，希望各位同学引以为戒，专心学习。"

有在专心学习但也没有考到第二名的同学们愤怒了。

杀人诛心！这是杀人诛心！

沈放舟清了清嗓子，为他的检讨结尾："最后，让我们祝贺我的同桌陈漫云同学勇夺月考第一名。"

徐平峰被气得说不出话来，脖子涨得红彤彤的，着急地给广播室打电话，声音里透露着点气急败坏："切掉，给我把他的麦克风切了！"

老师们乱作一团，底下的学生却像被人点了火，不知道是谁先起头鼓起掌来。

操场是散音的，但还是陆陆续续响起掌声，还有善意的哄笑。

“沈放舟，牛啊。”混乱里不知道谁说了这么一句。

徐平峰气得快要爆炸，一抬眼准备找罪魁祸首的时候，却发现沈放舟和陈漫云两个人都不在了。

第六章
再爱几公里

周五集完会就放学了，沈放舟和陈漫云突发奇想要翻墙，墙有点高，陈漫云慢慢蹭着边缘下来，和沈放舟走在巷子里。

“小船哥，”陈漫云的脸很红，是因为刚才操场上的事，“我刚才以为……你疯了。”

沈放舟笑了笑，承认了：“可能吧。”

那句话怎么说来着，人不轻狂枉少年。

还没走出巷子，陈漫云突然顿步，和沈放舟拉开距离。

沈放舟不解地皱眉。

不是妹妹，你这怎么还翻脸不认人呢？

陈漫云有点害怕，看着巷子口的女人，把手背在身子后面，低着头叫了一声：“妈。”

沈放舟也愣了，重复了一句：“妈？”

下一秒，他看到巷子口的云珊。

云珊戴着墨镜，身穿西装，踩着高跟鞋，眼神特别讽刺地看着陈漫云和他。

云珊冷笑了一声：“别叫我，我担不起。”

她还说陈漫云为什么不想出国呢？原来是因为这个。

巷子里的气氛很微妙，沈放舟先反应过来，向前走了几步，把陈漫云挡在身子后面。

他抬眼，把另一只手从校服口袋里拿出来，很笔直地站着，说了声：“阿姨好。”

云珊没理，径直越过他，抓着陈漫云的手往巷子口的方向拽。

她太用力，陈漫云吃痛地皱眉。

沈放舟见状挡住云珊。

云珊心里压着火，不耐烦地看了一眼沈放舟。

沈放舟没在意，耸了耸肩，把云珊的指甲从陈漫云的手上拿开，开口：“你把她弄痛了。”

云珊顿了一下，她有留指甲的习惯，愤怒冲上了她的头脑，所以刚才忘记了。

一旁的陈漫云低着头看地面，没吭声。

云珊的司机从车上下来，叫了云珊一声“老板”。

司机挠挠头，似乎也没想到自己就老老实实开个车都能碰上这么狗血的画面。

老板，老板女儿，还有一个和老板女儿年龄相仿的男同学。

看起来……就很要素齐全。

云珊深呼了一口气，看见陈漫云躲在沈放舟的身后，叫她：“陈漫云，过来，跟我回家。”

沈放舟挑眉，察觉到母女相处的怪异之处，转头问陈漫云：“陈漫云，你想吗？”

他的余光瞥见云珊的司机，再看向陈漫云的时候语气很轻松：“我应该能打过他，你想回去吗？”

陈漫云被他弄笑了，沉默了几秒以后点了点头，说：“没事。”

沈放舟这才挪开身子。

云珊冷着脸带着陈漫云上车。

别墅里的中央空调和除湿机在运作，偶尔可以听到轻微的声音，秦姨把准备的银耳汤盛在玻璃碗里端到客厅。

云珊没喝，把银耳汤打翻在地板上。银耳汤炖得很绵密，里面似乎还加了燕窝。

陈漫云垂眸，看见地板上映出吊灯的影子和银耳的残羹。

陈京打了电话过来，云珊说了几句又吵起来，最后把电话挂掉。

云珊的手指在桌子上敲动，过了几秒以后抬头：“陈漫云，不解释一下？”

陈漫云没说话。

云珊闭了闭眼，觉得疲惫，她的教育或许出了差错，她还记得陈漫云小时候话不多，但是很开朗，笑起来眼睛会弯，会声音很甜地叫她妈妈。

不像现在，她为陈漫云准备好了一切，陈漫云却丝毫不为她考虑，也不为自己考虑。

云珊伸手在眼睛附近按摩，过了一会儿叹了口气，从文件袋里面拿出A4纸，递给陈漫云："之前怎么样我不追究了，你把这个签了。"

她语气很平和。

陈漫云蹙眉，走过去拿起文件。

是签证文件。

陈漫云抬头，抿了抿唇以后问云珊："这是……我的吗？"

云珊觉得自己生了个蠢货。

她点点头，从旁边的暗格里抽出笔塞到陈漫云手里，说："签字。"

陈漫云挣脱，把笔放在一边，语气很认真地对云珊说："妈，我不想出国。"

难道国外的月亮比国内的圆？怎么可能。

陈漫云隐隐约约感觉到奇怪，云珊似乎……很想把她送出国。

云珊直视着陈漫云，过了一会儿以后开口安抚道："你想学航空是不是？有好几所藤校和英国的学校航空专业都很好，你出国以后再选专业好不好？"

这是第一次，云珊在专业选择方面表现出妥协的态度。

陈漫云蹙眉，开口问道："妈妈，是不是……公司出事了？"

云珊伸手揉了揉眼睛，说："没有。"

过了一会儿，她的眼线有些花了，哽咽着说话："没有出事，妈妈只是想你出国而已。"

陈漫云没接话。

云珊态度很强硬，从旁边捡起笔，手覆在陈漫云的手背上，用了点力气握她的手，说："签字。"

过了一会儿，云珊开口问："为什么不签呢？啊？我都说了让你学航空，为什么还不肯出国？是因为那个男孩子吗？因为他你不想出国？"

云珊声音最后带着哭腔，她不明白陈漫云为什么不想出国。为什么呢？她为陈漫云付出了那么多，签证、学校、语言班、让她学航空专业，为什么陈漫云还是不愿意呢？

陈漫云摇了摇头，说："不是。"

过了一会儿，她又看了看云珊，伸手去擦云珊眼边的泪珠。

云珊的泪又落下来，挥开陈漫云的手，自己看着那份需要签字的文件。

过了一会儿，陈漫云自己一个人上楼，在书桌上看书的时候收到沈放舟的短信。

FZ：到家了吗？

AAA 专业修飞机陈小姐：嗯。

沈放舟没再回消息了，陈漫云把手机放到一边，去书桌旁边的书柜里找资料，还没碰到书的时候电话响起来。

是沈放舟打过来的。

陈漫云接起来。

沈放舟顿了顿，开口："你妈妈……骂你了？"

见陈漫云这边没声响，沈放舟没动作，耐心等她的回答。

陈漫云先摇了摇头，随即才反应过来，说："没有。"

陈漫云情绪有点低沉，觉得云珊最近特别奇怪。

沈放舟空着的另一只手从茶几下面翻出来一罐可乐，拉开拉环以后汽水噗噗冒气泡。他笑着开口："妹妹，她是不是威胁你了？"

沈放舟口中的她指的是云珊。

陈漫云被他神神秘秘的语气弄笑，说："没有。"

沈放舟："嗯……陈漫云，你不会有个未婚夫吧？"

沈放舟想：富豪不是最喜欢搞什么商业联姻嘛。

陈漫云被他的脑洞惊到，过了一会儿又笑道："对，没错，我有个未婚夫，他家是在南非挖石油的。"

过了一会儿，她又补充说："嗯，就是这样。"

她的语气太严肃。

沈放舟把手里的可乐罐放在茶几上，声音有点颤地问了一句："真的？"

陈漫云没说话。

沈放舟想着王川说得果然没错，越漂亮的女人越会骗人。他挑眉，警告她："妹妹，你可不能始乱终弃。"

陈漫云先沉默，接着就笑出声来："小船哥，你还真信了啊？"

真情实感在伤心的沈放舟反应了几秒才声音很闷地开口："陈漫云，别乱说这些。"

他是真的会当真，手抖得差点拿不稳手机。

陈漫云说："好。"末了又声音很低地告诉他，"小船哥，我不值得的。"

听到这话，沈放舟顿了好几秒，认真地告诉她：“你值得全世界最好的爱，陈漫云。”

陈漫云的眼泪簌簌地流下来，哽咽着“嗯”了一声。

云珊后来很平静，再没和陈漫云提过关于沈放舟的事。

陈京在某个周末回来过一次，在客厅收拾东西的时候碰见陈漫云，问陈漫云想不想出国。

陈漫云摇了摇头，说：“不想。”

陈京笑了笑，伸出手，似乎是想摸摸陈漫云的头：“爸爸知道了，我去劝你妈妈好不好？你就留在国内。”

陈漫云顿了顿，说：“谢谢。”但是她没让陈京碰到自己的发顶，而是绕过他上了楼。

她有点难受，蒙着被子睡了一会儿，后面又觉得头晕，想下楼接杯水的时候听到书房里的争吵。

云珊故意压着声音，陈漫云只听得到“出国”和“你恶不恶心”这两句。

应该是在骂陈京。

陈漫云拿着玻璃杯，扶着楼梯的扶手，面无表情地听着。

书房里很快传来骚动，云珊摔了花瓶，然后是尖叫。过了一会儿，云珊歇斯底里地骂人：“我告诉你陈京，那是我女儿，用不着你指手画脚。”

声音很尖锐。

云珊以前自诩是优秀的女企业家，从来不会高声说话。

陈京又说了什么陈漫云就没有听清了。她突然觉得没那么渴了，动作很轻地走回自己的房间。

她想，为什么没有人问过她愿不愿意呢？

沈放舟没想过第二次见陈漫云的母亲是这样的情景。

沈南城的酒吧里，云珊抬眼观察少年。

云珊以前见过杨程宇，但沈放舟和杨程宇完全不一样，有很独特的气质。

云珊呼了口气，把包里的支票拿出来递给沈放舟。

沈放舟挑眉：“什么？”

他向前倾身，看到支票上的数字，挺多零的。

云珊双手交握着开口：“我希望你可以离开陈漫云。”

太像电视剧里的桥段了，沈放舟笑了笑，伸出手把那张支票撕碎，碎纸片洋洋洒洒地落下来。

“我不是为了这个。”

他是为了陈漫云。

云珊觉得很可笑，扭头打量酒吧的装修，再开口的时候语气很轻蔑：“你不是为了这个？是我给得太少了吗？价格可以商量。”

沈放舟顿了顿，第一次不知道如何应答。他反问：“这么喜欢谈钱啊？那我们谈谈喽，云女士，我给你两倍的价格，你别逼你女儿行不行？嗯？”

沈放舟冷笑着问她，巧了，他爹妈没怎么管过他，就是钱管够。

多少倍他都掏得起。

那天在巷子里当着陈漫云的面，沈放舟表现得温和而谦逊，但今天不一样，他很尖锐，说话带着刺。

沈放舟没见过自己的爸妈，也没怎么和沈南城相处过，但他依然觉得云珊作为母亲的态度很奇怪。

他开了罐可乐，突然问了云珊一句：“你爱她吗？”

“什么？”

沈放舟喝了口汽水，很认真地问云珊：“你为什么不问问陈漫云愿不愿意呢？你真的爱她吗？”

说好的世上只有妈妈好呢？云珊怎么能这么拧巴？

云珊被这句话气笑了，抿了口水，回答他：“我和陈漫云的父亲最近在准备资产分割的事情。”

两家还有项目在推进，所以陈京和她不可能离婚，只能分割婚内的财产。

云珊语气很平静：“陈漫云的父亲希望利用她来联姻。”

“利用”其实是很刺耳的字眼。

云珊希望用资源来置换，但是陈京始终没有松口。

云珊直视着沈放舟，捂着嘴笑了，很怪异的弧度：“你知道吗，我见过那个人，比云云的父亲还大两岁。”

那人是很有本事，陈京想用亲生女儿来拉拢他。

云珊想想都觉得恶心。

男人的爱怎么能如此轻易地消逝？陈漫云的那架直升机是陈京送的，但也是陈京要亲手把她推进火坑。

云珊是被家里召回来和陈京联姻的，她上头有两个哥哥，几乎把家产全部分完，留给她的只有一笔信托基金，比起家族的财富完全微不足道。

她不服气，自己开公司，最忙的时候可以一个月吃住都在公司。

她怎么会不爱陈漫云呢?

那是她怀胎十月，去了鬼门关一趟生出来的女儿。陈漫云小时候体弱多病，她抱着那么小的孩子跑遍了淮市所有有名的医院。

生下陈漫云的前两年，几乎所有人都在劝她再生一个男孩，她没听，她觉得女儿不比任何人差。小姑娘跌跌撞撞学会走路的时候她高兴得想哭，竞赛获奖的时候她真情实感地骄傲过。

可是那又怎么样呢?

她爱陈漫云，她所有的一切都会是陈漫云的，她希望陈漫云可以学商科，因为有钱以后陈漫云才不会被她父亲当作资源。

多难听啊，她的女儿怎么能连婚姻的自主权都没有呢?

这些事她从来没告诉过陈漫云。

云珊顿了顿，哽咽着对沈放舟说："我想送她出国就是为了这个……沈放舟，算阿姨求你，不要和她联系了。"

她那会儿给陈漫云起名字，最后一个字不是因为她的姓氏，而是云，是天空中永远自由自在的云。

沈放舟从云珊开始说第一句就沉默了，感觉呼吸被人夺走，喉咙涩到说不出话："什么意思?"

"就是我说的意思，"云珊想起刚才沈放舟的问题，继续说道，"她不愿意出国，我希望你不要和她联系，我可以送她出国学航空。"

云珊闭了闭眼，抽出旁边的纸巾来擦泪。

过了好一会儿，沈放舟在寂静中开口。

"好。"

天气越来越冷了，为了除湿和美观，酒吧里安装了壁炉，时不时会有一簇簇小火苗冒起来。

陈漫云很喜欢，所以总是窝在包厢里的沙发上，边看书边烤火。

这个周六，陈漫云写完了作业就窝在沙发里看书，那本《航天器的总体设计》被她看得差不多了。

她打了个哈欠，转头看到沈放舟撑着手腕在看她。

沈放舟被她发现，很快地移开视线，看着前面的火苗。

陈漫云歪头看了他一会儿，开口问道："小船哥，你怎么了?"

她发现沈放舟最近总是有点心不在焉，他有时候写张普通难度的卷子能写三个小时。

云珊那天以后就出差了，外地的分公司出了些问题，她着急地赶过去对账和收拾残局，甚至第二天都没来得及吃早饭，当然也就没来得及管陈漫云的事。

陈漫云还觉得挺幸运的。

沈放舟不自在地扬眉，过了几秒说："没有。"

沈放舟站起来，去柜子里给陈漫云拿罐旺仔牛奶。之前这里没有旺仔牛奶的，因为陈漫云爱喝，所以他买了一箱。

沈放舟蹲下，从柜子里面拿出旺仔牛奶，递给陈漫云的时候避开了她探究的眼神。

他解释："最近在做思维导图，有点累了而已。"

知道沈放舟最近确实在复盘化学的全部知识内容，陈漫云点了点头，没在意。

过了一会儿，她有点困了，把书收起，说："我想睡一会儿。"

沈放舟点头，撑着手腕站起来："我去给你拿张毯子。"

他身上有很重的薄荷味，陈漫云抬眸看他，还是觉得他最近有点不对劲。

陈漫云没说话，过了几秒，侧头抬眸去看沈放舟。

她看着他的眼睛，像是在确定什么地问道："小船哥，我们会去首都的，对吗？"

淮市总是有云雾，陈漫云不喜欢，她想去首都，那里四季分明，秋天的时候落叶会变黄，冬天则有绵延的大雪，好几天不会消融。

这个问题她问过沈放舟，上一次他说好，但陈漫云莫名还想再问一次。她仰头看着沈放舟，等待着他的回答。

沈放舟眼睛低敛着，过了一会儿很轻地开了口："我去拿毯子。"

毯子在隔壁房间放着，沈放舟进房间后轻轻关上门，抬头看了眼外面的天色，连片的乌云在天边低垂着，大有风雨欲来的架势。

他呼了口气，顺势靠在墙边。

沈放舟其实算是情绪很内敛的人，现在也没什么表情，眉眼低敛着想事情，直到被骚扰电话打断才回过神。

他怕吵到陈漫云，匆忙间挂断手机，拿上毯子。

沈放舟再进门的时候，陈漫云已经睡着了，她睡着的时候很安静，眼睫打下一小片阴影。

陈漫云的眼睛是杏眼，形状很圆润，闭上的时候整张脸会显得有一种毫无攻击性的恬静。

沈放舟把毯子盖在她身上，把边缘的地方掖好。

沈放舟突然就想带她走，随便去哪儿，去一个谁也不认识他们的地方，把她藏起来。他的花花妹妹值得这世界上最好的一切，他以前觉得她值得黄昏好风景，值得夏天时西瓜最甜的那一口，现在觉得她值得自由和快乐。

陈漫云只是想学航空而已，她在知识的滩涂拾取贝壳，希望将来见到星河灿烂的宇宙。

仅此而已。

沈放舟从来没有替陈漫云做过决定，这是第一次。

“小船哥？”

陈漫云抬眼，不知道他在干什么。

沈放舟很快地站起来，说：“我去洗把脸，等会儿送你回家。”

隔着粗糙的玻璃门，陈漫云转头，看着他的侧脸映过来。

沈放舟的外套滑落在地上，陈漫云垂头，从地上捡起来。

口袋里的东西也滑落出来，陈漫云一一拾起来，手机、校牌、饭卡，还有薄荷糖。

陈漫云看了眼沈放舟的手机，不知道在想什么，抿了抿唇。

下一秒，沈放舟慌慌张张冲出来，把手机塞进裤子口袋，他甚至没来得及擦脸，眉眼旁边有水迹，似乎是刚想起来手机放在外面。

他刚才语气很生硬，陈漫云沉默了好几秒，说：“我手机没电了，想用你的手机叫个网约车。”

沈放舟“嗯”了声，但没有掏出手机的意思：“我帮你叫。”

陈漫云特别讽刺地笑了一下，观察着他的慌张，问：“我不可以看吗？”

沈放舟顿了顿，说：“没有。”

他避开陈漫云的视线看手机，云珊给他发了好几条短信，他伸手划着屏幕删干净，勉强笑着把手机递给陈漫云。

“给你。”

陈漫云没接，看了一眼沈放舟，说：“我不看。”

路上，沈放舟想解释，陈漫云冷着眉眼没说话。

沈放舟顿了顿，迟疑地开口：“陈漫云，我们……”

他很少叫陈漫云的全名，平时都是叫“妹妹”，开玩笑的时候叫“陈小姐”，唯独很少叫“陈漫云”。

陈漫云心里难受了一下，冥冥之中仿佛知道他想说什么，没搭话，很快地走到网约车旁边。

陈漫云伸手揉眼睛，打断他的话：“有什么事改天再说，好吗？”语气甚至带着颤音。

沈放舟看了她好一会儿，点了点头。

氛围古怪得说不上来。

陈漫云走后，沈放舟一个人上楼。

没开灯，空气有些闷，他有些颓然地低头，任凭夜色洒落在他身上。

寂静的房间里“啪嗒”一声，亮如白昼，沈放舟抬头，发现是沈南城。

沈南城确实不太想管沈放舟，他母亲当年把沈南城耍得团团转，后来拍拍屁股就和沈南城的哥哥好了。

基于这个前提，沈南城觉得自己能把沈放舟全胳膊全腿地带大都已经是功德无量了，别那么多要求。

还是阿杰提醒他，说沈放舟最近不太对劲，他一开始没在意，就准备上来简单地看看，这才发现沈放舟颓废地靠在沙发边上。

沈南城没在意，在旁边的位子坐下，嘲笑道：“别这么萎靡不振，男人，有点出息行不行？你叔叔我二十五岁的时候已经名扬珠三角了。”

沈南城根本不想管他侄子死活，他只想吹牛。

沈放舟顿了顿，突然抬头看了沈南城一眼，说：“我不信。”

“嘿，”沈南城也来脾气了，看着他，振振有词，“你不信就算了，你叔我就是这么牛。”

沈放舟没心思听他讲陈年旧事，看了他一眼：“我真的很想她能过得好。”

沈南城似乎想起来什么，问道：“就是你给补课那小姑娘？”

似乎也就这么一个选项了，因为除了这个小姑娘，沈南城还没见沈放舟对谁这么上心过。

沈南城顿了顿，回答他：“那就去见她，你跟我说什么？”

他又不是陈漫云。

沈放舟摇头。

沈南城被沈放舟的表情逗笑，伸手拍了一下沈放舟的后脑勺：“哟，你得绝症了？”

别和他演这些情情爱爱讨厌的戏码，他沈南城可不吃这套。

沈放舟还是没搭话。

沈南城过了一会儿才开口，像在回忆青春：“沈放舟，如果想见她就去见，不然将来会后悔一辈子的。”

沈放舟疑惑地转头：“你……后悔吗？”

沈放舟隐隐约约听过沈南城之前有个恋人，不知道怎么被他作没了，然后就一直单着到现在。

沈南城沉默了好久，收起那些不正经，说：“我后悔了。”

沈放舟“哦”了一声：“我觉得我以后也会后悔。”

隔着时差，隔着山川和湖海，他可能永远也见不到陈漫云了。

他们短暂地相遇，然后分离，像露水一样被蒸发，直到看不见痕迹。

陈漫云和沈放舟之间的奇怪气氛连向来神经大条的王川都注意到了。

每天吵吵闹闹的气氛被安静和沉默取代。

陈漫云不再问沈放舟问题，最常做的事情就是看着窗外的景色出神。

王川坐在陈漫云的后面，从他的角度可以看到她的脖颈，她低着头是很脆弱的样子。

陈漫云一直有一种破碎感，或许是颓废和流言蜚语带来的印记。

沈放舟从外面回来时，陈漫云很快地移开视线，面朝着沈放舟的相反方向。

沈放舟垂眸，背后那罐旺仔牛奶被捏在手里，在空中晃荡了几下又塞进不见天光的暗格里。

那天以后，陈漫云等了很久，沈放舟没有解释，一句都没有。

淮市的秋天来临的时候，她和沈放舟的关系也到达了冰点，她后来也没再问过了。

她从前在物理竞赛的最高殿堂登顶，骄傲也一起镌刻进骨子里。

陈漫云手指捏着化学卷子，没说话。沈放舟把掉落在教室地上的橡皮擦捡起来放在陈漫云的桌面上。

一片阴影笼罩过来的时候，陈漫云察觉到了，但没抬头，继续看着手里的卷子，余光却不听话，瞥见他——很清瘦，薄唇。

老人说，这样的人最薄情。

陈漫云指尖用力，把卷子边缘揪出褶皱才放手。

这次的物理小测，陈漫云交了白卷，只写了班级和姓名。

郑萍几乎快被她气死，反复询问她是不是不舒服，有什么难处。

陈漫云一句话也没说，像是在和自己较劲。

她看不见的地方，沈放舟眼神流连于她的发顶，抿着唇沉默。

两个人都像吃了哑巴药。

王川先看不下去了，从座位上站起来，拍了拍沈放舟的肩膀：“喏，沈哥，出去透透气，走吗？”

沈放舟怔了几秒，点着头站起来，跟着王川走出教室。

天台风景很好，王川扶着栏杆看下面的景色，过了一会儿才开口：“沈哥……你和花花妹妹是什么情况？”

王川是全程在场的观众，见过沈放舟和陈漫云关系好的时候恨不得天天黏在一起，沈放舟讲个化学题都要看着陈漫云笑，像神经不正常一样。

所以当沈放舟和陈漫云突然冷淡下来，都不愿意和对方说话的时候，他就觉得有点不对。

王川叹了口气，不太明白情况，但还是劝沈放舟。

“没事。”沈放舟伸手，烦躁地拨了拨头发。

他靠在栏杆上，傍晚的风从夕阳那边吹过来，少年过了一会儿补充说：“没有。”

王川“哦”了一声，听出来沈放舟不想多言，也就没再说话，自顾自地看手机。

李朝阳问王川去不去打球，他回了句“好”。

还没等王川站起来，天台的入口处有声音传来，是几个男生说笑着上来了。

不知道谁先挑起的话题，其中一个男生问了句：“哎，孙凯，你们班那个第一名……”说话的人顿了顿，让人听不出语气地补充，“怎么样了？”

他嘴里的孙凯也是七班的学生。

孙凯疑惑地抬头：“哪个啊？我们班两个第一名。”

沈放舟是，但陈漫云也拿过第一名。

“你个呆瓜，那个转校过来的女生啊。”问话的人挑眉，朝旁边啐了一口。

“哦，你说陈漫云啊，我不知道啊，她最近好像和沈放舟闹别扭了。”

孙凯平时没太关注这些，但这件事堪称七班第一瓜，想不知道也难。

问话的人眼神不屑地笑了笑，摸着下巴说：“啧，你们班那个第一名……长得挺漂亮的。”

他说完以后，旁边几个男生很懂地笑了笑。

他们陆陆续续又说了很多，全部关于陈漫云。

沈放舟的脸藏在阴影里，王川看不清他的神情，但还是有点担心，边说话边站起来：“沈哥，我出去警告他们一下。”

王川没能站起来，因为沈放舟按住了他的肩膀，自己站了起来。

沈放舟悄无声息地出现在问话人的身后，没迟疑，从后面圈着那人的脖子，将那人一路拖到天台的边缘。

刚才说话的人大惊失色地呼喊。

事情发生得太突然了，在场的人反应过来就要冲上去拉开两个人。

他们还没接近就被王川拦下来。

王川笑嘻嘻地说：“哎，人家两个人的事，你们掺和什么啊？”

他对孙凯说：“孙凯，以前真是没看出来，你也是个烂人啊。”然后“啧”了一声，语气似乎很惋惜。

孙凯一下子呆住，知道沈放舟他们应该全都听到了。

“王哥，我们刚才……刚才是说着玩的，没那意思。”几个人面面相觑，赔笑着，“开个玩笑，玩笑而已。”

王川耸肩，胳膊还是没让开，继续笑着：“沈哥也是和他开开玩笑喽，你们这么紧张干什么？”

周围的人悻悻地收回手。

刚才那些话确实欠打。

王川把人拦下，看了一眼沈放舟。

沈放舟拽着那个人的领口，眼神里带了冷意和戾气，骂道：“你有病是不是？”

刚才开口的人也就是个花架子，没什么真本事，挣扎几下就没力气了。他咳了几声，没来得及说话。

因为沈放舟拽着他的领口，要把他撞向天台的女儿墙。那墙壁是水泥砌的，边缘锋利且粗糙。

王川心惊了一下，急忙过去拦住沈放舟，拽着他的胳膊，一点点让他泄了力气。

沈放舟的眼睛还是红的，喘着气，眼神还盯着地上的人。

王川劝道：“沈哥，算了。”

沈放舟眯了眯眼。他刚才也被碰到，伸出手背来抹了下额角，有点流血了。

他笑了，反问王川：“算了？

“凭什么，嗯？”

凭什么就这么算了？

凭什么这么说陈漫云？

王川比沈放舟着急，沈放舟是完全没考虑后果的，再继续下去迟早会出事。他跺了跺脚，捏着手机给陈漫云发短信。

又过了好几分钟，天台的铁门“啪嗒”一声再次被人打开。

沈放舟扭头，看见陈漫云站在那儿，心跳不由得漏了一拍，比刚才任何时候都手足无措。

周围太喧嚣，他没听清陈漫云刚刚说了什么，问她：“你说什么？”

陈漫云泪水在眼眶里打转，忍住没掉下来，声音带着哭腔：“我说，小船哥，不要打人。”

沈放舟顿了顿，把那人的领口放开，隔着喧嚣的人群和她说：“好。”

那个人跌跌撞撞地爬起来，被周围的人搀扶着离开了天台。

王川笑眯眯地跟在人群后面出去，临走前把天台的门虚掩住。

关门声惊动了沈放舟和陈漫云，两个人一起抬头看他。

王川“嘿嘿”笑了两声，说道：“没事没事，我先走了啊，你们好好聊，好好沟通哈。”

说完，他就利索地离开了。

陈漫云靠着天台的墙壁，慢慢滑落着想坐下。

沈放舟瞥见了，把校服从旁边捞起来，递给陈漫云，让她垫着坐在下面。

两个人很沉默。

他脖颈和耳朵处都是绯红的颜色，眉峰处有伤，应该是刚才混乱中被划伤的。

陈漫云看着伤口，问他：“疼吗？”

沈放舟顿了顿，似乎才想起来这处伤口，不自在地用手摸了摸，故作轻松地说：“没事。”

陈漫云看着他的伤，没说话。

沈放舟笑了笑，继续逗她：“妹妹，我没事，小打小闹，你见谁打得过我啊？”

他语气越轻松，陈漫云越想哭，眼泪簌簌地流下来，哭着问他：“你为什么打架？”

沈放舟声音一下也没停顿：“不为什么，我就看他不爽。”

陈漫云直起腰来，用含着水雾的眼睛直视他：“王川刚刚跟我说了。”

沈放舟顿了一下，腹诽：王川的嘴是火箭炮吗？这么能说。

他“嗯”了一声，伸手摸了摸陈漫云的发顶，哄她：“妹妹，别怕。”

不要哭陈漫云，我在这里。

傍晚风声簌簌，但他的语气绝对温柔。

流言蜚语而已，陈漫云竞赛后从不在意，但她还是想哭，一字一句地控诉：“小船哥，别不理我。”

沈放舟，怎么能这样呢？你把我拉上岸，又把我抛弃在人海。

沈放舟挑眉，伸手，动作很轻柔地用指腹擦干净她的眼泪，呼了口气，说：“陈漫云……我……”

陈漫云仿佛知道他要说什么，摇着头打断他，断断续续地说：“我不听……不许不理我。”

她太着急，以至于呼气都不顺畅，哭着摇沈放舟的手。

沈放舟心里突然觉得难受，他以为他这种选择是对的，所以故意不理她，想让她出国，但他忘了陈漫云是只小兔子，敏感又爱哭。

他太自以为是了。

沈放舟声音很轻：“不会再这样了。”

陈漫云的眼泪顿住：“真的？”

沈放舟点头，说：“真的。”

天台风声变得寂静，沈放舟又哄了陈漫云半天。

陈漫云抿唇，问他：“那天，为什么不给我看手机？”

她也不是非要看，但沈放舟那天的行为实在是太反常了。

沈放舟沉默了好几秒才开口：“妹妹，说出来你可能不信。”

陈漫云回道：“嗯，你先说。”

等你说了再决定信不信。

沈放舟呼了口气，在心里向王川说了声抱歉：“王川那天给我发短信，说他得了痔疮，让我不要告诉任何人。”

“妹妹，你也不要告诉别人，王川他……自尊心挺强的。”沈放舟补充。

陈漫云沉默了：没有想到，王川……这么身残志坚呢。

晚上，结束了跟陈漫云的视频，沈放舟慢慢瘫在床上，呼了口气，给云珊打了个电话。

他伸手揉了揉眉毛，不小心碰到了伤口，轻声“啧”了一声。

电话接通，他先开口：“喂，我想……和你谈谈。”

陈漫云不想出国，也不能被她父亲操控一生。

为了这个，他可以付出一切。

总有办法的。

夜幕降临，酒吧里最拥挤，沈南城仰躺在卡座里谈事情，对面是沈南城之前在南港认识的商业伙伴顾行书。

顾行书确实找沈南城有些事情，这些年政策有变化，南港的市场又已经饱和了，顾行书想在淮市开家新公司拓展市场，可惜他在淮市人生地不熟，拉不到投资。

他那天喝酒的时候突然想到沈南城在淮市，就来找沈南城了。

沈南城握着酒杯，听完以后点了点头，不紧不慢地开口：“想法挺好的，我精神上支持你。”

顾行书笑了，伸出手给他把酒杯满上：“南城，别光精神上支持我啊。”

沈南城挑眉，反问：“那还要什么支持？”

顾行书“啧”了一声，伸出手，大拇指和食指做了个摩擦的动作：“南城，咱俩这关系，我就直说了啊，赞助我点启动资金吧，到时候我给你分成。”

南港那边有个大项目，暂时抽不出来资金，顾行书就想到了沈南城。沈南城年轻的时候在南港是个名人，二十出头的小伙子，胆子比天大，硬生生在寸土寸金的地方闯出一片天，最风光的时候在维多利亚港都有一席之地。

沈南城后来急流勇退从南港回到淮市，放弃了挺多，当时沈南城的场子，顾行书也吃掉不少。

想到这儿，顾行书有点心虚，摸了摸鼻子，掏出烟盒来，抽出一根烟递给沈南城。

沈南城没接，问：“你要多少钱？”

顾行书摸着下巴笑了笑，沉吟了一会儿说了个数字，数目还不小。

沈南城：“别和我开玩笑，说正经的，要这么多，你干吗啊？”

顾行书说：“我没开玩笑。”神情很认真。

沈南城“哦”了一声：“那你可以滚了，我没这么多钱。”

顾行书可不信，沈南城年轻的时候在南港挣得可不少。

沈南城看出了顾行书的想法，觉得顾行书真是看得起他，嗤笑了一声：“我没钱，酒吧这么多人都得发工资，又要养小孩。”

顾行书听到这话抬头看了一眼酒吧，员工确实不少。他迟疑了几秒才反应过来，沈南城刚刚说……小孩？

“你结婚了？”

还有了小孩？

顾行书有点不可置信。

“没，我侄子。”沈南城不愿意多言，从卡座里站起来。

刚巧沈放舟从二楼下来，他手指着沈放舟说：“喏，就是那个。”

顿了顿，沈南城开口婉拒道：“我没兴趣再搞那些了，现在的生活就挺好。顾行书，我不干这些很多年了。”

沈南城的语气是少有的疲惫。他现在只想在淮市安定下来。

他伸手招呼站在旁边的少年：“沈放舟，过来，送客。”

顾行书叹了口气，把名片从口袋里拿出来，放在茶几上：“南城，你再想想，我不着急。”

开间酒吧生意再好也算不上暴利，他不信沈南城愿意安稳下来。

见沈南城没搭话，顾行书“啧”了一声就往外走。

沈放舟沉默地跟着他。

顾行书第一次仔细观察沈放舟，刚才光线太暗，看不清少年的眉眼，现在看来沈放舟和沈南城……完全说不上相像。

他被自己的发现逗乐了，手揣在兜里，脚踢石子玩。

沈放舟先开口：“你在南港……干什么？”

顾行书乐了，找了个温和的词：“当商人……对，我在南港当商人。”

沈放舟点了点头，转头问他：“那怎么让商人……嗯……失去一些东西？”

“那需要足够的诱饵。”顾行书看着巷子口的灯光，语气满不在乎地回答沈放舟。

只要有足够的利益，商人甚至可以出售绞死自己的绳索。

有一个词怎么说来着，顾行书想到了，叫欲壑难填。

夜色很冷，是暗色调的。

沈放舟点点头，沉默了好一会儿，在夜色里开口：“我可以给你。”

顾行书没反应过来，疑惑地问：“什么？”

沈放舟的下颌线还是紧绷着，继续开口：“我可以给你钱，不需要偿还。”

顾行书的神色变了，让沈放舟不要开玩笑，那是沈南城都未必拿得出来的数字。

“可以叫律师来公证，”沈放舟耸了耸肩，“我只要你……帮我做件事情。”

顾行书觉得有意思，问道：“什么事？”

最近的一次考试，沈放舟再次回到第一名，许慎的分数咬得很紧，陈漫云的化学稍微弱了一点，在第三名。

陈漫云倒是没在意，她化学底子确实不太牢靠，再加上前段时间有些分心，所以成绩不好也是正常的。

沈放舟比陈漫云还着急，捏着她的那张化学卷子从第一题看到最后，分析失分点。

陈漫云就撑着下巴听着，觉得沈放舟语气有点着急，便抿着唇小声说：“我不小心忘记了呀。”

沈放舟看了她一眼，语气蓦地也软下来：“那你下次要记住。”

接着，他就仔细地把过程写在旁边。

在后面目睹一切的王川腹诽：哇哦，昨天是谁一副苦大仇深的样子，今天就在这儿“那你下次要记住哦”？

王川觉得沈放舟好矫揉造作。

他冷哼了一声，扯着自己的化学卷子，捏着嗓子叫沈放舟：“沈哥，也给我讲讲呗。”

前边没人回答他，王川抬头，发现沈放舟还在和陈漫云小声说话，根本没听见他说话。

还是陈漫云先反应过来，她推开沈放舟，用表情示意沈放舟给王川讲题。

陈漫云还特别隐晦地问了一句：“王川，你最近……身体还好吧？”

陈漫云觉得自己已经问得够委婉了。

王川愣了一下，觉得自己最近身体应该还行啊。

这是啥意思?

沈放舟先反应过来，慌慌张张转过去：“来，王川，我给你讲题。”

王川倒是也没什么好问的，就是当一个人不会的太多的时候，他甚至不知道从何问起。

沈放舟心不在焉地给王川讲题，他怀着造谣王川的愧疚心情，还是想努力讲得认真点的。

可惜王川……没听懂。

王川一直觉得自己并不算笨，但沈放舟讲得也太跳跃了，好多数据他都不知道怎么得出来的，后面越听越迷糊，不可思议地问：“你平常就这么给陈漫云讲题的？”

这都啥呀，说个公式就直接出答案?

这谁能反应过来?

沈放舟也纳闷了，王川平常看着那么机灵，这么简单的化学题都学不会?

普信哥本人沈放舟顿了顿，朝着王川不满地开口：“怎么？我讲的，你不满意？”

又过了一会儿，沈放舟斟酌着语气回答了他那个“你平常就这么给陈漫云讲课的”的问题。

“其实我平常给陈漫云讲课也不是这样的。”

王川欣慰了，觉得自己还是有救的：“是吧，你给我讲得太粗糙了。”

动不动思路就跳走了，这谁能跟上?

沈放舟顿了顿，语气中带着点怜悯：“不是，你没她聪明。”

他给陈漫云讲课跳得更快，因为陈漫云思路一通立马有答案了。

王川觉得自己被狠狠伤害了，顿了顿，摆了个停的手势，又顺势去拿水杯，边拧开杯盖边和沈放舟说话：“停停停，别继续这个话题了，沈哥。”

放过他吧。

沈放舟顿了顿，想起来别的事情了，嘱咐王川：“王川……你记得吗？你有痔疮。”

王川差点把水一口喷出来，呛着声和沈放舟解释：“沈哥，你记错了吧？我没有啊。”

他健康着呢。

沈放舟拍拍他的肩，站起来：“好，那你现在有了，记着点啊，别穿帮。”

沈放舟给顾行书的那笔钱分了三次打进他卡里，谷阳是公证的律师，在现场时脸色比咖啡还难看。

谷阳伸出手数着纸上的零，心想：嗯，只要我这个金牌律师再努力工作一千八百年就可以挣到了呢。

沈放舟没在意，身形懒散地靠在椅子靠背上，挑着眉看顾行书。

顾行书是真没想到沈放舟能拿出来这笔钱，忍不住笑了。他喝不惯咖啡，只要了一杯冰水。他看着杯壁上的雾气，问：“哎，大侄子，你这钱……告诉你叔叔没？”

这么一大笔钱，顾行书怕沈南城追究。万一惹怒了沈南城，他也别想在淮市混了。

沈放舟摇头，回答：“我叔叔不知道这笔钱。”

顾行书更疑惑了，他之前还以为沈南城就这一个侄子，所以把沈放舟当继承人培养，但现在看来似乎并不是他想的那样。

他看向谷阳。

谷阳咬牙切齿地保持着得体的微笑，回答：“是这样的呢。”

谷阳已经快疯了，都想把沈放舟扔淮河里冷静冷静。

没事吧？这可不是笔小数目，你就这么白白送人了，你爹妈知道了得原地气死。

顾行书被谷阳瞪得有点后怕，讪讪地收回目光，“嘿嘿”笑了两声。

沈放舟坐起来，随手翻开合同，匆匆看了几眼，直接翻到最后一页签上自己的名字。

动作很利落，没有一点犹豫。

谷阳在旁边比他还纠结，小声叫了一声，吸引了咖啡厅里不少人的注意。谷阳做了个抱歉的手势，死死扯着合同，声音哀怨：“沈放舟，你再想想。”

沈放舟把谷阳的手撇开，把合同递给对面的顾行书。

顾行书乐了，他算是看出来了，这笔钱是沈放舟的，但最舍不得的是谷阳。

有意思。

他搭着谷阳的手，拿笔在那份赠与协议上签了名字。

过了一会儿，他看着谷阳的脸色，调侃道："我说，人家自己都愿意，你个律师着急什么？"

皇帝不急太监急。

谷阳狠狠瞪了顾行书一眼，气得要死，末了把扯着合同的手放开。

他叹了口气，觉得沈放舟没救了，最后一次提醒："沈放舟，这个数字，你将来可是挣不回来了。"

沈放舟的父母出于补偿的心理让他带回来这笔钱，但沈放舟转手又"赠送"给了顾行书。

沈放舟眉目舒展，笑着回道："那就挣不回来喽。"

语气并不在意。

顾行书侧头看沈放舟。

也是在这一刻他才明白，沈南城和沈放舟还是有相似之处的，沈南城二十岁的时候可以在南港一掷千金，沈放舟十八岁的时候就可以千金散尽。

有意思。

他起身，临走的时候朝沈放舟点头："你放心，钱我不白拿。"

是指他答应沈放舟的事。

沈放舟点头，目送着顾行书走出咖啡厅。

谷阳满脸生无可恋地喝了口咖啡，反问沈放舟："满意了？"

沈放舟"嗯"了声，站起来，提醒谷阳："对了，你等一会儿记得把咖啡钱结了，我从现在开始要省钱了。"

他还得省钱给他花花妹妹买旺仔牛奶呢。

谷阳没接话。

沈放舟以为他没听到，又重复了一遍。

谷阳拿手指指着门口，让沈放舟麻利点滚，声音有点虚。

钱，那么多钱，都被这个破烂玩意儿给败光了。

他快气死了！

沈放舟耸肩，把谷阳的冰美式推给他："喏，喝点吧，败败火。"

谷阳差点就原地爆炸。

啊，沈放舟你这个赔钱货！

天气很冷，沈放舟把自行车停到固定的位置以后就晃晃悠悠往学校大门走。

初冬有寒气，呼出口气来都会带着白气，沈放舟打了个哈欠。

一步，两步，走到第三步的时候，他视线里出现陈漫云的背影，看着很娇小，低着头慢慢走着。

陈漫云是那种很听话的好学生，平常总是规规矩矩穿着校服，搞得沈放舟平常也不好意思不穿。天气冷，她在校服外面套了件蓝白格子的毛呢外套，领口处毛茸茸的，她藏在里面，像只冬眠的小动物。

沈放舟笑了下，快走了几步走到陈漫云的右边，又轻轻拍了拍她的左肩。

陈漫云本能地向左转头，没看到沈放舟，疑惑地蹙眉，下一秒就听到少年的笑声。

很低，混着冬天特有的寒意，冷冽又缱绻。

沈放舟懒洋洋地调侃："妹妹，你怎么这么蒙呢？"

陈漫云蹙眉，不高兴地开口："人都是有惯性的好不好？"

下意识的本能反应就是朝被拍打的那一边看呀，沈放舟怎么这么讨厌。

沈放舟继续笑，手伸进她的脖子后侧，看着像是要拿手冰她。陈漫云边退边躲开，等了一会儿才发现没有预想中的凉意。

沈放舟只是帮她整理下领子就退开了。

陈漫云想了半天，还是觉得刚才她就是没蒙，扯着沈放舟袖子和他商量："不行，你再拍我一次，我这次一定反应得过来。"

她还不信了。

沈放舟挑眉，笑着看了她好几秒，没答应。

"妹妹，这东西都是一次性的，玩第二次就没意思了。"

陈漫云抿唇，满脸不高兴地走在前面。

沈放舟隔着几步跟着她，没过一会儿少年伸手，像刚才一样拍了拍她的右肩。

陈漫云在想事情，再加上刚刚沈放舟拒绝了她，她也就没放在心上，被拍以后还是动作很快地朝右边转。

几乎是转过头去的瞬间，陈漫云就反应过来了，懊恼地想着自己应该往左边转的。

下一秒，她就把这个想法抛到了九霄云外，因为沈放舟朝她笑了笑。

就像被拍到以后所有的本能反应一样，只要看见她，他就想笑。

课间的时候，徐平峰来宣布元旦晚会的事情，总之就是一切从简，各班自己操办，娱乐放松一下就可以了，毕竟马上就是期末考试，总不能喧宾夺主，把学生的心再弄得野了。

沈放舟没仔细听，趴在桌子上和陈漫云玩五子棋。

陈漫云总要耍赖，明明都画了错号，又反悔说要下别的地方：“我不下这儿了，我下这儿你就赢了。”

沈放舟笑了，捉住她的笔：“别耍赖，陈漫云。”

刚才有赌注来着，不然沈放舟也不会这么上心。

陈漫云叹了口气，说：“不玩了。”

才玩了一会儿，她已经输给沈放舟好几次了。

沈放舟把纸收起来，提醒她：“赌注什么时候兑现，嗯？”

赌注的内容是要答应他的要求来着。

沈放舟掰着指头数陈漫云输了几局。

陈漫云转头，捂着耳朵说：“不听不听，王八念经。”

现在是课间，徐平峰还在上面奋力地演讲：“对啊，咱们30号有个小测试，31号下午上两节课就开始联欢。”

“虽然是咱们班内联欢，但是大家也要踊跃参与啊，这可能是咱们班最后一次组织跨年活动了。”徐平峰音调有些低。

高三时间紧任务重，就没有时间跨年了。

班里的吵闹突然停滞住，还是十七八岁的孩子，吵吵闹闹走过青春的时候没有想到以后会分别。

徐平峰也顿住了，过了一会儿又笑着说：“嗨，还早着呢。这样啊，咱们这个元旦晚会是鼓励大家表演的哈，到时候科任老师也来，大家有节目的……嗯……报给李冉和高原吧。”

李冉在下面点了点头。

沈放舟听到后顿了顿，顺便把刚刚玩五子棋的纸收起来，转头问道：“妹妹，你知不知道30号是什么日子？”

陈漫云在心里算了算，开口：“30号，嗯……”

她算出来了，但还是没反应过来沈放舟的意思，迟疑着回答：“是KFC疯狂星期四？”

她小船哥什么时候喜欢吃这个了？

沈放舟顿了顿，沉默了几秒以后开口，声音压低：“陈漫云，我是在那天出生的。”

30号是沈放舟的生日，他出生的第二天，父母把他交给了沈南城，再也没回来过。

陈漫云没想到是这个答案，但很快就反应过来，下巴压着手背，用气声问沈放舟想要什么礼物。

少年看着她，突然摇了摇头。

沈放舟在人间晃荡的第十八年，上帝把陈漫云带到他面前，是恩赐，也是命运。

他从此有了披荆斩棘的勇气，但也有了软肋。

神爱世人，所以把陈漫云带到他面前。

这次遇见就是最好的礼物，没有之一。

沈放舟半天没说话，陈漫云感知到他的情绪似乎并不太对，吸了吸鼻子，声音很低地唤他。

她想让他别伤心。

沈放舟顿了顿，莫名其妙地开口："妹妹，我知道你是个好姑娘。"

陈漫云不明就里地"嗯"了一声。

沈放舟顿了顿，开口："所以刚才输给我的那五个要求，什么时候兑现？"

好姑娘可不能欠账。

陈漫云腹诽：就知道沈放舟正经不了三秒。

云珊从外地出差回来的时候，听到的第一件事就是陈京投资失利的消息。

饭局上，某个生意伙伴介绍了个南港的投资人给陈京，这个人姓顾，叫顾行书。

顾行书介绍了一种在南港很流行的投资玩法给陈京他们，有极高的回报率，当然也承担着不小的风险。

顾行书人模狗样的，还有白皮书加持和不菲的启动资金，周围的人都听得很认真，陈京也表现出对这件事的极大兴趣。

饭局上大家推杯换盏，不知道谁先提了句云珊，笑着打趣："老陈，你还不回家啊？小心被老婆骂啊。"

谁不知道陈京毫无经商的天赋，时常还要看云珊的脸色。

陈京脸色僵了一瞬，很快调整过来，面色如常地笑了笑，说："没事。"

顾行书倒是很上道，抿了口酒打圆场，嫌弃地看了说话人一眼："你扫兴不扫兴？对了，听他们说……陈总是有个女儿是吧？"

陈京接住这个话题，握着酒杯点了点头。

顾行书整场酒局都很克制，对于各方的攀谈并不热切，周围人想要加码入局，顾行书的态度也很敷衍，神色并不激动地搭话：“再说吧，现在还不是很缺。”

顾行书越这样，陈京反而越感兴趣，发财的门路就那么几条，着急拉人下场的多半是杀猪盘，像顾行书这样遮遮掩掩，并不乐意公开招募资金的才是真正的贵人，说明他们本身就有极其稳定的资金流，不在乎这些小头。

南港势力鱼龙混杂，顾行书能在那个大染缸里面安安稳稳待那么多年，实力不容小觑。

陈京若有所思地看着顾行书，心里却在想别的事情。

中年男人的饭局无非就是那几样，谈论时事和吹嘘自己年轻时候的“光荣事迹”。顾行书不置可否，只是静静地听着几个人大吹特吹。

饭局散了以后有人提议去蒸桑拿，顾行书说有事，就拒绝了。

陈京也没去，目送着一群人浩浩荡荡远去。

顾行书嘟囔着说了句南港话，一听就是特有的方言，陈京没听懂。

两人在外面的露台上吹风。

顾行书的神色很惬意，在晚风里点了根烟，手指随便搭在栏杆上敲打，在心里默数。

一秒，两秒……

一截烟灰掉在暗红色的地毯上，烟雾笼罩住顾行书的眉眼，他听到陈京上来问好。

烟雾里，顾行书笑了，把烟掐灭，表情很惊讶地回头，似乎没有认出陈京来：“陈总？有什么事吗？”

陈京支支吾吾了半天，是为难的神情。顾行书在心里嗤笑了一声，也没逼问，自顾自地掏出手机来看了一眼。

沈放舟给他发了条短信问进展，顾行书瞥了一眼，没回，把手机又塞进西装裤的口袋。

再抬头的时候，陈京总算鼓足勇气，试探地问顾行书项目进行得怎么样了。

顾行书倚在栏杆上，说一切顺利。

他说完就沉默了。

晚上露水很重，露台有专门用来休息的椅子，他扶着竹编椅子坐下，抬头笑着问陈京：“陈总有什么话就直说吧，拉拉扯扯的，多没劲啊。”

陈京顿了顿，过了一会儿才终于开口：“顾总，你们那个项目……还缺资金吗？”

“小钱是不缺的，”顾行书了然地笑了笑，伸出手指和陈京比画，开门见山，“要加码的话，我建议你投这个数。”

陈京看清了，问他：“两千万？”

顾行书摇了摇头，重复：“两个亿，两个亿才有继续加码的可能，回本也更快一点。”

要让陈京一败涂地，区区几千万怎么够呢?

公司的估值几十个亿都说得，但是两个亿的现金流就难说了，陈京手里还有家族的项目在推进，两个亿绝不是小数目。

见陈京有些迟疑，顾行书没在意，笑了笑，拽着自己的西装外套起身，一边往外走，一边说：“两个亿而已，陈总可以试试，我可以打包票。我在南港，未有败绩。”

男人并不留恋，说让陈京好好想想。

陈京若有所思地看着外面的夜景，雾重，所以感觉到了寒意。

家族里他是成绩最不好的那一个，组建家庭之后云珊事业也比他出色。云珊规划好了陈漫云的一切，不准他插手，所以他才总想着用陈漫云的婚姻当作筹码。

陈京用力，把手里的烟盒折弯。

云珊出差回来的时候已经尘埃落定，陈京挪用了正在进行的项目公款，按照顾行书的说法，很快就可以产生大量盈利。

陈京后来又催过顾行书几次，可顾行书一改之前的态度，只说生意有赚有赔很正常，谁也控制不了。

陈京公司的所有现金流都断了，项目推进不下去，他没办法，只好到处筹钱。

云珊还没听完就把书桌上的瓷器摔到地上，噼里啪啦碎了一地，皱着眉训斥他：“蠢货，你怎么敢的啊？”

这么大的数目也敢轻易挪用，那是陈云两家在推进的项目之一，算是家族里给陈京的机会和资源。

“云珊，你先别骂我了，我们是夫妻。”陈京的语气很疲惫，顾行书太信誓旦旦了，他没想到是陷阱，“你那儿还有资金吗？先借给我周转一下。”

项目催得紧，再拿不出来钱，整个家族都会质问他。

云珊被他的愚蠢逗笑，反问：“然后呢？”

拆东墙补西墙，什么时候才算个头？她的公司资金也不能断，何况是两个亿的大数目。

见云珊不肯松口，陈京眼角有泪，恳求道：“珊珊，算我求你，我们结婚这么多年，还生了一个可爱的女儿，看在这么多年的夫妻情分上，你也得帮帮我。”

他两个大哥对公司虎视眈眈的，只要他犯错，他在老头子那儿一点儿家产都分不着了。

他怎么甘心？

他不提陈漫云还好，云珊听到以后就冷了脸，陈京也好意思提陈漫云？

她呼了口气，庆幸之前已经做了财产分割，不然几个项目都不够给陈京填窟窿的。

云珊说不清此时是什么心情，她和陈京结婚时肯定是有爱的，但这么多年过去，爱情早就被消磨得差不多了，更何况还有陈漫云的分歧在。

“至高至明日月，至亲至疏夫妻。”云珊闭了闭眼，知道陈京会在陈家的继承斗争中出局了，声音有点哑，“陈京，我一分钱都不会给你，你咎由自取……”

云珊话还没说完，陈京却听懂了。

你咎由自取，怨不得别人。

他颓然地瘫在椅子上，有些怨怼地开口：“云珊，这么多年夫妻，你何苦这样？”

云珊勉强笑了笑，准备回房间，临走前留下一句：“陈京，你自己作的孽，别连累我和女儿。”

她的全部将来都是陈漫云的，怎么可能去给陈京填窟窿？

她又没疯。

陈京是她最失败的投资，一个愚蠢至极的丈夫不仅毫无用处，还是个拖累。

沈南城还在酒吧，沈放舟便和顾行书约在咖啡厅见面。

“罪魁祸首”顾行书得意扬扬地挑眉，和沈放舟描述他是如何成功的。

沈放舟一直没搭话，兴致缺缺地喝着可乐。此时已经是初冬，他依旧习惯喝冷饮，汽水罐冒出的气泡滋滋作响，少年随意“嗯”了两声。

顾行书兀自手舞足蹈了一会儿，发现沈放舟的心思根本不在他身上，也就熄了兴趣。过了一会儿，他才终于想起来，边喝咖啡边问：“哎，大侄子，我还没问，你和那个陈总什么仇什么怨？”

下手这么狠。

沈放舟面色很平静：“那是我同桌的父亲。”

顾行书挑眉，仔细理了一下这句话的关系。

陈京是沈放舟关系很好的同桌的……

等等！

顾行书嘴里的咖啡差点喷出来，下一秒不可思议地叫出来：“爸爸？”

陈京是沈放舟同桌的爸爸?

沈放舟眉眼舒展开，无所谓地“哎”了一声。

顾行书无语了，想着沈放舟怎么能这么幼稚，又追着问：“什么意思沈放舟?你让我去整你同桌亲爸啊?”

不会是这两人在合伙整他吧?

顾行书惴惴不安地想着。

“没，”沈放舟觉得顾行书大惊小怪的样子还挺丢人的，解释道，“他们……关系不太好。”

“关系不太好”这句话就挺暗藏玄机的。

陈京随时可能对陈漫云不利，云珊只想着把陈漫云送出国，但以后呢?

陈漫云念完书以后呢?

难道一辈子都不能回到故土，一辈子都躲躲藏藏?

他花花妹妹是要做飞行器设计师的人。

陈京想巴结别人，无非是想在继承中得到优势，沈放舟要做的，就是让陈京在斗争里出局。

一个挪用家族重要项目资金的人……家族会怎么看他?

剩下的事情就交给陈京的竞争者，他们比沈放舟更希望陈京失误，这是千载难逢的机会。

“哦！”顾行书是独生子，不明白其中的弯弯绕绕，但还是努力像见过大世面一样表现平淡，讪讪地接了句，“那你还……挺为你同桌着想的，哈哈。”

沈放舟眉间有郁色，语气难得认真，看向顾行书：“为了她，我什么都可以做。”

沈放舟说这话的时候还挺深情的，就是深情的目光是看着顾行书的，让顾行书有点蒙。

顾行书愣了下，问道：“沈放舟，这是因为我正好来淮市了，要是我不来呢?”

我来了，所以沈放舟可以给陈京下个套，要是我没来呢，沈放舟准备怎么对付陈京?

沈放舟挑眉笑了笑，语气也有点困惑：“我也不知道啊。”

两人又聊了一会儿，顾行书匆匆忙忙地出去接了个电话，再回来的时候表情为难地看着沈放舟。

“大侄子，事情好像……有点办砸了。”

咖啡厅里很寂静，沈放舟捏着可乐罐抬头。

顾行书很慌张，举了举手机，让话筒贴近沈放舟的耳侧。

沈放舟没懂，有点蒙地接过来。

电话那头是沈南城，他咬着牙压着火开口："沈放舟，你给我滚回来。"

今天不是酒吧的休息日，但沈南城下午打完电话就让阿杰他们打扫干净就下班了。阿杰他们有点纳闷，但还是收拾好以后就把吧台的灯光都关掉，转身的时候看见沈南城把茶几上的酒水掀翻在地上。

随着一连串噼里啪啦的声响，玻璃杯和酒瓶倒了，混着酒精的味道刺激感官。

阿杰惊了，在原地站着，踌躇了一会儿又小心翼翼地开口问："沈总，需要收拾吗？"

酒水像在地上流淌的暗流。

沉默片刻后，沈南城冷着脸摆了摆手，说："不用。"

沈放舟进来的时候看见的就是这么一副景象，灯关着，整体是昏暗的，洋酒在地上流了一大片，酒瓶和杯子的碎片在地上，月光洒进来反射出破碎的光，沈南城在暗色里扶着额头，没说话。

沈放舟垂眸看了几眼，伸手按开了开关，"啪嗒"一声，瞬间亮如白昼。

"叔叔……"沈放舟不自在地叫了声沈南城。

"别叫我叔叔，"沈南城举了举手，打断他，语气不太好，"沈放舟，你是我叔叔行不行？我问你……顾行书的钱，是从你那儿拿的？"

陈京那件事闹得太大，又影响到了家族的一个重要项目的推进，陈京的两个哥哥咬得紧，希望靠这次事件来彻底扳倒陈京。

陈家派人来调查，从千丝万缕的关系里顺利摸到了顾行书。这位还以为这儿是在他可以一手遮天的南港，狂妄得甚至没有做任何伪装。

调查组里有沈南城的旧交，查到沈放舟和顾行书的资金往来以后第一时间告诉了沈南城。

沈南城听到这个消息的第一反应是不敢置信，淮市就那么大，陈家继承人内斗的事情沈南城也有所耳闻，但也只当作笑话看，怎么可能和沈放舟扯上关系？

沈放舟低着头，依旧是沉默。

沈南城仰头看了眼晃眼的灯光，直起身子来，抬高了点声音："沈放舟，说话。"

沈放舟无言地看着地上的玻璃碎片，过了好一会儿才微哑着声音开口："是。"

他回答沈南城刚才的问题，顾行书的钱，是他给的。

他的语气很平常，沈南城却在一瞬间被点燃怒火，猛地站起来，用力拽着他的衣领，骂骂咧咧。

“沈放舟，有病是不是？那些东西你都敢碰，啊？”

沈南城和顾行书年轻的时候在南港做的事情多少有点打法律擦边球的意思，沈南城已经金盆洗手，想和顾行书划清界限，所以才没答应借钱的事情。

谁能想到他前脚刚拒绝，他侄子就上赶着送钱。

沈南城想到这件事就觉得头疼，他没收着力气，拳头砸在沈放舟的身上。

少年刚开始没反应过来，被这一拳打得踉跄了一下，退开几步以后尝到一股铁锈味，拿手背擦了擦嘴角，皱着眉看到手背上的血迹。

沈南城站在原地喘气。沈南城不算矮，但沈放舟还比他高一点儿，少年沉默地站在灯光里，侧脸在阴影里看不出神情。

沈南城看着沈放舟冷笑：“别告诉我你不知道那个姓顾的是干什么的，陈家现在满世界找他，真追究起来送你俩一起去吃牢饭也是有可能的。”

沈放舟眼睫颤了颤，下颌紧绷着，开口：“我知道。”

他知道要付出什么代价。

沈南城跌跌撞撞走到卡座附近，路过卡座的时候边骂边踹了沈放舟好几脚。

事已至此，沈南城也就不指望沈放舟能够迷途知返了。他顿了顿，在脑子里飞快地重新捋了一遍时间线。

“钱哪儿来的？”沈南城皱着眉，清了清嗓子开口。

顿了顿，他又问：“还有，你掺和这件事干什么啊？”

那么大笔数目不是小钱，沈放舟出去卖肾都不够，沈南城一直没想明白沈放舟是从哪儿来的钱，还有沈放舟掺和这件事干什么？

沈放舟语气很寻常：“我出去找了个朋友，朋友给的。”

茶几上还有两三罐啤酒，孤零零地立在角落里，沈南城顺手抄起一罐往沈放舟头上砸，气急败坏地说：“你给我好好说话。”

沈放舟伸手接住啤酒罐，听见里面的液体晃荡，耸了耸肩，知道沈南城气差不多消了一半了。

少年抬眼，看了一眼沈南城，和他商量：“我说了你别生气。”

沈南城拿右手盖住眼睛，揉了一下又移开，觉得自己已经不能比现在更生气了。

沈放舟顿了顿，有点迟疑地开口：“他们……给的。”

沈南城挑眉，几乎要条件反射地问出来他们是谁。几秒后，他立即反应过来，抿着唇，过了好久才“哦”了一声。

沈南城没再继续动作了：“他们给你你就拿着。”

沈放舟点了点头。

知道钱是哪儿来的就好说了，沈南城从来没有稀罕过沈放舟父母的臭钱，甚至都不怎么在沈放舟面前提起这两件事。

沈南城叹了口气，从茶几上又拿了一罐啤酒，打开以后仰头喝了小半罐。

“就这样吧，那个姓陈的无非是要钱而已，还给他就好了。”

沈南城希望平息和解决这件事。

沈放舟摇了摇头，说：“不行。”

陈京好不容易上钩，必须要保证一次成功。

沈南城捏着啤酒罐，猛地抬头看向沈放舟：“你什么意思？”

沈放舟沉默了好久，久到月亮甚至都西移了几寸，他才带着点哽咽，答非所问地开口：“叔叔，她特别好。”

陈漫云是什么样的人呢?

越接近她，沈放舟越难以定义，她对航空怀有热爱，这份热爱让她永不倨傲，永远保持谦逊。但她也是才十七岁的小姑娘，看到烟花会快乐，会坚定地和他说“你说，我就会相信”。

考试进步了她会笑得特别甜，不小心算错题以后会摇着头苦笑，用掌心轻轻拍着自己的额头。

善良温柔里，她是最纯粹。

唇是干涩的，沈放舟抿了抿，眼睛直视着沈南城：“她特别好，我希望她永远这么好。”

陈漫云今年十七岁，不知道她父亲在心里打着什么算盘，不理解为什么云珊总是提要把她送出国。

“让陈京一败涂地，”沈放舟勉强笑了笑，看着沈南城开口，“算我求你的，好不好？”

沈放舟眼里的坦诚和诚恳一览无遗。

沈南城也在直视沈放舟，心里甚至涌上一股近乎病态的快感。沈放舟的母亲年轻时玩弄他的感情，抛弃他和别人远走高飞。近二十年过去，沈放舟陷入感情的沼泽，为了一个女孩第一次弯腰恳求他。

沈南城没说话。

沈放舟身子笔直地站着，像一棵白杨树。

过了一会儿，沈放舟向前几步，少年的膝盖磕在玻璃碎片上，血迹从黑裤子的缝隙渗出来。

沈放舟面色很平静，直视沈南城，哑着声音重复：“算我求你。”

月亮透过狭小的窗户透进白光，沈南城看到他养了十八年的少年弯下脊梁，折一身傲骨，恳求他。

沈南城闭了闭眼，说：“我试试。”

但不一定成功。

象牙塔的神奇之处在于无论外面有什么光怪陆离，这里永远风雪寂静，安静宁和。

元旦晚会上，陈漫云也有节目，李冉排了一个小型话剧，最后还缺两个配角，李冉没胆子邀请酷哥沈放舟，便把王川和陈漫云拉去当苦力。

节目是改编的《白雪公主》，陈漫云演皇后的侍女，王川……演太监。

陈漫云叹了口气：行吧，原来西方也有……太监啊？

元旦那天天一直是阴着的，班里同学们的热情却很高涨，下午上了两节课以后就热热闹闹地开始布置教室——桌子拉开摆在两边，借来的音响设备被放在角落，气球贴在窗户玻璃上，写字好的同学被拉去布置黑板。

晚上八点的时候，李冉的节目开始表演。

前面是老套的固定桥段，皇后问魔镜：“魔镜啊魔镜，谁是这个王国最能卷的人？”

魔镜矜持地回答：“是白雪公主。”

可恶！李冉饰演的皇后恶狠狠地握紧拳头：“快，来人！再给我拿两套‘五三’，我才是这个王国里学习最好的人！”

王川站在旁边，手里捧着一本练习册，掐着嗓子附和：“没错，皇后，这是我们的押题密卷，您做了它，一定是整个王国最能卷的人，下一届卷王一定是您。”

陈漫云饰演的侍女台词比较少，只负责微微张大嘴巴，手做捂嘴的动作，语气肯定地开口：“没错没错，皇后，您才是这个国家学习最好的人。”

《白雪公主》大家都看过，但李冉的这个改编特别新奇，大家都被逗得哈哈大笑。最后谢幕的时候，陈漫云混在人群中，拉着李冉的手一起朝观众鞠躬。

沈放舟坐在角落里，笑着看脸有点红的陈漫云。

陈漫云谢幕以后就回到座位上，教室里很热，她只穿着杏色的衬衫，外面是浅绿色格子的针织马甲，丸子头没扎好，有碎发散落在耳侧。

灯光多变而流光溢彩，陈漫云看着沈放舟，很甜地笑了一下。她笑的时候从来不拘着，眼睛弯成好看的弧度。

沈放舟刚才一直沉默，现下却看着陈漫云，笑了一下就给她让开可以进去的位置。

陈漫云待了一会儿就觉得教室里热得难受，转过头问沈放舟："你想不想出去透透气？"

"什么？"

沈放舟在昏暗里疑惑地挑眉。教室里太喧闹，他没听清。

陈漫云凑近沈放舟："我说……"

离得近了，陈漫云的呼吸喷洒在沈放舟的脖颈处，稍微抬高了点声音："小船哥，我们出去吧。"

这次沈放舟听清了，眉眼在暗处舒展开，他喜欢陈漫云用"我们"这个词。

区别这世界上的所有人，单单是，我们。

沈放舟点了点头，把陈漫云的校服外套捞起来，走在陈漫云的右侧后方，绕过喧闹的人群走出教室。

现在各班都在准备各自的元旦晚会，热闹被分割成一片片的，教室里面的温度很高，玻璃上有雾气，水珠没规律地流下来，在玻璃上留下痕迹。

陈漫云从玻璃处收回眼神。

教室外面清冷而寂静，热闹都像隔了很远。

沈放舟把校服递给她，她轻轻地躲开了，说："我不冷。"

沈放舟"哦"了一声，拿着校服的手却没退开，语气很轻地哄道："一会儿就冷了。"

到底是冬天，温度很低，还有一点风，沈放舟怕陈漫云感冒。

陈漫云摇了摇头，说："真的不冷。"

沈放舟这才把衣服收回来，叠了两下以后拿在手上。他看了一会儿陈漫云，带着笑意开口："妹妹，你现在好难哄哦。"

穿个外套都要哄。

陈漫云吸了吸鼻子，没看他，闷着声回答："那你去哄别的妹妹吧。"

"不去。"

又过了一会儿，陈漫云自己觉得冷了，把外套穿上。

夜色凉如水，阶下有白霜，两个人一起往操场的方向走去。

月光打下来，让两个人的影子看起来一样长。陈漫云有些惊喜地和沈放舟分享这个发现，沈放舟看着地上两个黏在一起的影子，也笑了。

笑着笑着，陈漫云突然神秘兮兮地看着沈放舟，背着手和他说：“小船哥，我告诉你一个好消息。”

家族不再信任陈京，通过代持收回了陈京的股份。云珊和陈家进行了资源置换，获得了陈漫云全部的抚养权。

家里这两天气氛都不错，云珊甚至往家里新添置了两套青花瓷器。今天早上出门的时候，云珊破天荒地问陈漫云学习怎么样，想去首都还是留在淮市。

沈放舟看着陈漫云嘴角的弧度，装作不知情地问：“什么？”

陈漫云仰头看着他，眼睛特别亮，像有星星：“小船哥，我们可以一起去首都了。”

这是这么久以来云珊第一次在出国的问题上态度缓和，运气终于站到了陈漫云这一边。

小姑娘甚至还有一点兴奋。

沈放舟勉强笑着附和她。

陈漫云又想起来什么，迟疑了一下：“我妈妈……还问你来着。”

沈放舟面色很平静，问：“问我什么？”

陈漫云蹙着眉，一边回忆，一边回答：“她问我你是不是姓沈。”

她也觉得有点奇怪，好好的，云珊问这个做什么呢？

沈放舟笑了笑，没回答。

过了好几秒，陈漫云才反应过来沈放舟的态度不对劲，往手心哈了口气，问：“小船哥，你怎么不说话？”

他们走到操场，沈放舟撑着台阶的边缘坐下，竭力让自己的语气平静：“妹妹，我也告诉你个消息好不好？”

陈漫云仿佛意识到了什么，在他旁边的台阶坐下，掰着手指和他道歉：“好吧，小船哥，上次你生日那件事是我不对。”

30 号是沈放舟的生日，后来陈漫云送给了他五套英语习题。

还说书中自有颜如玉。

沈放舟摇摇头，说：“没事。”

他没敢看陈漫云的眼睛，盯着台阶下自己的球鞋开口：“妹妹，我……可能得转学了。”

沈南城出面平息了那件事，代价是沈放舟得离开，他和顾行书的交往一旦被人查到就完了，最保险的办法就是离开淮市。沈南城在邻省有点人脉，想把沈放舟送走，在那里参加高考。

转学？

这两个字把陈漫云脑子砸得只剩空白，怔了好几秒她才艰难地开口：“转学……为什么……为什么要转学啊？”

太突然了，沈放舟之前从来没有提过这件事。

沈放舟没解释。

陈京的打算云珊从来没有告诉过陈漫云，现在沈放舟也不准备告诉她。

他的小姑娘是这个世界上最好的，不应该被尘土风霜侵扰。

沈放舟也沉默了几秒，“嗯”了声，说：“是挺突然的。”

陈漫云的眼泪突然就掉下来，红着眼问他：“为什么？”

她的脖子和脸都红了，开始哽咽：“你什么时候走？”

沈放舟说：“明天。”

其实沈南城今天就在催他了。

沈放舟掏出纸巾来递给陈漫云，陈漫云没有接。

“沈放舟，为什么总要这样对我？为什么？”她眼泪成串地掉下来，质问他，“明天走你现在告诉我……凭什么……”

她说话断断续续不连贯。

怎么会有这样的人呢？说要和你上同一所大学，但也可以在离开的前一晚语气轻松地告诉你，说“陈漫云，我要走了”。

陈漫云其实很久没有哭过了，因为沈放舟大多数时候在逗她笑。

但这是第一次，她感受到缘分的浅薄和造化弄人。

其实她和沈放舟很容易走散，因为他总是喜欢抛下她。

这个想法本身就令陈漫云恐惧。

陈漫云在哭，沈放舟在旁边沉默，余光瞥见她把指甲陷进掌心。

“妹妹，别怕。”

别怕啊，陈漫云，我不要你为我放弃什么。

沈放舟不明白陈漫云的眼泪，他认为这是暂时的离别，所以没有在意，如果顺利的话，他们很快就能见面了。

但显然，陈漫云不这样认为，她哭得昏天黑地，差点喘不上来气。

沈放舟很轻柔地开口：“别哭，陈漫云。”

妹妹，哭什么呢？天塌下来有我给你顶着。

沈放舟之前是多么张扬肆意的一个人，但因为陈漫云，他总是觉得自己做得不够好。

给陈京下套的时候，他把所有后果都考虑了，顾行书再三和他确认的时候，他没后悔过一秒钟。

命运从来没有眷顾过沈放舟，但他为了他的小姑娘，执意胜天半筹。

所以，陈漫云，不要哭，我就在这里，永远热爱你，比热爱生命更热爱。

元旦假期结束以后，沈放舟就没来学校，很突然的一件事，像是被抹去记忆。徐平峰不再骂骂咧咧地把沈放舟挂在嘴边当反面教材，同学们在热闹地讨论了几天以后注意力就被别的事情吸引走。

沈放舟的座位空着，陈漫云每次进教室的时候都会恍惚。

一天傍晚放学的时候，徐平峰匆匆忙忙走到教室，招呼王川把沈放舟暗格里的书拿出来，然后把空桌子搬到教室外面。

“老师，书怎么办？”王川有点愣，抬头问徐平峰。

“扔掉吧，他说不要了。”

说着，徐平峰皱起了眉，看了一眼陈漫云又收回眼神，叹了口气，到底还是没说什么。

徐平峰吩咐完就离开了，班里的学生陆陆续续离开。

王川在原地犹豫了一会儿，朝着陈漫云小心翼翼地开口：“妹妹，那我……收拾了啊？”

沈放舟是在新年的凌晨坐最早的一班高铁走的，临走前给王川发了两条短信。

他说他的东西不要了，扔掉就可以。

还有，他拜托王川照顾好陈漫云。

王川看到短信的时候已经是第二天的早晨了，蒙了好一会儿也没搞明白沈放舟这交代后事的口气是怎么回事。

电话再打过去的时候，冰冷的机械女声说沈放舟的电话已经不在服务区了。

王川来了学校才听到徐平峰语气轻描淡写地说沈放舟转学的事情，还看到了强忍着快要哭出来的陈漫云。

陈漫云的手按着书本的边缘，用力到指尖都发白。

见她没说话，王川叹了口气，自顾自地转身，走了几步，从教室后面的柜子里拿出来纸箱，利索地伸手在暗格里面掏书。

“不用……王川……你先走吧。”陈漫云终于开口，抬头朝着王川很勉强地笑了一下，她整个人都流露出一种易碎感，唇色泛白，“我来收拾吧。”

王川的动作顿住，迟疑了一下不知道该怎么动作，沈哥让他把书扔了，又让他照顾好陈漫云，所以谁能告诉他，现在应该怎么办?

陈漫云又抬头，看着他，声音很轻地重复：“反正都是要扔掉不是吗？”

王川退了几步，不知道该说什么了。他似乎想要安慰陈漫云几句，嘴无声地张了张，不知道说什么，最后支支吾吾憋出来："妹妹，沈哥他……"

王川是真觉得离谱，沈放舟不是那么没分寸的人，怎么能一声招呼都不打就转学。

没有任何征兆。

他话没说完就被陈漫云打断："王川，不好意思，能让我一个人待会儿吗？"

王川悻悻地说："好。"

教室里很寂静，昏暗冷清。天色暗下来以后视线变得不清晰，陈漫云本来是坐着的，后面慢慢滑落下来，跌坐在地板上。

地板很凉，陈漫云却像没反应一样。空间其实很拥挤，因为前后都是桌椅，陈漫云抬头，稍微把身子直起来一点，动作很慢地伸手整理沈放舟的暗格。

沈放舟什么都没带走，他的桌子依旧塞得满满的，书本、卷子、打篮球时候戴的手腕带，还有一罐旺仔牛奶。

陈漫云一本一本地把书放进王川拿来的纸箱里，课本、卷子、笔记本都在，书有点多，陈漫云一本本地收拾着。

沈放舟不喜欢做笔记，大部分情况下更喜欢花时间做思维导图。

陈漫云随手翻开，发现沈放舟在笔记本的第一页空白的地方写了班级姓名，还画了一只小兔子。

是简笔画，小兔子画得娇憨可爱，揣着一把枪。

沈放舟画得够细致，在枪的手柄上用很细的笔写了"98k"的字样。

奇奇怪怪。

陈漫云摸着书页的边缘笑了。

把笔记本放进纸箱后，陈漫云抬头，发现已经收拾完了，怔了好几秒。

过了几秒以后，她低头看着纸箱里满满的书。

沈放舟什么也没带走。

除了她的那五本习题册。

陈漫云抿了抿唇，仰头闭眼，咬着唇才让自己没哭出来。

她勉强撑着手站起来，把纸箱抱在怀里，她胳膊其实很细，看着很柔弱。

走在路上，偶尔有寒风吹过来，把陈漫云的发丝吹起来，气象台没有发布预警，她却觉得这是淮市最为漫长的寒冬。

傍晚风很冷，陈漫云抱着装满书的纸箱走回别墅，看到了在厨房煲汤的云珊。

她的气色看起来似乎很好。

陈京的事情陈漫云也听说了，但没怎么在意，甚至是无感。

陈京不算合格的父亲，陈漫云的生活琐事更多是秦姨负责的。

“多加点银耳，给云云补一补。”云珊养尊处优太久，家务事都不太习惯，手忙脚乱地转头和秦姨说话。

秦姨笑着应了声“好”，按云珊的吩咐去拿东西。

她们聊了很多，云珊语气很轻松，和陈京的婚姻是完全失败的，她在这场婚姻里唯一珍惜的就是陈漫云。

这是她的女儿，将来谁都不能左右她的女儿。

陈漫云的人生是自己的。

秦姨从橱柜里取出碗和勺子，余光瞥见在客厅里站着的陈漫云，笑着叫她：“云云回来了，你妈妈在给你煲汤呢。”

云珊肢体有点僵硬，但还是看着陈漫云，语气稍微有些不自在：“秦姨说你喜欢喝这个……我做了点。”

秦姨在旁边看着，眼神甚至有点欣慰，觉得这对亲母女的关系总算有所缓和了。

陈漫云勉强笑了笑。

秦姨走出来，伸手要去接陈漫云手里的纸箱。

“重不重啊，云云，来，我帮你放了，你去洗洗手吃饭吧。”

陈漫云避开了，退后一步，沉默了几秒以后看着云珊开口：“妈妈，是你吗？”

云珊把围裙解开，往客厅走，皱着眉问：“什么是我？”

“你那天问我……他是不是姓沈，”陈漫云抿着唇，看了她一眼，“他元旦那天就转学了。”

沈放舟不可能平白无故转学。

云珊的面色一下子冷下来，她对沈放舟没什么好感。

少年现在能费尽心思不计成本地给陈京下套，将来也可以把同样的手段用到陈漫云身上。

沈放舟主动离开淮市，对现在的局面来说是最好的。

云珊不想和陈漫云吵架，勉强笑着：“先去洗手吃饭，一会儿汤凉了。”

陈漫云低着头，过了一会儿抬头，似乎在执着于问题的答案：“妈妈，是不是你？”

是不是你逼他离开淮市的？

云珊深吸了一口气，心想：陈漫云，我看你是昏了头了。

“不管是不是我，你难道要为了一个外人和我当仇人吗？”

云珊眼尾有些泛红，明显气得不轻。

沈放舟离开淮市是因为涉及的金额太大了，如果不是那样大的金额，陈京也不会轻易上钩，愿意加码入场。云珊也不太清楚，沈放舟一个学生，怎么能搞到那样的天文数字，再留在淮市，谁也保不住他。

陈漫云最好和他断干净。

陈漫云没回答，她看了云珊一眼，语气无力地辩解："他不是……"

他不是外人。

他是世界上最好的沈放舟，是永远热烈的少年。

云珊冷笑了一声，用力把围裙甩到地上，强压着怒气："陈漫云，我不想和你吵架，去洗手，吃饭。"

公司的事情都快堆成山了，她好不容易回来一次。

陈漫云没回答，抱着装满书的纸箱上楼了。

刚才母女俩吵架的时候，秦姨就回到厨房里了，等陈漫云上楼以后才默默地端着银耳汤放到餐桌上，安慰云珊。

"云云她可能不太饿，你先吃吧。"

云珊手撑着额头，看着秦姨，语气很无力："秦姐，她为了一个外人……为了一个外人这样对我。"

中间缺失的那么多时间不是一碗银耳汤能弥补回来的，云珊不知道怎么和陈漫云相处，也没办法理解陈漫云的想法。

至亲至疏，不过如此。

云珊身子卸了力气，靠在椅子上看玻璃碗里的羹汤，头一次觉得事情居然有这么棘手。

好像一个黑洞，投入什么都看不见回报。

秦姨没附和，过了一会儿叹了口气，对云珊开口："云云小时候，就坐在这张椅子上，等你们回来。"

陈漫云那会儿很小，坐在椅子上的时候脚都挨不着地面，拿着飞机在餐桌上玩，说要等爸爸妈妈回来一起吃饭。

小孩子都很执拗，一等就是两三个小时。

秦姨收拾完卫生以后哄她睡觉的时候她才会问为什么没人陪她吃饭。

秦姨不知道怎么回答。

再长大一些，陈漫云就不等了，因为知道等不到。

隔着近乎十年的光阴，两个人的角色却好像颠倒过来。

云珊难过地问："陈漫云为什么这么冷漠？"

说着，她眼泪落下来，哽咽着喃喃自语：“秦姐……我真的不知道该怎么办才好。”

那是她的女儿，现在却像陌生人。

陈漫云把纸箱里的书收进书柜，有本好久不用的书的边缘太锋利，在陈漫云的手上划下一道伤。

陈漫云轻呼了一声，咬着唇看手上的伤，像红线的痕迹，边缘有细碎的血珠渗出来。

她有些懊恼，眼泪控制不住地掉下来。

一个人在教室收拾书本的时候她没哭，在下面和云珊说话的时候她没哭。

真奇怪啊。

只不过是划伤了手而已，为什么眼泪止不住地流呢？

陈漫云哭泣从不出声，像是隐忍的海面，长久地沉默。她太用力，把唇咬得发白却感觉不到疼痛。

陈漫云的另一只手摸过手机，给沈放舟打电话。

第一次是嘟嘟声，陈漫云咬着唇，眼眶里有眼泪，沉默地看着手机屏幕。

那边很快挂断。

陈漫云怔了几秒，手指僵硬地再次打过去。

机械的女声响起，毫无感情地向陈漫云道歉——“对不起，您拨打的电话已关机。”

陈漫云手脚发凉，捏着手机流眼泪。

沈放舟走了。

陈漫云闭眼，任由眼泪落到唇边，察觉到涩味。

皮肤上的划痕可以随着时间的流逝而痊愈，但如果是心里的暗疮呢？

沈放舟是在元旦的凌晨五点到的小镇，很偏僻，在淮市的西北方向，先坐高铁到了邻省的省会再倒车，一路颠簸。

车上很吵，中年男人在侃侃而谈，妇女带着小孩玩闹，偶尔爆发的哭泣让沈放舟胸闷。

周围人的行李很多，慢慢挤占了沈放舟的空间，放东西的人边放边观察沈放舟的神情。

少年瞥了一眼，没说话，把座位让出来一截给旁边人放东西。

看起来是不在意的姿态。

旁边人的心定了定，毫不客气地继续动作。

很封闭的空间，沈放舟就背着一个双肩包，里面塞了几本书、一件卫衣和一条裤子。

这是沈放舟的全部家当。

天是灰蒙蒙的，沈放舟下车以后还是觉得刺眼，抬头看了一眼天边，感觉像是有雾霾。

这是很不出名的一个偏中部的小镇，由于省会过于发达，像海潮虹吸一样掠夺了周围地市所有的优质资源，小镇上曾经靠炼钢厂繁荣一时，最近这些年却急转直下，劳动力流失，重工业带来的空气问题让这里永远灰蒙蒙的。

街上没什么人，大多是上了年纪的老人和被父母留在家乡准备高考的学生。

沈放舟抿了抿唇，左手拽了拽背包的肩带，从裤子口袋里摸出稍微有点皱的字条，低头看上面写的字。

北街87号。

这是沈南城给他租的房子。

沈放舟皱了皱眉，想着沈南城给他找的那个学校叫什么来着。

没想起来，沈放舟伸手揉了揉头发，循着街头巷尾的标记，巷子很曲折，有点难找。

几分钟以后，沈放舟站在院子外面，看着斑驳的黑色铁门陷入沉思。

他想敲门，但里面一直有音量不算低的吵闹声，混合着锅碗瓢盆的丁零当啷声，他低头看了一眼时间，七点二十三分，是吃早饭的时候。

下一秒，门从里面打开。程瑶妈妈让程瑶去买一袋盐，急着用，程瑶匆匆忙忙拉开门就看到站在门外的沈放舟。

少年很高，身形清瘦，是纵然眉目有倦色也掩不住的清俊。

程瑶扶着门边的手顿了顿，有点愣愣地抬头看着他："你找谁啊？"

"我找……"沈放舟扒拉着那张字条看了一眼，字太潇洒，他勉强辨认出来写的名字，再抬头时换了个说辞，"你好，我找武平，谢谢。"

程瑶这才反应过来沈放舟是来找人的，回头朝着里边叫了一声："武叔叔，有人找。"

程瑶边说着边把铁门彻底打开，视野开阔了以后她才发现沈放舟没拖行李箱，就一个迷彩色的背包被他单肩背着。

"囡囡，盐买回来没有？"程瑶妈妈在厨房喊了一声。

"哦，马上马上。"程瑶抬高声音回答，又看了沈放舟一眼，随即匆匆忙忙离开了。

沈放舟侧身给程瑶让开可以通过的地方，转身进屋以后顿了顿。他生平第一次踏进这种院子，形制更像北方的四合院，被房东人为地隔开，分别租给了五家。

简单地寒暄了几句以后，武平就带着沈放舟往院子里面走：“你叔叔付过钱了，多退少补，水电费自己交，我不负责。对了，你是租一年半，租到明年高考是吧？”

沈放舟点了点头，背包被他捏在手里。

他住在最里面的一间。

武平从腰上的钥匙串上取下来这一间的钥匙递给沈放舟，说：“这一片就属我这个院子离学校近，走路两分钟就能过去，方便得很嘞。”

不然也不会这么挤。

沈放舟说话的兴致明显不高，只是简单应付了几句，武平看出来了，“嘿嘿”笑了几声就退出房间。

等武平彻底消失在视线里之后，沈放舟才抬头打量房间，很小，看起来不到二十平方米，木板搭的单人床靠着墙的边缘，摇摇晃晃不太稳定，插线板在旁边缠绕着，床边放着一张书桌，这些就是整个房间全部的家具。

在过去的十几年里，沈南城虽然不怎么喜欢沈放舟，但也从来没有在物质上亏待过他。

所以有那么一瞬间，沈放舟以为沈南城是想让他死在这儿。

沈放舟挑了挑眉，有点想骂脏话，但还是忍住了，随手把背包放在书桌上。

单人床板上只有床垫，但沈放舟已经将近十几个小时没合眼，倒也没怎么在意这个，躺倒就睡。

他再醒来的时候已经是傍晚，视野里是昏暗的，一瞬间他以为还是在淮市，蒙了好几秒才反应过来。

沈放舟的手有点抖，勉强挣扎着坐起来，嘴里的苦涩让他以为尝到了他刚才的梦境。

荒凉而不见天光的梦境里，陈漫云在咬着唇哭泣。

沈放舟闭了闭眼，唇色都发白了。

陈漫云，你哭什么呢？

你不要哭，你要比任何人都过得好。

天色暗下来，这里比淮市更冷。

沈放舟想到陈漫云就难过。

他的小姑娘胆小又敏感，该怎么办呢？

一片寂静里，程瑶来敲窗户，在外面张嘴比画着。沈放舟抬头，没听清，走到入口处打开门，冷风和清新的空气一起涌进来。

程瑶有点着急地说：“好像停电了，你这个屋子有电没有？”

沈放舟怔了几秒，伸手按了一下门旁边的开关，依旧是昏暗的，应该也是停电了。

沈放舟顿了顿，问程瑶：“刚才用大功率电器了？”

程瑶摇头：“没有，刚才我在屋子里写作业来着，一下明一下暗的，啪的一下就停电了。”

沈放舟若有所思地点点头，抬头问程瑶说：“你知道电闸在哪儿吗？”

程瑶点点头：“知道，我带你过去。”

外面的天慢慢黑下来，正好是做晚饭的时候，停电了屋子里暗，大家都挤在院子里。

沈放舟咳嗽了几声，穿过人群到了院子的边缘。

他伸手拉开电闸外面的保护罩，武平也凑过来看。

“有钳子吗？”沈放舟又咳了一声，扭头问武平。

“有。”武平马上招呼他小儿子去拿，挠了挠头和沈放舟说，“小兄弟，你会修啊？”

武平刚才已经试着修过了，应该不是简单的跳闸。

天色太暗了，程瑶眼疾手快地把手机手电筒打开给沈放舟照着。

沈放舟想咳，但还是忍住了。

外面是胶皮，有一截电线裸露出来，沈放舟拿钳子把里面的线搭起来。

是因为接触不良，触点有问题所以才停电的，其实是个小问题，武平刚才可能没注意到那截电线。

沈放舟拿钳子拧起那截电线以后在外面裹上胶皮，然后勉强打着精神拉开电闸，院子里的灯瞬间亮起来。

“哎哟，来电了来电了。”

“我得赶紧回去，我还炒着菜呢。”

周围的人吵闹了几分钟就各自回到了房间里。

程瑶笑着看沈放舟，做自我介绍：“我叫程瑶。”

沈放舟手里的动作顿了一下，总算抬头，哑着声音问她：“耳东陈？”

不是，程瑶摇了摇头，伸出手和他比画：“禾字旁的那个程。”

沈放舟点了点头，没再说话了。

程瑶还想解释自己的瑶是哪个，沈放舟却没问了，也没说他的名字。

程瑶歪头，另找了个话题，疑惑地问：“你是武叔叔的亲戚吗？”

不然不能解释沈放舟突然出现在这里的原因。

沈放舟挑了挑眉，回答：“没，我转学过来的。”

程瑶点头：“哦，那我们是校友了。”

沈放舟说：“未必。”

程瑶笑了笑，回答他：“镇上就一所高中。”

沈放舟被这个答案逗笑，想要笑出弧度的时候没忍住，咳了几声。

程瑶有点担忧：“你好像一直在咳嗽。”

刚才修电闸的时候就一直这样。

程瑶自顾自地继续判断：“校友，你可能是生病了。”

沈放舟摇摇头，说：“没有。”

程瑶皱了皱眉，似乎想要拆穿沈放舟，却先一步被沈放舟制止，少年眉目很冷，语气比气温更低：“我没病。”

他不能病，他的小姑娘还在淮市等着。

沈放舟的语气是突然加重的，程瑶惊讶于他态度的突然转变，在原地怔了半天没说话。

沈放舟伸手，很倦地揉了揉眉心，退开几步，哑着声音开口：“抱歉。”

程瑶无措地摇了摇头，说：“没事。”

气氛突然很沉闷，程瑶右手揪着自己的衣服下摆，尴尬地移开视线。

沈放舟捏着手机，也不准备再说话，转身的时候被程瑶的惊呼声叫住。

他没忍住，又咳了几声，低头看程瑶指着的地方。

沈放舟穿的灰色运动裤，膝盖处的布料渗出血迹，在浅色的裤子上看着很明显。

是因为那天在酒吧，沈放舟跪在一地玻璃碎片上面，尖锐处划伤了他，鲜血从皮肤渗出，把地上的酒精染成“血腥玛丽”以后换来沈南城的妥协。

程瑶的声音有点高，沈放舟唇色很苍白，伸出右手的食指比在唇附近，示意她嘘声。

程瑶执意提醒他，放轻了声音：“你流血了。”

沈放舟点点头，没多说，问了程瑶附近的超市在哪儿以后就出了门。

铁门被关上的时候发出很钝的声音，沈放舟揣着兜往程瑶说的地方走。

这家超市很乱，狭小而拥挤，吵闹声尖锐得像要刺穿耳膜。

沈放舟第一次来这种地方，皱着眉，动作很不熟练地买了些生活用品。

小地方的超市就意味着五脏俱全，路过某个区域的时候，沈放舟甚至买到了一瓶碘伏，还有纱布。

结账回去以后，他第一件事是给手机充电，然后才是换药。

其实沈放舟上高铁之前换过药，但路上颠簸，再加上刚才他是侧着睡的，可能压到了伤口。

沈放舟很清瘦，这种体型往往给别人他很瘦弱的印象，其实不然。

床单还没铺，沈放舟担心灰尘和细菌感染，索性就撑着手坐在地上。

他把裤子从脚踝处挽起来，皮肤感受到冷意之后他垂眸看膝盖，纱布被里面渗出来的血迹染红，看着很严重。

沈放舟沉默着，咬着牙查看纱布的边缘，有的地方已经结痂，和纱布粘在一起。

沈放舟直接把纱布撕开，偶尔有旧伤裂开，呈现在眼前的是一片血肉模糊，阵阵疼痛传来。

沈放舟看了一眼伤口，动作没停，顺手拧开碘伏的瓶盖，用手趁着劲抹在伤口上。

碘伏用来消毒杀菌，碰到伤口以后很烈，沈放舟皱着眉，胡乱把纱布缠好。

勉强打了个结以后，沈放舟就仰头，他额头有冷汗。寂静的空间里，沈放舟重重地喘息，过了几秒又咳出声来。

像是一场永远不会治愈的肺痨。

沈放舟伸手擦掉额头的冷汗，抬头看昏暗里的天花板。

手机充满了电，电话卡的运营商给沈放舟发了流量预警，他余光瞥了一眼短信就移开视线。

无所谓，他现在什么都不想做。

王小波的书里把生活比成缓慢受捶的过程，缓慢，直到渐渐失去所有斗志。

缓了一会儿以后，沈放舟勉强站起来把碘伏和纱布收拾好，然后铺床单，刚铺好墙皮就掉了一床，细碎而扎手。

沈放舟呼了口气，无奈地苦笑了一下，又把床单拆下来。

在此前的人生里，沈南城从来没有在物质方面亏待过他，家里有阿姨在固定时间帮忙整理房间和负责饮食。

所以在很长的一段时间里，沈放舟被阿杰他们调侃为小少爷。

老天赏饭吃，不知人间疾苦。

沈放舟把手机拿起来，屏幕上闪烁着，有个号码奇怪的推销电话，他顺手挂掉，又随便在通讯录上划拉了几下。

顾行书怕被沈南城追究，已经回南港了，沈放舟给他的那笔钱足够他在南港大展宏图。沈南城送沈放舟离开淮市的时候气急败坏，让他这辈子都滚得远远的。

沈南城的语气沈放舟现在还记得，他觉得无所谓。划到陈漫云的时候，他手指顿了一下，想到沈南城的话。

陈漫云的身份太敏感了，她是陈京的亲生女儿，顾行书的钱又是从沈放舟那儿拿的，他们不能再有联系。

沈放舟动作顿了顿，把手机屏幕按灭。

他没开灯，昏暗里一切都不清晰，他什么都没想，只有一个念头——陈漫云一个人在淮大附中有没有难过？

他好怕她哭。

陈漫云骨子里其实很坚韧，生机勃勃而勇敢，但沈放舟是个烂人，总让她掉眼泪，让她生活在不确定里。

昏暗里只有月光照进来，沈放舟像被人抽走骨头一样躺在床上，双手覆在脸上，灰尘和轻微的霉味一起冲进鼻腔，他突兀地想到那首被人广为传颂的诗句——

我用什么才能留住你。

沈放舟的转学生活不太顺利，镇子上的空气不太好，他身上起了一片又一片的红疹，咳嗽总是不停，膝盖上的伤时有反复。

院子里得用专门的水壶烧水，很多时候沈放舟只用凉水洗漱，洗完就匆匆忙忙赶去学校。

诚如程瑶所言，镇上只有一所高中，效仿高考工厂的管理模式，规矩很严格，每天六点开始上课，晚自习是每个人都要上的，十一点半才算下课。

老师不在乎拔高，更愿意不厌其烦地讲基础题，相似的卷子做了一套又一套。

沈放舟不是很适应这种教学方式。

新学校发了套藏青色的校服，程瑶是沈放舟的新同桌。

在消息闭塞的学校，少年也是极为出名的。

他来自一个小镇做题家们拼命都想考去的繁华城市，又生得一副好相貌，简单的校服穿在身上也气质超群。

程瑶心虚地摸了摸鼻子，想到了她闺密给她安排的任务——要到这位转学生的联系方式。

程瑶心里直喊冤枉，因为她和这位也不熟啊。

沈放舟话很少，每天最多的时候是沉默，神情看不出喜怒，和冰山没什么两样，只有在做他自己的英语资料的时候很认真。

程瑶是真没想打扰沈放舟，在晚自习上支支吾吾了半天都没想到什么合适的说辞。

两节自习的课间，周围的同学都在打闹说笑，唯独这对同桌很安静。程瑶在抓紧时间写作业，沈放舟则趴在桌子上假寐，他的手机铃声先响起，把程瑶吓了一大跳。

沈放舟迷迷糊糊醒来，说了声“抱歉”，拿出来看了一眼，神情就变了。

程瑶还是第一次看到沈放舟的脸上出现那样的神色，时间好像停滞住，她视野里的沈放舟半天没动作，只是沉默地看着手机屏幕上不停闪烁的亮光。

程瑶提醒他：“你可以去卫生间接。”

反正现在是课间。

沈放舟摇头，声音有些沙哑：“我不能接。”

程瑶皱眉，不理解沈放舟说的“不能”。她又想了想，觉得可能是垃圾电话。

程瑶点了点头，又和他提议：“如果是推销电话的话可以拉黑的，就再也不会打过来了。”

沈放舟沉默地看着屏幕，难得开口解释：“不是。”

少年的手指摩挲着手机的边缘，语气很温柔：“是我妹妹。”

他说这话的时候，神情区别于刚才的冷漠。

程瑶年纪尚小，不懂这种微妙的差别。

是我妹妹。

就四个字，语淡情浓。

妹妹？那关系应该很好吧？

但沈放舟最后也还是没接那个电话，后来的一整节自习，他都在看着窗外出神。

程瑶想，大城市的人真奇怪。

一月末，淮大附中照例是考试，巧合的是，陈漫云仅仅比许慎高一分，再次回到年级第一名的位置。

原因很简单，许慎的心态似乎一直不太稳定，失误是常有的事。陈漫云却几乎没有短板，物理还出奇好。

年级里的老师们差不多都能认出陈漫云了，挺安静一个小姑娘，不骄不躁，成绩也很稳定，是难得的好苗子。

年级主任甚至单独找陈漫云谈过话，内容无非是要她放平心态，保持住成绩之类的。

陈漫云站在办公室里，没什么表情，勉强笑了笑，说会继续努力的。

很官方的回答。

她兴致不高，年级主任却越看越满意，不住地点头。

淮大附中和盛华暗暗较劲了这么多年，重本率和清大、北大录取人数早就比得厌倦了，他们在乎的是高考状元。

状元，才是这两所高中真正在意的。

舆论只在意高考状元的母校。

尤其是在上一届高考状元是盛华学生的情况下，这种紧迫感就更重了，淮大附中年级组之前开会，是把希望寄托在沈放舟和许慎身上的，但现在似乎没什么指望了。

许慎的心态几乎是致命的弱点，沈放舟的学籍虽然还在淮大附中，但他转学的地方师资力量远不如淮大附中，将近一年半不接受系统的学习，很难保持竞争力了。

陈漫云看着很清瘦，但似乎又有着韧劲，脊背永远是挺直的。

年级主任又关心寒暄了几句，就转移了注意力。

“行，那你先回班里吧，继续保持啊，心态要稳，有什么事情及时和你们班主任沟通，不要憋在心里。”

主任的语气竭力保持和蔼。

陈漫云出门的时候抬起手腕看了一眼时间，已经上课五分钟了，楼道里没什么人，她脚步很轻，余光发现学校的保安站在那儿，好像是准备换楼道中间贴着的红榜。

红榜每次考完试其实都会换，陈漫云动作顿了顿，脚步加快走到附近，声音发涩地开口：“叔叔，是要换吗？”

保安看了她一眼，似乎也在好奇陈漫云为什么没在教室上课：“对。”

陈漫云表情没什么变化，她没说话，也没阻止，只是静静地站在一边看着换红榜的整个过程。

沈放舟的照片还在之前那张红榜上面，他笑起来时的少年气压倒一切，眉目锐意而内敛。

在淮市的春天即将到来的日子里，陈漫云想，她很久没见沈放舟了。

电话总是零零散散地打着，沈放舟不接，但也不挂，直到冰冷的机械女声响起来，陈漫云才泪流满面地挂掉电话。

保安利索地换完红榜就退开几步，摸着下巴看自己贴的成果，还不错，没什么气泡。又过了几秒，他发现红榜上的第一名……怎么有点眼熟?

保安大叔扭头看了眼旁边站着的陈漫云，又很快地看了一眼红榜。

嗯……这不是一个人吗?

他挠挠头，不懂这是什么操作，但也没多问，拿着工具离开了。

许慎出来的时候看到的就是这一幕，少女垂眸看着地面，楼道里的风吹过她的发丝。

“我还以为你和他没关系了。”

许慎看不清她的神情，依旧面带微笑走到她身侧，看着红榜上的陈漫云的照片说话。

陈漫云的榜样宣言那一栏写着——CMYYYRASFZ。

陈漫云抬头看着许慎，察觉到他话里的刺耳之处：“许慎，这和你没关系。”

她语气其实很冲，许慎没在意，突然叫她的名字：“陈漫云。”

陈漫云蹙眉，不解地看着他。

许慎的语气不太明朗，似乎是在惋惜：“我以为你是个聪明人。”

语焉不详。

这话太笃定，陈漫云被他的语气逗笑，眼神很冷地看着他，反问道：“你以为？”

这世界凭什么按照你以为的方式运行呢?

陈漫云嘴角的弧度慢慢放平，不知道在想什么，过了几秒，她又对着许慎开口，语气很轻松：“你知道为什么你总是不如他吗？”

许慎很快地反驳：“我没有不如他。”

他握着的手指甲嵌在手心里，用力到疼痛。

他不比沈放舟差。

他反驳得很快，陈漫云反而笑了，眼神很认真，自顾自地继续解释：“许慎，你没有他真诚。”

你的爱恨都不坦荡，别扭又拧巴。

没有他真诚。

许慎突然无言，勉强笑了一下，没承认，反问陈漫云：“是吗？”

是这样的吗?

陈漫云也笑了，她笑起来其实和沈放舟是有些相像的，一样的少年意气和内敛，不同的是陈漫云是杏眼，笑起来更甜。

“许慎，打个赌吧。”

“什么？”许慎的右手插在兜里，问她。

“下次考试，你还是考不过我。”

陈漫云淡淡地开口，她知道许慎在意什么，所以诛心不见血迹。

沈放舟在的时候，你比不过他，现在他转学了，你比不过我。

许慎，因为你不真诚。

许慎神情顿住，过了一会儿装作无所谓地笑了笑，径直朝年级主任的办公室走去。

刚才其实年级主任也叫了他，但他有些事情耽搁了。

许慎的声音消失在空荡的楼道里，陈漫云的笑意也慢慢收敛起来。许慎在集训队见过她，所以咄咄逼人，认为她应该这样，应该那样。

陈漫云只觉得他奇怪。

过了几秒，她又抿唇，她想，如果沈放舟在，不会这样的。

离下课还有二十分钟，陈漫云没回教室，一个人坐在楼道的台阶上。她把手机按开又按灭，眨了眨眼，没让眼泪掉出来。

沈放舟，你在做什么呢？

放学时间，王川给李朝阳发消息说在球场见，得到回复以后把手机塞进书包的侧兜，刚抬头就看到陈漫云站在桌子前。

王川吓了一大跳，叹了口气才拍了拍胸口：“妹妹，你吓死我。”

陈漫云看着他，没说话。

王川尴尬地笑了两声，想起沈放舟走的时候的嘱咐，支支吾吾地开口：“妹妹，什么事啊？没什么事我就去打球了啊。”

陈漫云还是没说话，朝王川伸出手，手心朝上。

王川愣住了，没明白她是什么意思，试探地把自己那张考了一百七的理综答题卡放上去。

陈漫云低头，看见王川在物理大题那一栏空白处写着的“万水千山总是情，给我一分行不行”。

陈漫云伸手把耳边的碎发拢到耳后，开口问道：“王川，能不能用一下你的手机？”

她顿了顿，补充："我不会乱翻的，就打个电话。我手机没电了。"

王川支支吾吾半天也没开口，顾左右而言他。

"没电了啊，嗯……我记得谁有充电宝来着？妹妹，你等等，我去给你借。"

王川又不傻，大概猜出来是关于沈放舟的事了。

沈放舟和他交代过。

陈漫云站在王川面前，她身形很瘦弱，让王川莫名地不忍避开她。

陈漫云的眼泪毫无征兆地流下来，她没出声，伸手用手背擦掉，哽咽着开口："王川，他不接我电话，我求求你，好不好？"

她脊背挺直，但脖颈垂着有弧度，声音很轻，像要被风吹走。

陈漫云抬头，眼睛含着泪看向王川。

王川不知道该怎么回答，两个人就这么僵持着。

空气里只有沉默，陈漫云的眼泪终于掉了下来。

王川叹了口气，把手机从书包侧兜里掏出来，递给她。

"谢谢。"

陈漫云把泪擦掉，接过来以后拨给沈放舟。

第一次，沈放舟很快地挂断。

陈漫云又拨过去，按开免提以后又递回给王川。

那边没挂，铃声响了十几秒被接通。

沈放舟的声音很沙哑，那边也一直有喧闹的声音，然后沈放舟的声音离得远了，陈漫云听到他一直在咳嗽。

过了一会儿，沈放舟的声音才变得清晰。

沈放舟背贴在墙壁上："喂，王川，有事？"

他还在上自习，王川的电话打过来，他怕陈漫云有什么事，便出来接听。

陈漫云拿手捂着嘴，眼泪流下来，但是没出声。

王川看了眼陈漫云，又看了眼手里的手机，硬着头皮开口："啊……哈哈，沈哥，没什么事，我就关心关心你，你还好吧？"

沈放舟皱眉，没好气地回他："你有病？"

莫名其妙的。

王川心想：哥，你注意措辞。

沈放舟顿了顿，有点疑惑地看了眼手机，确定王川没事情找他。周围有学生来来往往，沈放舟给别人让了让位置，才又靠在墙上。

他没忍住，又咳了好几声才问："王川，陈漫云……还好吗？"

沈放舟笑了笑，在想这个问题的答案。

他希望陈漫云好，不然他总担心。

沈放舟更喜欢叫她“妹妹”，这个习惯一直没改。

是他的妹妹，永远需要保护的花花妹妹。

王川半天没回答，沈放舟在那边等到没有耐心了：“喂？”

电话里总算有了声音，陈漫云忍着眼泪开口：“不好。”

沈放舟没想到那边是陈漫云，不由得顿住了。

陈漫云的眼泪簌簌地落下来，像决堤的洪水，她委屈到有些哽咽，回答他的问题：“不好，沈放舟，我过得不好。”

她声音很低，还有些沙哑。

陈漫云是真的很委屈，沈放舟转学走得不明不白，莫名其妙不接她的电话。

红榜上的沈放舟的照片被人撤走，周围的同学不再谈论他。少年的痕迹被慢慢抹去，像是从来没有存在过。

深夜里，她从噩梦中惊醒，长月孤寂，四周无声，生怕和他的相遇也是一场梦境，醒来后成虚妄。

陈漫云咬着唇才勉强没继续流眼泪，她带着哭意质问他：“为什么不接我电话？”

为什么突然离开？为什么不接电话？

沈放舟，是你先拉我上岸的。

很久没听到陈漫云的声音了，沈放舟静默了很久，浑身都在颤抖。

沈放舟跪在玻璃碎片上恳求沈南城的时候没哭，一路颠簸到达小镇的时候没哭，身上长成片成片的红疹，去镇上卫生所挂吊瓶的时候也没哭……

唯独隔着四百多公里，隔着电流的滋滋声，听陈漫云说话就难过。

花花妹妹那么敏感，会不会过得不好？

沈放舟新转学的学校其实一会儿还有晚自习要上，周围很喧闹。三三两两的学生吃完饭以后结伴回到教学楼，沈放舟捏着手机站在楼梯过道里，他靠在墙壁上借力，抬头时发顶抵着墙壁。墙壁很粗糙，沈放舟却像没意识到。

夕阳够温柔，洒在他肩上，少年的神情却不够清晰。

他不知道怎么回答陈漫云的问题。

云珊和沈放舟唯独在这件事情上保持了难得的默契，觉得陈漫云没必要知道这些。

知道又有什么用呢？

让陈漫云知道她的亲生父亲一直把她当作可以用来交换的工具？

沈放舟没准备让陈漫云知道，他给顾行书的那笔钱是自愿的，造成现在的局面他从来没有后悔过。

即使是在最无能为力的十八岁，他为了陈漫云，什么都可以做。

什么都可以。

他好久没回答，陈漫云继续哭着："说话，沈放舟，你说话。"

她怕又像那些夜里没有应答的电话。

周围的人喧闹又肆意，沈放舟置身其间，声音很哑，没回答陈漫云的问题，只是"嗯"了一声。

更像是一种安抚。

"妹妹……"不管过去多久，他还是喜欢叫陈漫云妹妹，区别于很多称呼，单纯是妹妹。

沈放舟勉强笑了笑，他似乎学不会流眼泪，只陈述事实："我稍微有点麻烦……可能回不了淮市了。"

沈放舟没后悔过，即使结果没办法改变，他回不了淮市了。

陈漫云脑海里很乱，很多细枝末节的线索从记忆里涌现出来，但又像迷雾一样乱成一团，让她理不出头绪。

什么叫……回不了淮市？

陈漫云顿了顿，继续问他："什么意思？"

沈放舟笑了笑，隔着电话哄她："完了再告诉你好不好？你别哭。"

王川刚刚看状况不对，早就一溜烟跑得没影了，此时教室里很安静，陈漫云蹲在地上忍着眼泪，没再追问沈放舟。

陈漫云鼻音有点重，还带着委屈："为什么不接我电话？"

沈放舟不知道说什么，他不能接陈漫云的电话，一旦被发现事情都会败露，之前的一切都白费。

陈漫云眨了眨眼，忍住泪，换了个话题："我去找你好不好？"

既然沈放舟不能来淮市，那她去找他。

沈放舟在电话那边顿了顿，说："这地方没什么好来的。"

陈漫云的声音稍微提高了一点，带着恼意："我只是想去见见你而已，沈放舟。"

沈放舟把手机拿开，闭了闭眼，没忍心说出拒绝的话。

怎么形容神明的灵验之处，让这人间有他的软肋，一触即溃。

陈漫云订的是下周五晚上的票，但是周四傍晚放学后一出校门，她就看见了赵雾灵和赵家的司机。

陈漫云从看见赵雾灵就开始弯唇笑，小跑过去。

淮市的冬天已经算结束了，赵雾灵手里举着个冰激凌甜筒，朝陈漫云晃了晃，笑着逗她：“云朵，要尝一口吗？”

陈漫云摇头，说：“好凉，你也少吃点。”

赵雾灵敷衍地点了点头，她没穿校服，薄开衫里面是印着莫奈油画的杏色衬衫，陈漫云发现了，但没开口，只是静静地站在旁边。

赵雾灵手里举着冰激凌，看了好几眼校门，没忍住斟酌着开口：“这个校门……真的很没档次啊。”

之前杨程宇回去和赵雾灵说她还不信来着。

陈漫云也笑了，想起来好多事情，比如同学们传言整个淮大附中最不正经的就是这个大门。

等赵雾灵吃完了手上的冰激凌，拿纸巾擦了擦嘴角的奶渍，两个人一起上了车。

司机回头问赵雾灵要往哪儿开。

赵雾灵笑了笑，沉思了半天都没想出来个地方，看着窗外灵光一闪：“孙叔，绕淮市一圈。”

赵雾灵做事向来随心所欲，孙叔也没意外，答了声“好嘞”就认真开车。

晚风很舒服，赵雾灵和陈漫云在车上耳语，她们说话没脉络，想到哪儿就说哪儿。

不知赵雾灵说了句什么，不知道哪个字戳中笑点，两个人都莫名其妙笑起来。

车一直绕到淮市的轮渡附近才停下，下面是江景，淮市波澜壮阔的入海处。赵雾灵撑着栏杆看江面，突然抱了抱陈漫云，说她明天的飞机出国。

陈漫云脸上的笑停滞住，过了一会儿才有反应，轻轻回抱住赵雾灵，拍了拍她的背。

赵雾灵小心翼翼地观察陈漫云的神情，安慰道：“云朵，你别伤心。”说着她还耸了耸肩，警告，“你也不许来送我。”

眼泪什么的实在不适合赵雾灵，大洋彼岸的一切对她都有着吸引力，不用高考还有钱花，拜托，不要太舒服。

晚风把陈漫云的发丝吹散，她意识到青春的最后一页是离别，笑了笑，握紧赵雾灵的手，说：“一路顺风。”

赵雾灵也笑了：“会的。”

接下来的话题聊到江也。

赵雾灵蹙眉，语气很疑惑地和陈漫云抱怨：“我不懂江也在搞什么。你们学习好的都这样？”

江也甚至准备放弃清大的保送，申请国外的大学。

陈漫云没回答。

赵雾灵摇摇头，骂了声：“疯子。”

她说完就看着陈漫云，准备得到一些安慰，或者陈漫云和她一起吐槽江也也可以。

但是陈漫云顿了顿，疑惑地开口：“江也他……保送了？”

赵雾灵沉默了几秒才回答，说是之前数学竞赛的成绩下来了，江也一骑绝尘，拿了金牌。

分别的时候，赵雾灵的眼眶也有点红，带着鼻音和陈漫云说：“云朵，我希望你能快乐。”

她其实很心疼陈漫云。

国际赛以后陈漫云在盛华过得很艰难，胡乱猜测什么的都有，赵雾灵有时候觉得那座叫作盛华私立的漂亮建筑更像一个监狱。

流言在里面肆意妄为，几乎谋杀了陈漫云。

陈漫云笑了，像是释怀过去所有的苦难，语气很笃定地说：“会的。”

在淮大附中的日子很平凡，但比任何时候都快乐。

因为沈放舟，她快乐和勇气的来源。

周五下午，陈漫云说身体有些不舒服，向徐平峰请半天假。

徐平峰一点都没怀疑，假条批得很利索，边签字边嘱咐，让陈漫云注意休息和劳逸结合。

陈漫云有点心虚，但还是点头，说：“谢谢老师。”

沈放舟给陈漫云的地址是邻省的省会，陈漫云看见窗户边的景色慢慢变得陌生，一路恍恍惚惚。下车的时候，陈漫云有些头晕，抬头却看到沈放舟已经在高铁站出站口了。

很奇怪，淮大附中人人穿校服，沈放舟能在混乱中一眼辨认出陈漫云。

觉得她和其他人都不一样。

现在也是，他们在拥挤的人群中对视，像命中注定。

看到她出现在视野里，沈放舟就开始不自在，他挂了电话以后第一件事就是翻箱倒柜地找剃须刀，然后开始懊悔自己为什么没把那件白衬衫带着。

他穿那件好看。

少年依旧保持着这个年纪特有的别扭，想着总不能让妹妹看见他灰头土脸的吧。

那可太糟糕了。

陈漫云看到沈放舟就红了眼眶，仅仅过了一个月而已，沈放舟变了很多，现在的气质更内敛，像是被磨平了锐利的棱角。

陈漫云没说话，沈放舟先笑了，伸手接过来她背的书包，末了还叹了口气："瘦了。"

陈漫云眼眶很红，忍了忍没哭。

想来见他是一腔孤勇，不考虑任何后果。

沈放舟先退开，说给陈漫云订了酒店的房间。

陈漫云怔了几秒，抬头看他。

"别怕，妹妹，两间房。"沈放舟竭力想让语气轻松点。

陈漫云依旧保持着仰头看他的姿势："你的新学校在这儿吗？"

淮市的繁华让那里的夜晚永不落幕，但这里又不一样，安静平和，慢节奏，很惬意。

沈放舟含混地应了声，没正面回答。

陈漫云的手攥着他的衣服边缘，执意问他："在不在？"

沈放舟没打算让陈漫云知道。

少年的声音没停顿："在在在，省实验中学，我住校。"

陈漫云不太了解邻省有什么好高中，但省实验中学……听名字还不错。

她点点头，稍微放下点心来，再开口的时候尾音翘起来："住校好吗？我还没住过校呢。"她只有在沈放舟面前才这样。

沈放舟还是笑，心想：陈漫云怎么这么好骗啊？

"还行。"

陈漫云显然不满意这个回答，蹙起眉来。

沈放舟带着她往高铁站外面走，无意识地"嗯"了几声以后继续和陈漫云说话："就是还行……嗯，老师舍友都挺好的，宿舍里也还行。"

这里的晚上没那么热闹，出了高铁站以后陈漫云觉得有点冷，难以抑制地颤了一下。

沈放舟反应过来以后把自己的棒球服外套脱下来，想披在陈漫云身上。

陈漫云没接，反而是张开胳膊。

沈放舟笑了一下，给她穿好。

晚上一切都看不真切，只有她的眼睛在人间烟火里亮晶晶的。沈放舟想笑，但没忍住，咳出声来。

陈漫云的眼神很快追过来，沈放舟摇头，解释说刚刚呛着了。

事实上，他咳嗽一直都没好，讲不清是因为小镇的空气质量还是因为什么，他也没那么想治，就拖着，咳得厉害就吃两粒药睡一觉。

就这样挨着，过去一天算一天。

酒店里比外面暖和一点，陈漫云伸手把碎发捋到耳朵后面，沈放舟和前台报了手机号，准备拿房卡。

前台一眼看出来陈漫云身上的学生气，略带鄙夷地看了两个人一眼，余光瞥向电脑的登记页面，把一张房卡甩到前台的桌面上，动作有点重。

陈漫云不懂她为何这样，有点无措。

沈放舟的笑敛起来，再开口时语气带了冷意："我们订了两间。"

只给一张房卡是什么意思？看都不看就乱猜测。

前台顿了一下，重新低头看自己面前的电脑屏幕，仔细看了好几遍以后才确定沈放舟的手机号确实是订了两间，只不过因为两间是挨着的，刚才余光一瞥没注意到。

前台有点哽住了，动作有些僵硬地掏出另一张房卡，神情讪讪地递给沈放舟。

因为坐了一下午动车，上楼进了房间以后，陈漫云就开始打哈欠，像是一只小兔子。

休息了一会儿以后，陈漫云迷迷糊糊坐起来，有点频繁地眨眼睛。

沈放舟怕她口渴，给她拧开瓶矿泉水递过去。

陈漫云摇摇头，过了一会儿像想起重要的事情，好看的杏眼盯着沈放舟，语气很认真："沈放舟，你不解释一下吗？"

为什么突然转学，又为什么不接她电话。

沈放舟怔了一下，勉强笑着安慰她："以后告诉你，可以吗？"

他以为陈漫云不会再追问了，就像过往的每一次一样。

陈漫云没有，她手撑在酒店房间的床上，发现沈放舟目光躲闪，歪头问道："是不是因为我妈妈？"

"不是，"沈放舟闭了闭眼，声音有点沙哑，他不知道该怎么解释，依旧还是旧的说辞，"不是因为你妈妈。别问了陈漫云，你听话好不好？"

妹妹，你乖。

少年顿了顿，怕自己刚才的语气吓到陈漫云，接着开口："你想去首都对不对？妹妹，我们高考完去首都吧。”

沈放舟想：去那里上大学，天高路远，谁也管不着我们。

陈漫云“嗯”了一声，但是又突然开始掉眼泪。

没认识沈放舟之前，陈漫云其实是坚韧的，在流言蜚语最严重的时候也只是难过，没有流眼泪。

所以当沈放舟说出那句语气不太好的“别问了陈漫云”的时候，她的第一个反应是难过。

陈漫云自己都觉得矫情。

多羡慕银幕上换一帧就说几年后，主角们相逢，欢欣雀跃像未曾分别，可换算到现实里是无数个日夜和清晨。

是漫长又苦涩的离别。

隔着四百多公里，隔着一年多的光阴，谁能知道会发生什么呢？

陈漫云哽咽着问：“小船哥，可是一年多时间，谁能预测到会发生什么呢？”

可能汹涌的情意会褪去，沈放舟慢慢忘记她，很自然而然的，没有人会执着于十八岁时候的约定。

沈放舟垂眸，声音很轻：“是啊。”

一年半不能见妹妹，太久了。

沉默了几秒，酒店房间里的灯光暧昧昏黄，沈放舟喃喃自语：“谁知道会发生什么呢？”

他肤色其实很白，连带着唇色也很浅。他又想咳嗽，但忍住了，笑了笑，声音带着少年特有的肆意：“喂，妹妹，我们参加今年的高考吧？”

现在是一月底，今年的高考……也就是四个月以后。

陈漫云怔了好几秒才反应过来，不可置信地抬头：“什么？”

沈放舟拆了张酒店提供的湿巾，动作很轻柔地给陈漫云擦眼泪。

“妹妹，试一试，”沈放舟声音很轻地安慰她，“试一试好不好？没关系，你不满意我们就明年再考，我陪着你。”

高二下学期会学完高中所有内容，高三一年全部用来复习，沈放舟唯一担心的是陈漫云来不及复习，高考成绩可能会不理想。

陈漫云垂眸看着自己的手心，过了几秒以后神情有些茫然地抬头：“小船哥，我可以吗？”

她语气不太确定。

沈放舟看着她的眼睛，说：“试一试。”

其实稍微好一些的高中每年都会让高二的尖子生跟着应届生参加高考，但一般不会抱过大的希望，就当一次实操练兵了。

应届高考生才是重点，状元、重本率，都是看应届生。

所以当沈放舟说出那句“我们参加今年的高考吧”的时候，陈漫云的第一反应是惊讶。

过了半晌，陈漫云闭眼，很小声地答应了。

有太多不确定性了，没有经过高三系统的训练，谁也不知道一百多天以后的高考会是什么结果。

她又像一只小兔子了，有点茫然地垂眸。

沈放舟拍了拍她的肩膀，继续安慰她：“只是试一试。”

试一试才知道有什么结果。

陈漫云的脸上有倦色，坐了一会儿就准备去洗漱休息。

起身之后，她看着坐在旁边的沈放舟，有些不太高兴地说：“你不许走。”

不许走，沈放舟，不许再抛下我，像新年不告而别的夜晚。

她语气很娇纵，更像是下意识的情感流露。

沈放舟的脸庞藏在暧昧昏黄的阴影里，仰头看她。少年稍微坐起来一点，脊背挺直。他极清瘦，宽肩窄腰，嘴角勾起来，手移到上方，朝陈漫云做了个敬礼的动作。

沈放舟手指绷得很直，动作标准，语气很认真，音色是少年独有的清俊。

“Yes，madam.（好的，女士。）”

沈放舟唇边的笑意直到陈漫云走进房间的卫生间才消失，他低头看着手背，眼神暗了暗。

高一的时候淮大附中活动很多，沈放舟有幸当过一次国旗手，所以动作很标准。

十七岁的沈放舟站在国旗下踢正步的时候绝对想不到，自己有一天能遇见陈漫云。

此生桀骜不驯，只向国旗和心爱的姑娘敬礼。

陈漫云没带洗漱用的东西，幸好酒店的房间有一次性用品，她洗脸刷牙以后迷迷糊糊地走出来，有点蒙，慢慢地走到床附近。

沈放舟笑着笑着想咳嗽，从裤子口袋里掏出手机来给陈漫云拍照片。

“咔嚓”一声。

陈漫云额头的碎发沾了水，不听话地贴在耳边，她看到摄像头就伸手挡着，嘴里嘟囔：“别拍别拍。”

太狼狈了。

沈放舟没接她的话，低头看自己的手机屏幕。

他的摄影技术绝对算不上好，号称几千万像素的摄像头拍出来的照片居然很糊，甚至没对焦。

陈漫云眼神蒙蒙地看镜头，杏眼的形状很漂亮。

除她以外，一切都是虚幻的。

沈放舟没在意，看着屏幕里的陈漫云。

陈漫云蹙眉：“你赶紧删掉。”

沈放舟笑了，把手机翻过来给她看：“没，拍得挺好的。”

陈漫云看着糊得不成样的照片，心想：果然，酷哥都是没有什么审美的。

她叹了口气，继续和沈放舟商量：“小船哥，真的不好看。”

糊得要命。

沈放舟把手机屏幕按灭揣进兜里，说：“我觉得好看。”

见陈漫云总是打哈欠，沈放舟催促她上床睡觉。

陈漫云摇头，说：“我还不困。”

这话刚说完，陈漫云就又打了一个哈欠。沈放舟笑了，站在床边帮她把被子的边缘掀开。

“妹妹，睡吧。”

陈漫云困得眼角有泪，但还是摇头说不想睡。

云珊周日就出差回来了，陈漫云订了明天下午回淮市的票，睡着了就看不见沈放舟了。

沈放舟顿了顿，声音有点沙哑：“我不走。

“你睡吧，我看着你。”

他起身把天花板的灯关掉，只留下床头的一盏小灯，光辉似月亮。

陈漫云的头发散开垂在肩上，眼睛很亮地看着沈放舟，说：“晚安。”

第二天。

陈漫云是下午的高铁票，沈放舟打着哈欠说准备买一张同车次的高铁票。现在不是节假日，所以票还很充裕。

陈漫云在收拾东西，疑惑地抬头：“你也回淮市吗？”

沈放舟不是说他不能回淮市吗？

沈放舟“嗯”了声就点击支付买票：“不，不回，我送你到高铁站。”

先送陈漫云回淮市，他再买票回省会，明天凌晨有趟大巴回小镇。

陈漫云怔了怔：“小船哥，我自己能回去的。”

来回一趟得将近六七个小时，陈漫云怕他太累了。

沈放舟摇摇头，说：“没事。我送你回去，放心一点。”

沈放舟不知道陈漫云是怀着怎样的心情坐上来的那趟高铁的，但他一想到他的小姑娘那么远来见他就心疼。

数学上讲究最优解和系统优化，讲不要浪费时间和重复步骤。

可沈放舟就是想送她回淮市，哪怕后面他还要坐高铁再回来。

天高路远，再陪她几公里。

第七章 浩瀚银河里…

二月中旬，沈放舟第五次被勒令到教室外面罚站。

化学老师在讲台上站着，脸色并不算好看，写板书用剩的半截粉笔头也没浪费，直直地打在沈放舟的肩上。

沈放舟没躲，脸上是抱歉的神情，很快地站起来，拿着卷子和笔走出教室。

化学老师的脸上闪过一丝不耐烦，勉强压下心头的火气，朝着下面的同学说话：“看我干什么？我脸上有字？”

班上的同学闻言才算惊醒，把眼神移开。

这个月沈放舟上课的时候都在做别的事情，被骂了就静静地低头挨训。

老师骂完了他也还是那副样子，我行我素，冥顽不灵。

化学老师讲完课以后就收拾东西准备回办公室，出教室门的时候看到站在外面的沈放舟在写卷子。

听见前门的响动以后，沈放舟把手里的东西放下：“老师好。”

化学老师冷哼了一声，回道：“老师不好。”说着，她用余光瞥了一眼沈放舟手里的卷子——应该是去年一卷的高考题，沈放舟不方便拿草稿纸，计算密密麻麻地铺在卷子上。

沈放舟报了今年高考的事情她也听说了，但她不赞同。

化学老师的鞋尖抵在墙边，沉吟了一会儿才开口：“不用这么着急刷题，高三复习的时候自然会做到的。”

什么时候就该做什么事。

还有压轴题的难点没有学完，高三才是大量练题培养手感的时候，沈放舟有点操之过急了。

沈放舟点了点头，顿了好一会儿才开口：“我知道，谢谢老师了。”

他的神情几乎没有变化，于是化学老师也清楚少年没听进去她的劝了。

她叹了口气，没有再多言。

化学老师走远以后，沈放舟才拿着东西进了教室，同桌程瑶在和前桌说笑。

沈放舟站得确实有点累了，坐在座位上把答案册子拿出来。

没找到红笔，他也没在意，手指在册子上移动，很快地对着答案。

程瑶和前桌的聊天刚好告一段落，凑到他旁边问：“沈放舟，你都会做吗？”

高考题哎，还是号称最难的一卷。

沈放舟沉默了几秒以后才回答：“也许吧。”

是不确定的语气。

程瑶点点头，继续和前桌开启另一个新的话题。

她隔壁班的闺密们依旧在催沈放舟的联系方式，她都拒绝了，说她办不了。

程瑶发誓她真不是故意的，但那天沈放舟去外面买可乐，快递的消息发过来，他的手机屏幕应声亮起。

那是程瑶第一次看清沈放舟的手机屏幕，所以足够惊讶。

屏幕上是个女孩子，杏眼弯弯，程瑶从来没有见过那么好看的女孩子，气质压倒一切，笑起来带着易碎感和颓废的漂亮，周围都是虚浮的，唯她是月亮。

于是，程瑶明白沈放舟的冷淡和生人勿近都是表面，也猛然反应过来，哦，原来最热烈的少年也难以免俗。

上完晚自习已经是晚上十一点了，沈放舟回去以后先洗漱。院子里一直没热水，沈放舟也不是安安分分烧热水的人，所以即使在最冷的时候他也是用冷水洗漱。

洗漱完以后，他就坐在书桌前，继续抽出卷子做题。他上课的时候就是在做这个，所以化学老师拿粉笔头砸他。

他抿着唇，低头看卷子的边缘。

沈放舟是聪明，但高考是千军万马过独木桥，更别说还有一大批应届的尖子生准备大展宏图，所以熬夜和大量刷题成为他的新习惯。

保持题感，还有训练熟练度。

沈放舟没在意，他书桌前放了一罐糖，有时候写卷子疲倦了以后会吃一颗提神。

橙子味的。

很甜。

让人想起在中环广场有水雾的夏天，还有他的花花妹妹。

很久之后，沈放舟都记得在小镇的这段日子，很短，但足够深刻，他在那里睡木板床，很久没用过热水，咳嗽反反复复不见好。

但他还是拼了命地想去首都。

这一年沈放舟十八岁。

陈漫云的情况也差不多，白天课间都被她用来刷题了，上课时看着都没什么精神。

王川有时候开玩笑说："拼搏百天，我要上清大。"

陈漫云听到也就笑一笑，说："没有。"

赵雾灵最后去的是英国，赵雾灵的堂哥是那所名校的校友，给赵雾灵写了封推荐信。

赵雾灵在那边先念一年语言预科才会正式入学，大洋彼岸声色繁华，大小姐的朋友圈恨不得实时更新。

陈漫云也会看赵雾灵的朋友圈，内容大多是英国的名胜古迹，偶尔夹杂着一些奢饰品店里的自拍。

这天晚上做题的间隙，陈漫云给赵雾灵的朋友圈点赞，赵雾灵立马小窗敲她。

wuling 亮晶晶：还不睡？

按时差，淮市那边应该是深夜了。

AAA 专业修飞机陈小姐：写题。

这句话让同为学生的赵雾灵心里略微愧疚了那么几秒钟，因为刚才她在挑衣服。

店里的销售员尽职尽责，举着三件同款不同色的衬衫，轻声细语地问她要试哪件。

赵雾灵捏着手机抬头，因为在和陈漫云聊天，所以兴致缺缺扫了一眼："都包起来吧。"

她不想挑了。

刷过卡以后，赵雾灵留下了住的公寓地址，低着头继续和陈漫云聊天。

陈漫云问赵雾灵习不习惯，赵雾灵说还好。

陈漫云是恋旧的人，赵雾灵却相反，她永远喜欢新鲜的事物，新鲜感是她做事情的主要依据，所以她当时喜欢眉眼清冷但对她不屑一顾的江也，也愿意出国留学。

陈漫云在那边笑着和赵雾灵聊天，没有谈起江也。

她是赵雾灵的好朋友，以至于几乎没有所谓公平的立场可言。

三月份，淮大附中的高三和复读生举行百日宣誓。

两节课的间隙，陈漫云出去站在栏杆旁边，低眉看到红色的条幅挂得到处都是。

上面写着直白但管用的标语。

——提高一分，干掉千人。

——只要学不死，就往死里学。

——不负父母的期待，不负恩师的厚望。

很多人对青春的感受都是片面的，他们来不及感受阳光的灿烂就被推到人生的分水岭，一次考试会决定大多数人以后的命运。

像是同一条河流被分出三六九等。

像是突然被推到分割线上，看着过去永远消逝，连带着青春的勇气和无价的快乐。

陈漫云忘了还有多少天高考，她几乎没有任何娱乐，每天很晚才睡觉，整夜流泪与失眠，卷子上有时候会有水痕。

沈放舟。

黎明到来之前，她念着他的名字，这是她全部勇气的来源。

淮市的夏天来得很快，空气里的燥热和水雾都昭示着艳阳天的痕迹。

陈漫云清瘦了很多，秦姨看着都心疼，每天变着花样给陈漫云做饭。

“云云，你多吃一点。”秦姨从厨房出来，看着桌上几乎没有怎么动的饭菜，叹了口气，“多少吃一点。”

陈漫云摇摇头，喝了口杯子里的酸梅汤：“秦姨，我不太饿。”

或许是因为天气热的缘故，食欲消退，陈漫云没有多少饥饿感。

这种状态一直持续到了6月7日。

高考的那两天云珊没有去公司，待在家里陪着陈漫云。考试的第一天晚上，陈漫云回来看到云珊在家里的客厅沙发上坐着看文件。

她转身，轻轻把门关上。

云珊余光瞥见了，把文件放下，过了好一会儿才对着陈漫云说：“回来了？”

“嗯。”陈漫云垂眸。

云珊点点头，在公司里决策果断的女强人面对自己的女儿却显得手足无措。

秦姨探出头来，冲着云珊点点头。

云珊有些犹豫，看到秦姨的动作以后又在心里斟酌话语。

余光里看见陈漫云侧脸的轮廓，云珊沉默了几秒才开口：“考试怎么样？”

陈漫云捏着书包带子，说：“还好。”

第一天考的是语文和数学，陈漫云答得还可以。

云珊颔首，接着又是漫长的沉默。她其实很想说些什么，可两人中间错过的时光太多，以至于不知道从何说起。

陈漫云先动作，说要上楼复习明天的科目。

天气很热，陈漫云进房间以后就脱掉外面的校服外套。

赵雾灵给她发消息祝她高考顺利，李冉和王川也给她发了短信，她回了几句就收起手机。

沈放舟应该在盛华私立的考点，今天没见到他。

明天考理综和英语，陈漫云复习了一会儿就枕着胳膊趴在桌子上，人为形成的封闭空间让她安心。

又趴了好一会儿，陈漫云觉得困倦，于是上床休息。

深夜，云珊推开陈漫云的房间门。少女在床上睡得很熟，窗帘有点透光，隐约可以看到房间里的景象。

床边有矮椅，云珊坐在椅子上低头看陈漫云。陈漫云和她其实是相像的，只不过她的眉眼锋利一些，陈漫云的杏眼更柔和。

年龄增长，云珊察觉到了岁月的威力，因为她总是频繁想起旧事。

陈漫云生下来的时候小小的一个，就连哭声也微弱。她小时候体弱多病，云珊整夜看着她，眼都不敢闭。她稍微长大一点后，云珊就忙着公司的事。

云珊忙着给管理层换血，一点点地收拾烂摊子，态度稍不强硬就会被质疑，等公司稳定了又忙着和陈京博弈。

这种情况下，云珊很自然地忽视了陈漫云，她宽慰自己这是为了给陈漫云更好的生活，而且陈漫云也一向听话懂事。

可是不知道从什么时候开始，陈漫云越来越沉默，国际赛失利以后则更寡言，和云珊的交流也越来越少。

夜里很热，陈漫云睡得不安稳。

云珊从回忆中惊醒，屏着呼吸观察，万幸陈漫云没醒，只是觉得有点热，翻了翻被子。

云珊呼了口气，站起来，看到书桌上有空白的草稿纸，她随手拿了一张给陈漫云扇风，动作很轻，房间里其实安了空调口，但云珊怕陈漫云着凉。

她动作很轻地把那张 A4 纸折了折，给陈漫云扇风。

纸不是空白的，云珊在右下角发现陈漫云娟秀的字迹，写着“沈放舟”。

云珊记得，是那个男孩子的名字。

她抿了抿唇，收回眼神，到底还是没说什么。

云珊不嫌累，坐在陈漫云旁边，一直缓慢温和地扇着风。

深夜，所以无法区分时间的快慢，过了很久，云珊突然伸手摸了摸陈漫云柔软的头发。

云珊说话的声音很低，寂静里，她的声音也被模糊。

“云云乖。”

陈漫云很小的时候，云珊把这句话挂在嘴边哄她。隔着好多年错过的光阴，这位失职的母亲再一次充满歉疚。

云珊离开以后，房间里很安静。陈漫云还是闭着眼睛的，但肩膀颤了颤，眼泪滑落掉到枕头上。

高考成绩出来的那天下午，陈漫云正趴在桌子上睡觉，她眼下有淡淡的青色痕迹。

王川从外面风风火火地冲进来，气喘吁吁地拍着桌子喊她：“别睡了，妹妹，你查你高考成绩了没？”

沈放舟原来的桌子被人撤走了，那一块地是空着的。

陈漫云参加高考的事他们班同学基本上都知道。

下午的阳光有点刺眼，陈漫云挣扎着起来，有点蒙地抬头，看着王川摇摇头，说：“没，被屏蔽了。”

陈漫云今天凌晨起来查成绩的时候就显示 0 分。

应该是全市前五十名，所以会暂时屏蔽。

王川愣了愣，他一路跑过来有点渴，拧开杯子喝了一大口，喘着气很疑惑地问：“屏蔽了？为啥？”

李冉听得都快忍不下去了，推了推王川的胳膊：“排名靠前的都会屏蔽啊，你知道什么倒是快说啊。”

王川不知道这个事情，他顿了顿，没回答李冉的问题，转头对陈漫云说：“妹妹，你快自己去楼下看吧。”

陈漫云没懂，王川把她拽起来，把陈漫云推出去。

李冉没忍住又说他：“你干吗啊？”

王川似乎还在震惊里没缓过神，只说让陈漫云自己下去看。

陈漫云垂眸，朝李冉摇了摇头，过了几秒以后走出教室。

路上很吵，周围陆续有人指指点点。

“陈漫云就是那个。”

“哪个？”

“扎马尾，眼睛很漂亮的那个。”

“是这个啊。”

陈漫云蹙眉，抬头看向声音的源头。

周围的人却都又低下头去，隐匿在人群中。

她还是没太懂，但还是想着刚才王川的话，顺着教学楼的楼梯下楼。

一楼大厅两侧都是电子屏，阳光从进门处洒进来一片金色，和电子屏的红色混在一起，投射在地上变成奇异的色彩。

陈漫云怔了怔，走下台阶，扭头看旁边的电子屏。

应该是学校加班加点统计出来的数据，最上面写着“喜报”的字样，红色的大字在电子屏上面一行行地滚动。

热烈祝贺我校一本上线率达 95.85%（文理科实验班一本上线率均为 100%），连同复读班，全校参加高考学生二本上线率 100%。

热烈祝贺我校高二（7）班陈漫云同学以总分 689 分勇夺淮市高考理科状元，祝贺我校高三（1）班沈煜白同学以总分 680 分夺得淮市高考探花。

689 分，市高考状元。

陈漫云考完的那天晚上对过答案，包括今天凌晨查到屏蔽成绩的时候也觉得自己应该考得还可以，但没想到能这么好。

她从来没想到过。

夕阳透过玻璃洒在陈漫云身上，她仰头看着屏幕，红色的大字一行行地在上面闪过，在她的侧脸留下霓虹的残影。

陈漫云怔了好久，过了一会儿又垂眸。

她想哭。

接下来的小半天都是乱糟糟的。

陈漫云被叫到年级主任的办公室，里面人很多，有年级主任、校长、徐平峰，还有陈漫云不认识的高三的老师们。

陈漫云被围在中间，耳朵像暂时失去听觉。

校长说刚才清大和北大的招生办都打来过电话，让她好好考虑，听到她才高二的时候语气则更加热切。

用校长的话说，这是淮大附中素质教育和全面教育的胜利，状元淮大附中也出了不少，但高二参加高考又在市里取得好名次的寥寥无几，更不要说是状元了。

陈漫云在整个谈话中都保持着沉默，还是徐平峰先发现。

“陈漫云，你先回去吧，回家休息一下，顺便考虑一下专业的那些事情，你和保安报我的名字就好。”

陈漫云笑着和徐平峰道了谢，出了办公室以后就接到一个陌生电话。

她接起来以后发现是沈放舟，声音瞬间带上哭腔：“小船哥。”

沈放舟有点着急地安慰道：“别哭，妹妹，没事，考得不如意也没事，我陪你再来一年好不好？”

陈漫云握着手机没说话。

沈放舟在电话那头烦躁地皱眉，组织了一会儿措辞又继续开口：“妹妹，真没事，刚好我也考得不好，我陪着你，别怕。”

不管什么事，都有我陪着你。

陈漫云听到这句话以后怔了怔，终于没哭了，吸了吸鼻子，语气疑惑地问：“小船哥，你没考好啊？”

沈放舟顿了顿，下颌紧绷着：“妹妹，你考得怎么样？”

陈漫云咽了咽口水：“小船哥，你先告诉我。”

她的声音还透着一点紧张。

沈放舟叹了口气，声音懒洋洋的：“还行，说不定和你差不多。”

妹妹，合着咱俩都在互相担心啊。

他顿了顿，似乎觉得这件事还挺有趣，挑眉笑着逗陈漫云：“妹妹，猜猜咱俩谁高？”

沈放舟考得还行，刚才屏蔽解除了以后他瞅了一眼，677分。

陈漫云语气很认真：“我高。”

沈放舟知道陈漫云考得还不错了，心情稍微放松了一点，笑着问：“妹妹，这么有信心，嗯？”

猜错了怎么办？

陈漫云顿了顿，语气似乎带着点无奈和不好意思：“因为状元是我。”

嗯？

他妹妹说什么？

顿了好几秒，沈放舟才反应过来陈漫云的意思，高考状元，他们说考了689分的那个，是他妹妹啊！

沈放舟脑子有一瞬间是空白的，就只剩下一个念头——

完了，他成吃软饭的了。

沈放舟考得其实还算不错，淮市理科第五名。

小镇属于邻省，高考用的卷子和淮市的不一样，教材也不一样，沈放舟大部分时间是自己复习，自己在网上找淮市模拟卷和答案，打印出来自己做。

有时候好些拓展的问题连老师都解释不清楚，更别说高二根本不会安排系统的复习。

沈放舟跌跌撞撞全靠自己琢磨，这个成绩可以说得上是一骑绝尘了。学校唯一遗憾的就是沈放舟的学籍还在淮市，所以也就只能看着他的成绩眼红。

临近报考的时候，还出了个让人哭笑不得的乌龙。

清大招生办的老师特意驱车到镇上的高中，恰好学校的保安那天有点事没在门口的警卫室。

招生办的老师寻人无果，只碰见个逃课出来的学生。少年校服外套被松松垮垮地系在腰间，翻过围墙以后很利落地拍了拍手。

清大招生办的老师面面相觑，觉得小镇真是……民风淳朴。

两个老师商量了一下后，其中一个向前走了几步，拦住少年的去路，斟酌着语气开口：“你好，同学，请问沈放舟是你们学校的吗？”

老师的语气很平淡，沈放舟却很警觉地抬眸，想了下最近发生的事。他确实买了张新电话卡给陈漫云打过电话，但淮市的人这么快就反应过来了？

沈放舟顿了顿，反问：“沈什么？”

招生办老师脾气很好，手里比画着重复：“沈放舟，放开的放，归舟的舟。”

“哦。”

少年音调拖得很长，顿了两秒才回答：“不知道，没听过，不记得我们学校有这号人啊，你们记错了吧？”

沈放舟的语气很笃定。

两个老师互相看了眼对方，语气更迟疑：“同学，真的没有这号人？”

怕少年不理解，老师过了几秒又补充：“就是高二参加高考那个，我们是清大招生办的老师，找他有点事情。”

每年高考一出分都是两所顶级名校没有硝烟的战争，每个省市的优秀生源就那么点，谁抢到就是谁的KPI，所以他俩才这么着急赶来学校。

哦，是因为这个啊。

沈放舟挑了挑眉，觉得有点尴尬，心虚地开口：“那个……我就是。”

招生办老师愣了：你就是？那刚才那一出是闹什么呢？

沈放舟直了直身子，语气认真：“老师，不好意思啊，我真是沈放舟。”

招生办老师顿了一下，又掏出文件袋拆开，找到沈放舟高考报名资料上留的电话。

几秒寂静以后，沈放舟校服口袋里的手机响起来。

沈放舟摸了摸鼻子，斟酌语气开口解释：“对不起，我刚刚以为你们是人贩子来着。”

主要是他以为淮市那边的人找过来了，慌得要命。

招生办老师迟疑了：我俩……长得很像坏人吗？

一番混乱以后，他们还是坐下来认真地商讨报考的事情。

整个过程沈放舟够礼貌，神情很认真，说话时会看着招生办老师的眼睛。

两个老师突然察觉到沈放舟的分寸感，谦逊，是少年意气，但不惹人烦，但也不够用心。

招生办的老师和他讨论选择院校的事情，他兴致缺缺，一直说还要再考虑一下。

沈放舟再考虑一下的意思是他还要和陈漫云商量一下，但招生办老师理解的是沈放舟要去上北大。

“别啊别啊，你看你对什么专业感兴趣？学工科的话肯定还是我们有优势一点，今年淮市的高考状元你知道吧，已经和我们学校签了合同。”招生办老师语气着急地开口，竭力想劝说沈放舟。

少年点了点头，神情认真了一些，顿了顿，问招生办的老师：“她学的航天航空吗？”

招生办老师愣了一秒才反应过来沈放舟嘴里的“她”指的是陈漫云，立马从善如流地点头：“对的，是在航院，具体什么专业不清楚，好像是航天宇航工程吧。”

沈放舟点了点头，拽过来合同签字。

“我监护人不在这儿，我满十八岁了。”沈放舟签得很潇洒，随意看了几眼就把协议递给招生办老师。

很利落，和当初他递给顾行书那份合同时很相似。

招生办的两个老师没想到事情的转机能来得这么快，被沈放舟的果断整不会了，迟疑地开口询问："沈同学，你是决定了吗？

"不要再考虑一下吗？"

沈放舟摇摇头，说："确定。"

不需要考虑了。

陈京和云珊在七月份准备办理离婚，一个失去家族支持的人不再有资格成为云珊的联姻对象。

陈漫云小时候无比渴望父母的关怀，但后来他们离婚的时候陈漫云反而很平静。

陈京的所有东西都被清理出别墅，云珊忙着进行共同财产的分割。陈漫云没有表达出任何不满的情绪，也拒绝了陈京想要再见她一面的请求。

陈漫云和清大的航院签了协议以后就没去学校了，一直在家待着，她在家看视频学会了 python（计算机编程语言），写了一个很无聊很无聊的程序。

只要她按下固定的按钮，屏幕上就会开始放烟花。

很无聊，但陈漫云还是很喜欢触发按钮。

她十七岁那年看到过最漂亮的烟花，在淮市的轮渡大桥附近。

陈漫云叹了口气，把桌子上的日历又划掉一天，想着什么时候才能开学呀。

某天晚上吃饭的时候，云珊突然问起陈漫云想不想去旅游，陈漫云摇头。

小时候没有得到的，她现在也不想要了。

时间过得很快，一晃就开学了，陈漫云下飞机出了机场，看到大片大片的阳光。

澄净，温暖，区别于淮市的水雾，像崭新的一切。

陈漫云抬头，看见沈放舟站在阳光下，逆光也是最少年。

他说："陈漫云，好久不见。"

她突然想哭。

沈放舟比陈漫云早到首都一个月，他回不去淮市，在小镇把自己学籍的事情处理以后就转机到了首都。

首都的空气比小镇稍微好一点，沈放舟终于腾出时间去了一趟医院，拍了个胸透以后医生诊断为支气管炎和呼吸道感染。

之前因为一直没有对症治疗才拖拖拉拉没好。

医生瞥他一眼，语气有点生气："你这个病怎么不早看？拖着快半年，再发展下去不排除肺炎的可能性。"

沈放舟表情很平淡，手里还拿着刚拍的片子，低垂着头挨训。

那是他最低沉的一段时间，离开从小生活的淮市，在小镇担心高考和他妹妹。

他没想治病，偶尔咳得不行会吃一点止咳药，任由病情发展，像在惩罚自己。

去接陈漫云的那天，沈放舟的病已经好得差不多了，他站在大厅出口附近等陈漫云。

陈漫云拖着行李箱走过来。

沈放舟伸手，想接过陈漫云的行李箱，没成功，因为陈漫云扑到他怀里开始掉眼泪。

陈漫云其实很少在公共场合这样，她手指揪着沈放舟腰侧的那一截衣料，脸埋在少年的肩膀处。

衣服很薄，所以沈放舟可以感受到她的眼泪，像要灼伤他。

他动作很轻，抱着她，低下头时用唇去触碰陈漫云的耳朵，语气似诱哄："妹妹。"

他想让陈漫云不要哭。

陈漫云眼眶红红地抬头，鼻音很重地说："我不是你妹妹。"

没有人会快半年不见自己的妹妹。

沈放舟怔了几秒，嘴角勾了勾，反问："那陈漫云是谁的妹妹？"

陈漫云伸手擦掉眼角的泪珠，没好气地回他："反正不是沈放舟的妹妹。"

她的白色衬衫领口有拼接色的领结，沈放舟没再纠正她的语言，伸手帮她扶正领结，看着她的侧脸。

阳光洒在她身上，温柔、澄净而炽热。

像沈放舟梦境里的画面。

少年突然就想笑，十八年前在出生第二天被父母放弃的孩童在阳光下勾嘴角，像和过去的一切和解，谅解命运不公，原谅过去所有的苦难。

陈漫云，你知道吗？命运对我不算眷顾，可因为有你，我始终愿意相信。

相信神爱世人。

陈漫云还没入学就在清大的论坛小火了一把，原因是某个去教务处帮忙录入新生信息的学姐不小心翻到了陈漫云的准考证照片。

准考证照片，上过大学的人都懂，高三快高考时拍的，精神状态不佳，脸上的神情几乎可以用“生无可恋”四个大字概括了。

所以，在一群几乎可以被认为是黑历史的准考证照片里，陈漫云的照片真的特别打眼。

陈漫云绝不是幼态的漂亮，而是杏眼含情，皮肤白皙，拍准考证照片时候不许笑，所以少女的嘴角很规矩地放平，但还是漂亮得不像话，一瞬间击中了颜狗学姐的心。

本着“不摸鱼那还是大学生吗”的心情，学姐发帖码字一条龙。

△今年航院的学妹好漂亮，求航院姐妹开学以后介绍一下！

△［图片 .jpg］

△看了下资料，竟然还是高二裸考上的航院，respect（致敬）。求航院姐妹开学以后介绍！我的意思是，如果不和漂亮妹妹贴贴，我美好的情操、我的品格、我的清大学生证都会毁了的，呜呜。

高二裸考上清大航院，漂亮学妹。

大家平常内卷成习惯，偶尔也喜欢逛逛论坛放松一下，正好又是饭点，所以帖子立马在首页飘红，还顶了一个“hot”。

△ 1L：好漂亮，话说今年新生颜值这么高吗？前两天整理资料还见到一个计算机的新生帅哥，少年感无敌。

△ 2L：楼上我不信，除非你给我看看。

△ 8L：坐标物院，我认识这个小姐姐，没记错的话是上上届物理竞赛国奖金牌。

△ 10L：楼上瞎扯的吧？物理竞赛国奖按理早保送了，还用得着裸考？

△ 66L：哇，真的好好看，守护世界上最好的航院学妹！

△ 85L：回复 10L，我没瞎扯，我记得很清楚的原因是我是那年银牌，这个小姐姐当时对我们简直是降维打击，不知道为什么没走保送。

△ 86L：弱弱佐证楼上，当时我也在现场（没进决赛圈，勉勉强强拿了降分录取而已），话说这位真人是真好看，性格也很好，物理竞赛就不用说了，我们算是聪明人，她是天才。

△ 87L：拿了降分录取而已。

△ 88L：文科生默默观察。

△ 89L：+1。

…………

学姐吃饭回来就看到飘红的帖子，后知后觉发现这个行为好像不太礼貌，咬着唇把楼里一些不太好的和讨论隐私的发言删掉。

还有一堆资料需要录入，学姐叹了口气，认真地继续整理手头的资料。

手指划动屏幕，她又看了眼被她传上去的照片。

啧，是真漂亮啊。

所以当陈漫云在航院的新生报到处出现的时候，帖子一下子又被热心的吃瓜群众顶上来。

△ 201L：救救救，我见到真人了，比照片好看一万倍，身边还有个帅哥帮她拿行李，应该是她哥哥，不确定，但我听见他叫妹妹。

△ 202L：真的吗？我不信，除非你让我看看。

△ 211L：[图片 .jpg]

△ 212L：[图片 .jpg]

△ 213L: 真人比照片还好看，旁边那个帅哥也贼帅，说谎我这个学期gpa（平均学分绩点）考三开头。

△ 226L：她哥哥也好帅啊，少年感真的无敌。

△ 228L：楼上，那个不是她哥哥，是她男朋友，计算机学院大一的，早上报到时候也有帖子的，关键词“计算机”还可以搜到。

△ 232L: 报！前线志愿者发来电报。好消息，航院学妹真的很漂亮，坏消息，人家有对象了。

△ 266L：拜拜，去卷绩点了，每天情情爱爱没意思。

△ 267L：笑死，楼上是我的舍友，刚刚还摩拳擦掌准备去给航院学妹搬行李呢，一听人家有男朋友立马封心锁爱了。

△ 268L：哈哈哈。

△ 269L：我就说哪个正经人逛贴吧啊，哈哈哈。

陈漫云没有校园网，还不知道论坛的腥风血雨。

沈放舟帮她把行李搬到航院的女生宿舍楼底下，伸出手背贴着她的脸，问：“热不热？”

是不是少年的手背天生温度就低?

陈漫云感受到一小片凉意，摇了摇头，过了一会儿又反悔：“一会儿去吃冰激凌吧好不好？我想吃。”

沈放舟点头，说：“我等你。”

女生宿舍他不方便进去，陆陆续续有新生进宿舍楼，他便站得稍微远了点，抬头看着头上的树叶。

嗯，挺绿的。

手机“叮咚”了一声，沈放舟挑眉，划开屏幕以后发现是新建的舍友群有新消息。

新舍友里面有一个叫伍原的特别活跃，此刻正在群里@沈放舟。

伍原：@FZ，我们去食堂吃饭，你去吗？

FZ：我还有点事，你们先去吧。

那边很快回了一个“OK”的表情包。

半个小时以后，两拨人在学校超市的冰柜前相遇了。

伍原和另外两个舍友吃完饭以后想来买瓶冰镇饮料，碰见了在挑雪糕的沈放舟和陈漫云。

陈漫云拿了块奶砖，一转头就看见三双眼睛直钩钩盯着她。

顿了几秒，陈漫云才从几个人和沈放舟的对话中反应过来他们的关系。

陈漫云不好意思地笑了一下，先开口：“你们好，我叫陈漫云……”

伍原止不住地点头，打断陈漫云：“我知道，久仰大名，久仰大名。”

陈漫云微微蹙眉，不懂久仰大名是个什么说法。

计算机系是上午报到，几个男生东西都不算多，收拾完以后就开始聊天。

几个人自然而然谈起高考。

伍原开玩笑地问了问大家的高考成绩，他说自己是某高考大省的省状元。

另外两个舍友一个省状元，另一个是市状元。

几个人倒也没自满，计算机系算是清大录取分数比较高的院系，沈放舟他们班则更高，因为他所在的是清大为了更好地培养计算机学科的拔尖创新型人才成立的计算机科学实验班。

清大这种地方，一板砖砸住十个学生，五个省状元，三个市状元，剩下两个是竞赛保送。

所以状元在这儿还真不算什么。

伍原打听了一圈回来看到沈放舟一个人鼓捣手里的那本书，半开玩笑地开口：“哎，老沈，好像就你不是状元。”

倒也不带恶意，不过多少有点揶揄的意味。

沈放舟若无其事地点了点头，过了几秒伸手把书放进桌子上的半开放式书架，语气特别平静地说：“哦，我不是状元。”

他回得很平淡，搞得伍原也觉得没意思，只能点点头，语气似乎是在安慰：“没事的，老沈，来了就是崭新的开始，你不是状元我们也不会……嗯……不会歧视你的。”

伍原说完还拍了拍沈放舟的肩。

下一秒，沈放舟抬头，语气比刚刚更若无其事：“我不是状元，我女朋友是。”

几个舍友面面相觑，这个话题，他们三个不太熟悉啊。

沈放舟站起来活动了下，看了看呆若木鸡的三人，叹了口气：“啊，对了，不好意思，忘记问了，你们有女朋友吗？”

单身十八年的伍原觉得沈放舟杀人诛心，这是杀人诛心。

所以当伍原看到漂亮得不像话的陈漫云的时候，脑子里第一反应竟然是反复循坏播放沈放舟的那句“我不是状元，我女朋友是”。

陈漫云还在蹙眉，不懂那句“久仰大名”是什么意思。

伍原支支吾吾了半天才开口解释：“久仰大名，久仰大名，沈放舟……和我们提起过你。”

炫耀的口吻能从清大园吹回淮市的那种。

在第三次被陈漫云舍友认成陈漫云的哥哥以后，沈放舟整个人都是肉眼可见的颓废。

正好这天两个人都没有晚课，沈放舟下了课以后在教学楼门口等陈漫云，不久后陈漫云和她同学就出现在视野里。

陈漫云朝他招了招手，很快地走到他身边。

旁边的同学很惊讶，看了眼沈放舟，又扭头问陈漫云：“这个就是你哥哥吗？”

很显然，她吃了论坛的瓜，但没吃全。

沈放舟的笑立马停滞在脸上。

陈漫云笑得狡黠，指着沈放舟给同学介绍：“对，这是我哥哥，异父异母的那种。”

同学听完笑了笑，知道是自己想错了，朝陈漫云说：“抱歉。”

等同学消失在视野里之后，陈漫云回头，看着独自站在旁边闷闷不乐的沈放舟。

他给人的感觉永远是少年，因为偏白的肤色和在眼尾处下垂的眼睛，神情偶尔会显得冷漠，只有叫“妹妹”的时候会笑。

所以不怪陈漫云的同学错认。

陈漫云笑了一下，背着手走过去看他：“小船哥，生气了？”

沈放舟挑着眉反问她：“都把我认成哥哥还不让生气？”

陈漫云笑了，伸手去拽他的短袖下摆："这不是说明你长得年轻吗？"

沈放舟躲开，没搭陈漫云的话，看着还是不太开心。

陈漫云顿了顿，追上去几步，左手在空中随意地晃动出弧度，没成功，因为很快被少年的手捉住。

她的手比较小，被沈放舟握在手里。

沈放舟余光瞥见她的发顶，眉头才算舒展。

今天温度不算低，陈漫云其实觉得有点热，但看了一眼她小船哥的脸色，觉得还是握着吧。

沈放舟也觉得挺热，但他不放，如果条件允许，他甚至想牵着陈漫云走遍校园，看谁再说他俩是兄妹。

又走了几步，陈漫云突然想起来正事，仰头看着沈放舟，问道："找我是有什么事？"

还没下课陈漫云就收到沈放舟的消息，说他在楼下等她。

沈放舟刚刚喝了罐可乐，声音还有些沙哑，语气听着懒懒的："没什么事。"

陈漫云蹙眉，用了点力气捏了捏少年的掌心，歪头，声音软了点哄道："小船哥，别生气了，嗯？"

晚霞很好看，吹来的晚风不燥热，沈放舟低头看她，心里突然陷下去一块。

顿了顿，他声音有点闷地开口："本来是想找你约会的。"

他下午就一节课，上完以后顺手在空教室把作业写了，他甚至还专门回宿舍洗了个澡。

然后就听到他妹妹的那句"这是我异父异母的亲哥哥"。

就……挺委屈的。

陈漫云发誓她刚刚接那句只是觉得有趣，但看现在少年的神情，显然他没把那句话当成玩笑。

陈漫云"嗯"了声，像是在回答。过了几秒，她又问："那现在呢？"

本来是来找我约会的，那现在呢？

沈放舟顿了顿，没说话，沉默了好几秒才开口："现在？现在在等你哄我。"

万幸天色够晚，掩护少年的耳热。

沈放舟的眼睛直视着面前的少女，神情很坦荡。

陈漫云仰头，突然想起在淮市的日子，想起那间原本光线昏暗的电竞房被新安装的灯光照得亮如白昼，想起那个趴着补觉的少年。

后面在淮大附中的日子变得混沌不清晰，可陈漫云却破天荒记得少年出现的每一帧，像梦境。

四下无人，只有风声，陈漫云顿了顿，突然鼓起勇气凑近沈放舟，落下很轻的一个吻后很快退开，歪头看着沈放舟：“哦，那去约会吗，男朋友？”

她哄沈放舟只有这一招，百试百灵。

她的眼睛比淮市的晚霞还好看。

沈放舟自己都觉得自己没出息，叹了口气，先妥协了：“陈漫云，你就这点本事。”

陈漫云随即反应过来，笑着拢耳边的发丝：“没本事啊。”

沈放舟反问她：“你也知道你没本事啊？妹妹。”

每次就敢亲个嘴角，退后得比谁都快。

陈漫云“嗯”了声，小幅度地晃荡着沈放舟的手臂，声音甜得赛过上好的糖霜：“我就仗着你喜欢我啊，沈放舟。”

烈阳之下，他的爱坦荡而坚定，她被爱滋养，生出娇纵，恶劣至此。

沈放舟“哦”了声，无奈地笑了笑，突然想到句话——搬起石头砸自己的脚。

嗯，还是他自愿的。

两个人很快走出了校园，夜幕降临，灯光慢慢亮起，远处的灯光被模糊成五颜六色的色块，陈漫云被沈放舟护在街道的内侧，两人慢慢地走着。

街上什么都有，烧烤摊、服装店、奶茶店……人声鼎沸，满满的烟火气。

陈漫云在某一家酒吧前面停下脚步，扭头眼巴巴地看着沈放舟：“小船哥，我想进去。”

赵雾灵的朋友圈天天流光溢彩，让陈漫云不禁也对酒吧有一丝好奇。

之前她去过很多次“在人间”，可每次都是下午的时候，她都没见过真正热闹的时候。

沈放舟瞥了眼暗色的牌匾，上面写着店名——“Cocktail”，泛着五彩斑斓的光。

这种地方……不适合妹妹去吧？

沈放舟顿了顿，开口：“这些地方没什么好去的。”

乱得很，不合适。

陈漫云不乐意了：“可是你之前每个星期都带我去酒吧哎。”

沈放舟心想：那不是给你补课吗，妹妹，你这说得我每周六是带你喝酒摇骰子一样。

沈放舟叹了口气，想了想，提了个别的建议：“妹妹，去不去喝奶茶？看星星也行。”

看星星看月亮，多浪漫。

陈漫云看着沈放舟，没说话。

十分钟后，陈漫云和沈放舟还是踏进了这家叫“Cocktail”的酒吧，一进去先感觉到的是五彩斑斓的灯光和节奏感很强的音乐，舞池里形形色色的人们在晃动身躯。

沈放舟顿了顿，把陈漫云护在怀里。

陈漫云坐到舞池旁边的沙发卡座里的时候还有些晕乎乎的，酒保过来给他们送了两杯颜色很漂亮的酒。

陈漫云没喝。

沈放舟抿了口，感觉酒味很重，暗色的灯光里一切都看不清晰。

陈漫云躲在他怀里，说：“好吵。”

先提出要进来的是她，说好吵的也是她。

沈放舟挑眉，笑着说：“现在出去买冰激凌还来得及。”

陈漫云摇头：“不要。”

暗色的灯光里，她窥见沈放舟的唇薄而有形状。

她突然觉得耳热，又突然想起沈放舟的那句“没本事”。

过了几秒以后，陈漫云仰起头靠进他，他身上有清冽的酒味，更像淡淡的香。

陈漫云凑过去，动作不稳，只碰到他的下巴，瞬间就想离开。

可没成功，因为她被沈放舟扶着肩。

沈放舟低头，不吻陈漫云的唇，唇齿只在她的耳朵和脖颈处游走。少年的体温很高，混合着酒精，一起在她的肌肤上游弋。

陈漫云本能地想要后退，却被他抵住。

无处可逃。

酒吧的皮质沙发凹陷进去，少年的手掌描摹着她肩骨的形状，末了喉咙轻颤得像是在笑：“妹妹，你就这么肯定我不敢动你啊？”

酒吧里光线变幻，暗色里一切都看得不真切。气氛突然有些暧昧，陈漫云第一次直观地感受到少年与男人的区别。

沈放舟已经不再是在淮大附中趴在桌子上睡觉的青涩少年了，已经更富侵略性，吻她脖颈处的时候用牙齿轻轻咬她。

陈漫云的皮肤在战栗，她突然感觉到一股痒意，从肌肤处抵达内心深处。

沈放舟的手撑在她的背后，掌心温度似要燎原。陈漫云轻轻喘了几声，有些无措地叫他。

"小船哥。"

沈放舟"嗯"了声，用手掌去安抚她。他动作很规矩，手一直放在陈漫云的腰侧，烫得让空气都升温了。

陈漫云眼眶有点红，低声朝他撒娇："沈放舟，我害怕。"

她很少叫他的名字，所以此时带着生疏，还有怦怦心跳。

沈放舟怔了几秒，退开几寸。

稠密的暧昧里透进来新鲜的空气，陈漫云的睫毛颤了颤，小指无意识地去勾他。

少年退开以后伸手摸了摸她的发丝，略带无奈地笑了，警告她："那就别老招我。"

招了又不负责，妹妹不乖。

陈漫云点头，但又仰头去亲少年的下巴，亲完立马捂住少年的唇，笑得眼睛弯弯。

"我知道，最后一次了，小船哥。"

沈放舟的手机铃声突然响起来，他不动声色地看了眼屏幕就挂掉。

陈漫云仰头问道："怎么了？"

"没怎么，诈骗电话。"

她眼睛永远漂亮，水雾弥漫而灵动，在灯红酒绿里更勾人。沈放舟把她捞起来，叹了口气："走，妹妹，送你回宿舍。"

路上有晚风，吹着很舒服。

两个人离得很近，陈漫云看见地上长长的影子偶尔粘连到一起，密不可分，突然就笑了，指着影子对沈放舟说："小船哥，在淮市的时候你晚上送我回家，影子也是这样的。"

铺满月光的地面，灯火热闹里难得寂静，影子交织成一片，十八九岁少年人的真心比月亮本身还要美好。

沈放舟"嗯"了声，他说他记得。在小镇上最难挨的那一段时间，他只想念陈漫云。

陈漫云的专业女生比较少，她比较幸运，分到的是两个人一间的宿舍。回去以后，她先被舍友打趣一通，不禁有点脸红。

时间还早，陈漫云顺手抽出书架上的速写本画飞行器的结构，画到水平尾翼的时候被舍友打断。

舍友把手机屏幕递过来，陈漫云用眼神询问。

没过几秒，她就知道了答案——视频里是江也。

他们前段时间的数学建模大赛得了奖，庆功宴上江也喝醉了，被人拍了下来。

“你知道他吗？叫江也，数院的，高二保送的，前些天他们那个数模竞赛，他们小组拿的金牌，他属于高岭之花那一卦的。”舍友以为陈漫云不太了解，凑到她旁边解释。

陈漫云很久没见江也了，他依旧是白衬衫，几乎不笑的冷漠神情，喝醉了以后只是脸色微微发红，很克制。

见江也在视频里唇形微动，舍友不懂，拉近仔细研究一番，没有解码成功，嘟囔了一句：“他说的什么呀？”

陈漫云看了一眼，拍摄的人隔着很远，其实画面很模糊，但她还是看清了，知道江也说的什么。

——灵灵。

江也和赵雾灵的事情陈漫云大概都知道，但没有做出评价，她是赵雾灵的好朋友，不是江也的。

舍友没成功，也就放弃了，转而又想起个八卦和陈漫云分享：“前段日子有个经管的女孩子和他表白，他直接当面走过去了，拒绝得不要太明显。”

“我真想象不出来这种男生喜欢别人的样子。”舍友按灭屏幕以后感慨了一句，还叹了口气。

陈漫云听到这句话以后，手上的动作顿了几秒，最终还是笑了笑，没搭话。

她见过江也喜欢的人。

赵雾灵的娇纵一半来自家境优渥，另一半就是来自时任学生会会长的江也。

赵雾灵如海藻般的头发上经常有江也送的发饰，应该是江也用竞赛奖学金买的。

赵雾灵喜新厌旧的速度很快，很多发饰只被佩戴过一两次就失去大小姐的垂青。

江也不在意，赵雾灵不喜欢了他就再买。

感情的事似乎总是出人意料，陈京和云珊是自由恋爱，最后却以狼藉满地收场，沈放舟的叔叔从前是浪子，如今却忠贞似守节，江也孤高倨傲，最后还是败给赵雾灵。

多有意思啊。

陈漫云笑了笑，突然想到另一件事情。

今天在酒吧给沈放舟打电话的人，好像叫顾行书。

小船哥当初为什么一声不吭地离开淮市？

陈漫云的兴致不高，舍友过了一会儿也就收起手机准备睡觉。

关了灯以后，室内很寂静，舍友突然提起陈漫云的名字。

“我有没有说过，你的名字很好听。”

云这个字好像天生就和航空有着千丝万缕的联系，很浪漫。

寂静里，陈漫云怔了好几秒，开口解释：“我母亲姓云。”

不管陈京和云珊后面闹得多么难堪，但给陈漫云起名字的时候，两个人确实是真心相爱的。

舍友不知道其中的弯弯绕绕，羡慕地点了点头，感叹：“那你爸爸妈妈好恩爱啊。”

陈漫云看起来就像是被充沛的爱包围着的天之骄女，漂亮、聪明，有天赋又刻苦。

陈漫云无意义地“嗯”了声，没再说话了。

她在心里反问自己：恩爱吗?

第二天的清晨，陈漫云就接到云珊的电话。陈漫云怕吵醒室友，匆忙披了件薄外套去了阳台。

是陈京和云珊离婚的事情，他们在分割婚内财产，陈漫云是陈京唯一的孩子，理应得到陈京的一部分财产，云珊问陈漫云想要什么。

直升机、字画，还是淮市近郊的别墅。

陈漫云沉默了好几秒才声音轻轻地回答：“我不知道。”

她不知道，一如她年幼时不解陈京、云珊为何感情的破裂，分居多年后又走到离婚的境地。

淮市的别墅里永远只有寂静和争吵。

在这段破碎的婚姻里，陈漫云也像别墅里被摔碎的瓷器。

云珊被她的回复气笑，反问：“你不知道?

“陈漫云，我很久之前就告诉你做事情要有规划。你是成年人了，所以我打电话来征求你的意见。你看看自己说的话，不觉得可笑吗？”

云珊十八岁的时候一个人在英国留学，凡事都是亲历亲为，陈漫云却还在这里疼痛青春，说不知道自己想要什么。

陈漫云“嗯”了声，闭了闭眼，没有争辩：“好，我知道了，看您安排吧。”

无所谓，陈漫云什么都不想要。

云珊自觉失言。

办公室里很安静，她抬手，示意助理冲一杯黑咖啡，再开口时语气缓和了些：

“云云，妈妈不是这个意思。”

她有一天会老去，会没有办法强硬地替陈漫云要回来陈漫云应得的东西，陈漫云得自己长大。

陈漫云“嗯”了声，带着点鼻音开口：“妈妈，我知道，我没什么想要的，您安排吧。”

顿了顿，陈漫云试探性地开口：“妈妈，你知道吗？沈放舟也在我们学校。”

云珊愣了好几秒才反应过来沈放舟是谁，勉强镇定地开口：“哦，是吗？那很巧啊。”

她的态度让陈漫云起疑。陈漫云抿唇，像是验证猜想：“妈妈，那个时候他离开淮市，是不是因为你？”

如果是云珊逼沈放舟离开淮市，那么一切都解释得通了。

“总监，您的咖啡。”

小助理的话还没说完就被打断，云珊随手把文件夹摔到地上。

小助理惊呼了一声，看了眼云珊的脸色就去捡文件。

陈漫云高考之后的整个暑假都没怎么提起过沈放舟，顺利报考了航空专业以后母女俩也没有再吵过架，所以云珊很自然而然地认为她放下了。年少时候的感情能持续多久呢？云珊以为时间会抚平一切。

但是现在陈漫云旧事重提，揪着不放。

云珊声音也带了点怒意：“陈漫云，我今天不想和你吵架，我不管他是什么沈放舟还是沈归舟，我根本没见过他，没逼他离开淮市，他叔叔……做的事情不干净，他出去避风头而已。”

云珊还没失去理智，勉强编了个理由敷衍。

陈漫云“嗯”了声，思绪乱得要命，说：“对不起。”

挂了电话以后，陈漫云缓缓蹲了下来，背靠在阳台的墙壁上，清晨的空气还有些凉，她闭着眼理线索。

云珊说谎了，不可能沈放舟出去避风头而沈南城还留在淮市开酒吧。

顾行书是南港人，因为他的电话号码是八位数。

高二临近元旦的时候，云珊突然松口送陈漫云出国的事情，然后新年的第一天沈放舟孤身离开淮市。

一定有什么东西被自己忽略了，很多片段在陈漫云的脑子里一闪而过，但又抓不住。

她凭着记忆拨了顾行书的号码，只有八位数，所以她记得很牢。

对方很谨慎，没有接，直接挂断了。

陈漫云握着手机的手无力地垂下来。

沈放舟不肯说，她旁敲侧击问了好几次都没有任何答案。

没过一会儿，沈放舟打来电话。

少年的声音传过来，慵懒又随意："妹妹，下楼。"

已经快十个小时没见他妹妹了。

陈漫云点了点头，下一秒才反应过来对面的人看不见自己，说："好。"

一下楼，她就看见沈放舟站在楼下的树荫下，黑衣黑裤，眉眼很冷清，像个酷哥。

酷哥的状态就维持了不到十秒，因为沈放舟从看到陈漫云就开始笑。

没多久，他发现陈漫云的眼眶有点红，笑意滞在脸上，伸手揉了揉她的脑袋，问："是不是不舒服？"

见陈漫云摇头，沈放舟"嗯"了声，继续哄她："妹妹，做噩梦了是不是？别害怕。"

他语气越温柔陈漫云越想哭。

少女闭了闭眼，突然开口："小船哥……"

沈放舟似乎听出来她的疲惫，声音很低："那今天不去图书馆了好不好？我带你去游乐园吧？"

陈漫云努力抬头不让眼泪掉下来，看着他的眼睛，心下一动，开口："我都知道了。"

沈放舟顿了几秒，没接话。

陈漫云吸了口气，从他怀里退开几步，趁着勇气还在，一口气把话说完："你答应我妈妈的事，还有那个叫顾行书的南港人，我都知道了。"

陈漫云很紧张地喘息，指甲嵌进肉里。其实她什么都不知道，这两句模棱两可的话是她知道的全部信息。

她在赌。

一秒，两秒……

三秒以后，沈放舟似乎察觉到什么，骂了句脏话，问陈漫云："顾行书告诉你的？"

他就知道那个人嘴巴不紧，钱都白花了。

沈放舟没反驳，陈漫云低头，眼泪突然滑落下来。

她猜对了。

沈放舟，你凭什么不告诉我？

陈漫云半晌没说话，沈放舟反而很慌张，着急地和她解释："不是妹妹，他和你说什么了？你别听他乱说啊。”

过了一会儿，沈放舟勉强笑了笑：“我好着呢，胳膊和腿都在呢，妹妹，没他说的那么惨。”

陈漫云垂着头半天没说话，沈放舟心慌了，继续给自己找补：“妹妹，他瞎说什么了？你告诉我好吗？”

云珊不可能告诉陈漫云，因为这样的话他们之前做的一切都算白费了，沈南城更不可能，唯一有可能的是顾行书。

而且陈漫云亲口说出来顾行书的名字。

沈放舟觉得有点烦，“啧”了声，在心里骂道：顾行书，你有本事一辈子缩在南港。

过了几秒，陈漫云抬头，神情里写满了不可置信，她在这一刻才确定心中的猜想，眼眶红红地质问：“沈放舟，你真的答应了？你答应她什么？”

沈放舟怔了几秒，随即反应过来陈漫云是在诈他。

他没说话，陈漫云带着哭腔继续追问：“说啊，沈放舟，你答应她什么了？”带着点歇斯底里的意味。

答应离开淮市，答应不理她，还答应什么了？

沈放舟没回答，伸手去揽陈漫云的肩。

少女挣扎着退开，眼里噙着泪，直视他：“沈放舟，你告诉我。”

阳光透过树叶洒下来，残影落在少年的侧脸。

沈放舟垂着头，过了几秒才艰涩地开口：“妹妹，现在这样不好吗？”

沈放舟是活在当下的人，也很少去想难过的事情，所以他不在乎他亲生父母怎么样，沈南城抚养他长大，但叔侄的情分未必有多深厚。

沈放舟不会说，他不会让陈漫云知道她亲生父母怎样不堪，不会让陈漫云知道他在小镇的日子。

在机场见到陈漫云的那一瞬间，他脑子里突然想起一句话——

“从前种种，譬如昨日死；以后种种，譬如今日生。”

但陈漫云的澄澈让她对这件事也有着执拗，执意追问。

沈放舟勉强笑了笑：“妹妹，没什么，真的没什么。

“没关系的，都过去了。”

陈漫云摇头，看着少年，一字一顿地开口：“沈放舟，有关系。”

周六的清晨，偶尔有学生陆陆续续地往外走，沈放舟和陈漫云在楼下僵持，同学们会好奇地看过来。

沈放舟顿了顿，挡住外面的视线，伸手把陈漫云搂进怀里的时候，陈漫云不肯，在他怀里挣扎：“放开我……沈放舟，你放开我。”

别想蒙混过关。

沈放舟收紧手臂，没放手，手掌贴着陈漫云的脊背，垂下头，凑到她耳边：“妹妹，你确定要在这里吵架？”

周围人来人往，大家没有直白到凑过来，但眼神里还是藏不住八卦。

再吵下去怕是又会在论坛掀起腥风血雨，议论纷纷。

陈漫云顿了顿，安静了下来。

沈放舟亲了亲她额头边的碎发，哄道：“妹妹，要不要喝旺仔牛奶？”

他的语气永远温柔，陈漫云却第一次察觉到他的残忍之处——沈放舟永远把她当作需要保护的人，当作可以用一罐旺仔牛奶哄好的小孩子。

陈漫云抿唇，没说话，任由沈放舟牵着她的手走出人群。

陈漫云走到僻静的地方就想松开手，出乎意料的是少年握得很紧。

陈漫云蹙眉：“沈放舟，放开。”

在解释清楚之前，她再也不要和骗子牵手了。

少年的回答更简洁：“不放。”

陈漫云突然停住脚步，抬头看他：“放开。”

沈放舟低头看她，说：“不放，这辈子都不会放。”

陈漫云突然就想哭，眼泪止不住地流下来：“沈放舟，你是真的喜欢我吗？”

沈放舟很肯定地说：“当然。”

我不喜欢你那喜欢谁啊？

不知不觉，他们走到校园的角落，周围寂静无人。

陈漫云的声音提高了一点：“沈放舟，你是喜欢我，还是只想和我玩玩而已啊？”

“凭什么不告诉我？我没有权利知道吗？你永远……”陈漫云哽咽了一下，哭着说，“你永远把我当作小孩子，我们是一起的啊，我是你女朋友……沈放舟。”

他们是恋人，沈放舟却始终选择一个人承担。

沈放舟“嗯”了声，说：“我知道。”

他顿了顿，上前抱住难过的她。

陈漫云没挣扎，额头抵住他的肩膀，很小声地哭泣。

时间的流动变得不清晰，沈放舟就这样静静地抱着陈漫云，抱着他的小姑娘。

又过了好久，沈放舟突然开口解释。

“妹妹，我……爸妈离婚了，在争我的抚养权，我叔叔特别爱我你知道吗？没我他不能活的那种，所以把我送出去避风头。顾行书……顾行书帮我办理的转学手续而已。”

那个……爹妈对不起了，你俩感情先破裂一下。

沈放舟在心里稍微忏悔了那么一下。

陈漫云抬头，神情懵懂地看着沈放舟。

沈放舟顿了顿，接着开口：“我说谎了，陈漫云，我见过你妈妈，那时候你有一段时间成绩不是下降了吗？你妈妈也希望我先离开一段时间，她希望你……好好学习。”

沈放舟静默了几秒，又补充：“妹妹，你别怪你妈妈，她……不容易。”

少女看不见的地方，沈放舟绞尽脑汁检查这段话是否有逻辑漏洞，暂时还没发现。

陈漫云心思比他缜密，他是真假掺着说的，总要好过胡编乱造。

陈漫云笑了下，抬头：“沈放舟，你发誓。”

这么正常的理由沈放舟为什么要遮遮掩掩？她一个字也不信。

沈放舟笑了笑，觉得她还像是个小孩子一样，说：“好。”

“我，沈放舟，说的都是真的，嗯……如果是假话，”他笑了笑，“出门就被车撞……”

沈放舟不信这些。

陈漫云先一步打断他：“沈放舟，我不要这个，你拿我发誓。”

“什么？”沈放舟怔了一下。

陈漫云伸手把眼角的眼泪擦掉，带着鼻音说：“沈放舟，你拿我发誓，你刚才说的每一句都是真的，不然我陈漫云出清大的校园门就被车撞死。”

陈漫云的声线很冷，直视着沈放舟的眼睛：“你发誓啊，沈放舟，你拿我发誓，我就信。”

沈放舟动了动唇，沉默了好久。

陈漫云突然笑了一下，她情绪太激动，以至皮肤都染上薄薄的一层红色，阔开的眼尾也是红的：“说啊，你说啊。”

沈放舟沉默的时候陈漫云开始哭出声。

沈放舟想去拉她的手，被她躲开了。陈漫云伸手抹眼泪，泪水似决堤的洪水。

她被泪水洗过的眼睛一如往常清澈澄净，沈放舟去吻她的眼泪，动作很轻，但不容拒绝。

他第一次很重地握着陈漫云的手腕，语气中透着无奈：“妹妹，你怎么能这么爱哭？”

哭得总是止不住，还是像个小孩。

后来，沈放舟交代了事情始末。

陈漫云静静坐在台阶上。

他就乖乖坐在她旁边，讨好地笑了笑：“妹妹。”

陈漫云盯着他看了好久，突然开口：“那你吻我。”

沈放舟怔了几秒，没动作。

不是，妹妹怎么了？

“吻我。”

陈漫云催促他，略带哭腔地发号施令。她刚刚得到确定的爱意，所以有恃无恐。

沈放舟顿了顿，看了一眼陈漫云。她刚才哭过，眼睛里水雾弥漫，脸颊有桃花色。

看起来就……特别好亲。

他俯身，很用力地吻过去。

最开始时触感是微凉的，慢慢渡上温热，唇齿磕磕绊绊的声音被淹没。

热气从她唇中呼出，带着旖旎的色彩溢满胸膛。

又过了一会儿，沈放舟突然放开她。

陈漫云还是蒙的，仰着头用眼神问他。

沈放舟也觉得有点尴尬，换了个动作，压抑地喘气，小声和她解释：“不能再亲了。”

再亲他控制不住了。

陈漫云没听懂，问：“什么？”

沈放舟心想：妹妹也就这点胆儿。

沈放舟冷静了几秒，抱着她慢慢平复呼吸。

又是良久的寂静。

沈放舟休息了一会儿就跑去旁边的便利店给陈漫云买了罐冰镇可乐。

陈漫云右手举着易拉罐放在眼周冰着，举了一会儿手有点酸，又放下来，看着旁边的少年。

他的好皮囊带给他的优势永远存在，下垂的眼尾让少年感无敌，看人的时候会带着点无辜感。

沈放舟看了眼陈漫云，察觉到气氛有所缓和就接过可乐罐：“妹妹，我帮你举着。”

沈放舟在她脸上轻轻啄了一口，很快退开。因为离得很近，以至于他可以看到陈漫云脸上细小的绒毛，在阳光下近乎透明。

发现陈漫云的眼睛里有他的影子，沈放舟勾起嘴角。

陈漫云冷不丁地说：“小船哥，我不值得的。”

陈漫云闭了闭眼，她想沈放舟一个人在邻省，面对不熟悉的环境和不熟悉的教材试卷，还有陌生的方言，他有没有害怕?

沈放舟打断她，语气认真：“陈漫云，你值得。”

陈漫云，你值得。因为你是我妹妹，因为在淮大附中，命运的齿轮缓缓转动，你在秋日的清晨抬头，阳光洒在你嘴角的时候我怦然心动，想要摘月亮，然后私藏。

私藏月亮怎么可能不付出任何代价的呢?

我心甘情愿。

他的妹妹值得全世界最好的爱。

陈漫云“嗯”了声。

可乐慢慢失去低温，染上温度，陈漫云伸手拉开拉环，“噗”一声，她和沈放舟的眼神相撞在可乐味的气泡里，仿佛有什么在胸膛横冲直撞。

感觉有些莫名其妙，两个人很不好意思地低下头，像刚恋爱的愣头青。

陈漫云轻轻咳了一声，转移话题：“小船哥，我现在没有直升机了。”

那架直升机是陈京送的，陈漫云不想要了。

沈放舟“嗯”了声，说：“没事。妹妹，别怕，实在不行我回淮市一趟，骗点我叔叔的钱。”

沈放舟突然想到了他的好叔叔。

陈漫云否决：“别这样。”

她有点紧张，咽了咽口水，天真地问：“能不能叫顾行书把钱还回来啊？”

她还是有那么一点想要直升机的。

一点点。

沈放舟语气有点无奈：“应该是不太可能了。”

顾行书显然是个彻头彻尾的商人。

陈漫云点了点头，似乎有点发愁：这么一看，我们两个的“钱途”……就还挺渺茫啊。

沈放舟勾了勾嘴角，故意逗她：“没事的，妹妹，我听说你们工作以后赚得还挺多的，以后你就负责赚钱养家。”

陈漫云没接住他的思路：“哦，那你干什么呀？”

沈放舟憋笑，做严肃状，语气一本正经地继续逗她："我负责貌美如花啊。"

陈漫云哭得眼睛疼，沈放舟临送她回宿舍之前又买了几袋冰，让她睡觉的时候敷着。

陈漫云点点头。

沈放舟伸手搓了下眼睛，说："等会儿我买点午饭给你送过来。"

陈漫云摇头："不想吃。"

沈放舟揉了揉陈漫云的头。他的专业课老师刚才打来电话，叫他去实验室做点事情，所以他着急过去。

"你去呀，别让你们老师等着急了。"

按理说导师做实验之类的一般不会叫沈放舟这样的本科生，但可能是沈放舟在刚开学的时候展示出了天赋。

开学时的编程课上，副教授让每人写代码表示平面图形，只有沈放舟一个人用代码写了个"陈漫云"的花样字，旁边还有一颗以爱心轨迹跳动的云朵，还是立体的。

在一群规规矩矩的平面图形里，他的作品很显眼。

副教授课后检查完顺手把这份建了立体坐标轴的作业评成了优秀作业，在电子版的课堂里挂了好久，以至于计算机院的学生都更习惯把沈放舟叫成陈漫云的男朋友。

沈放舟虽然是化学竞赛出身，但对数学和计算机语言的敏感明显更胜一筹。

陈漫云怕导师等着急，催沈放舟快点去。

沈放舟的头抵在她肩膀上，陷在她的发丝里。他似乎要沉溺在这味道里，过了好一会儿才不太情愿地抬头，眼尾处下垂的眼睛看着陈漫云："妹妹，不想去。"

想在这儿陪你。

陈漫云笑了笑，推他："你去嘛，我就在这里又跑不掉。"

怎么像只黏人的小狗?

沈放舟"嗯"了声，但还是搂着陈漫云没松手。他比陈漫云高许多，垂下头的时候气息喷洒在陈漫云的脖颈处。

有点痒，陈漫云轻呼了一声推开他。

陈漫云晃了晃手里提着的冰袋，调侃道："小船哥，你再不去，我冰袋都要化了。"

沈放舟"嗯"了声，总算从温柔乡里抬头，亲了亲她的额头："那你上去休息会儿，一会儿我忙完给你发消息。”

陈漫云没答应也没拒绝，看了沈放舟一会儿，声调稍微拉得有点长：“看你表现吧。”

谁让沈放舟一直瞒着她，这笔账她要留着慢慢算。

等陈漫云上楼以后，沈放舟才扭头，手插在兜里晃悠着去了主教学楼。导师的办公室在三楼，沈放舟走上去，靠近办公室以后听见里面传来谈话声。

他没着急敲门，往后退了几步，谈话声越来越模糊，渐渐听不真切。他靠在墙壁上，掏出手机给导师发了条短信。

没过几秒，面容和蔼的导师从里面推开门，看见沈放舟，随即朝他招了招手：“在这儿呢，没事，进来吧。”

计算机学院的导师略微思索了几秒就明白了沈放舟的行为逻辑——少年听见他们里面在谈事情，所以礼貌地站远了，选择先发短信。

导师笑了笑，他刚刚不过是在拉家常而已，倒也不怕沈放舟听见，不过嘛……他笑了笑，带起眼边的皱纹。

很少有这样懂世故的年轻人了。

导师拍了拍沈放舟的肩，爽朗地笑了。

沈放舟说了句“老师好”就跟在导师的后面。

办公室装修得很古朴，办公桌是红木做的，放在阳台边的盆栽郁郁葱葱。

办公室里还有位姓苏的老师，抱着本教材，半个身子靠在办公桌的边上。

导师看了一眼身后的少年，又看了一眼办公室里胡子拉碴的苏老师，皱了皱眉，带着点坏心思和看热闹不嫌事大的意味开口：“老苏，你们院的女婿来了。”

航院的苏老师闻言立马“呸”了一口，骂他：“来什么来，你这老东西就不能消停点。”

两个人从年轻的时候就不对付，航院的嫌计算机学院的只懂理论，计算机学院的又嫌航院做实验瞻前顾后，总之不太和睦。

不过这么多年过去，同一辈里只剩下他们两个还在一线教书了，也就这么一个人能和自己偶尔拌拌嘴了，苏老师想到这儿，又不禁感觉有些唏嘘。

下一秒，他抬头观察沈放舟，第一眼就是不满意，长得太花心了，也不壮实，一阵风就能刮走，唇太薄，显得薄情，总而言之，和陈漫云不般配。

苏老师冷哼了声，斜眼看沈放舟：“你就是沈放舟？”

不怪苏老师有偏见，实在是沈放舟长着一副好皮相，生来似多情，看着很不老实。

之前物理竞赛国际赛集训的时候，苏老师曾经短暂地辅导过陈漫云一段时间，苏老师可以毫不夸张地说，陈漫云是他教过的最优秀的学生，有天赋又谦逊，对科研保持敬畏和热爱。

他相信陈漫云将来会为航天事业做出巨大的贡献。

所以，苏老师之前是准备把陈漫云介绍给他的另一个在读博一的得意门生的。

他是这么琢磨的——不强求，要是两个人真的处得来，他也算成全美事一桩。

没想到陈漫云语言很委婉，态度却很坚决，说：“我已经有男朋友了，就不打扰师兄了。”

苏老师愣了一下，以为是托辞，连忙补充：“你那个读博一的师兄以前是少年班的，比你也就大四五岁左右。”

他懂，老男人确实不太讨年轻姑娘喜欢，所以急忙解释。

没想到陈漫云笑了笑，语气更认真了：“老师，我没撒谎，我有男朋友，他在计算机学院，我和他……是高中同学。”

说到最后，陈漫云有点不好意思地红了脸。

苏老师只觉得他的人生观崩塌了。

他的听力系统迅速捕捉到“高中同学”这四个字眼，在他的理解里，自动把这句话翻译成了“计算机学院的那个叫沈放舟的哄骗当时还在上高中的陈漫云”。

呸，不要脸。

计算机学院真是上梁不正下梁歪。

沈放舟很坦荡地笑了一下：“苏老师好，我就是沈放舟，经常听云云说起您。”

苏老师心想：哈，我们很熟吗？叫这么亲热。

过了一会儿，苏老师没忍住，咳嗽了一声，开口问道：“陈漫云……说我什么啊？”

沈放舟脸不红心不跳地瞎掰扯：“嗯……她说您在航空方面造诣很深，博学多识，是她的榜样，她以后也希望成为您这样的人。”

少年顿了顿，笑着抬头：“我也看过一些您在sci（科学引文索引）和nature（《自然》杂志）发表的论文，觉得她所言非虚。”

里里外外的意思是在夸他，甚至没有提“陈漫云”三个字就让别人觉得他们感情好。

苏老师突然有点如坐针毡的意味，尴尬地笑了两声，回头看见计算机学院的导师，着急忙慌地打了个招呼就要逃离：“那个……我先走了啊，完事邮件联系。”

临了，他又瞥了沈放舟一眼：“说的比唱的好听，你们计算机学院人的话可一点都不可信。”

算是最后的挽尊。

等苏老师走了以后，计算机学院导师才笑呵呵地泡了杯茶，吹了口气以后慢悠悠对沈放舟开口：“你坐。我还没见过那个老顽固吃瘪呢，哈哈……现在的年轻人哟，比我们那个时候厉害多了，我找你是因为……”

两件事，一件事是过两天有个项目批下来资金，导师希望沈放舟可以完成其中一部分程序的编写，另一件事，下周轮到计算机学院组织升旗仪式，缺个升旗手，让沈放舟顶上。

陈漫云说她不太饿，沈放舟绕道去买了个舒芙蕾和冰激凌蛋糕给她。

下午，陈漫云要去实验室做小组实验，因为时间很短，沈放舟就站在外面的台阶上等着。

周围没什么人，沈放舟再次打通了谷阳的电话，然后说他想买一架直升机。

谷阳清了清嗓子：“沈放舟，我最后提醒你一下哦，你爸妈确实赠送给你不菲的财产，但我奉劝你把钱拿去投资或者办信托基金。”

这才是稳妥的选择。

谷阳甚至在心里想：还清大学生呢，这不傻子吗？

沈放舟“哦”了声，回答：“不用，我要直升机。”

谷阳：“直升机对你来说根本不是必需品，你又不会开，买下也是……”

沈放舟：“我要直升机。”

谷阳：“你讲点道理好不好？我们已经没多少钱了。”

沈放舟怔了一下：“难道连买直升机的钱都没有了吗？”

谷阳被噎住：“那还是有的。”

沈放舟的父母拥有的财富是难以估量的，更何况沈放舟是他们唯一的孩子。

沈放舟点头，继续重复：“那我要一架直升机。”

谷阳思索了几秒，带着几分猜测意味地开口：“让我猜猜，你是不是要买给你女朋友？”

不然他实在想象不到沈放舟怎么能这么执着。

沈放舟说：“对。”

谷阳在电话那头扶了扶额，语气仿佛在和一个冤大头说话：“沈放舟，别怪叔叔说话难听啊，你这女朋友可是有点物质啊。”

他记得之前那一大笔钱沈放舟也是为了女朋友，现在又要直升机，有钱也不能这么用啊。

沈放舟很冷静地反驳他：“第一，她不物质，是我要送给她的，我希望你以后不要用任何不好的词形容她。”

沈放舟顿了顿，继续开口：“第二，就算是她问我要，这世界上那么多人，她为什么只问我要直升机？”

沈放舟又顿了顿，自信补充：“因为她爱我。”

不是……沈放舟的爸妈都不算是感情用事的人，所以……是怎么基因突变，生出这种“恋爱脑”的？

谷阳第一次感叹遗传学的奇妙之处。

他最后还是没拗过沈放舟，生无可恋地答应了沈放舟的要求，又和沈放舟交代了些注意事项以后就动身去落实这件事。

谷阳自己都觉得自己有些凄凉，好歹他也是个金牌律师，咨询费按分钟算的那种，以前的工作是从牢里捞人出来，现在……是给沈放舟的女朋友买直升机和听沈放舟分享恋爱日常。

如果现在沈放舟的父母给他打电话的话，他只能如实回答——

“是的，您二位的儿子长得很好，四肢健全，除了有点‘恋爱脑’以外一切正常，此外，还在挥霍钱财上面天赋异禀。”

陈漫云的皮肤有些敏感，哭完以后杏眼下的一小片红更明显，以至于到了第二天还是没有消肿。舍友好几次都看着她的眼睛欲言又止，昨天她眼睛红红地回来的时候舍友就觉得不对劲了。

昨天陈漫云和沈放舟在楼底下说话的时候不少人看见了。

两个人一起坐在书桌前打哈欠，对视了一眼，很饿，但是不想下去买饭。

舍友在旁边对着镜子扎头发，陈漫云随手摸了个皮圈把头发绑住，打了个哈欠，从白色的蛋糕纸袋里翻出来昨天的舒芙蕾。

酥软的舒芙蕾从中间掰开以后露出中间的刨面，陈漫云扭头问舍友：“瑶瑶，吃吗？一人一半。”

舍友也翻出来一盒牛奶，说了声“谢谢”就接过来，腾出手以后双手合十，动作夸张地朝陈漫云拜了拜。

“感恩，仙女，您就是仙女，拯救民女于饥饿之中，大恩大德无以为报，民女一定……”

太夸张了，陈漫云弯起眼睛笑了笑，阻止她：“打住打住，吃饭。”

陈漫云又突然不太想吃了，那半个舒芙蕾就放在手边没有动，她起身倒了杯热水。

舍友动作很利索地吃完舒芙蕾，又伸手把盒装牛奶上的吸管拆下来，塑料纸发出窸窸窣窣的声音。

她余光瞥见陈漫云伸出空着的那只手揉了揉右眼，好像很不舒服。

舍友在心里纠结了半天，眼一闭，支支吾吾地开口："云朵，我和你实话实说，有个体育特长生一直在追我来着。"

陈漫云还是不太舒服，闭了闭眼睛，打起精神："是吗？怎么样呢？"

舍友轻轻咽了咽口水，看了眼陈漫云的眼睛，像豁出去一样开口："我的意思是，要不我让他打沈放舟一顿吧！"

陈漫云昨天下楼和沈放舟见了一面回来后状态就不太对，舍友行侠仗义这么多年，最见不得沈放舟这种仗着一副好皮相就四处拈花惹草，伤害漂亮妹妹的渣男。

尤其当被伤害的漂亮妹妹还是陈漫云的时候。

在舍友眼里，陈漫云简直称得上完美——成绩好，长得好看，不喜欢炫耀，偶尔还会带着自己做小组作业，让她这条咸鱼都能混个极高的平时分。

陈漫云足足反应了几秒才蹙着眉问道："打沈放舟干什么呀？他又没做错什么。"

很不解的语气。

舍友恨铁不成钢地看了眼陈漫云："哎哟，我的小祖宗，人家都欺负到你头上了你还在这儿帮别人说话呢？"

昨天回来的时候眼睛都红成什么样子了，居然还护着沈放舟。

陈漫云愣了好久才算彻底明白过来，笑着给舍友解释道："瑶瑶，没有，我俩……没吵架，只是说清楚了一些事情而已。"

舍友也愣了，从椅子上站起来，冷笑了一声，追问："什么事？"

来，告诉我是劈腿还是花心和冷暴力，看我正义使者如何掀开这个渣男的真面目。

舍友的眼神实在太过担忧，陈漫云斟酌了几秒才开口："他之前瞒着我一些事，他也是为了我好，我和他昨天下午说清楚了，没吵架，瑶瑶你别担心。"

陈漫云仰头，笑着看舍友，想让她别担心。

"瞒着我""解释清楚"，这两个词简直是在舍友的雷点蹦迪，舍友顿了顿，还想再说什么的时候被陈漫云的手机铃声打断。

陈漫云看了眼手机屏幕就笑着接起来："喂，小船哥。"

舍友的眼神无比担忧地看着接电话时还在笑的陈漫云。

等电话挂了以后，陈漫云伸出手指头来和舍友保证："放心呀，瑶瑶，我又不傻。"

舍友内心：我信你个鬼。

陈漫云没说几句就站起来准备出门，临出门之前转过身，抱着舍友的肩膀撒娇："瑶瑶，真的，他真的挺好的。不说了，我先下楼了。"

说完，她还指了指桌子上的那半边舒芙蕾："瑶瑶，我那半个你也吃了吧，沈放舟给我带早饭了。"

陈漫云动作利索地打开宿舍门下楼。

舍友"哎哟"了两声也没叫住陈漫云，转而眼神担忧地看着桌上的那半个舒芙蕾。

过了好久，她才叹了口气，想着这都什么事啊。

她倒要会会那个渣男。

陈漫云一下楼就看到了沈放舟，他今天莫名穿得很清爽，白T恤，垂感很好的黑色宽松运动裤。其实校园里很多人这样穿，但沈放舟的少年感永远是独一无二的。

看见陈漫云，他抬手晃了晃手里的塑料袋。

袋子里是食堂的奶黄包，还有一罐热的旺仔牛奶。

陈漫云接过来后就和沈放舟坐在旁边的长椅上。

正值九月，学校的桂花开得正好，一簇簇淡黄色的花团开着，阳光透过花朵的间隙洒下影子。

陈漫云抬头，阴影落在她侧脸，像在她的脸上也开了一簇簇的花。

沈放舟突然想吻她，吻她的唇，吻她的眼睛，无关情欲，只需要确定人声鼎沸里，他永远热爱她。

陈漫云扭头，眼神落在他的唇上。他唇色很淡，干净，但是很薄，在老人眼里通常是薄情的特征，所以也不怪舍友一直以为他是渣男。

陈漫云沉默了几秒，开口："小船哥。"

沈放舟"嗯"了一声，呼吸稍微急促了几秒，因为他在等她吻上来。

没等到，只等到陈漫云的一句："他们说嘴唇薄的人很薄情。"

第一次谈恋爱就是和陈漫云的纯情男孩沈放舟无奈地笑了笑，反驳她："我薄情不薄情你最清楚。"

陈漫云若有所思地点点头。

沈放舟挑眉，伸手擦掉她唇边的奶渍，嗓音慵懒地强调：“妹妹，可别凭空污蔑我的清白啊。”

别冤枉好人，妹妹。

陈漫云突然想起一件事来，笑着告诉沈放舟：“我刚转学去淮大附中的时候，李冉说你是社会哥，让我别离你太近。”

您可不算好人。

陈漫云现在想起来也觉得有些感慨，因为当时她转学的头几天就看到沈放舟威胁唐敬盛，少年的身上有一股天不怕地不怕的狠劲。

沈放舟“哦”了一声，似乎也回忆起了那段时光。

那会儿是高一，沈南城向来不管他，学校也管得宽松，学习的内容就那么点，他经常一个人待在大房子里，显得无所事事。

所以那段时间沈放舟也干过不少浑事，浑浑噩噩地度过整一年的高中时光。

这种状态一直持续到高二开学那天，前一天睡眠质量不太好，周围人的吵闹让他心烦，少年趴在桌子上闭目养神。

直到徐平峰胳膊夹着书进教室门，他从混沌和困倦里抬眸，在九月最刺眼的阳光里看见一个杏眼含情的小姑娘。

自此改变他一生的方向，无欲无求的人生迎来转机。

前一天的中环广场，他当了一次小姑娘的哥哥。

就在眼神对视的那一秒，他突兀地想到——

Fall in love at first sight.（一见钟情。）

都怪她长了一双杏眼，让人沉迷。

他记得当时自己这样埋怨。

后来徐平峰说要把他和陈漫云调开的时候他第一次心慌，后来做事情更是毫无逻辑，看她快乐就满足。

沈放舟抿唇笑了笑，凑近陈漫云的脖颈，故意朝她呼气。

黏灼的空气里暧昧升温。

他说：“李冉有没有告诉过你，我高一当过升旗手，嗯？”

沈放舟没怎么把这件事情放在心上，但后面淮大附中的很多人都说，他那一天鲜衣怒马，少年气盛。

少年感割裂一切，国旗队的衣服永远合身。

下一秒，沈放舟靠近陈漫云，开口：“明天来看你小船哥当升旗手，嗯？”

陈漫云抬头，看见少年笑得比阳光热烈。

淮市的云雾漫天，空气又常年湿润，难见好天气。但首都不是，天空澄净常有艳阳天，燥热浮于蝉鸣，万家灯火里飘来小吃的香味和偶尔的口音都会让陈漫云意识到这是她人生新的开始。

周一清晨时分，还有些凉意，升旗仪式还没有开始，教学楼前的广场上人头攒动，陈漫云和舍友站在人群里，航院的辅导员抱着手臂在队伍前后巡逻，边晃悠边和学生说话。

“学习委员，这星期有个线上讲座，组织咱们班的同学学习一下。”

“×××，你昨天的假条我没批啊，隔壁学校的猫想你了你要去喂它们算是什么理由？”

周围同学听到以后哄笑起来。

陈漫云和舍友藏在队伍的中间，没过一会儿辅导员踱步走过来，在陈漫云身边沉思了一会儿，看着少女开口：“陈漫云，你等一会儿把上星期你作业的源代码也发我邮箱一份。”

陈漫云疑惑地蹙眉：“老师，源代码也要吗？”

他们交作业一般是直接交编译好的程序语言，源代码因为没有编译，通常无法运行。

辅导员点头，看了眼陈漫云，见她有些紧张，宽慰道：“没什么大事，我看一下而已。”

有段代码写得有点别扭，辅导员想帮陈漫云看一下。

陈漫云点了点头，说：“好的，麻烦老师了。”

少女笑起来很甜，辅导员也被她明媚的笑容闪了一下，还没来得及说什么的时候，广场上一下子寂静了不少，升旗仪式开始了。

陈漫云脸上的笑也收敛起来，认真听着耳边的音乐。

旁边辅导员的声音冷不丁地响起来：“和你谈恋爱的是哪个来着？”

陈漫云惊讶地转头：“啊？”

平心而论，陈漫云是真没想到她男朋友能这么出名，连辅导员都知道了。

辅导员继续笑呵呵地说：“没事，别害怕，我还是很开明的，在遵循法律法规的前提上可以谈恋爱啊。老师只是看一眼，也帮你把把关。”

舍友在旁边不好说话，但心里都快着急死了：快，辅导员，拆穿那个渣男的真面目，拯救你的得意门生啊。

陈漫云静默了好几秒，然后踮了踮脚尖，不好意思地笑了笑，说：“左边第二个。”

辅导员和舍友同时望过去。

少年的气质足够冷冽，身形高瘦挺拔，浅色的衬衫外面是常规的礼宾服，黄色的穗花坠在军绿色的上衣之上，帽子下面是面无表情的一张冷脸，下颌线线条流畅，肤色偏白但不病态，他的眼睛永远是加分项，像干净澄澈的玻璃珠，扫过人群的时候是寡淡的。

“敬礼——”是国旗队的班长发出指令。

少年的胳膊利落地抬起，举到肩膀附近，手指用力绷直，得到好看而有力度的弧度。

他的下巴是微微扬起的，但神情依旧冷漠。

诗人用锋利的剑和炽热的烈阳夸赞别人，而沈放舟永远担得起“少年感”这三个字。

很多年后，陈漫云依旧记得这个场景，像是难忘掉的一帧帧照片组成的动图。

少年抬肩，敬礼，一气呵成，意气风发，九月首都的晨曦里，她的少年也是一束光。

静默了好久，一直到旗帜在国旗台的上方飘扬，辅导员才摸着下巴满意地点了点头：“啧，不错，有一半我年轻时候的风范。”

陈漫云看了眼辅导员稀疏的发丝和略微凸起的大肚腩，心想：真的吗，那您的花期可能有点短啊。

陈漫云的舍友讪讪地收回目光，她不得不承认的一件事是，计算机学院的那个渣男好像确实颇有姿色。

啊，不对，舍友在心里唾弃了自己一口，长得再帅也不能玩弄她云朵妹妹的感情！

礼宾服算是学校所有，沈放舟升完旗以后和周围人说笑着去更衣室还衣服。

陈漫云上午没有课，准备等一会儿和沈放舟一起去图书馆。

她在教学楼外面等着，低头打字发消息。

AAA 专业修飞机陈小姐：小船哥，快了吗？

FZ：你进来吧，没人。

陈漫云疑惑地蹙眉，想不明白为什么沈放舟换个衣服要用这么久时间。

他们的更衣室其实是教学楼顶楼闲置的空教室，里面摆了柜子用来当衣柜放东西。

教室在阴面，所以有些昏暗，陈漫云摸索着上了楼，刚打开门就被捂住眼睛，紧接着，密密麻麻的吻落下来。

她心一慌，忍不住叫沈放舟的名字，直到他熟悉的气味落下来，包围她，她才心安一点，一边挣扎着伸手去推他，一边嘟囔：“你也不怕有人看见。”

沈放舟一秒都没停顿，对答如流：“没人看见。”

他是最后一个来放衣服的，刚刚拉陈漫云进来的时候他就已经把门关好了。

空间突然变得狭隘，他和陈漫云之间只留着微乎其微的距离。

“扑通、扑通……”

分不清是谁的心跳声。

沈放舟的手撑在陈漫云耳侧的墙壁上，侧身垂头去咬陈漫云的耳朵。

很轻，但是陈漫云痒得受不了，仰头逃离他。

少年已经换了衣服，那种高不可攀的感觉消失，白色衬衫是他自己的，边角处有些皱皱巴巴。

陈漫云睨他一眼，伸手帮他把衬衫抚平，抬头，语气有些不解地问他：“小船哥，你……怎么了？”

沈放舟今天有点奇怪。

沈放舟稍微退开了点，声音暗哑地和她说：“妹妹，刚刚升旗的时候，你看我了。”

他本来是想让陈漫云看他升旗的，结果他在敬礼时用余光扫过人群，一眼就看到陈漫云，她笑起来的时候他的心也怦怦跳。

他差点迈错正步。

他刚才换衣服的时候也心不在焉，因为在想她。

陈漫云不乐意了：“我自己的男朋友，不可以看吗？”

哪有人这么小气的?

沈放舟顿了一下，看到陈漫云的眼睛里自己的影子，笑了：“可以，但是妹妹……”

少年的半截话消失在空气里，陈漫云没有听清，凑近去问他：“但是什么？”

沈放舟的语气有些委屈，如实回答她：“我现在特别想吻你。”

少女突然觉得耳热。

他没等陈漫云回答就吻下来，厮磨她的唇，呼出的热气像要淹没她，吻进去是不容拒绝的力道。

因为气息喷洒在陈漫云的脖颈，沈放舟可以看到她白皙的皮肤因为害羞而染上桃花粉的颜色。

少年的手掌托着她的后脑勺。

很青涩的一个吻，甚至是磕磕绊绊的。

混乱的呼吸交缠在一起，气氛太暧昧，或者相隔太近，甚至可以听得到心跳声。

很甜的一个吻，像是青梅的味道。

过了好久之后，陈漫云趴在沈放舟的肩头喘气，困倦地说：“下次再也不要接吻这么长时间了。”

好累。

沈放舟这才有空看手机，发觉陈漫云刚刚还给他发了几条短信，笑了一下，看着陈漫云：“妹妹，想我了？”

四十分钟不见都要给我发短信？

陈漫云实在不知道怎么说他，别过头，没回话。

沈放舟越看越心痒，他稍微用了点力气，让陈漫云回过头直视他。

见陈漫云脸红了，他就在旁边笑，看着她的耳朵的绯红色开口：“妹妹，诚实点，说出来不丢人。”

诚实点，陈漫云，你的心跳在说你也喜欢我。

下午刚下课，陈漫云就被叫去做积极分子发言，舍友顺手帮她把书包带回宿舍，走到半路的时候瞥见在篮球场打篮球的沈放舟。

无他，上午那惊鸿一瞥实在令舍友印象深刻。

舍友在篮球场外踌躇了好久，最终还是对陈漫云的保护欲占了上风，颤颤巍巍地带着两个书包走到篮球场。

“我警告你，沈放舟，你敢玩弄陈漫云的感情我就……我就和校长举报你。”

舍友默读了一遍台词，觉得实在是太尴尬了，她还不想年纪轻轻就在寸土寸金的首都拥有一套自己亲脚抠出的三室一厅。

篮球场上热火朝天，哨声、球碰地反弹的声音一起冲击着舍友的耳朵。

她想着要不要偷偷溜走好了，改天叫个人给她壮胆再来。

可以，就这样办吧。

舍友决定立马开溜。

可是没成功，因为沈放舟和旁边的同学打了个暂停的手势，直直向她走了过来。

沈放舟确实注意到她了，是陈漫云的舍友，所以他脚步没停地走过来，接过属于陈漫云的那个书包。

“谢谢。”沈放舟伸手颠了颠，不重，白色的书包上还别着宇宙发射器的卡通别针。

他道谢完就想转身，但被陈漫云的舍友叫住："哎，沈放舟。"

沈放舟转身，用手背擦了擦额角的汗珠："怎么，还有什么事吗？"

他以为是陈漫云还有什么要人带的话。

舍友的拳头攥紧，突然问了一个很严肃的问题："你是真的喜欢陈漫云吗？"

沈放舟没说话。

舍友觉得自己的猜测差不多对了七七八八，心越来越凉了。

还真让她给猜对了，这个死渣男。

沈放舟觉得这问题有点太奇怪了，在他看来，别人就是怀疑他是靠运气考上的清大也不能怀疑他不喜欢陈漫云啊。

下一秒，他抬头，听见陈漫云的舍友义正词严地痛斥他："你知不道陈漫云有多喜欢你？你和她吵架以后她哭得眼睛都肿了还要维护你。"

沈放舟被这串话砸得脑子一蒙，一时间没反应过来。

"这个问题你竟然还要犹豫，你个渣男，你根本配不上她的喜欢。我警告你，不准再伤害陈漫云，不然……不然我就找人打你！"

舍友一溜烟地说完，确认自己刚才说的语句没问题，最后还特别自信地问了句："懂吗？"

良久的沉默过后，沈放舟反应过来她的意思了。嗯，陈漫云的舍友认为他是……渣男？

沈放舟突然就笑了，只是单纯觉得这件事好笑。

他被陈漫云舍友叫停以后才停下笑。

沈放舟顿了顿，开口询问："你今天来找我的事情，你会告诉陈漫云吗？"

舍友摇摇头，当然不会，她又不傻。

沈放舟点点头，于是伸手指了指自己的膝盖。

舍友很有道德底线地拒绝了："别跟姐姐我玩这套，我再警告你一次……"

她的视线还是往下，在看到少年的膝盖以后声音突然停住。

因为在打篮球，沈放舟穿了篮球服，膝盖和小腿裸露在外面。他小腿的肌肉很健实但并不夸张，让人触目惊心的是膝盖。

本来应该白皙一片的地方现下满是愈合后的疤痕，或深或浅，毫无美感，一片片斑驳。

"这是……什么？"舍友愣了愣。

"你问我是不是真的喜欢她，我现在可以告诉你，世界上不会有比我更喜欢她的人了，这就是证据。”沈放舟笑了笑，开口。

“这些伤口都是为了……陈漫云？”舍友呆了几秒才问。

那些伤口确实有些太深了，像是被尖锐物体划破后愈合的。舍友不明白是什么原因造成的，但是……沈放舟说为了陈漫云，所以她勉强相信了点。

沈放舟伸出食指比了个“嘘”的手势，吊儿郎当地开口：“别告诉她，不然我先告你的状。”

舍友一愣：怎么可以倒打一耙？

她气愤地握拳：“不是大哥，那你告诉我干什么？”

搞得她现在要保守秘密。

沈放舟笑得有点痞：“为了道德绑架你啊。”

伤口的来历不可以告诉陈漫云，但是可以用来道德绑架陈漫云的舍友。

还没等舍友开口，沈放舟就利索地打开微信名片二维码。

“这是我的微信，我听说……你们院导师想要给陈漫云介绍男朋友？也和我说说呗。”

沈放舟似笑非笑地开口。

舍友发誓她的描述绝不夸张，她觉得沈放舟的语气像一个时刻担心自己被辜负的苦情剧男主角。

至此，舍友的“拯救陈漫云”计划彻底宣告失败，不仅没成功警告“渣男”，反而半路就被沈放舟策反，什么博一师兄、社团学长通通交代了。

陈京和云珊的婚姻虽然走到尽头，但云珊还是为陈漫云争取到了一笔数目不小的抚养费。

云珊在电话里谈起这些的时候，陈漫云并不热衷，只是沉默听着。

云珊交代完所有事情，在电话那头欲言又止，突然哽咽到说不出话来：“其实妈妈也……”

上周末沈放舟和云珊通话，少年语气平淡，像在叙述事实，认真地开口询问：“阿姨，您有没有说过您爱她？”

云珊沉默了一会儿后，沈放舟开口：“她其实特别想得到您的认同，好多次她都和我说她很佩服您，一个人把公司管理得井井有条。”

云珊还是沉默。

沈放舟的语气里带了些诚恳：“阿姨，您下一次告诉她，告诉她您爱她，行吗？”

毫无疑问，云珊是爱陈漫云的，但好像国人天生就缺乏表达爱的勇气。云珊知道去拼搏事业给陈漫云最好的物质条件，知道和陈京博弈，但唯独没有对陈漫云说过爱她，没有肯定过她。

云珊在电话那头顿了很久，情绪激动到胸口起伏，像是羞于启齿，但又最终下定决心开口。

“云云，你考上大学，妈妈很高兴，真的。”云珊觉得嗓子发涩，顿了几秒以后继续补充，“你永远是妈妈的骄傲。”

云珊张了张嘴，还是没有说出那三个字，但是足够了。

陈漫云抿唇，握着手机，声音也带着一点哭腔：“妈妈，我知道。”

她突然想放声大哭，从知道云珊和陈京的博弈开始，从沈放舟那里知道整个事情的真相开始。

时隔多年，幼时在别墅里孤零零坐在餐桌旁的小女孩，终于在十七岁这年等到母亲的回答。

她说自己永远是她的骄傲。

陈漫云的十八岁生日是在天文馆过的。

夕阳刚刚落下不久，光线很温柔，沈放舟牵着她的手在天文馆里散步。不知道是不是工作日的原因，陈漫云暂时还没有发现有其他人。

她觉得有些奇怪，扭头和沈放舟分享她的发现：“小船哥，人好少呀。”

沈放舟心思在她身上，不在意地垂眸，动作不停地把玩她的手：“是吗？可能因为是傍晚。”

午饭陈漫云是和舍友一起吃的，吹灭生日蛋糕上的蜡烛以后舍友和陈漫云抱在一起……嗯，沈放舟在桌子对面看着。

还是舍友先提出有事，吃完中饭后立马找了借口溜走。开玩笑，再不走她怕被沈放舟的眼神冷死。

天文馆里的大理石地板反射着天花板的灯光，陈漫云的鞋子稍微带了一点跟，接触地板发出轻微的响声。

陈漫云突然想起来一件事情，和沈放舟牵着的手不自觉小幅度地晃动，说话时尾音的调子翘起来：“小船哥，我的生日礼物呢？”

中午的时候少年就一直在卖关子，舍友送礼物的时候也顺便提了一句他送了什么，他当时神秘地笑了笑，说要保密。

陈漫云觉得可能是项链，因为她好像提过一嘴，也可能是香水，因为前几天她看到沈放舟在看某个牌子香水的官网。

陈漫云歪头，蹙着眉催促他：“告诉我好不好？”

哪有过生日时还欺负人的?

沈放舟看了眼手表，他在等待，分针指向“12”的时候，整个大厅突然都暗了下来。

昏暗侵蚀人的感官，陈漫云有点心慌，叫了一声：“小船哥？”

黑暗里什么都看不清，陈漫云被沈放舟搂在怀里。

“小船哥，要不我们走吧？”陈漫云吸了吸鼻子，她直到现在还认为是天文馆的电路坏掉了，想要先离开。

暗色里沈放舟笑了笑，说没有。

妹妹怎么还是这么好骗?

“妹妹，你刚刚不是还说要生日礼物吗？”他声音是介于少年和男人之间的喑哑，还带着一点点慵懒。

此时有月光透过建筑顶端狭小的窗投进来。

陈漫云稍微撤开一点，有点不可置信地问他：“这就是我的生日礼物？你把人家天文馆的电路破坏了？”

这是不是不太道德啊，沈放舟?

沉默了几秒以后，沈放舟无奈地笑了笑：“妹妹，我还没这么缺德。”

他妹妹的脑回路怎么能这么奇特?

陈漫云还没来得及开口就被少年的手捂住眼睛。沈放舟附在她耳边开口：“妹妹，别怕，我带你过去，嗯？”

陈漫云听清了，于是把手放下来，点了点头。

少女的视野被遮挡以后什么都看不清，沈放舟的夜视能力还可以，带着她一路到了玻璃旁的天文望远镜左边才松手。

沈放舟撤开手以后陈漫云才在夜色里看到望远镜的轮廓。她不解，疑惑地转头，用眼神询问沈放舟。

沈放舟扬起下巴，隔空点了点天文望远镜。

“妹妹，你去看星星好不好？”

陈漫云点头，说：“好。”

她当然知道怎么看星星，天文望远镜一般用的都是地平坐标系。

陈漫云虽然不太懂沈放舟要做什么，但还是俯下脖颈去调试望远镜。

她扭头，不解地询问：“是看我的星座吗？”

“不是，”沈放舟摇头，告诉她，“看地平坐标，Az+10，Alt+15。”

他给的坐标很准确，陈漫云却怔了好几秒才反应过来，10 月 15 日，不就是今天的日期？也就是……她的生日。

陈漫云仰头看他。

沈放舟很平静，笑着告诉她：“妹妹，你调坐标。”

陈漫云抿唇，伸手旋转望远镜上的刻度，在（Az+10，Alt+15）的坐标处，真的有一颗星星。

它在整个星系和星云里并不突出，但陈漫云看了它好久，这种感觉很奇特，就像浩瀚宇宙里冥冥之中的缘分。

陈漫云喜欢航空也是因为这个理由，童年她第一次看到满天星斗，被夜幕的浪漫所震撼。

“好漂亮。”她看着透镜里的星星，忍不住喃喃自语。

沈放舟也笑了：“妹妹，现在它是你的了。”

嗯？

陈漫云不知所措地抬头，懵懵懂懂的。

沈放舟靠近她，语气很认真：“妹妹，它是你的了。”

陈漫云吸了吸鼻子：“小船哥，什么意思？”

不是来带她看星星的吗？

少女笑了笑，凑近沈放舟撒娇：“小船哥，别开玩笑了好不好？没关系的，你送给我什么我都很开心。”

沈放舟很轻地抚摸她的发丝，语气温柔但绝对认真：“没开玩笑，妹妹，这就是你的礼物。十八岁快乐。”

陈漫云抬头，听见少年的另一句。

“陈漫云，这颗小行星的编号是SFZYYRACMY。”

“沈放舟永远热爱陈漫云”的缩写。

少年伸手摸了摸少女的额头，脸上难得有这个年纪该有的青涩：“十八岁快乐，妹妹。”

他语气虽然轻，但绝对郑重，直视着陈漫云的眼睛。

“实话说我也不知道十八岁有什么好的，但妹妹，不用怕，我可以保证，沈放舟永远热爱陈漫云。”

大人们总说十八岁是个分水岭，到了这个年纪你就可以决定自己的事情，就是个大人了，在人生中最好的年纪，我们可能站在人生选择的分水岭上不知所措。但妹妹，沈放舟唯一可以向你保证的是，沈放舟永远热爱陈漫云。

人间善变，但我就在这里，永远热爱你。

所以不要怕，陈漫云，你可以去做任何你想要做的事，成为任何你想要成为的人，我就在这里，只要你回头，我就在这里。

陈漫云红着眼睛，把头埋在沈放舟的颈窝处。

昏暗的环境里，只有月光照在这对恋人身上，像无声的祝福。

陈漫云眼眶红红的，她突然想起故事的开始，是她在中环广场的喷泉池旁抛硬币，铝制的圆形硬币脱手，多巧合，在地上滚落一圈又一圈以后停在少年附近。

故事的结尾是在天文馆的星空之下，她的少年把星星送给她，从此不必日夜祷告祈求神明，只需在夕阳下靠近少年的耳畔呢喃。

会如期得偿所愿。

陈漫云哭着点头，哭到最后都有点抽噎，说："好。"

沈放舟吻去她的眼泪，声音里带了笑意调侃："妹妹，怎么过生日都要哭？"

陈漫云擦了擦眼边的泪，声音也像蒙了一层雾气："怎么不早告诉我？"

沈放舟没回答。

陈漫云继续低头，从透镜里面观察星空，无数人类企图探求太空的奥秘，浪漫而引人入胜。

过了好久以后，陈漫云抬头，撞进他的双眸，像撞进浩瀚银河。

番外一 抓住风

陈漫云接到徐平峰电话的时候是一个普通周日的清晨，在她和沈放舟租的房子里。

这一年陈漫云念研二，沈放舟和伍原他们开了家科技公司，主要的研究方向是构建网络使万物互联提高效率，沈放舟担任法人，还有技术入股。

为了方便陈漫云去做实验，他们租的房子就在学校附近。

早晨的阳光从房间南侧的玻璃洒进来，陈漫云撑着手腕从被子里起身，顺手按开床头旁边的加湿器。

电话那头是徐平峰依旧中气十足的声音，说马上就高考了，希望陈漫云能作为优秀校友回一趟母校做个演讲，给应届高考生们提提士气。

徐平峰在“母校”这两个字上加重了声音。

陈漫云忍俊不禁，是因为当年高考出分后，盛华私立和淮大附中同时挂出了“恭喜我校陈漫云同学勇夺淮市高考状元”的红色条幅。

盛华私立坚称陈漫云同学在盛华私立接受过竞赛教育，所以他们也算高考状元的母校。

所以徐平峰之后的每次谈话里次次强调“母校”这两个字眼。

加湿器没有如期工作，陈漫云把手机放到一边，按了免提键，分神垂眸去查看机器的情况。

“好，徐老师，我会回去的……嗯，5月5日对吗？好的，老师再见。”

陈漫云按下了加湿器的重启键，嗡嗡几声以后加湿器尽职尽责地喷洒出均匀的雾气。

初夏燥热有蝉鸣，陈漫云耳边的发丝微微晃荡，她还没来得及伸手就被身后的沈放舟截胡。

沈放舟从浴室里走出来，从身后靠近她。

陈漫云的头发是黑亮顺滑的，沈放舟的掌心还带着湿意，覆盖在陈漫云的肩头，动作很轻地替她拢起头发。

他的手掌随后就落在陈漫云的肩头，在肌肤处流连，气氛莫名变得暧昧，因为昨天晚上他的吻也落在同样的地方，一下又一下。

陈漫云在晨光里仰头看他，看不真切，因为阳光略微有些刺眼。沈放舟俯身挡住阳光，下颌接近陈漫云的肩膀。

陈漫云的腰部被他侵占，轻呼一声伸手制止他，有点不好意思，小声地叫他的名字：“沈放舟。”

沈放舟依旧是沉迷的姿态，搂着肩膀细细吻她。年岁渐长，他褪去读书时候的青涩，变得更沉稳了，那是一种从世事和阅历中得到的，比少年气更引人探究的气质。

昨天是因为要谈合作，所以沈放舟是醉着回来的，头晕着还闹了个笑话。因为沈放舟喝醉以后嘴里一直嚷嚷着“妹妹”，公司新招的小助理一边搀扶着沈放舟上楼，一边纳闷，平常没听老板说起过父母什么的啊，没想到小沈总这么恋家。

直到看到来开门的陈漫云……

说来很有意思，读书时候陈漫云的长相是偏成熟的漂亮，不幼态，但等周围人都工作以后，她却又保持着象牙塔里的学生气，杏眼带着天真明媚的娇憨感。

小助理还在忧心老板娘会不会心有芥蒂，突然就察觉到沈放舟抬眸，身上还带着淡淡的酒香，他看见陈漫云以后嘴角勾了一下，语气比夜色还要缱绻温柔。

“妹妹。”

陈漫云伸手搀住他，“嗯”了一声才抬头对着新来的小助理开口：“辛苦了。”

这下小助理明白了。

哦，原来是沈总的情妹妹。

陈漫云收回思绪，直起身子，头靠在床边的枕头上，有点担忧地问他：“头还疼吗？”

沈放舟摇头。

静默里，陈漫云想起徐平峰刚才的电话，开口问道：“小船哥，徐老师给你打电话没有？”

徐平峰刚才打电话的时候没提沈放舟，陈漫云甚至怀疑徐平峰根本不知道他们两个在一起的事情。

“打了。”沈放舟顿了顿，过了好几秒才抬头，状似无奈地回答，“他叫我别回去丢人。”

陈漫云哑然，怔了好一会儿才弯起眼睛笑。

沈放舟提前一年参加高考，获得全市第五名的成绩已经算很不错了，更不必说他和伍原的项目前些天才批下来国家扶持的资金。

但淮大附中一开始确实是把沈放舟当作高考状元培养的，没承想状元没捞着，为了个转学生把机会搞得一团糟，后来更是销声匿迹地转学。

总而言之，沈放舟这只股票算是赔了。

所以徐平峰才会气急败坏地说让他别回去丢人。

陈漫云的笑没有嘲讽的意味，但沈放舟却不满，张口力道不轻不重地咬她。

陈漫云敛起笑，一边躲他，一边问：“那你要回去吗？”

她是指回学校的事。

“回，”沈放舟倒是没疑虑，“陪你回去。嗯……我也算优秀校友啊。”

陈漫云的嘴角又弯起弧度，笑着睨他，语气装得客气了些：“嗯……沈同学哪样算是优秀校友？”

原以为沈放舟会说他的科技公司，又或者他那张在同龄人里够俊朗的脸，但沈放舟笑了笑，把她揽进怀：“算女朋友特别优秀。”

陈漫云怔了几秒，不可否认，她被这个答案所取悦，贴上去亲了亲沈放舟的下巴。

算是奖赏。

沈放舟刚刚刮过胡子，下巴微微有些粗糙的触感。沈放舟的余光落在陈漫云的无名指上，纤细白嫩，脑子里没头没尾地冒出想法——要上百万的钻戒才能配得上他的花花妹妹。

一起回淮大附中的事情就这么定下来了，实验室最近在收尾一个小项目，所以没什么事，陈漫云有些困倦地掖了掖被子，准备再睡一觉，可是没成功，因为被沈放舟制止了。

沈放舟的手伸到她的腰腹，充满暗示地在她肌肤上游荡，似有燎原的灼烧感。

完全失去清醒的意识之前，陈漫云只听见沈放舟嗓音微哑着引诱说："妹妹，再来一次，嗯？"

五月初正值学校调休，沈放舟和陈漫云买了机票回去。当年的事情过去已经很久了，沈放舟渐渐被允许在淮市出现。

5 月 5 日，天气晴朗，陈漫云穿了件白衬衫和到小腿的黑色百褶裙，衬衫的下摆塞进裙子里，露出宽松的弧度。

她在镜子前仔细整理衬衫领时，沈放舟还在电脑前处理工作上的事情，他的手机一直在旁边"叮咚叮咚"地响着。

陈漫云扭头问道："你有别的事情吗？"

陈漫云的话外之意是让沈放舟在酒店处理事情，但沈放舟闻言就把笔记本合上，和电话那头的助理吩咐："嗯，合同第四页第三十条你再去确认一下，我没记错的话你应该是和之前的单子弄混了。"

话音刚落，他就挂掉电话，拿着旁边的外套起身："没事。"

陈漫云有点蒙。

淮大附中算是百年名校。

临近高考的燥热天气里，陈漫云和沈放舟牵着手在校园里走着，路过教学楼的时候还能听到琅琅读书声。

陈漫云下意识地想要松手。

可是没成功，因为沈放舟没放。

他语气不爽地问："妹妹，怕什么？"

陈漫云后知后觉地反应过来，对哦，她都毕业好几年了。

陈漫云咬了咬唇，凑近沈放舟的耳边轻声说："我总觉得不太自在。"

像是高中时候和沈放舟一起逃了自习去阳台吹晚风，颓唐的夕阳在天边呈现近乎艳靡的姿态，少年少女却越靠越近，下一秒被落到旁边的飞鸟惊扰，又很快分开。

沈放舟不仅没放手，还揽着陈漫云的肩膀，让她更贴近自己一些。

陈漫云僵持了几秒就放弃了，看着他，无奈地勾了勾嘴角。

多大的人了。

徐平峰现在带的班级在教学楼的第四层，陈漫云踮起脚尖在后门的窗户观察。

岁月在这位辛勤的园丁脸上也留下痕迹，徐平峰的鬓边多了几丝白发，皱纹也比之前的深。

“还玩还玩，剩几天就高考了，咱们班的某些同学，啊，某些同学还在玩，高考一辈子就一次，还拿这个开玩笑，上点心好吧？”

徐平峰在讲台上撑着手捧课本，看着讲台下一个个缩成鹌鹑的学生，又是气不打一处来：“玩啊，我在这儿你们怎么不玩了？浮躁成这个样子怎么高考？啊？能考上才是见了鬼了。”

“这节课我不上啊，等一会儿有个你们师姐来分享一样学习经验。”徐平峰看了眼手表，刚准备给陈漫云打电话，下一秒就看到在后门玻璃上弯唇笑着打招呼的陈漫云。

班里同学的目光齐刷刷地转到门后玻璃处，陈漫云有点不自在，隔着玻璃朝徐平峰指了指前门的方向。

“在外面等了多久啊？你这孩子，也不给我发个短信什么的。”徐平峰从看到陈漫云笑容就没止住，扶着不大不小的啤酒肚说话。

陈漫云摇头说：“没有，其实也就刚来了一会儿。”

徐平峰的笑容还没来得及巩固一下就看到了陈漫云后面的沈放舟。

沈放舟摸了摸鼻子，有点心虚地开口：“徐老师好。”

徐平峰冷哼了一声，沈放舟笑了笑没在意。

徐平峰出教室的时间不短，班里的同学交头接耳，又是一阵阵躁动。

徐平峰的眉头皱起来：“行，先进来吧。”

他又转头和班里的同学说话：“行了啊，别吵，不然一会儿主任来了我们都得挨骂。这就是我和你们说的那个学姐，让她给你们传授一些学习经验。”

他话音还没落，底下的学生就鼓起掌来，有几个大胆的还激动地叫了几声热场子。

无他，沉闷的校园和燥热里，陈漫云穿着裙子，温柔又清冷，漂亮得让人移不开眼。

陈漫云有点被同学们的热情吓到。看不见的地方，沈放舟捏了捏她的手，示意她放心。

他笑了笑，就往教室后面走去。

陈漫云也笑了笑，深呼吸了几秒才走上讲台。

“大家好，倒也称不上传授，只是分享一些我的学习经验，当然，你觉得和我有意见相悖的地方也很正常，学习本来就不止一套方法，只要你觉得实用就可以了……”

陈漫云顿了顿，才想起来补充：“忘了介绍，我叫陈漫云，目前就读于清大航院，读研二，欢迎各位学弟学妹报考我们学校。首先，我们要把学习当作一件长期的事情，要有耐心……”

“陈漫云”这三个字一出下面就像炸开了锅。

陈漫云还在说自己可以分享的一些学习方法，没有预料到同学们的反应，有点不解地抬头，抿唇：“是我刚刚讲的哪里有问题吗？不好意思。”

底下有个学生比较大胆，语气也有点痞，替她解惑：“陈学姐，你好有名的啦。”

淮大附中是淮市的老牌名校，每年上清大、北大的尖子生数都数不清，但陈漫云的名字依旧如雷贯耳。

陈漫云当时的成绩算得上一骑绝尘，物理竞赛金牌，提前一年参加高考就斩获高考状元，虽说每年的卷子难度不一样，但陈漫云保持了三年内的淮市理科高考最高成绩。

现在坐在讲台下面听讲的学生，很大一部分都是在初中就听说过陈漫云“辉煌战绩”的，看陈漫云的眼神里又多了几分崇拜。

陈漫云哑然，过了几秒以后才笑着解释：“没有你们听到的那么夸张，嗯，实际上当时无论是高中还是大学，都有比我优秀很多的同学，我可能确实运气比较好。”

她很谦虚。

提到运气好的时候，陈漫云的眼神离开演讲稿，看向在教室后面空座椅上坐着的沈放舟。

沈放舟挑眉，和她隔着正值年少青春的学生相望，也像越过了互为月亮的旧时光。

沈放舟坐着的空座椅旁边有个男同学，无意间被陈漫云的眼神扫到，没过几秒就脸红了。

沈放舟觉得有意思，扬了扬下巴问他：“脸红什么，喜欢她？”

男同学不好意思得脸更红了，他阅历尚浅，没有见过陈漫云这样的女孩子，温柔清冷，谦虚又谨慎。

男同学顿了顿，率先扯开话题：“学长，你以前也是淮大附中的吗？”

沈放舟点了点头：“算是。”

他在淮大附中待了一年半。

男同学抢着回答：“哦，那我知道了，你和陈学姐是同班同学，一起回来看老徐的是不是？”

沈放舟没回答，只是静静坐在椅子上，眼神看着陈漫云的方向。

陈漫云刚分享完一些学习心得，徐平峰招呼着下面的学生问问题：“有什么疑惑啊比如大学报考，还有什么心理问题都可以问问你们师姐，哈，请教请教。”

陈漫云不好意思地补充：“别，徐老师您别打趣我了。”

底下的学生们扭捏了几下就窃窃私语。其中一个短头发女孩站起来，声音清脆地提问：“陈学姐，你好，就是我听徐老师说学姐当时也偏科，想问一下这个是真的吗？然后还想问一下学姐是怎么克服偏科的，有什么速成的方法吗？”

陈漫云拧开矿泉水瓶喝了口水：“啊……对的，我当时确实偏科，很严重的那种，我记得我当时化学和生物只有三四十分，就是老师上课讲的东西我完全听不懂那种。”

“那学姐是怎么克服的呢？”刚才提问的女生追问。

陈漫云有点不自在地摸了摸耳朵，清了清嗓子才回答：“也不是我自己克服的，我当时……嗯……有个好心的同学帮我补习，就是很系统地梳理一遍，画思维导图那种，然后对着考点梳理知识点，我觉得这个应该算一个捷径。”

坐在沈放舟旁边的男同学没想到是这个原因，胳膊肘碰了碰沈放舟，扭头问：“学长，你也是清大的吗？和陈学姐什么关系啊？”

沈放舟笑了笑，语气很暧昧，反问他：“你觉得我们是什么关系？”

男同学还没来得及回答就被打断。

学生们还在底下讨论，陈漫云用求助的眼神看向沈放舟：“化学可以问一下你们沈学长，我理综也不高，他理综 299 分来着。”

事实上应该是满分的，只不过卷子打满分会有复核那些程序，所以一般不会整张卷子打满分。

她的话一出，周围人的视线立马转移到教室后面的沈放舟身上。陈漫云松了口气，走到旁边和徐平峰闲聊。

沈放舟笑了笑，过了几秒以后迈步走上讲台，眼神掠过陈漫云，骨节分明的手撑着讲桌，大声说：“大家好，化学、生物方面的问题可以问我。”

沈放舟挑挑拣拣回答了一些问题以后时间也差不多了，徐平峰把班里同学安顿好以后就要送他们出去。

临走的时候，班里突然有个男生起哄：“陈学姐有没有男朋友啊？”

陈漫云怔了几秒，听见旁边徐平峰的训斥声。不知道为什么，她想到好久之前的事，那时候他们还在念高二，傍晚一起出去吹晚风，被教导主任发现以后沈放舟让她先回教室，他自己却在教导主任的办公室解释，课间时间才独自回教室。

陈漫云突然想到那一幕，顿了顿，牵起沈放舟的手，和他十指相扣，很认真地开口："我有男朋友了。我学生时代，就是他帮我补的课。"

班里同学静默了几秒以后爆发出了更热烈的掌声和起哄声。

沈放舟也怔了几秒，但随后就反应过来，伸手揽住陈漫云的肩膀，也笑了。

徐平峰下节课还有别的班的课，所以不方便送他们，临分别的时候似感慨地和沈放舟说："念书的时候以为你小子是个不着调的，一晃也这么多年过去了，倒是数你事业最成功。结婚的时候记得请老师去喝喜酒啊。"

岁月在每个人身上留下痕迹，徐平峰脸上的皱纹笑起来就显得更深了，他惆怅地想着，好久没有参加过学生的婚礼了。

陈漫云的耳朵红了。

沈放舟嘴角含笑，说："好。"

傍晚天边满霞光，陈漫云和沈放舟牵着手走在校园的林荫小道上。

沈放舟抬头看去，发现阳光还有些刺眼。

"陈漫云，你相信宿命吗？"

生命里哪有那么多假设啊，活在当下已经很了不起了。

沈放舟笑了一下，很认真地开口，又像是在对他的小姑娘再次保证："我觉得我生来就是为了爱你。"

陈漫云，你知道吗，我的出生不被任何人所期待，我是不被人需要的，但我现在站在这里，坐在你旁边，向你保证我的忠贞，说我生来就是为了爱你。

陈漫云突然就有种想流眼泪的冲动。

对沈放舟心动不是一瞬间的事，是因为烈阳炙热，而他的爱永远坦荡。

她不要权衡利弊以后小心翼翼的喜欢，她要确定的爱意，要永远坦诚炙热的喜欢，沈放舟是拉她上岸的人。

陈漫云突然想起十八岁的沈放舟，就像现在一样，是荒野上最自由的风，是她热烈的太阳。

她忍住想要流眼泪的冲动，没有和沈放舟牵着的那只手伸出去，感受到风从指间穿过，她听到远处林间的蝉鸣。一切都在有条不紊地运作着，生生不息，她只听得到她的少年的声音。

她笑了，很纯粹的笑，转头和少年说："沈放舟，我抓住风了。"

沈放舟没反驳，温柔地用指腹把她脸颊旁边被风吹乱的发丝别到耳后，附和着回答她：“嗯，你抓住风了。”

口袋里那只手握着陈漫云的手慢慢收紧，他也抓住她了。

这是他的玫瑰，他为她扫净庭上风雪，也为她披荆斩棘。

番外二 陈慕沈

陈漫云和沈放舟的婚后生活磕磕绊绊，两个人都是婚姻这座围城里的新手，结婚的前几年陈漫云还在念研究生，所以也没有考虑生小孩的事情。

转折发生在陈漫云硕士毕业的第三年，陈漫云的硕士导师举荐她到研究所工作，继续做航天相关的研究工作。

研究所的电脑在跑数据的时候，陈漫云伸手整理了下衣领，有点倦地捏了捏眉心。

研究所的同事挨个发着小袋的糖渍柠檬片，说是自己做的。

陈漫云接过以后笑着说了声“谢谢”。

旁边同事撕开以后只尝一口就皱眉，嚷嚷着说好酸。

陈漫云也尝了一口，觉得还好，可没一会儿突然觉得有些反胃，随手把包装袋放在旁边就匆匆跑去卫生间。

洗手间里，陈漫云细白的手掌扶着大理石制的水池边缘，干呕了几下后就觉得胸闷。

陈漫云在心里思索最近的饮食，过了几秒以后摇了摇头，伸出手拧开水龙头，把微凉的水拍打在脸上。

凉意舒缓了不适感，陈漫云抿了抿唇，整理了一下衣服，就回到自己的办公桌。

身边的女同事已过不惑之年，懂得多一些，伸手捂嘴笑了一声："漫云，抽空去做个检查吧，我估摸着你是怀孕了，恭喜啊。"

陈漫云愣了几秒，手条件反射地摸上自己的肚子。腹部还平坦如初，不确定里面是否孕育着新的生命，一个有着她和沈放舟血脉的……生命。

陈漫云迟疑着和同事又说了几句，把电脑上的数据处理以后打开手机上的APP 预约了医生。

仅仅只是一个不确定的可能，陈漫云却莫名紧张了起来，甚至开始忧心自己随手放在办公桌上的香薰是否会伤害身体。

她伸手把耳边滑落的发丝拢到耳后，咬着唇给沈放舟发消息，让他下班的时候来接她。

消息发出去没有十分钟就接到沈放舟的电话。

沈放舟问怎么了，陈漫云含混地应付了几句，说下班再说。

傍晚，陈漫云还没开例会，沈放舟就发短信说到了。陈漫云的思绪还是乱的，开完例会以后和同事一起走出研究所。

沈放舟应该是刚工作完，西装还穿在身上，很合身。

陈漫云身边的同事先是觉得惊讶，因为之前只听说陈漫云嫁给了某个公司的老总，所以先入为主认为陈漫云的丈夫年纪不小，但其实不是。沈放舟俊朗而不失严肃，矜贵异常，从车上下来以后就快步走到陈漫云身边，扮演称职的旁听者。

同事的眼神带了点羡慕，又和陈漫云搭腔了几句就识趣地先离开。

沈放舟揽着陈漫云上车。

路上，陈漫云话很少，把车窗按下来静静地吹风。

沈放舟瞥了她一眼，声音里带着点诱哄的意味："妹妹，身体哪里不舒服，告诉我好不好？"

陈漫云摇了摇头，眉眼低敛着不知道在想什么。

进了医院以后，沈放舟看到陈漫云挂的妇科，脑子里闪过了一些想法，但不敢确定，说话时都有点颤抖："妹妹，你……"

陈漫云点了点头，低着头不知道在想什么，过了会儿才开口："我可能……怀孕了。"

医院的人不算多，妇科不允许男士进入，陈漫云过了半个小时以后拿着检验单出来，有点累地呼了口气。

沈放舟接过 B 超单，看到上面写着已经妊娠两个月了，算算时间应该是那段时间沈放舟带陈漫云去泡温泉，两个人小别胜新婚，难免情热，有一次忘记做措施了。

沈放舟怔了好几秒才僵硬扭头，绷着声音问了一句：“妹妹，那如果有了孩子的话……”

陈漫云“嗯”了一声，头靠在沈放舟的肩膀上，静静地等待着他的下文。

过了十几秒，陈漫云仰头，难得的寂静里，她听见沈放舟语气认真地发问：“妹妹，如果有了孩子，你最爱的人还是我吗？”

陈漫云伸手去掐他腰侧，强打着精神威胁他：“你也要爱孩子。”

沈放舟没吭声，伸手摸了摸陈漫云的发丝。

事实上，沈放舟是个情感相当淡薄的人，过去二十几年里只爱过陈漫云一个，所以他微微坐直，保证道：“我尽量。”

如果是你和我的孩子，那我会爱他 / 她。

沈放舟想象孩子的眉眼会有和陈漫云相似的痕迹，想象孩子是他和陈漫云爱情的结晶，或许会对航空和计算机感兴趣……

沈放舟的腕表闪着光，他突然觉得，爱屋及乌，确有此事。

陈慕沈是在第二年春天出生的。

陈漫云身体还可以，遵循了医生的建议顺产，沈放舟有些心疼地吻她的额头，比她先一步心疼地开口：“以后不生了。”

既然是两个人血脉的延续，那有一个就足够了，在手术室外面惴惴不安地等待的心情，沈放舟不想再感受第二遍。

陈慕沈小朋友的名字是沈放舟亲自起的，来历说来话长。

小朋友一点点大的时候，陈漫云把新华字典上所有美好的字都翻了个遍。沈放舟是纯粹的理科生，名字也没有起得多诗情画意。

最后还是伍原出了个主意：“不如叫沈慕陈怎么样？沈放舟爱慕陈漫云，好听又有内涵。”

陈漫云也觉得还可以，把字典放下以后抿唇，转头想询问沈放舟的意见。

沈放舟：“为什么要叫沈慕陈啊？难道你不爱我？”

陈漫云沉默了。

一旁的伍原心想：这人难道是杠精吗？

伍原这话倒是给了沈放舟启发，他饶有兴致地举一反三：“能不能起一个别人一看就知道陈漫云喜欢沈放舟的名字啊？”

陈漫云疑惑地蹙眉。

伍原宁愿回公司加班，也不要在这儿受沈放舟的迫害。

沈放舟语气特别镇定地继续提议：“比如陈慕沈。”

于是，陈慕沈小朋友的名字就这样被她亲爹草率敲定了。

陈慕沈小朋友从小就活泼好动，以至于陈漫云有时候陪她玩都可以玩出黑眼圈来。还有另一个令人头疼的事情，就是陈慕沈小朋友喜欢吃喜欢玩喜欢睡觉，唯独不喜欢学习。

在陈慕沈第五次说出“三四五十四”的时候，沈放舟彻底崩溃了，拿着口算题卡，声音里带了点怒意。

“听着陈慕沈，你妈妈是当年的高考理科状元，你爸爸我淮市第五，数学和理综满分，你觉得你现在这个成绩对得起你爹妈吗？”

“我成绩不好是因为你和妈妈……”小姑娘拿胖乎乎的小手擦了擦自己的眼泪，理直气壮地反驳，“因为你老叫妈妈妹妹，我们小王老师……小王老师说亲近的人不能结婚的。”

陈慕沈还在换牙期，说话奶声奶气的。

沈放舟被她的思路打败，这下是真的气笑了。

陈漫云下班回来，扶着柜子在门口换鞋的时候就看到父女俩在沙发上面对面坐着，神情还挺严肃。

她笑了一下，抬头把自己的帆布包挂在门口的专用木架子上，朝陈慕沈拍了拍手，然后张开手臂：“乖年年，怎么了？”

“年年”是陈慕沈的小名，妈妈最喜欢这样叫她了。

小姑娘眨了眨像黑葡萄一样晶莹剔透的眼睛，眼睫毛上还挂着眼泪，表情讪讪地看着沈放舟，似乎在思索什么。几秒以后，她就果断扭头，迈着小碎步奔向陈漫云的怀抱。

小姑娘先于沈放舟告状：“妈妈，我做不会题，爸爸骂我。”

陈漫云蹲下来以后先亲了亲小姑娘的额头，心疼地轻声哄她：“不会做的话，妈妈等一会儿帮你看，年年先去卫生间洗洗脸好不好？”

等哄好了小姑娘以后，陈漫云笑着走到沈放舟身边，询问道：“这又是怎么了？”

沈放舟抬头，眉眼里写着认真，语气极其严肃地和陈漫云探讨：“妹妹，咱俩可能生出来隐性纯合子了。”

不然真的解释不了，他和陈漫云两个人是怎么生出陈慕沈这种小笨蛋的。

陈漫云怔了几秒才反应过来沈放舟是在调侃女儿，轻声嗔他：“你就知道打趣她。”

沈放舟趁机靠近她的脖颈处，充满暗示意味地亲了亲，意在让她消气。

等小朋友出来的时候，只发现原本要帮她“主持公道”的妈妈莫名其妙红了耳朵。

七岁的小朋友颇为成熟地叹气：大人的世界可真奇怪啊。